Paul Walz

Lichthaus kaltgestellt

Trier Krimi

Prolibris Verlag

Handlung und Figuren sind frei erfunden. Darum sind eventuelle Übereinstimmungen mit lebenden oder verstorbenen Personen zufällig und nicht beabsichtigt.

Originalausgabe 1. Auflage 2012

Tel.: 0561/766 449 0, Fax: 0561/766 449 29

Lektorat: Anette Kleszcz-Wagner
Korrektur: Christiane Helms
Titelfoto: © Claudio Del Duca, Remscheid
ISBN: 978-3-935263-94-8

www.prolibris-verlag.de

Zum Abschied schmiegte sie sich noch einmal an Olivers warmen Körper. Sie lauschte seinem leisen Schnarchen und küsste ihn, dann schlängelte Eva sich unter der Bettdecke hervor und suchte ihre Kleidung zusammen. Sie schlüpfte in Slip und Jeans, streifte das T-Shirt über, den BH stopfte sie in den Rucksack.

Es war stickig in der kleinen Dachwohnung. Im spärlichen Licht, das von der Straßenlampe gegenüber hereinfiel, übersah sie eine leere Wasserflasche und stieß sie um.

Oliver wälzte sich herum und blinzelte mit den Augen. »Was machst du denn? Es ist mitten in der Nacht. Bleib doch hier!«

»Oliver, bitte.«

»Ich bring dich.« Er stützte sich auf seinen Unterarm.

»Nein, lass! Mit dem Rad bin ich ganz schnell zu Hause.« Eva wartete seine Antwort nicht ab, gab ihm noch einen Kuss und schlüpfte in ihre Flipflops. Als sie einen Moment später die Wohnungstür hinter sich zuzog, konnte sie ihn schon wieder schnarchen hören.

Es war eine kühle Nacht nach einem heißen Augusttag, den sie im Südbad verbracht hatten. Am Abend hatte Oliver Pizza gebacken, die sie auf dem winzigen Balkon gegessen hatten, der gerade einmal Platz für die beiden wackeligen Stühle und den Klapptisch bot. Sie seufzte. Wie gern wäre sie noch geblieben und am Morgen neben Oliver erwacht.

Aber meist ging sie in der Nacht nach Hause. Ihr Vater war vor zwei Jahren an Darmkrebs erkrankt. Seitdem beherrschte die furchtbare Krankheit ihr Familienleben. Er hatte gar nicht mitbekommen, wie sie erwachsen geworden war, und erwartete selbstverständlich, dass sie die Nacht zu Hause verbrachte. Wer konnte schon sagen, wie viel Zeit ihnen noch gemeinsam blieb? Also tat sie ihm den Gefallen.

Sie ließ die Haustür leise zufallen und ging auf die andere Straßenseite zu den Fahrradständern, doch ihr Rad war verschwunden. Nur das durchgesägte Schloss lag wie ein toter Wurm auf dem Boden. Sie fluchte und schleuderte es über eine Mauer. Es war ein teures Rad gewesen. Ein Geschenk ihrer Eltern und erst ein paar Monate alt. Verdammt! Sie zögerte einen Augenblick und schaute sehnsüchtig zu Olivers Wohnung hinauf, drehte sich dann aber doch um. Es war nicht weit, nur quer durch die Fußgängerzone, noch nicht einmal eine Viertelstunde würde sie brauchen.

Manchmal genoss sie es, durch die einsamen Straßen zu laufen. Angst hatte sie noch nie empfunden. In der Nacht wirkte alles seltsam anders, aber doch friedlich. Heute hatte sie keinen Sinn dafür. Voller Wut stürmte sie los, vorbei an Rathaus und Antoniuskirche, Richtung Innenstadt.

Zu Beginn der Fleischstraße hatte sie sich einigermaßen beruhigt und überlegte gerade, wo sie eine Anzeige wegen des Diebstahls machen sollte, als hinter ihr klirrend eine Flasche zu Bruch ging. Sie zuckte zusammen und drehte sich um, konnte jedoch niemanden sehen. Sie wurde unruhig und ging schneller. Zum ersten Mal waren ihr die leeren Straßen unheimlich. Keine Menschenseele weit und breit. Nur das Schlappen ihrer Flipflops hallte überlaut durch die Stille. Die Fleischstraße zog sich nun in die Länge. Es war dunkel, die Straßenlaternen standen hier in größerem Abstand voneinander. Endlich der Kornmarkt. Einige Schaufenster waren beleuchtet. Ein Auto fuhr oben die Konstantinstraße hinauf zur Basilika. Das beruhigte ein wenig, aber das unbestimmte Gefühl, beobachtet zu werden, nahm zu. Sie behielt ihr Tempo bis zum Hauptmarkt bei, wo sie plötzlich einen Mann hämisch lachen hörte. So dicht hinter ihr. Was will der Kerl? Sie lief weiter, ohne sich umzuschauen. Die Domuhr schlug dreimal, doch die Kirche drüben am Domfreihof wirkte verschlossen wie eine Burg. Ihre Augen suchten fieberhaft nach Passanten. Ohne Erfolg. In keinem Fenster ein Licht. Die Stadt war ausgestorben wie eine verlassene Filmkulisse.

Da! Etwas weiter vorne in der Simeonstraße zog grölend eine Gruppe betrunkener Studenten in Richtung Porta Nigra. Sie stützten sich gegenseitig und lachten bierselig. Eva wollte rufen, doch schon verschwanden die Schatten im Margaretengässchen. Der Lärm wurde schnell leiser, dann war es wieder still.

Sie wünschte sich Oliver herbei. Anfangs hatte er sie immer nach Hause gebracht, aber Eva hielt das für unnütz, sie hatte Trier für ungefährlich gehalten. Bis jetzt.

»Kleines Mädchen ganz alleine?«, kam es aus dem Nichts.

Sie schrie auf, schaute panisch über die Schulter und glaubte, eine Bewegung ausmachen zu können, war sich jedoch nicht sicher. Schnell lief sie weiter, versuchte im Licht der Laternen zu bleiben. Tränen stiegen in ihr auf, doch dann kam die Wut.

Sie drehte sich um. »Mir reicht das jetzt, du blödes Schwein. Hau ab oder zeig dich, wenn du den Mut hast! Ich habe keine Angst vor dir.« Aber sie merkte selbst, wie ihre Stimme zitterte.

Nichts rührte sich. Dann plötzlich wieder die raunende Stimme aus der Dunkelheit.

»Schweig stille, Weib. Du wirst mir untertan sein.«

Die Angst explodierte. Panisch hastete Eva wieder los, bog in die Glockenstraße ein, immer weiter, nur nach Hause wollte sie. Diese verdammten Flipflops. Kein Mensch konnte in diesen Badelatschen rennen. Plötzlich entdeckte sie ihr Fahrrad. Es stand an das Tor eines Biergartens gelehnt. Das war bestimmt kein Zufall. Und sie ahnte nun, wer sie verfolgte und ihr ein Zeichen geben wollte. Ein kaltes Schaudern überlief sie, als die Erinnerung an ihren letzten Besuch hier sie blitzartig durchfuhr. So gierig war sie noch von niemandem angestarrt worden. Sie sah gut aus, und an ihrer Figur war laut Oliver alles genau da, wo es sein sollte. So manch einer konnte die Augen nicht von ihr lassen. Aber der Typ, der sie auf dem Weg zur Toilette angegafft hatte, war geil gewesen bis zur Halskrause. Schutzlos und nackt hatte sie sich unter diesem Blick gefühlt, den sie bis heute nicht vergessen konnte.

Eva griff sich das Fahrrad und stieg auf, doch als sie losfahren wollte, trat sie ins Leere. Erst jetzt sah sie die Kette auf dem Boden liegen.

»Scheiße!« Ganz laut schrie sie es und knallte das Rad gegen das Tor. Nur schnell weiter. Sie rannte wieder.

Heftig atmend erreichte sie die Christophstraße, als ein Taxi gemächlich an ihr vorbeifuhr. Der Fahrer hatte keinen Gast und starrte geradeaus auf die leere Straße. Sie winkte, doch er sah sie nicht. Irgendwo kläffte ein Hund. Ihre Eltern wohnten auf der anderen Seite, nur der dunkle, Baum bewachsene Grünstreifen trennte sie noch von ihrem Zuhause. Sie lief über den Fußgängerübergang und verschwand zwischen den dicht begrünten, riesigen Kastanien. Stockdunkel war es hier, aber sie kannte sich aus und verlangsamte kaum ihr Tempo. Plötzlich stolperte sie, verlor einen ihrer Flipflops und landete im Gras. Aus den Augenwinkeln nahm sie eine Bewegung wahr. Ihr Herz raste. Sie schrie wieder auf.

Dann eine wütende Stimme neben ihr. »Pass doch auf, du blöde Sau!«

Sie war über einen Stadtstreicher gestolpert, der hier die Nacht verbrachte. Ihre Augen hatten sich an die Dunkelheit gewöhnt und sie sah, dass sein Schlafplatz von Plastiktüten und leeren Flaschen umgeben war. Vater hatte sich schon oft wegen der Penner geärgert, die den ganzen Tag über soffen und nachts in die Toreinfahrt pinkelten, doch jetzt erschien ihr dieser Mann wie ein Geschenk Gottes.

»Ich werde verfolgt, können Sie mir helfen?« Ihre Stimme überschlug sich, doch der Kerl grunzte nur und legte sich wieder hin.

»Leck mich.«

»Bitte!«, schrie sie ihn an.

»Verschwinde, sonst mach ich dir Beine.«

Sie gab auf, suchte hysterisch den verlorenen Flipflop. Ohne Erfolg. Egal. Sie eilte weiter. Zwischen den Bäumen tauchte das Haus auf. Die Außenlampe war eingeschaltet. Evas Anspannung ließ nach. Gleich würde sie es geschafft haben.

Der Angriff kam aus dem Nichts. Mit ungeahnter Wucht stieß er sie um und begrub sie unter sich. Sie sah den Boden auf sich zurasen. Nicht einmal die Arme konnte sie schützend ausstrecken, bevor sie aufs trockene Gras krachte. Eva bäumte sich auf und schrie, so laut sie konnte, doch der Mann wusste offensichtlich genau, was er tat. Kräftig drückte er ihr ein Tuch auf das Gesicht und hielt ihren Kopf fest. Eva versuchte, sich ruckartig wegzudrehen, doch sie kam nicht weit. Wut der Verzweiflung und Panik loderten in ihr auf. Irgendetwas war auf dem Tuch, stank schrecklich und benebelte ihr Hirn. Sie stemmte sich gegen ihn, wollte sich auf den Rücken wälzen. Aber er war ungemein stark und hielt sie auf dem Boden fest wie ein kleines Kind, so sehr sie auch kämpfte. Was war mit dem Penner, warum half er ihr nicht? Sie registrierte, dass er sich tatsächlich aufgerappelt hatte und in ihre Richtung sah, und schöpfte Hoffnung.

Aber auch ihr Angreifer hatte es bemerkt. »Polizei«, schrie er. »Hau bloß ab, sonst nehme ich dich auch noch mit.« Wie durch einen Schleier sah sie den Penner wegrennen. Sie spürte eine zunehmende Benommenheit. Ihre Glieder wurden schwer und ihre Bewegungen erlahmten. Ganz still lagen sie, wie zwei Liebende in inniger Umarmung. Die Wärme seines Körpers drang zu ihr herüber. Ekel stieg in ihr hoch. Sie würgte. Wehrlos schaute sie hinüber zu der Lampe über der Haustür ihrer Eltern. Alles in ihr war Verzweiflung, dann verlor sie das Bewusstsein.

*

Johannes Lichthaus lehnte an der offenen Terrassentür und schaute in den kleinen Garten. Er trank einen Schluck von seinem Tee und genoss die Ruhe und Kühle des frühen Morgens. Schon um sechs Uhr war er heute aufgestanden, obwohl sie eine unruhige Nacht gehabt hatten. Vor ihm die Amseln nutzten die frühe Stunde, um aus der noch taunassen Wiese die Würmer zu picken. Lichthaus ließ seinen Blick in die Weinberge schweifen, die unmittelbar hinter ihrem Garten begannen.

Er stellte die Tasse auf den Tisch und trat hinaus auf den Rasen, wobei er es ein wenig bedauerte, die Vögel zu verjagen. Die Sonne hatte bereits erstaunlich viel Kraft, und er begann leicht zu schwitzen, während er zu den Rosen hinüberging, die weithin leuchteten. Der Rosenstock war alt, unten am Stamm richtig knotig, doch die frischen Blüten, noch feucht vom Tau, wirkten zart wie Babyhaut. Lichthaus schnitt eine ab und ging zurück ins Haus, durchs Wohnzimmer direkt in die Küche. Sie hatten das alte Winzerhaus hier in Eitelsbach vor drei Jahren gekauft und lange für die Renovierung gebraucht. Den linken Teil nutzten sie als Wohnhaus. Im rechten befand sich Claudias Atelier. Um Raum zu gewinnen, hatten sie zum Garten hin einen Anbau mit Galerie errichtet. Er ging in die Küche und räumte seine Tasse leise in die Spülmaschine. Dann deckte er für Claudia den Tisch und stellte die Rose dazu.

Er war missmutig. In den vergangenen Wochen hatten sie immer zusammen gefrühstückt, Claudia, er und die Kleine in ihrem Körbchen. Drei Wochen Vaterschaftsurlaub. Die Zeit war wie im Flug vergangen. Die ersten Tage stressig, voller Angst, etwas falsch zu machen, doch schließlich war Routine aufgekommen. Wickeln und Stillen, Stillen und Wickeln. Ein natürlicher Rhythmus, der vor allem Claudia, aber auch ihn aufnahm und alles andere jenseits ihrer kleinen Welt unwichtig erscheinen ließ. Die Erinnerung an die Zeit vor Henriette verblasste bereits, war für ihn kaum noch vorstellbar.

Lichthaus packte seine Brote in die Aktentasche, dann ging er hinaus ins Wohnzimmer und die Treppe hinauf auf die Galerie. Der hohe Raum mit seiner übersichtlichen Einrichtung würde die Kühle noch lange speichern. Sein Blick fiel auf das Gemälde an der großen Wand. Für ihn war es das beste Bild, das Claudia bisher gemalt hatte. Es war diagonal geteilt. Die eine Seite zeigte ein unbeschreiblich trauriges Gesicht, abstrahiert in tristen grauen Farben, wohingegen die andere Seite von einem, so schien es ihm, hoffnungsvollen Gesicht dominiert wurde, das Claudia in lebendigen Farben gemalt hatte. Beide schauten sich an, wie in einem Wettstreit. Für Lichthaus, Leiter der zentralen Kriminalinspektion, charakterisierte das Gemälde die zwei Seiten seines Berufes: Die tiefen Täler der Verzweiflung, wenn man keinen Anhaltspunkt in die Hand bekam, und dann der Enthusiasmus, sobald sich der Nebel hob und die Sicht auf den Täter freigab.

Leise betrat er das Schlafzimmer, in dem die heruntergelassenen Rollos für ein angenehmes Dämmerlicht sorgten. Er betrachtete seine kleine, nun endlich selig schlafende Familie. Die vergangene Nacht war sehr unruhig gewesen. Henriette hatte gequiekt und gestrampelt, hatte beschäftigt werden wollen. Jetzt lag die Kleine ruhig neben ihrer Mutter, dicht an sie gekuschelt. Vorsichtig beugte Lichthaus sich zu ihr hinunter. Sie hatte die Fäustchen geballt und grunzte leise im Schlaf. Ihr Kopf war fast kahl, wie feinste Daunen wehte ein rötlicher Flaum bei jedem Atemzug hin und her. Claudias Gesicht wirkte entspannt, die kurzen roten Haare waren zerzaust. Sie war sehr zierlich, hatte aber eine mentale Kraft und Begeisterungsfähigkeit, die ihn als eher nüchternen Menschen immer wieder aufs Neue faszinierte und häufig mitriss.

Er hatte die gemeinsame Zeit genossen. Ihre Kleinfamilie hatte sich eingespielt, wenn auch nur im Urlaub. Der Alltag begann heute, und er hasste ihn bereits. Er gab Henriette einen leichten Kuss und nahm ihren zarten Babygeruch wahr. Dann küsste er seine Frau, die nur etwas Unverständliches murmelte, und verließ seufzend das Zimmer. Die Vorstellung, jetzt ins Präsidium zu fahren, zu den Kriminellen und dem ganzen tagtäglichen Elend, das die Menschen sich gegenseitig antaten, widerte ihn an. Draußen vor dem Haus atmete er noch einmal tief die saubere Luft ein und machte sich auf den Weg.

*

Noch vor acht Uhr erreichte er das Präsidium. Der Verkehr war, wie meistens in den Sommerferien, nur dünn dahingetröpfelt, so dass ihm der übliche Stau erspart geblieben war. Seine Dienststelle befand sich in einem langgezogenen Block in unmittelbarer Nähe zum Bahnhof. In den wenigen Jahren in Trier war dies nun das dritte Gebäude in dem die Kriminaldirektion untergebracht war und er hatte die Umzüge satt. Erst war das eigentliche Präsidium mit Umweltgiften verseucht gewesen, so dass man es in die Salvianstraße verlegt hatte. Dann hatte man von der Post das alte Verwaltungsgebäude erworben und hier einige Dienststellen samt Präsident zusammengezogen. Andere Abteilungen verteilten sich über die ganze Stadt, was das Zusammenarbeiten nicht unbedingt erleichterte.

Lichthaus' Büro lag im zweiten Stock. Er stieg die Treppe nach oben und folgte dem Flur. Es war sehr ruhig an diesem Morgen. Einige Kollegen waren wohl in den Ferien, andere noch nicht da. Wie so oft nach einem ereignisreichen Urlaub überraschte es ihn, dass sich nichts verändert hatte. Der dumpfe Geruch nach Putzmitteln, die Geräusche aus den besetzten Büros, einfach alles war wie vorher und schien auch in alle Ewigkeit so zu bleiben. Sein Leben war gerast in den vergangenen drei Wochen. Er glaubte, ein halbes Jahr fort gewesen zu sein, doch hier in diesem schmucklosen Gang holte ihn der Alltag ein. Das langsame Mahlen der Behörde hatte ihn wieder.

Während er seinen Gedanken nachhing, öffnete sich eine Tür und Thomas Scherer trat in Begleitung einer Frau mittleren Alters auf den Gang. Er lächelte und nickte kurz, als die beiden an ihm vorbeigingen, ohne ihn richtig zu bemerken. Die Frau war geschmackvoll gekleidet, schlank und relativ klein, so dass sie neben Lichthaus' großgewachsenem Kollegen fast verschwand. Lichthaus schätzte sie auf Mitte bis Ende vierzig. Sie kam ihm bekannt vor, und er fragte sich unwillkürlich, was sie hierher geführt haben mochte.

In seinem Büro roch er den Mief der letzten Wochen und nutzte die Gelegenheit, noch kurz zu lüften, bevor später die Sonne hereinknallen würde. Der Raum war schmucklos funktional mit Schreibtisch, Aktenschrank und einer kleinen Besprechungsecke eingerichtet. An den Wänden hingen zwei von Claudias großflächigen Bildern, die sie bei ihrem zweiten Besuch mitgebracht hatte. In dieser Kaserne, wie sie das Präsidium beharrlich nannte, bräuchte er wenigstens eine optische Aufheiterung, hatte sie gesagt.

Auf dem Tisch lagen ein kleiner Stapel Akten und eine Flut von Rundschreiben, Terminerinnerungen und Telefonnotizen. Die losen Papiere schob er weit weg und widmete sich den wenigen Vorgängen, die seine Kollegen ihm zur Durchsicht bereitgelegt hatten. Eigentlich war wenig passiert. Man hatte ein Räubertrio festgenommen, das auf Campingplätzen Wohnwagen aufgebrochen hatte. Rumänen, arme Schlucker, die der Versuchung des leicht verdienten Geldes erlegen und schnell geschnappt worden waren. Die seit Monaten laufenden Ermittlungen gegen einen Drogenring hingegen traten auf der Stelle.

»Guten Morgen.«

Ohne vorher anzuklopfen, war Scherer hereingekommen. Er sah gut aus mit seinen hellen Haaren und den strahlend blauen Augen und er besaß die Gabe, entwaffnend zu lächeln. Böse Zungen im Haus nannten ihn neidvoll »Kommissar Ladykiller«.

»Herzlichen Glückwunsch zur Geburt eurer Tochter!« Er strahlte Lichthaus an, schüttelte ihm die Hand und überreichte ihm ein Päckchen.

Lichthaus lächelte. »Setz dich doch.« Scherer war der Einzige, mit dem er sich duzte. Nachdem er selbst vor gut drei Jahren als Neuling in Trier angefangen hatte, war Scherer wenig später als das zweite neue Gesicht ins Team gekommen. Mittlerweile war aus dem kollegialen Verhältnis eine echte Freundschaft geworden. Lichthaus riss das Päckchen auf und hielt eine hübsche Kinderrassel mit knallbuntem Clownskopf in der Hand.

»Ich wusste nicht, ob die Farben unbedingt das Richtige für euch sind, aber im Laden haben sie mir versichert, dass kleine Kinder vernarrt sind in alles Bunte.« Er schien ein wenig verlegen.

Lichthaus grinste breit. »Das hätte ich gerne gesehen: Thomas Scherer in der Terra incognita Spielzeugladen.« Er begann zu rasseln. In seinem Innersten freute er sich. Eigentlich war Familie kein Thema für seinen Freund und Kollegen. Er bezeichnete sich selbst mit ironischem Unterton als seriell monogam, wobei Lichthaus es aufgegeben hatte, sich die Namen der vielen, durchweg hübschen Mädchen zu merken. Er lehnte sich zurück.

»Gab's in den drei Wochen nur die paar Fälle?« Er deutete auf den kleinen Aktenstapel.

»Ja, die Kapitalverbrecher sind wohl auch in Urlaub.« Scherer grinste. »Gestern sind zwar einige Taschendiebstähle reingekommen, die liegen aber auf Steinrauschs Tisch.«

»Ich werde nachher mal rübergehen. Wer war eigentlich die Frau bei dir? Ich glaube, die kenne ich.«

»Deswegen bin ich auch hier. Sie heißt Marianne Schneider. Ihre Tochter ist seit Samstag verschwunden.«

»Da müsste sie doch zur Vermisstenstelle.«

»Das habe ich ihr auch gesagt, aber sie hat an der Pforte darauf bestanden, mit dir zu sprechen. Ich war aber der Einzige, der schon da war.« Scherer schaute etwas bedauernd.

»Wieso will sie ausgerechnet mit mir sprechen?« Lichthaus dachte einen Augenblick nach und zuckte mit den Schultern. »Ich nehme an, die Tochter ist nicht mehr klein, sonst wäre sie ja wohl eher gekommen. Aber das Mädchen ist noch keine zwei Tage weg. So was passiert doch laufend.«

»Nur nicht bei ihrer Tochter. Die gilt als absolut zuverlässig, ist neunzehn, frisch verliebt und hat sich neulich erst an der Uni angemeldet.«

»Eingeschrieben.«

»Genau. Es gab keinen Streit oder so. Sie versteht also nicht, warum das Mädchen abhauen sollte. Eva, das ist ihr Name, ist nachts noch von ihrem Freund aus mit dem Fahrrad nach Hause gefahren und seitdem nicht mehr gesehen worden. Frau Schneider hat gestern stundenlang gesucht und telefoniert, leider ohne Erfolg. Sie ist voller Panik und daher heute Morgen gleich hergekommen.«

Lichthaus hob die Augenbrauen. »Okay, leite den Vorgang an die Vermisstenstelle weiter, aber halt ein Auge drauf, das klingt nicht gut.«

»Frau Schneider wartet noch draußen und will mit dir sprechen. Sie sagt, sie würde dich kennen und hätte mal ein Bild von Claudia gekauft.«

Plötzlich war alles wieder da. Claudias erste Ausstellung in Trier. Sie hatte die Werke unter das Thema »Gegensätze« gestellt und auch das Bild mit den sich ansehenden Gesichtern aus dem Wohnzimmer mitgebracht. Marianne Schneider kam zu der Ausstellung und wollte es unbedingt kaufen. Sie sah darin eine Spiegelung ihrer Lebenssituation. Er erinnerte sich, dass sie darin die Kraft zu finden hoffte, die ihr die Krebserkrankung ihres Mannes abverlangte. Aber es gehörte Lichthaus, Claudia hatte es ihm geschenkt, und er wollte es nicht hergeben. Mehrfach hatte sie bei Lichthaus angerufen, und schließlich hatte Claudia das Bild kopiert.

Er atmete tief ein. Das fing ja gut an. »Also gut, bring sie rein.«

Marianne Schneider betrat vorsichtig den Raum und begrüßte Lichthaus, der ihr einen Platz anbot. Angespannt und gleichzeitig erwartungsvoll sah sie ihn an. Ihm fielen die tiefen Falten auf, die der Krebs ihres Mannes um Mund und Augen herum gegraben hatte. Die Kleider wirkten zu weit.

»Der Kollege Scherer hat mir erzählt, dass Sie Ihre Tochter seit Samstagabend vermissen und Sie von einem Verbrechen ausgehen. Wie kommen Sie darauf?« Marianne Schneider straffte sich ein wenig, ihre Stimme war belegt, als sie leise zu sprechen anfing.

»Eigentlich ist sie in der Nacht von Samstag auf Sonntag verschwunden. Sie wollte von Oliver - das ist ihr Freund - nach Hause gehen, so um zwei, vielleicht drei Uhr.« Als sie Lichthaus' überraschten Blick sah, fuhr sie fort: »Mein Mann mag es nicht, wenn sie woanders übernachtet. Nun ja, wir haben uns nicht viel dabei gedacht, als sie am Sonntagmorgen doch nicht da war. Das kam ja hier und da mal vor. Gegen Mittag dann rief Oliver an, um Eva zu sprechen. Irgendwie wusste ich sofort, dass was passiert ist.«

Lichthaus hatte sich auf einem Block Notizen gemacht. »Nun, das ist ja nicht sicher«, meinte er beruhigend. »Haben wir die Adresse von ihrem Freund?« Marianne Schneider nannte sie ihm und Lichthaus fragte weiter.

»Also noch mal, wie kommen Sie darauf, dass ihr etwas zugestoßen sein könnte? Kann es denn keine andere Erklärung geben?«

»Nein.«

»Vielleicht will sie sich einfach einmal zurückziehen? Hat es Streit gegeben mit Ihnen, dem Freund oder sonst wem?«

»Nein. Vor einem halben Jahr hätte ich gesagt, sie sei weggelaufen. Die Situation zu Hause ist schwer für sie. Mein Mann ist im finalen Stadium seiner Krebserkrankung. Das belastet.« Sie schaute Lichthaus direkt an. Bitter und resigniert. »Ich hätte sie verstanden. Dann ist da noch ihre Freundschaft mit Christoph zerbrochen. Damals, ja, damals hätte ich mir keine Gedanken gemacht, aber heute.« Sie wandte sich gedankenverloren ab und ihre Augen wanderten zu Claudias Bild.

»Was ist heute?«, hakte Lichthaus nach. Marianne Schneider drehte sich wieder herum, sie riss sich zusammen.

»Verzeihen Sie. Eva hat mittlerweile Oliver kennengelernt. Ein netter Junge. Sie ist wie verrückt nach ihm. Die große Liebe. Wissen Sie, für Eva hängt der Himmel voller Geigen. Nächsten Monat beginnt das Studium. Da kann sie den ganzen Tag in Olivers Nähe sein, neue Leute treffen und so weiter. Einfach nur leben. Wieso sollte sie weglaufen?« Sie sah ihn fragend an.

Lichthaus hob leicht die Schultern. Er sah ein, dass Marianne Schneiders Argumente auf den ersten Blick zogen, doch zu häufig hatte er den Kern des Problems in Details gefunden, die vor allem dem unmittelbaren Umfeld verborgen geblieben waren. »Wir müssen das prüfen. Was haben Sie am Sonntag unternommen?«

»Telefoniert. Den ganzen Tag. Mit jedem, der uns eingefallen ist. Nichts, keine Spur.« Sie machte eine Pause. Dann wurde ihre Stimme hohl von unterdrücktem Schmerz. »Mein Mann ist noch am Abend kollabiert. Wenn Eva etwas passiert ist, verkraftet er das nicht. Er vergöttert sie. Sie gibt ihm immer wieder Kraft, muntert ihn auf.« Wieder stockte ihre Stimme. »Sie kann doch nicht einfach weg sein, in Luft aufgelöst?« Marianne Schneider schüttelte impulsiv den Kopf. »Was soll ich denn nur ohne sie machen? Sie müssen sie finden!« Tränen glitzerten in ihren Augen.

Er zögerte einen Augenblick. In ihrem Blick las er die Hoffnung, die sie in ihn setzte.

»Frau Schneider, wir werden die Suche sofort aufnehmen. Doch Sie müssen uns helfen. Jedes noch so unwichtig erscheinende Detail kann von Bedeutung sein. Denken Sie bitte nach! Wir brauchen Namen und Adressen von Freunden, Verwandten und so weiter und so weiter. Ist da jemand Neues, hat sie etwas erzählt? Außerdem sollten Sie nicht vom Schlimmsten ausgehen. Sehen Sie, in Berlin verschwinden im Jahr rund dreieinhalbtausend Personen, von denen bis auf etwa fünf alle wohlbehalten wieder auftauchen.«

Marianne Schneider winkte ab. »Lassen Sie mich mit Ihren Statistiken in Ruhe. Was ist, wenn sie eine von den Fünfen ist?«

»Okay. Sie haben Recht. Ich informiere Sie jederzeit über den Stand der Dinge. Sie sollten sich noch keine allzu großen Sorgen machen.«

Sie lächelte ihn verhalten an. »Danke. Jetzt fühle ich mich nicht mehr so allein mit meinen Sorgen. Ich denke, Sie verstehen mich.« Lichthaus nickte.

»Was ich außerdem brauche, sind die Adresse des Exfreundes Ihrer Tochter, eine Beschreibung ihrer Kleidung und ein aktuelles Foto.« Er hätte noch gern nach Fingerabdrücken gefragt, doch er unterließ es.

Marianne Schneider erhob sich. Ihr Lächeln war verblasst, doch wirkte sie ein wenig zuversichtlicher. »Vielen Dank, dass Sie sich die Zeit genommen haben.« Wieder stauten sich Tränen in ihren Augen.

Lichthaus nickte nur.

Dann ging sie.

»Arme Frau.« Scherer stieß die Luft aus aufgeblasenen Backen heraus.

»Das kannst du wohl sagen. Ich darf gar nicht daran denken, wenn Henriette ... Um zwölf treffen wir uns, ich gebe den Kollegen Bescheid. Das sieht nicht gut aus. Wir starten eine Fahndung, auch wenn es noch etwas früh ist.«

*

Später ging Lichthaus bei seinem dienstältesten Kollegen vorbei. Kommissar Holger Steinrausch hatte dreiundzwanzig seiner einunddreißig Dienstjahre bei der Kripo Trier verbracht. Lichthaus fand ihn stark schwitzend über irgendwelchen Papieren vor. Trotz der Hitze trug er eine Krawatte, die er aber am Knoten weit aufgezogen hatte. Auf dem Tisch lief bereits um diese frühe Stunde ein Ventilator, in dessen Luftzug sich auf der einen Seite ein mit seiner Dienstwaffe beschwerter Papierstapel bewegte und auf der anderen Seite die Akte aufgeblättert wurde, in der Steinrausch gerade las.

Er schaute nur kurz auf, als Lichthaus eintrat. »Morgen. Wie können diese idiotischen Touris so dämlich sein und vierhundert Euro lose in der Gesäßtasche, also am Hintern, mit sich herumschleppen? Da greift so ein Taschendieb rein wie andere morgens in den Brotkorb, und ich kann jetzt die ganze Scheiße ausbaden. Verdacht auf organisierte Kriminalität. Blödsinn.« Er blickte Lichthaus um Zustimmung heischend an, der hob aber nur die Schultern. Steinrausch lehnte sich zurück. Schweißperlen glitzerten auf seiner Glatze.

»Sie haben ja gar keine Ränder unter den Augen? Ich dachte, das wäre so bei jungen Vätern.« Sie grinsten sich breit an.

»Das kommt erst, wenn ihr mir hier den Tag verderbt.«

»Ich hab da noch was für Sie.« Er öffnete die Schreibtischschublade und zog einen kleinen, in Zellophan verpackten Teddy hervor.

»Für die Tochter. Herzlichen Glückwunsch.« Er schaute Lichthaus lächelnd an. Dieser war verblüfft. Als er vor drei Jahren vom LKA in Mainz hergekommen war, hatte Steinrausch ihn nicht spontan zu seinem Freund erklärt. Das entsprach aber der allgemeinen Stimmung. Eigentlich alle empfingen ihn mehr oder weniger reserviert, wohl auch weil sie insgeheim bereits eine Stellenvergabe vorgenommen hatten: Karl-Heinz Marx hatte sich als Chef gesehen, Steinrausch als sein Stellvertreter. Die beiden stellten ihn anfangs auf eine harte Probe, indem sie seine Arbeit behinderten. Erst seit Scherer zum Team gestoßen war, konnte er positive Ergebnisse vorlegen. Mit der Zeit formierte sich dann um Lichthaus ein Kernteam, dem sich auch Steinrausch vor einiger Zeit angeschlossen hatte – sehr zum Missfallen seines ehemaligen Vertrauten Marx, der mittlerweile nur noch seiner Pensionierung entgegenfieberte. Der Teddy war Steinrauschs erste persönliche Geste.

»Herzlichen Dank.« Lichthaus war verlegen, freute sich aber sehr über das Geschenk.

»Die Drogensache«, lenkte Steinrausch ab, »steht still. Die Kollegen in Luxemburg haben keine Infos zu einem neuen Transport, und unter uns gesagt, ich glaube, da sind jetzt alle in Ferien und niemand hängt sich so richtig rein.«

Lichthaus winkte ab. Er hatte den komplizierten Fall bewusst auf Steinrausch übertragen. Dessen ungelenkes Auftreten war nur Fassade, dahinter verbarg sich ein Ermittler mit außerordentlichen Fähigkeiten. Wenn er auf der Stelle trat, konnte auch kein anderer etwas ausrichten.

»Dann warten wir ab. Eben ist übrigens eine Vermisstenanzeige reingekommen. Ich möchte, dass wir uns des Falls annehmen. Um zwölf Uhr machen wir eine Besprechung.«

Steinrausch nickte und Lichthaus ging grüßend hinaus. Anschließend musste er zu einem Gespräch zu Kriminaldirektor Müller. Lichthaus hatte seinen neuen Chef ein erstes Mal gesehen und augenblicklich gehasst. Nach drei Jahren in Trier wusste er auch, warum. Der Kriminaldirektor war ein Behördenhengst, der Kosten und Erfolge, nicht aber die Bedürfnisse seiner Mitarbeiter im Blick hatte. Außerdem tyrannisierte er fast jeden, der in seiner Abteilung war. Er wies mehrfach sicher geglaubte Beförderungen oder Lehrgänge ab, legte Dienste auf Familienfeiern und weigerte sich dann, einem Tausch zuzustimmen. Oft bestellte er die Kollegen auch zum Rapport und konfrontierte sie mit diffusen Vorwürfen, die er nie belegte, aber zur Drohkulisse aufbauschte.

Jetzt saß Müller hinter seinem Schreibtisch und dozierte über irgendeine uninteressante Arbeitsanweisung, die nicht eingehalten worden war. Lichthaus hörte nur mit halbem Ohr zu. Müller war ein hagerer Mann von Anfang sechzig. Er trug meistens ein weißes Hemd mit Krawatte. So auch heute. Wenn er sprach oder wie so oft zu Beginn eines Satzes hüstelte, fuhr sein Adamsapfel Aufzug, auf und ab. Das Haar war nur wenig grau und noch erstaunlich voll. Nur an der Stirn zeigten sich leichte Ecken. Auf der schmalen Nase über dem dünnlippigen Mund saß zu weit vorgerutscht seine große metallgefasste Brille, durch die er sein Gegenüber mit froschkalten Augen musterte. Claudia nannte ihn nur Eichmann, weil er sie an Hitlers gewissenlosen Bürokraten erinnerte. Seine Stimme klang heiser, so als ob er den Stimmbruch nie wirklich überwunden hätte.

»Wir bekommen Ersatz für Marx.«

»Das geht aber schnell. Noch bevor er pensioniert ist? Sonst lassen die uns doch immer ewig warten.«

»Eine Kollegin, Hauptkommissarin Sophie Erdmann wird hierher versetzt.«

»Etwa die Erdmann?«

Müller nickte. »Ja, die Frau Erdmann. Aus Mainz. Der Fall ist Ihnen ja bekannt.«

Lichthaus stöhnte. »Na, toll. Hoffentlich geht das gut.«

Der Skandal bei der Mainzer Polizei hatte bundesweit für Schlagzeilen gesorgt: Sophie Erdmann hatte sich mit Bogdan Skoitovich eingelassen, der wegen seiner Verbindungen zur Drogenszene vom Landeskriminalamt beschattet wurde. Und angeblich hatte sie diesen Typen über Interna informiert. Zu allem Überfluss waren einer Boulevardzeitung auch noch Fotos von ihr und Skoitovich zugespielt worden. Man hatte sie sofort beurlaubt, um die Polizei aus der Presse zu bringen, und nun tauchte sie ausgerechnet bei ihnen auf. Er hatte auf einen jungen, unverbrauchten Ersatz für Marx gehofft, den er würde formen können, lernwillig und loyal wie Scherer, doch das konnte er nun vergessen.

»Wann kommt sie?«

Müller kramte eine Mail hervor und las. »In zwei Wochen.«

Lichthaus nickte, dann informierte er Müller in knappen Worten über die aktuellen Ermittlungen. Wie erwartet hielt der die Fahndung nach der vermissten Eva Schneider für verfrüht und schwadronierte über die hohen Kosten und die engen Einsatzpläne. Lichthaus hielt still und setzte beharrlich nach, bis er seine Zustimmung hatte.

*

Um zwölf Uhr traf sich das Team im Besprechungsraum. Es war bereits warm, und sie ließen die zwei Ventilatoren laufen. Lichthaus saß mit hochgeschobenen Hemdsärmeln am Ende des langen Tisches, Scherer und Steinrausch links von ihm und Marx, der zu spät gekommen war, auf der rechten Seite. Mit dem gewohnt unfreundlichen Gesichtsausdruck war er eingetreten, hatte sich wortlos hingesetzt und sah nun aus dem Fenster. Marx war ein untersetzter Mann mit lichtem Haar und dicken Tränensäcken. Er war mittelgroß und hatte die unreine Haut eines Alkoholikers. Es war allgemein bekannt, dass Marx ein Alkoholproblem hatte, wenngleich er seiner Arbeit nach wie vor nachkam. Aber es war schlecht auszukommen mit ihm, daher freute sich Lichthaus bereits auf die Zeit nach Marx, der Ende September in den Vorruhestand gehen würde.

Lichthaus berichtete von seinem Gespräch mit Müller. Dass der Neuzugang eine Frau und ausgerechnet Sophie Erdmann sein würde, wurde von seinen Kollegen mit gemischten Gefühlen aufgenommen.

Anschließend erörterte er für Marx und Steinrausch den Fall Eva Schneider. »Wir ermitteln in alle Richtungen. Die Bereitschaft befragt die Anwohner auf dem vermutlichen Heimweg des Mädchens, und du, Thomas«, er wies auf Scherer, »prüfst bitte die alten Vermisstenanzeigen auf Parallelen. Ich befrage morgen den Freund der Vermissten, und Sie beide«, er deutete auf Steinrausch und Marx, »setzen sich mit der Mutter in Verbindung und gehen noch mal alle Möglichkeiten durch, wo ihre Tochter sich aufhalten könnte. Machen Sie ihr Vorschläge, setzen Sie Ihre Phantasie ein. Besorgen Sie auch ein Foto und Fingerabdrücke. Herr Marx, Sie übernehmen die Koordination.«

Marx schüttelte nur verständnislos den Kopf.

»Dann an die Arbeit.« Alle erhoben sich.

»Jetzt gehen wir auf die große Suche, und das Weib liegt irgendwo in den Federn und lässt sich besteigen.« Marx trottete abfällig grinsend mit leichtem Kopfschütteln in Richtung Tür.

»Was soll das jetzt?« Lichthaus versuchte, seinen aufsteigenden Zorn zu bändigen. Er wollte seinen ersten Arbeitstag nicht mit einem Streit beginnen.

»Wie ich es bereits gesagt habe. Das ist doch Unsinn, einer Tussi hinterherzuermitteln, die mal das Wochenende blaumacht.«

»Ich bin da anderer Meinung und habe das gerade erklärt. Es ist mir egal, ob Sie meine Meinung teilen oder nicht, und ich warne Sie: Werden Sie bei Ihren Ermittlungen bloß nicht schlampig!«

Normalerweise vermied Marx die direkte Konfrontation mit Lichthaus, aber jetzt ließ er es darauf ankommen. Die drei Wochen ohne seinen verhassten Vorgesetzten waren offensichtlich zu lang gewesen. Er wurde laut. »Das lasse ich mir von Ihnen nicht unterstellen. Ich mache meine Arbeit mindestens so gewissenhaft wie Sie.«

Lichthaus roch seinen Atem: Pfefferminzbonbons und Alkohol. »Sie sollten Ihren Ton mäßigen. – Thomas, du übernimmst die Koordination des Falls.«

»Das können Sie nicht machen.« Marx war außer sich.

»Doch, das liegt in meiner Kompetenz, akzeptieren Sie das gefälligst.« Er wandte sich ab.

»Ich gehe zu Müller. Der wird Ihnen zeigen, wer hier wem den Fall wegnehmen kann. Mit Ihnen bin ich noch lange nicht fertig.« Sein Kopf war rot angelaufen. Große Schweißkränze zeigten sich auf seinem Hemd, als er sich jetzt abrupt umdrehte und zur Tür ging.

»Herr Marx!« Lichthaus kochte innerlich. »Sie lassen mir keine Wahl angesichts Ihres Verhaltens. Ich werde eine Stellungnahme abgeben müssen. Und ich werde nicht umhinkommen, Ihr Alkoholproblem zu thematisieren.« Er wusste, dass er Marx unfair in seiner weichen Flanke angriff, doch es war ihm egal. Er wollte hier für Ruhe sorgen, egal wie. Marx blieb stehen und schaute die drei betroffen an.

»Bedenken Sie das, bevor Sie zu Müller gehen. Es wäre wohl besser, wir lassen alles, wie es ist bis Ende September.«

Marx zögerte einen kurzen Augenblick, seine Augen flackerten ein wenig, dann ging er hinaus und schlug die Tür hinter sich zu.

»Willkommen zurück. Scheiße.« Lichthaus hatte es nur gemurmelt, doch die Kollegen hörten ihn, als sie wortlos den Raum verließen.

*

Eva Schneider erwachte ruckartig und stöhnte vor Schmerzen, als sich die Fesseln tiefer in ihre Handgelenke schnitten. Ein Geräusch hatte sie aus ihrem unruhigen Halbschlaf gerissen, in den sie nun immer häufiger fiel, wenn er sie in Ruhe ließ.

Schon sickerte die Angst in ihr Hirn und füllte es bis zum Bersten aus. Angst vor ihm. Nicht mehr diffus, sondern so real, so furchtbar real, dass allein der Gedanke an ihn sie dazu brachte, sich in ihren Fesseln zu winden wie ein Wurm am Haken. Draußen auf der Treppe bewegte er sich, der Teufel kam herunter in den Keller. Schwere Schritte auf den Stiegen.

Evas Körper verkrampfte sich, doch er verschonte sie diesmal, schien nur im Raum nebenan zu arbeiten. Sie hörte, wie er herumhantierte und irgendetwas metallisch gegeneinander krachte. Sie entspannte sich ein wenig und lauschte wieder in die Dunkelheit.

Sie wusste nicht, wie lange sie schon hier war, hatte jegliches Gefühl für Zeit und Raum verloren. Nichts war in ihr außer Angst, die unbezähmbare Angst eines Tiers in der Falle. Der Tod kam ihr nicht mehr so schlimm vor, nur der Weg dorthin.

Anfangs war sie kaum zu sich gekommen. Ihr Kopf hatte gedröhnt. Die Zunge hatte trocken am Gaumen geklebt. Die Erinnerung war nur langsam zurückgekehrt. Immer wieder fielen ihre Augen zu. Es war vollkommene Dunkelheit um sie herum. Lebte sie überhaupt noch oder war sie bereits tot?

Nach einer Weile hatte sich der Nebel des Betäubungsmittels gelichtet. Ihre Augen waren mit einem festen Band zugeklebt. Sie lag auf einem Bett, nackt und an Händen und Füßen gefesselt. Da ihr nicht kalt war, schien der Raum gut geheizt zu sein. Es roch nach leichtem Moder. Beim ersten Erwachen war sie in Panik geraten, hatte in diesem Vakuum nach Luft geschnappt und wie wild an den Fesseln gezerrt. Minutenlang hatte sie sich dagegen gewehrt und geschrien, so laut sie konnte, aber nichts hatte geholfen. Dann hatte sie geweint und gebetet. Lange und intensiv hatte sie zu Gott gefleht, damit er ihr einen Ausweg aus dieser Dunkelheit zeigte.

Später, als sie ruhiger geworden war, versuchte sie erneut, die Fesseln zu lösen. Ohne Erfolg. Weder mit den Händen noch den Zähnen bekam sie etwas zu fassen. Letztendlich blieb ihr nur das Warten. Halb irre in dieser undurchdringlichen Schwärze redete sie gegen die Stille an und versuchte, sich Mut zu machen.

Irgendwann war er gekommen. Sie hörte zuerst die Schritte auf der Treppe. Dieses so alltägliche Geräusch brachte sie ins Leben zurück. Einen winzigen Augenblick lang war sie glücklich. Dann aber griff die Angst mit eiskalten Fingern nach ihr. Eine lächerliche Angst. Kindisch, noch nicht wissend, was richtige Angst war. Ein Schlüssel drehte sich im Schloss, und die Tür wurde geöffnet. Sie knarrte leise in den Scharnieren. Ein Lichtschalter knackte, er trat ein und kam zu ihr herüber. Seine Schritte waren langsam, und sie spürte förmlich, wie er sie anstarrte. Seine Nähe war körperlich zu fassen, blind und hilflos fühlte sie sich dem ausgeliefert, was jetzt kommen würde. Gegen ihren Willen begann sie zu schluchzen.

Sie flehte ihn an, ihr nichts zu tun, schwor, dass ihr Vater jedes Lösegeld zahlen würde, weinte. Doch er blieb eine bewegungslose, stumme Statue in der Dunkelheit. Plötzlich berührte er ihre Brüste, grob und gierig. Eva erstarrte, bis der Schmerz kam. Der Anfang der Hölle. Er vergewaltigte sie, drang hart in sie ein, ein Fremdkörper, wie kaltes Eisen. Dann die Folter. Eva schrie, bis ihre Stimme versagte. Anschließend hatte sie nur noch wimmern können. Seitdem wusste sie, dass das Unerträgliche noch steigerbar war. Und seitdem war sie da, die wirkliche Angst, die alles verdrängte.

Die Geräusche aus dem Nebenraum waren verstummt, er stieg wieder nach oben und ließ sie zurück. Allein mit ihrer Angst.

Mittlerweile kämpfte sie nicht mehr, dämmerte nur apathisch vor sich hin, solange der Teufel nicht da war. Ihre Persönlichkeit begann sich aufzulösen, und zurück blieben nur das Grauen vor den nächsten Stunden und die verzweifelte Hoffnung auf ein Ende. Sie sehnte sich nach etwas Licht. Sie summte »Guten Abend, gute Nacht«.

Er sprach nie mit ihr. Anfangs hatte sie sich gefragt, ob er befürchtete, dass sie ihn an seiner Stimme erkennen könnte, hatte Christoph in Verdacht, den Gedanken verworfen und später erneut aufgenommen. Hatte die Familie nicht ein Wochenendhaus in der Eifel? Er hasste und liebte sie, seit sie Schluss gemacht hatte. Verstand nicht, dass er und seine Berührungen sie am Ende angeekelt hatten. Mittlerweile war ihr alles egal. Ihre Hand schien gebrochen zu sein, denn sie konnte sie kaum bewegen. Zum Schreien war sie nun zu schwach, stöhnte nur noch in diesem Höllenfeuer, das überall zu lodern schien. Sie summte weiter. Das Lied war kindisch, doch es löste Erinnerungen aus, und sie driftete weg. Sie verfiel in eine Art Trance. Ihr Geist streifte durch ihr Leben. Sie traf Menschen, an die sie seit Jahren nicht mehr gedacht hatte, sie sprach mit Vater über den Tod und die Erlösung, mit Oliver über die Zukunft. Manchmal durchlebte sie auch die Vergangenheit. Heiligabende, sie roch sogar die Kerzen, Geburtstagsfeiern mit Topfschlagen und tollen Torten, die Urlaube in Frankreich, Spanien und sonst wo. Ihr Herz wurde leicht und entfloh diesem Keller wie ein schwereloser Vogel, ließ alles hinter sich und suchte Frieden. Wenn sie zu sich kam, war die Wucht der Dunkelheit und der Verlassenheit unerträglich. Stundenlang weinte sie, konnte nicht aufhören. Sie würde die Sonne nicht mehr sehen und hier unten sterben, wenn er den Spaß an ihr verlor.

*

Lichthaus fuhr schon früh nach Hause. Der Streit mit Marx und die Diskussionen mit Müller hatten ihn angefressen. Für den ersten Tag nach dem Urlaub war das einfach zu viel. Sollte der Papierkram doch warten. Er wollte nur noch weg. Als er ankam, waren Claudia und die Kleine nicht da. Auf dem Küchentisch fand er einen Zettel: »Bin in der Galerie.« Sie hatte wie immer nicht unterschrieben. Enttäuschung machte sich breit, er hatte sich so nach den beiden gesehnt.

Claudia plante eine Ausstellung und stand mit zwei Galerien in Verhandlungen. Beide wollten die Ausstellung machen, da Claudia mehrere Preise für ihre Arbeiten gewonnen hatte, doch sie hatte auch sehr genaue Vorstellungen, wie Präsentation und Vernissage ablaufen sollten. Das führte zu ständigen Diskussionen. Er hielt sich da raus. Müde setzte er sich in den Garten und schaute den Berg hinauf. Lichthaus und Claudia hatten hier selbst einen kleinen Weinberg. Nur rund einhundert Rebstöcke in drei Reihen. Die Vorbesitzer ihres Hauses waren hauptberuflich Winzer gewesen, hatten aber nach und nach alle Weinberge verkauft und nur dieses eine Stück für den Eigenverbrauch zurückgehalten. Claudia und er hatten sich nicht darum gekümmert, als sie im September eingezogen waren. Sie waren mit Umbau und Einzug zu beschäftigt gewesen, als dass sie an die Reben gedacht hätten. Wenige Wochen später läutete es und ein alter Mann in Arbeitskleidung stand vor ihnen, während hinter ihm auf der Straße sein Traktor tuckerte. Auf dem Kopf trug er einen speckigen Lederhut, der aussah, als sei er zu klein. Sein Gesicht war dunkelbraun gebrannt, wobei die roten Backen von langjährigem Weingenuss zeugten. Seine Augen aber waren hellblau wie Wasser und strahlten die beiden an.

»Was macht ihr denn mit den Trauben?«, fragte er sie im schönsten Dialekt und lächelte sie mit seinem lückenhaften Gebiss an. Als er dann ihren verständnislosen Blick sah, klärte er sie auf. Sein Name sei Otto Schmitt, er sei Winzer hier im Ort. Seine Weinberge grenzten unmittelbar an die wenigen Weinstöcke der Familie. Die Lese sei in vollem Gange, und er habe bemerkt, dass ihre Trauben noch unberührt hingen. Lichthaus und Claudia waren zum Amüsement des Alten völlig ratlos, doch Otto, wie sie ihn seitdem nennen durften, bot seine Hilfe an. Er bewirtschaftete die Reben mit und lieferte quasi als Pacht einige Kisten Wein pro Jahr. Zwischen ihnen und dem Alten hatte sich mittlerweile eine innige Freundschaft entwickelt.

Während Lichthaus noch in Erinnerung versunken dasaß, kamen Claudia und Henriette nach Hause. Strahlend ging er ihnen entgegen und küsste sie zur Begrüßung.

»Na, wie war's?«, fragte seine Frau.

Lichthaus erzählte, was alles vorgefallen war, und ging ins Haus, um die Geschenke der Kollegen zu holen.

»Marx spinnt wohl langsam. Kaum bist du aus dem Urlaub zurück, schon geht das wieder los. Du hattest allen Grund, es dem Mistkerl zu zeigen.« Claudia verabscheute den Kollegen und fuchtelte jetzt aufgebracht mit der neuen Rassel durch die Luft.

»Ich denke, die anderen sehen das nicht so.«

Claudia machte eine wegwerfende Handbewegung. »Bis Weihnachten haben die den vergessen. Marx wird ja bald pensioniert. Viel wichtiger war deine Reaktion: Nun wissen alle, dass sie mit dir nicht umspringen können, wie sie wollen.«

Lichthaus dachte nach.

»Ach, Hannes, jetzt schau doch nicht so skeptisch.« Sie streichelte ihm über den Kopf. »Einen Monat noch.«

Er lächelte. »Übrigens, Marx' Nachfolger wird eine Frau. Strafversetzt aus Mainz.«

Er verblüffte Claudia mit Sophie Erdmanns pikanter Vorgeschichte, bevor er unter die Dusche ging. Gerade als er sich ein frisches T-Shirt überzog, wachte die Kleine auf. Er nahm sie vorsichtig aus ihrem Körbchen und brachte sie ins Atelier. Seit Henriette da war, nutzte Claudia intensiv die Zeiten, in denen das Baby schlief. Sie hatte seit Beginn ihrer Schwangerschaft mit Arbeiten zu Entstehung, Geburt und Leben sowie Glauben und Religion begonnen. Jetzt malte sie an einem Bild zur Kreuzigung. Die Perspektive des Betrachters war so gewählt, als ob dieser schräg unter dem Kreuz auf dem Boden säße. Sie arbeitete am Gesicht des toten Jesus, als er ihr das schreiende Baby brachte.

»Vergiss den Tod, das Leben hat Hunger«, stichelte er. Claudia zog eine Grimasse und wusch sich dann in einem großen Becken zwischen leeren Farbtöpfen und Pinseln die Hände. Gemeinsam setzten sie sich auf das alte Ledersofa am Fenster und schauten schweigend zu, wie die Kleine aus Claudias Brust trank. Lichthaus unterbrach die Stille.

»Wie war es heute Mittag?«

»Beide Galerien wollen die Ausstellung machen. Am liebsten wäre ich bei Möbius, doch seine Provisionsvorstellungen sind mir eigentlich zu hoch, nur hat er eine große Luxemburger Klientel. Die zahlen gut. Mal abwarten, ob ich da noch nachverhandeln kann.«

»Immer zu, das Haus will bezahlt werden.« Er lächelte. Die Anwesenheit seiner Familie löste die Verspannungen des Tages, und er freute sich auf einen ruhigen Abend.

*

Lichthaus war am folgenden Morgen erst um acht Uhr dreißig im Präsidium. Es würde wieder ein heißer Tag werden. Als er oben ankam, fing ihn Marie Guillaume, die Sekretärin des Kommissariats, unauffällig ab.

»Sie werden bereits erwartet.« Sie schaute vielsagend und deutete mit einem Kopfnicken in Richtung Büro. Unmittelbar davor, auf den Besucherstühlen, saß eine Frau.

»Sophie Erdmann«, murmelte sie.

Lichthaus war verblüfft. »Heute schon? Wo ist Müller?«

»Nicht da. Keine Ahnung.« Sie zuckte mit den Schultern.

Er ging hinüber. Sophie Erdmann war eine große, gutaussehende Frau mit grauen Augen. Ihre mittelblonden Haare hatte sie zu einem Pferdeschwanz zusammengebunden. Sie trug jetzt einen dunklen Hosenanzug, doch die Art und Weise, wie sie sich darin bewegte, zeigte Lichthaus, dass sie normalerweise legerere Kleidung gewöhnt war.

Er schüttelte ihr die Hand. »Frau Erdmann, herzlich willkommen. Entschuldigen Sie, dass Sie warten mussten. Wenn ich gewusst hätte, dass Sie schon heute hier sind, wäre ich eher da gewesen. Kommen Sie doch bitte herein.«

Er öffnete das Büro und ließ sie eintreten. »Darf ich Ihnen etwas zu trinken anbieten?«

»Ein Wasser vielleicht.« Sie hatte eine warme Stimme.

Lichthaus öffnete den Schrank, entnahm ihm zwei Gläser und eine Flasche Mineralwasser, schenkte ein und nahm ebenfalls Platz.

»Waren Sie schon bei Herrn Müller?«

»Der ist heute Morgen nicht da.«

Lichthaus schüttelte den Kopf. »Toller Empfang. Wir schreien seit Monaten nach Ersatz, und wenn er dann kommt, ist keiner da.«

»Die Versetzung hat bereits zum Fünfzehnten stattgefunden.« Sie lächelte bitter und nahm einen Schluck Wasser. »Man konnte es anscheinend gar nicht abwarten, mich loszuwerden.«

»Lassen wir das Thema. Wir wissen Bescheid, und es ist uns weitgehend egal. Ich gebe zu, dass ich nicht gerade begeistert war, eine Kollegin mit Ihrer Vorgeschichte ins Team zu bekommen, doch was in Mainz gelaufen ist, war gestern und ist Ihre Privatsache.« Er machte eine wegwerfende Handbewegung. »Ich erwarte nur, dass Sie hier Ihre Arbeit machen.«

Sie schwieg einen Moment. »Wie stehen die Kollegen zu mir?«

»Niemand will Sie vorverurteilen, aber sie sind offen gesagt kritisch. Wir müssen ein Team bilden und das steht im Vordergrund.« Er schaute auf die Uhr. Es war kurz vor neun. »Wir haben gleich Besprechung, da werde ich Sie vorstellen. Um elf Uhr befrage ich den Freund eines vermissten Mädchens. Sie können mich begleiten.«

»Gern.«

Sie unterhielten sich noch kurz über die obligatorische Prozedur, die Beschaffung von Dienstausweis und Dienstwaffe, dann gingen sie in den Besprechungsraum.

*

Die morgendliche Sitzung verlief ohne Komplikationen. Er stellte Sophie Erdmann den Kollegen vor, die sie überrascht, aber freundlich begrüßten. Neue Ergebnisse im Fall Eva Schneider lagen nicht vor.

Sophie Erdmann bezog vorübergehend einen Schreibtisch in Scherers Büro, und als Lichthaus gegen elf eintrat, hatte sie sich bereits eingerichtet. Scherer hatte sich zwischenzeitlich mit den entsprechenden Akten aus der Vermisstenabteilung versorgt. Er saß vor einem hohen Stapel und schaute ihn nachdenklich an.

»Ich habe mir im Computer einen ersten Überblick verschafft, muss aber noch die Details in den Akten prüfen. In den vergangenen fünf Jahren wurden in Trier außer Eva Schneider drei Mädchen als vermisst gemeldet, die in ein ähnliches Raster passen. Eine tauchte nach vier Tagen wieder auf, von den beiden anderen fehlt weiterhin jede Spur. Ich habe anschließend den Zeitraum verlängert und den Ermittlungsradius auf den ganzen Regierungsbezirk und die Nachbarbezirke ausgedehnt und komme so auf fünf ungeklärte Fälle in vier Jahren. Ich will jetzt nicht dramatisieren, aber die Region liegt hier deutlich über dem Bundesschnitt.«

»Worauf möchtest du hinaus?«

Scherer hob abwehrend die Hände. »Noch auf gar nichts. Das sind nur erste Fakten. Heute Mittag bekommst du einen Bericht.«

Lichthaus nickte, dann brach er mit Sophie Erdmann zu Evas Freund auf. Er setzte sich ans Steuer.

»Wissen Sie schon, wo Sie wohnen werden?«, begann er lahm.

»Nein, ich bin momentan im Schwesternwohnheim des Mutterhauses untergekommen.« Sie grinste ihn an. »Hat eine alte Freundin organisiert. Ich suche was in der Stadt. Wenn ich schon in diesem Kaff lebe, dann bitteschön nahe am Zentrum.«

Lichthaus schaute sie kurz von der Seite an. Sophie Erdmann war ihm sympathisch. Ohne Schnörkel und offen heraus. »Das Kaff ist gar nicht so schlecht. Ich bin auch von Mainz hergekommen und habe es keinen Tag bereut.«

»Das hat im LKA niemand verstanden.«

»Wie bitte?«

»Entschuldigen Sie«, sie schien verlegen zu sein. »Ich habe die Kollegen natürlich nach Ihnen gefragt, als ich erfuhr, dass ich hierher komme.«

»Und, was haben die gesagt?« Lichthaus war neugierig, denn sein Weggang hatte damals viele Fragen aufgeworfen, die er seinen ehemaligen Kollegen nicht beantwortet hatte.

»Die halten Sie überwiegend für einen sehr guten Polizisten. Aber keiner konnte nachvollziehen, warum Sie sich gerade in dem Augenblick hierher beworben haben, als Sie doch mehr oder weniger klar für den Posten des Kriminaldirektors im LKA vorgesehen waren.«

»Das hatte ganz persönliche Gründe«, wich er aus. »Nur so viel: Neben dem Job gibt es Dinge, die mir wichtiger sind. Man muss irgendwann Prioritäten setzen. Ich wollte nicht der Karrierebulle mit gescheiterter Ehe werden.« Sie erreichten ihr Ziel, und er war froh, angekommen zu sein und das Thema beenden zu können.

Das Haus war ein alter Bau, den der Besitzer mit einer ungemein hässlichen Rauchglastür verschandelt hatte. Lichthaus drückte den Klingelknopf, und schon nach wenigen Sekunden meldete sich eine angenehme Stimme. Nachdem sie sich vorgestellt hatten, wurde die Tür geöffnet, und sie betraten einen schmalen Hausgang mit ausgetretener Holztreppe. Oliver Hettmann wohnte im vierten Stock und sah ihnen vom Treppenabsatz entgegen, als sie schwitzend oben ankamen.

»Studenten wohnen immer unterm Dach oder unter der Erde«, kommentierte er schwach lächelnd und reichte ihnen die Hand.

»Letzteres wäre mir bedeutend lieber gewesen«, antwortete Lichthaus.

Hettmann war ein großer, schlanker Mann in Jeans und T-Shirt. Ob Männer hübsch oder anziehend wirkten, konnte er nur schwer beurteilen, doch der sportliche Junge mit seinen hellbraunen Haaren, dem gut geschnittenen Gesicht und dem offenen Blick war sicherlich heiß umworben.

Sie betraten die winzige Wohnung. Rechts neben dem Eingang lag eine Küche mit Kochzeile, einem Tisch und einer Tür, die auf einen Balkon hinausführte. Hettmann lotste sie hier hinein, doch Lichthaus warf im Vorbeigehen einen kurzen Blick in das zweite Zimmer. Neben einem ordentlich gemachten Futonbett standen ein Schrank und direkt unter dem Fenster ein Schreibtisch. Er war über und über mit dicken juristischen Büchern, Kopien und dem unvermeidlichen Laptop bedeckt.

In der Küche setzten sie sich an den Tisch. Zwei schwarzweiße Fotografien von Eva hingen stark vergrößert an der Wand. Hettmann folgte Lichthaus' Blick. Sein Gesichtsausdruck spiegelte eine Mischung aus Angst und Hoffnung wider, die Lichthaus schon allzu oft gesehen hatte.

»Das war im Juli. Eva und ich waren in Holland. Nur eine Woche. Leider.«

Eva Schneider blickte selbstbewusst in die Kamera. Ein schönes Mädchen, ging es ihm durch den Kopf. Schön und stark.

»Sie wirkt sehr selbstsicher.«

Hettmann lächelte. »Ich hatte schon einige Freundinnen. Auch welche, die älter waren als Eva, aber sie ist viel reifer als die anderen. Vielleicht liegt das ein wenig an der Krankheit ihres Vaters.« Er stellte Gläser auf den Tisch und nahm Platz.

»In Ordnung, lassen Sie uns beginnen.« Lichthaus schlug seinen Notizblock auf. »Eva kam von Ihnen, als sie verschwand. Wir suchen jetzt nach Gründen, die ihr Verschwinden erklären könnten, daher also meine erste Frage: Gab es an dem Abend Streit zwischen Ihnen und Eva?«

»Nein! Wir haben zusammen eine Pizza gebacken und auf dem Balkon gegessen.« Er zögerte einen Moment. »Und anschließend sind wir miteinander ins Bett. Nur Sex, keine Gewaltspielchen, kein Ärger, nichts.« Er schaute sie offen an. Als die beiden Beamten nicht reagierten, fuhr er leise fort. »Sie ist wie immer gegangen. Ich habe noch gemeckert, warum sie nicht einfach hierbleibe, aber sie ging. Wegen ihres Vaters und so. Anfangs habe ich sie meistens begleitet, aber wie sie so war, wollte sie das nicht haben. Scheiße, warum hab ich sie nicht heimgebracht?« Tränen glitzerten in seinen Augen, und er klimperte sie hastig fort.

»Sie sollten sich keine Vorwürfe machen, das führt zu nichts und ist sicher nicht berechtigt. – Ist sie zu Fuß gegangen?«

»Nein, sie wollte das Rad nehmen.«

»Hat Eva Ihnen gegenüber irgendwelche Andeutungen gemacht?«, schaltete sich Sophie Erdmann ein. »Ich denke da vor allem an psychische Probleme. Die Situation zu Hause war für ein junges Mädchen ja nicht ganz einfach.« Sie schaute zu Lichthaus, wohl um festzustellen, ob er damit einverstanden war, dass sie Fragen stellte.

Oliver Hettmann dachte kurz nach. »Eigentlich nicht. Außerdem, wieso sollte sie nachts um drei Uhr weglaufen? Ohne ihre Sachen.«

»Ist sie schwanger?« Soweit hatte Lichthaus noch nicht gedacht, doch die Frage klang plausibel. Konservatives Elternhaus und zu allem Überfluss der kranke Vater – da wäre eine Schwangerschaft sicher nicht erwünscht gewesen.

»Schwanger? Warum fragen Sie danach?«

»Sie schlafen doch wohl miteinander. Nimmt sie die Pille?«

»Ja.« Er dachte nach. »Nun ja, ich bin nicht immer dabei, hier jedenfalls hat sie sie abends regelmäßig genommen.« Hettmann sprang auf. »Aber dann hätte sie mit mir reden müssen.« Er war nun stark verunsichert und schaute aus dem Fenster, zuckte resigniert mit den Schultern und drehte sich um. »Ich kann Ihnen nicht helfen. Finden Sie Eva, damit das alles ein Ende hat. Ich schlafe kaum und jetzt stellen Sie mir noch all diese Fragen. Wir haben doch so viel vor. Wir planen einen gemeinsamen Auslandsaufenthalt in Australien.« Er lächelte vor sich hin. »Sie will Segelfliegen lernen. So eine Schnapsidee.«

Lichthaus wechselte das Thema. Hettmann wirkte glaubwürdig. »Hatte Eva vor etwas Angst? Vor Fremden oder Personen aus ihrer Umgebung? Wurde sie belästigt?«

»Nur von Christoph. Das ist ihr Exfreund. Christoph Bleier. Der steigt Eva seit Monaten hinterher und will sie zurückhaben. Er wartet manchmal vor dem Haus, bis sie rauskommt. Ich glaub aber, der ist harmlos.«

Sophie Erdmann notierte den Namen. »Wann haben Sie ihn zuletzt bemerkt?«

»Vergangene Woche, am Mittwoch oder Donnerstag. Aber Eva hat keine richtige Angst vor ihm.«

»Vor wem denn sonst?«

»Sie hat Ausstrahlung, und da werden manche Typen schon mal aufdringlich.«

»Denken Sie an jemand Konkreten?«

»Nein.«

»Okay. Wem sonst vertraut sie sich an, wenn sie nicht mit ihrer Mutter oder Ihnen sprechen will? Sie hat doch sicher eine beste Freundin?«

»Anne. Das ist ihre älteste und wohl auch beste Freundin. Anne Minneger. Warten Sie, ich gebe Ihnen die Telefonnummer.« Er stand auf und verschwand im Wohnzimmer, um gleich darauf mit einem handgeschriebenen Zettel zurückzukehren.

Wenig später verabschiedeten sie sich von Hettmann, der sie erleichtert an die Tür brachte. Lichthaus drehte sich noch mal um.

»Denken Sie bitte über unsere Fragen nach. Ihre Freundin ist schon seit drei Tagen weg, und wir haben keinerlei Hinweise, warum und wohin sie verschwunden sein könnte. Wo sollen wir suchen? Sie sind mit ihr vertraut, wir kennen ihre Lebensumstände ja nicht. Deshalb brauchen wir Ihre Hilfe, um erfolgreich zu sein.« Hettmann schaute ihnen bestürzt nach, als sie die Treppe hinuntergingen.

*

In seinem Büro lagen bereits die Protokolle der Bereitschaftspolizei. Steinrausch hatte ihm alle infrage kommenden Adressen zusammengestellt und ein aktuelles Foto von Eva, offensichtlich von der Abiturfeier, beigelegt. Sie trug ein aufwändiges Kleid und hielt ihr Zeugnis lachend in die Kamera. Bevor er den Bericht ganz lesen konnte, klopfte es. Scherer betrat das Büro und setzte sich auf den Besucherstuhl.

»Hallo Johannes, ich hätte da vor unserer Sitzung zwei Dinge zu besprechen.« Er wartete auf ein zustimmendes Nicken von Lichthaus, dann fuhr er fort. »Also, ich hatte es vorhin ja schon erwähnt. Der Abgleich der Vermisstenakten aus der Region ergibt zwar kein klares Bild, doch lassen sich Abweichungen vom Bundesdurchschnitt erkennen. Es ist mehr eine Ahnung, aber ich sehe Parallelen zwischen mindestens zwei der Fälle und dem Verschwinden von Eva Schneider. Die älteren Vorgänge habe ich mal außen vor gelassen. In allen drei Fällen handelt es sich um junge Frauen Anfang zwanzig. Die eine heißt Christine Bach, zum Zeitpunkt ihres Verschwindens 24 Jahre alt. Sie hat in Koblenz studiert und war übers Wochenende zu Hause in Großlittgen bei Wittlich. Verschwunden ist sie am 17. März des vergangenen Jahres. Sie ist mittags mit ihrem Hund spazieren gegangen und nicht mehr zurückgekommen. Das Tier hat man tot gefunden.«

»Ja, ich erinnere mich. Die Wittlicher haben mit Hundestaffel und Hubschrauber gesucht.«

»Das andere Mädchen ist ein halbes Jahr vorher als vermisst gemeldet worden. Sie stammt aus Weiskirchen im Saarland. Angelika Zeuner, Krankengymnastin, 20 Jahre alt. Sie ist mit dem Rad zur Arbeit gefahren und nie wieder gesehen worden. Laut Akte haben die Kollegen aus Saarbrücken so ziemlich jeden Stein umgedreht, aber keine konkrete Spur finden können.«

»Also sind drei Mädchen in kurzer Zeit spurlos verschwunden. Du glaubst an einen Zusammenhang? An eine Serie?«

Scherer druckste unschlüssig herum. »So weit will ich nicht gehen. Die Parallelen lassen mich einfach aufhorchen. Das kann aber auch Zufall sein. Ich denke nur, dass wir die Altfälle einbeziehen sollten, wenn Eva nicht mehr auftaucht.«

»Das ist ein guter Gedanke. Wir sollten das im Hinterkopf behalten. Nur, solange wir keine Leichen haben, können wir auch nicht von Mord und schon gar nicht von Serienmord sprechen. Zieh aber trotzdem mal alle Ermittlungsberichte der verschwundenen Frauen zusammen. Man kann ja nie wissen.«

Lichthaus grübelte über Scherers Vermutungen nach. Ein Serienmörder würde sie vor eine große Herausforderung stellen, da die Ermittlungen oft ins Leere führten. Fast immer fehlte die direkte Verbindung zwischen Opfer und Täter.

»Was mich stutzig macht, ist der Abstand zwischen den Taten. Die werden ja länger.« Von einem Serienmord sprach die Theorie, wenn wenigstens drei unabhängige Taten von einer Person begangen wurden und dazwischen eine sogenannte emotionale

Abkühlung stattfand. Diese Phasen verkürzten sich meistens mit der Zeit. Das traf auf die von Scherer gezeigten Fälle nicht zu.

»Eventuell gibt es weitere Taten, die wir noch nicht in diesem Zusammenhang gesehen haben?«

»Das ist doch jetzt reine Spekulation.« Lichthaus wehrte ab.

Scherer nickte nachdenklich. »Du hast Recht, der Verdacht ist zu schwach.«

»Ich will das ja gar nicht ausschließen, aber im Moment gehe ich eher von einem Einzelfall aus, wenn überhaupt ein Gewaltverbrechen vorliegt.«

Später las er den Bericht der Bereitschaftspolizei. Er bot eine kleine Überraschung. Eva Schneider war in der Nacht ihres Verschwindens tatsächlich gesehen worden. Die Kollegen hatten die wenigen Anwohner systematisch befragt und hierbei einen Zeugen gefunden. Der Mann namens Richard Ley wohnte in der Simeonstraße und hatte wohl altersbedingt wach gelegen. Von seinem Fenster in der ersten Etage hatte er ein Mädchen in die Glockenstraße abbiegen sehen und sie später als Eva Schneider identifiziert. Lichthaus stutzte. Wie hatte der Alte zweifelsfrei eine Fahrradfahrerin wiedererkennen können, die in der Nacht an seinem Haus vorbeigefahren war? Sie würden ihn nochmals befragen müssen.

Die restliche Zeit verbrachte er mit Verwaltungsarbeit und den vor sich hindümpelnden Altfällen, die kein Ende zu nehmen schienen. Gegen fünf stand er auf und schaute aus dem Fenster in den Hof. Der Ausblick aus seinem alten Büro über die Allee auf die Kaiserthermen und den Palastgarten bis hinüber zum Palais war das Einzige, was er an dem hässlichen Bau vermisste. Unter ihm in der Hitze rollte träge der Feierabendverkehr an St. Maximin vorbei. Die Menschen strebten nach Hause, in die Schwimmbäder, die Gärten oder zum Grillen. Ein Sommerabend wie gemacht für vielerlei Aktivitäten. Er dachte kurz an Claudia und Henriette und wie gern er jetzt bei ihnen gewesen wäre, verbot sich aber solche Gedanken. Eva Schneider war mittlerweile den vierten Tag verschwunden, die Zeit drängte.

*

Marx war bereits im Besprechungsraum und saß auf seinem angestammten Platz an dem großen Tisch, der Platz für zehn Mitarbeiter bot. Er starrte die leere Wandtafel an. Als er Lichthaus hereinkommen sah, nickte er ihm kurz zu, verließ dann aber wortlos den Raum. Lichthaus zuckte nur genervt mit den Schultern. Während er überlegte, ob sie den Beamer einsetzen würden, traf Sophie Erdmann zusammen mit Steinrausch und Scherer ein. Pünktlich um fünf Uhr begann Lichthaus mit seinem Bericht und fasste die Ergebnisse der Streifenbeamten zusammen. Dann informierte Sophie Erdmann über das Gespräch mit Oliver Hettmann. Sie trug knapp, aber umfassend vor, und Lichthaus konnte an den Blicken der Kollegen erkennen, dass ihre Professionalität sie bei aller Zurückhaltung doch beeindruckte. Auch Marx, der zwischenzeitlich wieder hereingekommen war, konnte eine gewisse Anerkennung nicht verbergen. Der Streit des Vortages schien in den Hintergrund getreten zu sein, um einer unterkühlten Neutralität Platz zu machen. Lichthaus hoffte, diese aufrechterhalten zu können. Nachdem Scherer seine Fakten vorgetragen hatte, ohne auf den Serienmordverdacht einzugehen, begann Steinrausch.

»Karl-Heinz und ich waren heute wie besprochen bei den Schneiders. Wir sind alle Möglichkeiten mit ihnen durchgegangen, aber nichts hat zu einer plausiblen Erklärung geführt. Sie haben letzte Woche bei einer Familienfeier gefilmt und man kann diesen Hettmann mit Eva sehen. Die waren total verliebt. Und dann haben wir ja noch den Zeugen Ley, der sie nachts gesehen haben will. Sie scheint jedenfalls lebend von ihrem Freund weggegangen zu sein. Bekannte und Verwandte haben die Schneiders alle angerufen. Ohne Ergebnis.«

Lichthaus unterbrach ihn. »Konnten Sie einen Terminplaner finden?«

»Nein, den hat sie immer dabei, wohl auch in der Nacht ihres Verschwindens. Außerdem fehlt das Rad.«

»Richtig. Rufen Sie mal im Fundbüro an. Vielleicht wurde es abgegeben. Was ist denn mit ihrem Exfreund, diesem Christoph ...?« Er zögerte und blätterte in seinen Unterlagen.

»Bleier«, half Marx ihm aus. »Der hätte ein Motiv, hat aber ebenfalls ein Alibi. Er macht eine Lehre zum Versicherungskaufmann. Ich bin vorhin noch in seiner Agentur vorbeigefahren. Er war auf einer Fortbildung in Saarbrücken. Am Samstagabend war die Abschlussfeier, die er angeblich bis um halb drei nachts besucht hat. Die Zeugen, die er dafür benannt hat, habe ich angerufen. Die waren zwar alle ziemlich betrunken, doch einer war sich absolut sicher, dass Bleier bis zum Schluss mit dabei war.«

Lichthaus schaute in die Runde. »Hm. Was denken Sie also?«

Scherer antwortete als Erster. »Die Fakten und auch die Dauer ihres Verschwindens lassen meines Erachtens nur einen Unfall oder ein Verbrechen als Erklärung zu.«

Steinrausch ergriff das Wort »Das sehe ich auch so. Wir sollten uns an die Öffentlichkeit wenden. Eventuell gibt es noch weitere Augenzeugen.«

Lichthaus nickte. »Daran habe ich auch schon gedacht. Ich werde mit Müller darüber sprechen. Unsere Pressestelle soll das sofort veranlassen. Morgen besuche ich diesen Ley. Thomas, du setzt dich mit Evas Frauenärztin in Verbindung. Vielleicht erfahren wir etwas über eine ungewollte Schwangerschaft. Die ist schon der Anlass für viele Bluttaten gewesen. Sie beide«, er nickte Marx und Steinrausch zu, »kümmern sich bitte nochmals um die Befragung der Anwohner. Dehnen Sie diese bis zur Kochstraße und der Allee samt Grünstreifen aus. Da Eva die Glockenstraße entlang ist, hoffe ich, dass sie dort ein weiterer Zeuge gesehen hat. Außerdem soll die Wasserschutzpolizei die Mosel absuchen. Sie war zwar wahrscheinlich nicht da unten, aber wer weiß.«

»Wir sollten uns auch via Facebook an die Leute wenden. Um die Uhrzeit geistern nachts eher die jungen Leute durch die Stadt. Die erreichen wir so besser als über die Zeitung.«

Alle nickten zustimmend, und Lichthaus fasste die Ergebnisse ihrer Besprechung zusammen. Dann löste er die Sitzung auf, um die weiteren Schritte mit seinem Vorgesetzten zu besprechen. Als er eine Stunde später von Müller kam, der nach ewiger Diskussion einem Aufruf in den Medien zugestimmt hatte, fand er Sophie Erdmann allein an ihrem Schreibtisch vor. Wie abwesend sah sie aus dem Fenster.

»Hallo.«

Sie zuckte zusammen.

»Ich komme wegen des Zeitungsaufrufs.« Sophie Erdmann reichte ihm die Unterlagen, die die Pressestelle benötigen würde.

»Konnten Sie Evas Freundin erreichen?«

»Ja, aber sie war keine große Hilfe. Sie hat Eva vor rund vier Wochen das letzte Mal gesehen, weil sie anschließend in Urlaub war. Von Problemen wusste sie auch nichts zu erzählen, mit Ausnahme natürlich der Krankheit des Vaters. Die Aussagen gehen unisono dahin, dass Eva in letzter Zeit glücklich war. Einen Grund zum Abhauen scheint es nicht zu geben. Ich habe trotzdem veranlasst, dass wir Einblick in ihr Bankkonto und ihren E-Mail-Account bekommen. Falls sie abgetaucht ist, wird sie früher oder später hierauf zugreifen.«

Lichthaus war beeindruckt. »Sehr gute Idee. Hätte ich eigentlich selbst drauf kommen können.«

Sie lächelte über das Lob, doch dahinter schimmerte Frustration.

»Übrigens, haben Sie heute Abend schon was vor?«

Sie schien überrascht zu sein. »Äh, nein. Warum?«

»Dann kommen Sie doch um acht zum Grillen zu uns. Wir wohnen in Eitelsbach.«

»Ich, also ich«, begann sie zögernd, fuhr dann entschlossen fort, »komme sehr gern. Danke.« Sie lächelte ihn an.

»Ich weiß noch, wie es sich anfühlt, in einer neuen Stadt zu sein. Eitelsbach ist klein. Sie werden uns finden. Wir wohnen gegenüber der Kirche.«

Lichthaus ging zurück ins Büro und telefonierte mit Claudia. Sie war im ersten Moment über die kurzfristige Ankündigung des Besuchs wenig begeistert, hatte aber Verständnis dafür, dass er seiner neuen Kollegin den Einstieg erleichtern wollte. Schließlich sprach er noch mit einem Redakteur des Trierischen Volksfreunds, der den Aufruf am kommenden Tag auf der ersten Seite bringen wollte, dann fuhr er nach Hause.

Der alte Golf hatte keine Klimaanlage, so dass die Hitze ihn vollständig einhüllte. Schon in Mainz hatte er sich angewöhnt, die Probleme, die ihn beruflich belasteten, mit Verlassen des Präsidiums mehr oder weniger aus seinem Bewusstsein zu verdrängen. Nur so konnte er entspannen. Der heutige Tag war eher ein »Weniger«-Tag, da ihn die unbefriedigende Suche nach Eva Schneider belastete. Sie hatten rein ermittlungstechnisch alles getan, hatten das private Umfeld durchleuchtet und versucht, potenzielle Zeugen und Motive für ein mögliches Verschwinden auszumachen. Meistens zeigte sich in solchen Fällen relativ schnell ein Muster, wonach der Vermisste gesucht und in der Regel gefunden wurde. Viele flohen vor häuslichen Problemen. Streit mit dem Partner oder den Eltern. Häufig spielten berufliches Versagen, Schulden oder Depressionen eine zentrale Rolle. Auf Eva Schneider traf nichts von alledem zu. Der Zeuge war da eigentlich ein Glücksfall, auch wenn er das Mädchen nur aus seiner Wohnung heraus gesehen hatte. Der Aufruf über die Zeitung und die anderen Medien war ihre letzte Hoffnung. Sollte sich daraus nichts ergeben, waren sie auf Kommissar Zufall angewiesen. Er straffte sich. Die Hoffnung starb bekanntlich zuletzt.

Vor dem Haus stand Claudias Berlingo. Die Haustür war weit geöffnet, und seine Frau schleppte gerade ein Bild heraus. Zwischen Schulter und Ohr hielt sie das Telefon geklemmt. Sie nickte ihm lächelnd zu und drückte ihm einen flüchtigen Kuss auf die Wange.

»Also, Leo, so wird das nicht laufen!« Sie klang genervt. »Wir hatten die Ausstellung von zwanzig Bildern besprochen und nicht nur von siebzehn. Bitte?« Sie lauschte einen Augenblick und verdrehte die Augen.

Lichthaus ging ins Haus und zog sich um. Kurze Hose und T-Shirt. Also doch die Galerie von Leo Möbius. Er verstand nicht, warum sich Claudia schon wieder mit diesem Widerling einließ. Er hatte zwar viele interessante Kunden, auch aus Luxemburg, doch schien er seine Künstler systematisch auszunehmen. Claudia würde aufpassen müssen.

Als er nach unten kam, hatte sie das Gespräch bereits beendet. »So ein Idiot«, schrie sie. »Wenn der glaubt, dass ich nach seiner Nase tanze, hat er sich geschnitten.« Sie blieb vor ihm stehen. Ihre Augen funkelten vor Wut.

»Warum lässt du dich immer wieder mit diesem Kerl ein? Der betrügt dich nach Strich und Faden. Du bist zu schade für seinen Laden.«

Er gab ihr einen zärtlichen Kuss, den sie erwiderte. Zärtlich strich sie ihm durchs Haar. Ihr Ärger verrauchte. Er küsste sie wieder, diesmal intensiver, und ließ seine Hände unter ihr T-Shirt wandern.

»Komm. Die Kleine schläft.« Sie zog ihn mit nach oben.

*

Er war in den Raum gekommen, hatte sie losgebunden und sie vom Bett gezogen. Blind war sie von der Matratze gerutscht. Ihr Kreislauf versagte, und sie fiel hilflos auf den Boden, der rau wie roher Beton war. Jetzt griff er ihr murrend in die Haare und riss sie ruckartig auf die Beine. Schreien konnte sie nicht mehr. Sie stöhnte matt und taumelte, schwankte wie betrunken umher und zuckte zusammen, als ein neuer Schmerz in alten Wunden aufflammte. Panik erfasste sie, denn es war anders als sonst. Er warf sie aufs Bett und riss ihr ohne Vorwarnung den Klebestreifen von den Augen.

Sie stöhnte auf. Das grelle Licht bohrte sich wie Pfeile in ihre Augen, und es dauerte, bis sie sich an die Helligkeit gewöhnte. Etwas wurde direkt neben ihr auf die Matratze geworfen, doch sie reagierte nicht, war wie erstarrt. Endlich wieder sehen, die Farben der verwaschenen Bettwäsche, wundervoll. Sie hätte weinen können. Doch dann traf sie die Erkenntnis mit Wucht. Jetzt würde er sie umbringen. Sie begann nicht zu zittern, und irgendwo in ihrem

Innersten kehrte Ruhe ein. Die schreckliche Ungewissheit hatte ein Ende.

»Zieh dich an!« Seine Stimme war nur ein Zischen, als sie ihn jetzt zum ersten Mal nach der ganzen Zeit sprechen hörte. »Wenn du mich anschaust, bist du tot.«

Als sie den Kopf drehte, lagen da zum Greifen nah ihre Kleider. Er lässt mich gehen, schrie die Hoffnung in ihr und kämpfte mit dem Zweifel. Wieso darf ich ihn nicht ansehen? Gleich wird er mich betäuben. Tränen stiegen in ihre Augen. Sie erhob sich langsam. Als sich ihr Kreislauf beruhigt hatte, zog sie sich das T-Shirt über den Kopf und weinte leise vor sich hin. Sie griff nach der Jeans, bemerkte den Fleck darauf. Oliver hatte unachtsam ein Stück Pizza darauf fallen lassen. Sie hatte sich aufgeregt und ihn angemeckert. Wegen eines Flecks. So lächerlich. Sie weinte weiter. Oliver! Der Funke Hoffnung, ihn wiederzusehen, wurde stärker. Sie vergaß für einen Moment sogar, dass dieser Bastard hinter ihr stand. Doch plötzlich drückte er sie brutal nach vorne und drang in sie ein. Der Schmerz kam so unverhofft, dass sie unwillkürlich aufschrie.

Sie ließ es über sich ergehen, spürte wie seine Erregung stieg und wartete auf seinen Höhepunkt. Dann würde es endlich vorbei sein. Sie schaltete ab, so wie sie es in der Zeit hier unten gelernt hatte, als er plötzlich zugriff, sie am Hals packte und zudrückte. Sie schlug um sich, ziellos, wirkungslos. Das Blut rauschte immer lauter in ihrem Kopf, ihre Augen quollen nach vorne, als sie nach der Luft schnappte, die ihre Lungen nicht mehr erreichen konnte. Plötzlich gab er ihren Hals frei. Panisch sog sie den Sauerstoff ein, beruhigte langsam ihren Atem, doch er drückte erneut zu. Sie grunzte, ihr Körper schien zu platzen, sinnloser Atemreflex. Es ging zu Ende. Für einen Augenblick spürte sie tiefen Frieden, sah wirre Bilder ihres Lebens. Dann war es vorbei. Sie spürte nicht mehr, wie ihre Muskeln erschlafften und hörte auch nicht, wie er ekstatisch stöhnend in ihr kam, denn sie war frei. Frei von Schmerz und Erniedrigung, frei von Angst und Schrecken, aber auch frei von Hoffnung.

Als er sich von ihr löste, rutschte Evas Körper vom Bett und krachte auf den Boden. Ein Schneidezahn brach ab.

*

Lichthaus lag in der Umarmung seiner Frau und küsste sie sanft. Es war schön gewesen, wieder mit ihr zu schlafen. In solchen Momenten wusste er, dass seine Entscheidung, das LKA zu verlassen, um ihre Ehe zu retten, richtig war. Sie hatten ihre Probleme in Mainz zurückgelassen und sich hier den Freiraum geschaffen, den ihre Beziehung brauchte. Wenn er heute zurückblickte, war das wohl die beste Entscheidung seines Lebens gewesen. Sie waren miteinander im Gleichgewicht, ohne Missgunst und Misstrauen.

Sie lächelte ihn sanft an und zog ihn zu einem weiteren Kuss zu sich heran. Er schickte seine Hände erneut auf die Reise, doch Claudia hielt sie fest.

»Lieber nicht.« Sie biss ihm leicht ins Ohrläppchen. »Denk an den Besuch.«

»Mist.« Widerstrebend stand er auf, ergriff dabei ihre Hand und zog sie mit sich unter die Dusche. Erfrischt gingen sie nach unten. Lichthaus verteilte die Grillkohle und machte Feuer. Als er draußen den Tisch deckte, stand plötzlich Otto am Gartentor.

»Na, wie läuft es, Herr Kommissar?«, fragte der lächelnd, wobei sein Gesicht unzählig viele Runzeln zeigte.

«Na, wie wohl? Die Arbeit hat mich nach drei Wochen Urlaub wieder eingeholt. Flucht unmöglich. Komm rein!« Lichthaus und der Alte gingen in den Garten und setzten sich an den Grill. Otto wollte anfangs wieder gehen, als er sah, dass Besuch erwartet wurde, doch Lichthaus hielt ihn auf. Die Frau des Winzers war vor einigen Jahren gestorben, so dass er sich abends oft langweilte. Er freute sich über jede Abwechslung.

Bald setzte sich auch Claudia zu ihnen. Sie hatten alle bereits ein Glas von Ottos Wein getrunken, als Sophie Erdmann pünktlich um acht Uhr erschien. Claudia öffnete ihr die Tür und begleitete sie in den Garten.

»Also, Johannes, du hast mir ja noch nie von deiner hübschen Kollegin erzählt.« Otto grinste Sophie Erdmann breit an, die etwas befremdet seinen Blick erwiderte.

»Frau Erdmann ist erst seit heute bei uns.«

Die anfänglich etwas steife Stimmung lockerte sich, da Otto zum Essen blieb und sie mit allerlei Anekdoten unterhielt. Sophie Erdmann schien der Abend gut zu tun. Die Chemie zwischen ihr und Claudia stimmte auf Anhieb, und nach dem Essen schauten sie sich das Atelier an. Gegen elf Uhr löste sich die Gesellschaft auf. Lichthaus begleitete Sophie Erdmann nach draußen, während Claudia ihr noch eine Einladung zur Vernissage zusteckte.

»Es war ein sehr schöner Abend. Vielen Dank dafür, dass Sie mich vor meiner einsamen Klause verschont haben.« Sie lächelte. »Ich konnte nicht damit rechnen, hier so freundlich empfangen zu werden.«

»Ich bitte Sie. Es freut mich, wenn es Ihnen gefallen hat.« Er reichte ihr die Hand, aber sie schien zu zögern.

»Herr Lichthaus ...«, begann sie langsam. »Ich will, dass Sie wissen, wie die ganze Affäre in Mainz abgelaufen ist.« Er wollte etwas einwenden, doch sie lehnte sich an den Kotflügel, schaute auf den Boden und begann zu erzählen.

»Bogdan, also Bogdan Skoitovich, war Anwalt in Mainz. Ich hatte einen serbischen Kriminellen verhaftet und sollte als Zeugin in der Verhandlung aussagen. Er war Verteidiger und ziemlich unfair. Ich habe ihn dann am gleichen Abend zufällig in einer Kneipe wiedergetroffen. Er kam herüber und entschuldigte sich, ich solle es nicht persönlich nehmen. So sei eben der Job. Er war ungemein liebenswürdig, so ganz anders als am Mittag. Er hat mir gefallen und ich ihm auch. Wir sind ein paar Mal ausgegangen und schließlich zusammengekommen, eigentlich völlig normal. Wir liebten uns, jeder ging seinem Job nach; wie es halt so läuft. Er war aufmerksam und kultiviert, hatte Geld. So ein Typ, wie man ihn sich wünscht. Seine Kanzlei wuchs stetig, da er mehrere Sprachen beherrschte und ein guter Jurist war. Er hat einiges für Ausländer erledigt, gerade jene aus dem ehemaligen Jugoslawien.« Sie grinste Lichthaus schief an. »Ich habe nie mitbekommen, dass da krumme Dinger laufen. Er war so was von diskret.«

»Glauben Sie, er hat Kontakt zu Ihnen aufgenommen, um an Informationen heranzukommen?«, warf Lichthaus ein, doch sie schüttelte den Kopf.

»Ach, nein. Die Presse hat das falsch dargestellt. Er hat mich nie um etwas gebeten. Nur, eines Tages kamen die Kollegen von der Drogenfahndung und warnten mich. Bogdan sei eine große Nummer in der Szene. Ich habe ihnen nicht geglaubt und Bogdan verteidigt. Abends bin ich zu ihm hin und wollte die Wahrheit wissen. Er hat gelogen wie gedruckt, alles abgestritten, und ich war so dumm, ihm zu vertrauen.« Sie sah Lichthaus mit feuchten Augen an.

Er nickte leicht, um ihr zu signalisieren, dass er verstand.

»Dann kam die große Razzia und alles ist aufgeflogen. Er war die rechte Hand des großen Paten. Mittendrin in all diesem Dreck und Elend, der ganzen Gewalt. Er kannte alle Verbindungen, wusste von Auftragsmorden, ja, er hat sogar deren Bezahlung organisiert. Für mich ist eine Welt zusammengebrochen. Unser Intimleben wurde ans Licht gezerrt, die Kollegen verhörten mich wie eine Kriminelle, und das Schlimmste war, dass Bogdan mir vorwarf, ihn nicht gewarnt zu haben, die Drogenfahnder mich aber genau deswegen anklagten.«

Sophie Erdmann beugte sich vor, die Arme eng um den Oberkörper geschlungen. Ihre Stimme klang hohl. Die Erinnerung drohte, sie mitzureißen. »Er trennte sich sofort von mir, warf meine Kleider auf die Treppe und bezeichnete mich als undankbare Schlampe. Mein Gott, wie habe ich mich in ihm getäuscht. Alles brach auseinander. Die Kollegen ächteten mich, es kam zur Suspendierung und zur Anklage wegen Beihilfe, die Gott sei Dank fallengelassen wurde. Na ja«, sie seufzte und richtete sich auf. »Vielleicht komme ich hier ein wenig zur Ruhe.«

Lichthaus sah sie an. »Das war sicherlich nicht leicht für Sie. Es sollte uns aber gelingen, Ihnen hier einen guten Start zu verschaffen. Erzählen Sie die Geschichte den Kollegen, wenn sich der passende Moment ergibt. Ich denke, das macht es leichter.«

Sie nickte. »Ich glaube, Scherer wird es verstehen. Steinrausch wohl auch.« Sie reichte ihm die Hand. »Bis morgen. Und vielen Dank.« Es klang müde, aber auch ein wenig zufrieden.

Als sie losgefahren war, ging Lichthaus ins Haus und räumte auf. Er konnte Sophie Erdmanns Resignation nachvollziehen, es war schwer, Privates mit dem Polizeiberuf in Einklang zu bringen. Vor einigen Jahren hatten er und Claudia eine enorme Krise durchgemacht. Damals hatte er den Dienst über alles gestellt, auch über ihre Beziehung. Er hatte die Warnzeichen übersehen, bis es fast zu spät gewesen war.

Jetzt beeilte er sich, wollte zu seiner Frau und der Kleinen. Als er ins Schlafzimmer kam, lag Henriette bereits in der Wiege. Claudia las noch. Er legte sich zu ihr, schreckte dann aber hoch. Hatten die Kollegen von der Streife auch überprüft, ob es auf Evas mutmaßlichem Heimweg Überwachungskameras gab? Wenn es welche gab, müssten sie morgen sofort die Aufnahmen auswerten.

Er machte sich eine Notiz und schlief nun ruhig ein, während Claudia ihm beim Lesen mit einer Hand über die Haare strich.

*

Die Simeonstraße 44 war ein großes Geschäftshaus direkt gegenüber der Einmündung in die Glockenstraße, die man von hier aus gut einsehen konnte. Im Erdgeschoss befand sich ein Schuhgeschäft, dessen Verkäuferinnen gerade dabei waren, die Angebotsware vor dem Eingang aufzubauen. Sie lächelten Lichthaus und Sophie Erdmann freundlich an. Obwohl es noch früh war, strömten unzählige Touristen durch Trier, die vor der großen Mittagshitze ihre Besichtigungstouren abspulten. Gleich neben dem Schaufenster lag die schmale Haustür. Sophie Erdmann suchte kurz und drückte auf die Klingel.

»Ja?« Die Stimme Richard Leys knarrte metallen durch den Lautsprecher.

»Guten Morgen, Herr Ley«, begann Lichthaus. »Mein Name ist Lichthaus von der Kripo, wir hatten ...«

»Kommen Sie rauf. Erster Stock«, schnarrte die Stimme und der Türsummer brummte. Das Haus war modern mit Aufzug und neuer Treppe ausgebaut. Richard Ley war ein hagerer, hochgewachsener Mann von siebenundachtzig Jahren, wie Lichthaus aus den Akten wusste. Er fixierte die beiden mit einem ungemein wachen Blick, bat sie herein und stellte seine Frau vor, die klein und rundlich das genaue Gegenteil ihres Mannes war. Die Wohnung war großzügig geschnitten und geschmackvoll eingerichtet.

»Nehmen Sie doch bitte Platz.« Sie setzten sich auf eine Couchgarnitur am Fenster. Auf einer Anrichte standen Fotos. Auf diesen war ein junger Richard Ley neben anderen Männern zu sehen – in der Fliegeruniform der Wehrmacht. Ein Pilot.

»Was kann ich für Sie tun? Ich dachte, ich hätte Ihren Kollegen bereits alles gesagt.«

»Schon«, begann Lichthaus, »aber Sie sind unser einziger Zeuge, und aus dem Protokoll der Beamten gehen bestimmte Details nicht eindeutig hervor, die sich inzwischen als wichtig für uns erwiesen haben. Also, könnten Sie uns bitte noch einmal erklären, was sich zugetragen hat, als Sie ans Fenster traten?« Richard Ley lehnte sich entspannt zurück.

»Zuerst hörte ich lautes Grölen. Betrunkene, da war ich mir ziemlich sicher. Ich bin ans Fenster, doch die waren schon weg. Etwas später ist das Mädchen gekommen. Sie ging mitten auf der Straße und schaute sich mehrfach um.«

»Sie fuhr nicht mit dem Rad?« Lichthaus war überrascht.

»Nein. Sie war zu Fuß unterwegs und hatte eindeutig Angst.«

»Wir sind bislang davon ausgegangen, dass Eva Schneider das Rad benutzt hat, um nach Hause zu fahren.«

»Also hier hatte sie kein Fahrrad dabei. Doch sie hat etwas gerufen.«

»Konnten Sie verstehen, was sie gesagt hat, oder waren nur einzelne Wörter zu hören?« Sophie Erdmann protokollierte die Befragung.

Ley dachte angestrengt nach. »Nun, ich höre nicht mehr so gut, aber ich glaube verstanden zu haben: Mir reicht es!«

»Was geschah dann?«

»Sie zögerte einen Augenblick und rannte schließlich die Straße hinunter. Ich habe mich noch gefragt, wovor sie solche Angst hat, aber wissen Sie, wenn man hier mitten in der Stadt wohnt, gewöhnt man sich an einiges.«

Lichthaus fasste nach: »Sonst nichts?«

»Nur der Mann, der anschließend gelaufen kam.«

»Welcher Mann?«, unterbrach Lichthaus ihn. »In unseren Unterlagen ist hiervon nichts vermerkt.«

»Ich habe es Ihren Beamten aber erzählt«, erwiderte Ley knapp. »Also, ein Kerl kam aus Richtung Hauptmarkt die Simeonstraße entlang. Trotz der Entfernung wirkte er ziemlich groß, bestimmt über 1,90 Meter. Er hatte es eilig, wäre mir nicht weiter aufgefallen, wenn er nicht so einen weiten Mantel getragen hätte und gelaufen wäre. Im Sommer, habe ich mir gedacht, wie komisch.«

»Ja, das ist in der Tat merkwürdig. Haben Sie sonst etwas bemerkt?«

»Irgendetwas war mit dem, aber ich kann es nicht mehr fassen. Tut mir leid. Ich bin kurz danach wieder ins Bett. – Wieso läuft so ein Mädchen auch mitten in der Nacht allein durch die Gegend? Früher hätte es das nicht gegeben.« Er sah die Beamten fragend an, doch die reagierten nicht.

»Um wie viel Uhr haben Sie die junge Frau eigentlich gesehen?«

»Das war Punkt drei, die Domuhr hatte gerade geschlagen.«

Sie unterhielten sich noch eine Weile, dann brachen sie auf. Im Hinausgehen trat Lichthaus an das Fenster, um die Perspektive Leys einzunehmen. Er versuchte, sich die verängstigte Eva Schneider dort unten vorzustellen, doch wollte ihm das am helllichten Tag und mit Hunderten von Passanten nicht so recht gelingen.

Im Präsidium sah er bei Steinrausch vorbei. Der hatte bereits mehrere Überwachungskameras ausfindig gemacht, die zumindest einen Teil der Innenstadt aufzeichneten. Jetzt telefonierte er mit einem der Besitzer, dem Geschäftsführer eines Juwelierladens, wegen der Aufnahmen. Daher ging er weiter zu Scherer ins Büro und fragte nach den Aussagen der Frauenärztin. Eva Schneiders letzter Termin lag allerdings so lange zurück, dass die Ärztin nicht mit Bestimmtheit eine Schwangerschaft ausschließen konnte. Andererseits nahm das Mädchen die Pille, und außerdem hatten Oliver Hettmann und Evas Freundin, Anne Minneger, eine Schwangerschaft für absolut unwahrscheinlich gehalten. Lichthaus hakte diese Möglichkeit ab. Wenn Eva abgehauen war, dann sicherlich aus einem anderen Grund.

Der Trierische Volksfreund hatte die Vermisstenanzeige geschaltet. Offensichtlich gab es in der Sommerpause wenig Lokales zu berichten, so dass man nicht nur die üblichen dürren Zeilen aus der Pressemitteilung kopiert, sondern sogar einen redaktionell aufgearbeiteten Artikel samt Foto gebracht hatte. Lichthaus hoffte, dass sich hier neue Ansätze ergaben. Eigentlich konnte er im Augenblick nur noch warten, doch ihm brannte der Fall unter den Nägeln. Er griff zum Telefon und rief Marx an, der aber noch keine Neuigkeiten hatte. Die Wasserschutzpolizei hatte Mosel und Saar abgesucht, jedoch nichts gefunden. Auch an den Schleusen war keine Leiche angetrieben worden. Lichthaus überlegte kurz, ob er noch Taucher anfordern sollte, verwarf den Gedanken aber sofort wieder. Sie hatten keine Hinweise, also wussten sie auch nicht, wo genau sie suchen sollten. Blinder Aktionismus half allenfalls, seine Ungeduld zu befriedigen. Fahndungstechnisch liefen sie in eine Sackgasse. In Eva Schneiders Umfeld gab es keine Anzeichen dafür, dass sie einfach abgehauen war. Er sah ein, dass er die Ergebnisse der laufenden Aktionen abwarten musste, und verbrachte den Rest des Tages lustlos mit Verwaltungsaufgaben und Uraltfällen, vor denen er schnellstmöglich nach Eitelsbach floh.

Müde und abgespannt kam Lichthaus nach Hause. Der Nachmittag hatte ihn mitgenommen und sein Kopf dröhnte. Claudia saß im Wohnzimmer und prüfte eine Liste mit Bildtiteln. Sie schaute auf, lächelte und gab ihm einen Kuss.

»Wie war es heute?«

Er zog eine Grimasse. »Mies. Wir kommen einfach nicht weiter.«

»Du denkst daran, dass am Samstag meine Eltern zum Frühstück kommen?«

Er nickte und ging nach oben, um kalt zu duschen. Eine Viertelstunde später saßen sie im Auto und fuhren nach Trier.

In Leos Galerie lieferten sie die Bilder ab, die Claudia bereits am Nachmittag verpackt und in ihr Auto geladen hatte. Zu Lichthaus' Überraschung hielt Leo sich an die Absprachen. Er hatte einen großen Raum für Claudias Bilder freigemacht, damit jedes für sich auf den Betrachter wirken konnte. Da Henriette wach, aber nicht hungrig war, kümmerte er sich um die Kleine. Seine Frau und der Galerist hängten derweil die Bilder in die gewünschte Reihenfolge. Wie immer nahm das viel Zeit in Anspruch. Claudia war in Bezug auf ihre Bilder unglaublich pingelig. Neben Gemälden fertigte sie mit Vorliebe Holzdrucke an. Lichthaus hatte dabei schon erlebt, wie sie einen fertigen Holzschnitt wütend wegwarf, da er an einer winzigen Stelle verschnitten war. Wie nicht anders zu erwarten, gerieten die beiden in Streit. Claudia drohte sogar, die Vernissage platzen zu lassen, wenn eines der Bilder nicht ein bisschen höher gehängt würde. Lichthaus konnte den Starrsinn seiner Frau in solchen Augenblicken nicht verstehen und verdrückte sich nach draußen.

Als er in die Galerie zurückkam, hatten sich die Gemüter beruhigt. Die Bilder hingen an ihrem Platz und auch der Ablauf der Vernissage schien geklärt zu sein. Der Trierische Volksfreund würde sogar eine Kulturreporterin schicken.

Später aßen sie auf dem Kornmarkt einen Salat. Die Restaurants am Platz waren bis auf den letzten Stuhl besetzt. Ein Summen umgab sie wie in einem Bienenstock.

»Was ist eigentlich mit Eva Schneider?«, begann Claudia.

Lichthaus seufzte. »Nichts. Wir haben das gesamte Umfeld durchleuchtet und drehen jeden Stein um, haben aber keine konkrete Spur gefunden. Auch auf den Zeitungsartikel hat bisher niemand reagiert.«

»Und wie geht es jetzt weiter?«

»Wir suchen weiter die Mosel ab, und Steinrausch wertet Überwachungskameras aus, die etwas aufgezeichnet haben könnten. Bisher gab es von ihr keine Kontenbewegung, keine Mail. Sie ist verschwunden. Uns bleibt nur abzuwarten und zu hoffen, dass ...«

»... ihr eine Leiche habt«, beendete sie seinen Satz.

»... sie vielleicht wieder auftaucht«, wich er aus.

Claudia verdrehte die Augen. »Wo soll sie denn herkommen, wenn selbst ihr sie nicht finden könnt?«

Lichthaus zuckte mit den Schultern. »Was wir brauchen, sind neue Anhaltspunkte. Wir stecken nicht in einer Sackgasse, sondern stehen orientierungslos im Nebel.«

»Du meinst, du brauchst ihre Leiche?«

»Ja, auch das«, gab er resigniert nach.

»Du rechnest also doch mit so was?«

»Seit heute ja. Sie ist bis zur Glockenstraße gegangen und hatte allem Anschein nach vor jemandem Angst. Durchgebrannt ist sie nicht, da bin ich mir eigentlich sicher, und einen Unfall hätte man uns gemeldet. Was also sonst? Außerdem können wir nicht nachvollziehen, wieso sie mit dem Rad losfährt und dann zu Fuß unterwegs ist. Was ist da geschehen?«

Claudia wusste keine Antwort und schaute ihn ratlos an.

Sie wechselten das Thema, um sich die Stimmung nicht zu verderben, und brachen erst dann auf, als unvermittelt ein Gewitter losbrach.

In dieser Nacht lag Lichthaus lange wach, nachdem ihn ein Donnerschlag geweckt hatte. Irgendwann stand er auf und schaute im Kinderzimmer nach Henriette. Dann ging er in sein Arbeitszimmer. Es war winzig, mit Dachschräge und kleinem Flächenfenster. Platz war nur für seinen Schreibtisch und den Computer. Leise öffnete er das Fenster einen Spaltbreit und ließ die frische Gewitterluft hinein. Sie roch würzig, und er genoss die Abkühlung. Regen setzte ein und rauschte mit beruhigender Gleichmäßigkeit das Dach hinunter. Gelangweilt blätterte er alte Zeitschriften durch, als ihm das Gespräch mit Ley durch den Kopf ging. Der Mann im Mantel war die Simeonstraße entlanggelaufen. Sie mussten also auch bis zur Porta Nigra nach Kameras suchen. Irgendwann legte er sich wieder ins Bett und lauschte dem ruhigen Atem seiner Frau. Es dauerte lange, bis er endlich einschlief.

*

Der Donnerstag verlief ohne große Fortschritte.

Am Freitag gab es neue Erkenntnisse, die aber ihre Verwirrung noch vergrößerte. Evas Fahrrad tauchte auf. Es war bereits am Montag vom Ordnungsamt sichergestellt worden. Der Ort, an dem man es gefunden hatte, gab ihnen aber ein Rätsel auf. Es hatte, betrachtete man den Weg von Oliver Hettmann zu Schneiders Haus, noch hinter Leys Wohnung gelegen. Ley hatte Eva aber zu Fuß gehen sehen, da war er ganz sicher. Sie diskutierten intensiv darüber, wie das Rad später auf der Strecke auftauchen konnte, ohne jedoch zu einem griffigen Ergebnis zu kommen. Vielleicht hatte jemand das Rad gestohlen und zufälligerweise dort abgestellt? Dieser Fund half ihnen jedenfalls nicht, die Ereignisse der Nacht zu rekonstruieren. Nur eines war sicher: Es war Evas Rad. Die Mutter hatte es eindeutig identifiziert, völlig haltlos zu schluchzen begonnen und war beinahe zusammengebrochen.

Steinrausch brachte am frühen Nachmittag das erste Foto einer Überwachungskamera mit in die Besprechung. Es war zu dem Zeitpunkt von den Geschäftsräumen eines Juweliers aus gemacht worden, als Ley der merkwürdig gekleidete Mann aufgefallen war. Das Bild zeigte lediglich einen dunklen Schatten. Ein Gesicht war nicht zu erkennen. Deutlich zu sehen war jedoch der wehende Mantel. Steinrausch hatte zum Vergleich ein Foto von sich selbst gemacht und errechnet, dass die vorbeilaufende Person deutlich über einen Meter neunzig groß sein musste. Außerdem hatte er noch weitere Überwachungskameras gefunden, und nun hofften alle auf bessere Fotos.

Später kam Marx zu Lichthaus ins Büro. Sein buntes T-Shirt zeigte nasse Flecken und ihm klebten die wenigen Haare schweißnass an der Stirn. In der Hand hielt er den typischen Plastikbeutel zur Sicherung der Beweise. Er sah erschöpft aus, grinste jedoch triumphierend.

»Wir wissen jetzt, wo der Täter sie geschnappt hat. Die Hunde haben das Ding im Grünstreifen zwischen Christophstraße und Theodor-Heuss-Allee gefunden. Es stammt von Eva Schneider.«

Lichthaus stellte fest, dass der Beutel einen Flipflop enthielt, und überwand sich zu einem Lob. »Gut gemacht.«

»Er lag direkt gegenüber Schneiders Haus. Sie hatte es fast geschafft.« Marx schüttelte bedauernd den Kopf.

»Wir müssen die Nachbarn befragen, ob ihnen ein fremdes Fahrzeug aufgefallen ist. Irgendwie muss er sie ja auch weggeschafft haben.« Lichthaus war zufrieden. Wieder ein Fortschritt. Sie kamen in der Sache Stück für Stück weiter.

»Das habe ich bereits für morgen veranlasst.«

»Sehr gut. Bringen Sie den Flipflop bitte zu Spleeth.«

Gegen Abend saßen sie noch einmal kurz im Besprechungsraum und fassten den Stand der Dinge zusammen. Dann ging es ins Wochenende. Bevor er sich auf den Heimweg machte, bat er die Kollegen von der Bereitschaft, ihn am Wochenende sofort zu informieren, wenn es etwas Neues gäbe.

*

Er parkte das Auto an der Ecke, gleich neben der Eisdiele, und schaltete den Motor aus. Um diese Zeit störte es niemanden. Tagsüber war hier jedoch Parkverbot, die Tische standen bis zum Geländer, hinter dem das Wasser des Leukbachs dahinfloss. Jetzt waren die Stühle mit Ketten zusammengeschlossen. Jetzt, um ein Uhr in der Nacht, lag das Lokal verlassen da.

Dunkel starrten die Fensterhöhlen ihn an. Etwas weiter rauschte der Wasserfall, der die unzähligen Touristen magisch anzog. Er saß rauchend im Halbdunkel und beobachtete das Mädchen. Ein boshaftes Grinsen huschte über sein Gesicht, dann blies er den Rauch hinaus, der in der leichten Brise verwirbelte. Ein paar Jugendliche, der Sprache nach Holländer, überquerten den Platz, der tagsüber von Menschen überströmt wurde. Sie gingen vorbei, ohne das dunkle Auto weiter zu beachten. Hinten, an einem der

Tische des »Goldenen Sterns«, saßen noch einige Gäste vor leeren Gläsern und lachten, doch auch sie würden bald verschwinden. Dann käme sie heraus, um die Tische abzuräumen und die Tischplatten abzuwischen. Das kannte er schon. Anschließend ging sie nach Hause. Zu Fuß durch dunkle, leere Straßen.

Wieder das Grinsen.

Selbstbewusst war das Weib in ihrem kurzen Röckchen. Gestern hatte sie ihn überrascht und war mit ihrem Freund im Auto davongefahren. Das erste Mal nach drei Tagen. Aber er hatte Geduld. Er schaute ihr nach, bis sie verschwunden war, dann ließ er den Motor an und fuhr davon.

*

Marco Dupré stand vor dem Tor und versuchte den Schlüssel in das Vorhängeschloss zu stecken. Ihm war so schlecht wie seit Jahren nicht mehr, und er kämpfte andauernd gegen den Brechreiz an, der in ihm wütete. Mühsam raffte er sich auf und schaffte es endlich beim dritten Anlauf, das Tor zu öffnen und die Flügel aufzustoßen. Am Wasserhahn hinter dem Bürocontainer ließ er sich lange das kalte Wasser über den Kopf laufen.

»Junggesellenabschied, so eine Scheiße«, murmelte er vor sich hin und wischte sich mit den Händen die Tropfen aus Gesicht und Haaren. Etwas frischer ging er zur Bürotür, doch sagte ihm die Erfahrung, dass die Erholung nur von kurzer Dauer sein würde. Sein Bruder Guido hatte seinen Ausstand gegeben. Sie waren mit etwa zwanzig Mann zu einer Hütte im Wald gefahren, und es war hoch hergegangen. Um drei war er schließlich trotz Gewitters nach Hause gewankt.

Umständlich schloss er die Tür auf und betrat das kleine, kahle Büro. Auf dem Schreibtisch lag ein Zettel mit der Telefonnummer des Försters. Sein heutiger Auftrag. Während er dem Tuten in der Leitung lauschte, spürte er, wie ihm wieder schlecht wurde. Endlich nahm jemand ab, und er riss sich zusammen.

»Binz.«

»Dupré GmbH hier, guten Morgen.« Marco schluckte heftig. »Wir sollen heute oben im Wald einen Graben anfüllen. Ihr Kollege Heinz sagte mir, Sie wüssten, wo.«

»Na, der ist lustig. Ich habe schließlich auch Wochenende.« Der Mann war hörbar gereizt. »Sie sitzen doch in Lorscheid?«

»Ja.«

»Dann finden Sie das leicht auch ohne mich. Fahren Sie hoch zur großen Scheidschneise. Kennen Sie das?«

»Klar.« Marco konzentrierte sich, um nicht den Faden zu verlieren.

»Etwa auf halber Höhe sehen Sie rechts einen Graben. Füllen Sie den mit dem Kies auf, der daneben liegt.«

»Ja, also einen Graben auf halber Höhe rechts.«

»Genau. Das werden Sie ja wohl alleine hinkriegen. Ich komme am Montag rauf und schau mir das Ganze dann an.« Binz legte ohne Gruß auf.

»Idiot«, murmelte Marco.

Er atmete tief ein, um auf Touren zu kommen, nahm einen Schlüssel aus der Schublade, ging raus zum Bagger und fuhr los. Die Sonne stand nun relativ hoch und brannte ungehindert auf ihn hinunter. Es wurde brütend heiß in der gläsernen Kabine und nach wenigen Minuten klebte sein T-Shirt klatschnass am Rücken. Marco fluchte so, wie er es seinen Kindern verboten hatte, und öffnete Tür und Frontscheibe, doch auch das brachte keine richtige Abkühlung. Der Weg vor seinen Augen begann, mehr und mehr zu schwanken, und er verlor die Kontrolle. Schließlich fuhr der Bagger holpernd in die Wiese, wo er ihn gerade so zum Stehen bringen konnte, bevor er aus der Kabine heraus in hohem Bogen in ein kleines Kissen Wiesenschaumkraut kotzte.

Von da an lief es etwas besser. Als er die Schneise einige hundert Meter hinaufgefahren war, sah er parallel zum Wegrand, unter einer Gruppe von Krüppeleichen, den Graben und gleich daneben einen Haufen Kies.

Allmählich konnte er das Pochen in seinem Kopf nicht mehr ignorieren, und er sehnte sich nach Ruhe. Er stoppte den Bagger, dann stutzte er, denn am Anfang des Grabens waren bereits einige Meter mit Erde zugeschüttet worden und er wusste nicht, ob da die Kiespackung schon eingearbeitet worden war. Unentschlossen überlegte er, Binz deswegen anzurufen, ließ es dann aber bleiben, da er keine Lust hatte, sich noch einmal anschnauzen zu lassen. Er würde das Stück einfach aufgraben und gegebenenfalls den Kies hineinkippen.

Vorsichtig manövrierte er sein Gefährt in Position und legte los. Der Boden war schwarz und schwer, aber noch nicht verdichtet, wodurch er zügig vorankam. Als er jedoch rund einen Meter Tiefe erreicht hatte, hing die Baggerschaufel fest. Genervt versuchte er den Baggerarm zurückzuziehen, doch die Wurzel, oder was auch immer ihn festhielt, war sehr stark, so dass er in Schieflage geriet. Er wollte gerade den Zug lösen, als der Arm freikam und der Bagger ruckartig auf den Weg krachte. Das war zu viel. Er streckte den Kopf unter der offen stehenden Frontscheibe weit hinaus und übergab sich erneut. Aber sein Inneres gab keine Ruhe, und er würgte noch mehrfach, obwohl der Magen bereits leer war. Benommen schaute er seinem Erbrochenen hinterher und entdeckte den verdreckten Fuß, der mit lackierten Zehennägeln aus der Erde ragte.

*

Das Telefon läutete exakt mit Beginn der Radionachrichten um acht Uhr. Lichthaus hatte schon mit dem Fahrrad Brötchen in Ruwer geholt und wickelte gerade die Kleine.

»Gehst du dran, Claudia? Das sind jetzt deine Eltern und sagen, dass sie eine Stunde später kommen.«

»Ha, ha.« Dann hörte er sie aus der Küche kommen und das Telefon aufnehmen.

Henriette strampelte mit den Beinen, und er kitzelte leicht ihren Bauch, woraufhin sie zusammenzuckte und ihn groß ansah. Lichthaus lachte.

»Scherer.« Missmutig streckte sie ihm den Hörer entgegen. Er nahm ihn und tauschte mit ihr den Platz.

»Morgen. Was gibt es, Thomas?«

»Wir haben eine Leiche. Oben im Wald bei Farschweiler. Ein Baggerfahrer hat sie ausgegraben.«

»Oh Mann! Muss das sein, am Wochenende? – Wer weiß bereits Bescheid?«

»Die Spurensicherer, Steinrausch, Sophie und jetzt du. Marx konnte ich nicht erreichen, habe ihm aber auf die Mailbox gesprochen.«

»Sag noch Dr. Güttler, dass in der Rechtsmedizin Arbeit reinkommt. Nicht, dass der nachher weg ist.«

»In Ordnung.«

»Wann holst du mich ab?

»Dauert nicht mehr lange, bin gerade am Bahnhof vorbei.«

»Gut. Bis gleich.« Resigniert ließ er die Hand mit dem Telefon sinken und schaute zu seiner Frau hinüber.

»Verdammt noch mal, du hast einen Scheißjob.« Sie wickelte weiter und blickte ihn über die Schulter sauer an. »Jetzt habe ich eine Vernissage, meine Eltern kommen zu Besuch, und du musst zum Einsatz.«

Er ging zu ihr und legte die Arme um sie, doch Claudia schüttelte ihn verärgert ab.

»Es tut mir leid. Aber was soll ich denn machen? Die haben oben im Hochwald eine Leiche ausgegraben.«

»Eva Schneider?«

»Scherer hat nur von einer Leiche gesprochen, man wird sie erst identifizieren müssen.« Der Gedanke, dass Eva Schneider tot sein könnte, konkretisierte sich mit diesem Fund. Da er die Mutter kennengelernt hatte und um das Schicksal der Familie wusste, würde ihn der Fall emotional stärker belasten.

Claudia hatte Henriette wieder angezogen und nahm sie jetzt auf den Arm. »Beeil dich, dann kannst du noch was essen.«

Bevor er zu frühstücken begann, zog er sich erst noch schnell eine Jeans und feste Schuhe an und war bereits beim zweiten Brötchen, als Scherer vorfuhr. Er küsste Claudia, die ihm in der Küche Gesellschaft leistete. »Sag deinen Eltern einen schönen Gruß, und dass es mir leid tut.« Zügig ging er raus zum Auto. Scherer schaltete das Blaulicht ein und gab Gas.

»Ein Baggerfahrer hat die Leiche ausgegraben. Die Kollegen aus Hermeskeil sind zuständig. Sie haben uns informiert und müssten bereits oben sein.«

»Frau oder Mann?«

»Weiß nicht.«

»Wer von uns ist vor Ort?«

»Sophie wahrscheinlich. Sie war gerade unterwegs nach Mainz und ist sofort hingefahren. Die Spusi war schon am Packen, als ich weg bin. Die müssten auch jeden Moment eintreffen.«

Lichthaus registrierte, dass sich Scherer und Sophie Erdmann bereits duzten, konzentrierte sich dann aber wieder auf den mündlichen Bericht seines Kollegen. Viel wussten sie allerdings noch nicht. Seine Spannung wuchs. Was würde sie erwarten? Die Leiche von Eva Schneider?

Scherer raste mit hoher Geschwindigkeit über die fast leeren Straßen, und sie erreichten nach nur fünfzehn Minuten den Parkplatz im Wald, von dem gerade zwei Streifenwagen wegfuhren. Als Lichthaus und Scherer ausstiegen, sahen sie Sophie Erdmann vor einer Gruppe Wanderer und einigen Dorfbewohnern stehen, die neugierig versuchten, an den Leichenfundort zu kommen. Neben ihr zwei Streifenbeamte in Uniform. Unentschlossen hielten sie Rollen mit rotem Flatterband in der Hand und warteten auf Anweisungen.

»Das gibt es doch gar nicht! Sie warten jetzt hier! Wer von Ihnen auch nur einen weiteren Schritt in den Wald hineingeht, den nehme ich fest und werde ihn, so sicher wie das Amen in der Kirche, wegen Behinderung der Polizei belangen.« Sie war wütend und schrie die Gruppe an, die verunsichert vor ihr zurückwich. Anschließend waren die Polizisten dran. »Und Sie stehen hier nicht so rum. Haben Sie schon mal was von Tatortsicherung gehört? Ja?« Sophie Erdmann trug ein leichtes Sommerkleid, das ihr nicht unbedingt das Aussehen einer Kommissarin im Einsatz verlieh. Aber sie zeigte allen, dass sie es nicht mit einem netten Mädchen zu tun hatten, das sich gleich auf den Weg zum Shoppen machen würde.

»Im weiten Umkreis wird alles gesperrt. Sie ziehen als Erstes im großen Bogen um den Fundort ein Band. Und halten Sie Abstand! Wenn einer von Ihnen Spuren zertrampelt, kann er was erleben.«

»Unser Chef hat gesagt, wir sollen hier unten warten.«

»Solange die Mordkommission ermittelt, hat der nichts mehr zu sagen. Klar?« Die Beamten zogen die Köpfe ein und verschwanden eilig den Weg hinauf in den Wald. Lichthaus sah Scherer grinsend an.

»Hallo!« Sophie Erdmann schaute die Ankömmlinge an und atmete hörbar aus. »Wie ich es hasse, mit Dilettanten zu arbeiten.«

»Wer ist am Fundort?«

»Enders, der Chef von den beiden Clowns da.«

»Gut. Was haben wir bisher?«

»Der hat die Leiche gefunden.« Sie deutete auf Dupré und fasste kurz zusammen, wie er die Leiche gefunden hatte.

»Ist er irgendwie verdächtig?«

Sophie Erdmann schüttelte den Kopf.

»Gut, dann kümmere ich mich später um ihn. Er soll hier warten. Ich gehe erst zum Fundort. Befragen Sie bitte die Leute hier unten, die haben jetzt den nötigen Respekt.« Er grinste sie an. »Thomas, du kümmerst dich um die Sperrung sämtlicher Zugangswege. Und lass dir bitte die Vermisstenbeschreibungen durchgeben, vielleicht wissen wir dann schnell, mit wem wir es zu tun haben. Fang mit Eva Schneider an.«

Er ging zum Einsatzwagen und zog einen Papieroverall heraus. Dann folgte er den Beamten in den Wald. Hinter einer Biegung sah er den Bagger am Wegrand stehen. Enders lehnte an dem Fahrzeug in der Sonne und drehte der Grube den Rücken zu. Als der drahtige Hochwälder Lichthaus sah, richtete er sich auf, nickte dem Ankömmling zum Gruß entgegen und wünschte ihm einen guten Morgen. Der etwa Fünfzigjährige hatte wache Augen.

»Morgen. Gut ist der ja wohl nicht.« Lichthaus grinste schief, zog den Overall an und stieg auf den Bagger, um sich einen Überblick zu verschaffen.

Enders folgte ihm und zwängte sich neben ihn in die Kabine. »Wir hatten Glück, dass der Baggerfahrer kotzen musste.«

Unter den Bäumen war es duster und Lichthaus' Augen mussten sich zuerst an das schwache Licht gewöhnen. Was ihm augenblicklich auffiel, war der Geruch frisch aufgebrochener Erde, dann erst erkannte er das Erbrochene, an dem sich bereits Käfer und Ameisen zu schaffen machten, und endlich sah er auch den Fuß. Er verstand, worauf Enders hinauswollte. Dupré hatte die Erde zunächst flach abgetragen. Hierbei hatte sich der Fuß oder das Hosenbein, das er jetzt auch erkennen konnte, an der Baggerschaufel verfangen und war freigelegt worden. Hätte Dupré den Grabprozess nicht unterbrochen, wäre der Körper im nächsten Arbeitsgang unweigerlich in die Höhe gehoben worden, was wichtige Spuren zerstört hätte. Es schien der Fuß einer jungen Frau zu sein. Unter dem Dreck schimmerte glatte, straffe Haut.

»Ich frage mich, wie sie hierher gebracht und vergraben worden ist. Kann man unbemerkt mit dem Auto bis zu dieser Stelle fahren?«

»Es gibt eine Unzahl von festen Wegen, die sich wie ein Netz über den ganzen Wald legen. Ich schätze, dass Sie von wenigstens zehn unterschiedlichen Stellen aus hierher gelangen können, ohne gesehen zu werden.«

Lichthaus blies die Backen auf »Da haben wir was zu tun. Na, mal sehen, was die Spezialisten herausfinden.«

Das Team der Spurensicherung verfügte über zwei Fahrzeuge, die bis obenhin mit Technik vollgepackt waren. Ein mittelgroßer LKW mit eigenem Labor für Auswertungen vor Ort und ein großer Lieferwagen, der keine fest installierte Laboreinrichtung hatte, wegen des geringeren Gewichts jedoch an unwegsamen Tatorten zum Einsatz kam. Für den hatte man sich entschieden, um hier zu ermitteln.

Kaum hatte der Bus angehalten, sprang Holger Spleeth heraus, gefolgt von Dominik Winkelmann. Spleeth, der Leiter der Spurensicherung, war ein schlaksiger Typ – an die zwei Meter groß, hager und mit hervorstehendem Adamsapfel. Lichthaus wusste, dass er ein introvertierter Grübler war, der wie ein Bluthund auch die kleinste Spur verfolgte. Ideal in dieser Funktion. Den Mitarbeitern seines Teams war er hingegen ein Gräuel. Man merkte Spleeth an, dass er es hasste, Menschen zu führen. Dementsprechend unwirsch war er zu ihnen. Sie hielten sich daher lieber an Dominik Winkelmann. Obwohl gut einen Kopf kleiner als sein Chef, dafür aber doppelt so breit, sprühte er nur so vor Energie. Die beiden hatten stillschweigend eine Aufgabenteilung vorgenommen. Winkelmann war für Organisation, Führung und die Struktur der Tatortarbeit zuständig, Spleeth für deren penible Umsetzung.

Lichthaus hatte sich einen Eindruck vom Fundort gemacht. Er sah ein, dass er hier im Augenblick überflüssig war, und ging zurück.

*

Als er den Parkplatz erreichte, kam Staatsanwältin Cornelia Otten auf ihn zu. Er atmete erleichtert auf. Die Staatsanwältin gehörte zu denen, die ihre Kriminalbeamten arbeiten ließen und wenn nötig unterstützten, anstatt sich dauernd einzumischen. Otten hatte sich im Laufe der Zeit eine raue Schale zugelegt.

»Guten Morgen.«

Sie ergriff seine Hand. »Gut? Dass ich nicht lache. Morgen läuft meine Bereitschaft ab und am Montag wollte ich zu meiner Tochter nach Rom fliegen. Das kann ich jetzt vergessen.« Lichthaus zuckte bedauernd die Schultern und berichtete ihr, was geschehen war. Während die Staatsanwältin den Fundort besichtigte, traf die Presse ein. Der SWR platzierte seinen Sendewagen unmittelbar vor den Einsatzfahrzeugen, die mittlerweile die Hälfte des Parkplatzes blockierten. Auch Marx' Auto stand dazwischen. Etwas später war auch Daniel Baum, der Lokalreporter des Trierischen Volksfreunds, vor Ort und stieg über die Absperrung, wobei seine Kameratasche im Flatterband hängen blieb.

»Bleiben Sie hinter der Markierung, Herr Baum«, rief Lichthaus ihm zu. Normalerweise hätte er heftiger reagiert, aber er mochte den beharrlichen Reporter, der seine lange Nase überall hineinsteckte und Dinge ans Licht brachte, die so manchen Lokalpolitiker ordentlich unter Druck gesetzt hatten.

»Ach, Entschuldigung, ich wusste nicht, dass hier abgesperrt ist.« Er trat hinter den Streifenwagen zurück und grinste Lichthaus mit nikotingelben Zähnen an.

»Klar, die Bänder sind noch vom letzten Volkslauf.« Lichthaus grinste zurück.

»Sie haben eine Leiche da oben, habe ich gehört? Können Sie mir dazu Näheres sagen?«

Lichthaus schüttelte den Kopf. »Eigentlich nicht. Ich kann nur bestätigen, dass eine Leiche gefunden wurde, doch mehr wissen wir selbst nicht, da die Kriminaltechniker noch nicht fertig sind.«

»Handelt es sich um eine Frau oder einen Mann?«

»Um zwei Uhr findet eine Pressekonferenz statt, da werden Sie informiert.« Cornelia Otten war hinzugekommen und betrachtete Baum mit unverhohlenem Widerwillen.

»Guten Morgen, Frau Otten.« Baum lächelte sie dünn an. »Ich ...«

Doch Cornelia Otten wandte sich bereits ab. »Wir haben eine Besprechung, bitte gedulden Sie sich bis heute Mittag.«

Es war mittlerweile heiß geworden, und alle Kollegen freuten sich auf eine Pause. Neben dem Parkplatz befand sich ein Gasthaus, dessen Eigentümer offensichtlich ein Australienfan war. Er hatte ein riesiges, aufblasbares Känguru über den Eingang gesetzt und bot allerlei australische Spezialitäten an. Mehrere Familien mit Kindern saßen auf Bänken im Freien und schauten dem Treiben zu. Als Lichthaus und seine Kollegen durch den Biergarten gingen, verstummten die Gespräche und alle schauten ihnen hinterher. Das Innere bestand aus nur einem großen Raum, mit einfachen Tischen und einer Theke. Sie schlossen die Tür hinter sich, hier drinnen waren sie allein, doch just als Cornelia Otten beginnen wollte, kam die Wirtin, bei der sie dankbar ihre Getränke bestellten.

»Gut, fassen wir zusammen«, begann Otten erneut. Sie hatte den Blazer ausgezogen und lehnte sich entspannt zurück. »Bei der Leiche handelt es sich um eine junge Frau, wie Spleeth mir eben bestätigt hat. Fest steht, dass die Tote erst kürzlich abgelegt worden ist, sie ist kaum verwest und die Erde in der Grube war noch nicht verdichtet.«

»Das Vergraben muss vor Donnerstagabend stattgefunden haben. Spleeth konnte nur frische Spuren von Duprés Bagger ausmachen, alle anderen sind vom Regen verwischt worden«, fügte Steinrausch hinzu, als sich die Tür öffnete und Sophie Erdmann eintrat. Gleich darauf verteilte die Wirtin die Getränke und wurde sodann angewiesen, draußen zu warten, bis die Besprechung zu Ende sei.

»Während die Tote ausgegraben und obduziert wird«, begann Lichthaus, »konzentrieren wir uns auf drei Punkte: Erstens, wie ist die Tote an den Fundort transportiert worden? Hierzu wird Herr Marx den zuständigen Förster ausfindig machen und mit ihm zusammen mögliche Transportrouten erarbeiten. Fragen Sie bitte Spleeth, ob er schon irgendwelche Hypothesen zum Transport hat.«

Marx nickte. Er wirkte ausgeschlafen. Lichthaus war zuversichtlich, dass der Fall ihnen helfen würde, die Differenzen während des letzten gemeinsamen Monats zu überbrücken. So oder so, Marx würde wie jeder andere auch seinen Beitrag zu den Ermittlungen leisten müssen, dafür würde Lichthaus sorgen.

»Zweitens werden wir die Akten der vermissten Frauen ziehen, um die Tote schnell zu identifizieren.«

Scherer unterbrach. »Die Fotos habe ich in circa einer halben Stunde auf dem Handy, dann können wir sofort anfangen.«

»Gut. Drittens müssen wir schnellstens die Anlieger befragen. Frau Erdmann, sprechen Sie bitte mit Enders. Er soll morgen einige Beamte bereithalten.«

Sophie Erdmann nickte. »Okay! Übrigens, von den Leuten, die vorhin hier waren, hat niemand etwas Ungewöhnliches gesehen.«

»Herr Steinrausch, Sie bleiben bitte auch oben und machen die Tatortarbeit. Wir werden uns am Nachmittag zusammensetzen. Ich muss leider ins Präsidium. Wir treffen uns um fünfzehn Uhr.« Er schaute in die Runde. »Die kommenden Tage werden nicht leicht werden, packen wir es an.«

Als er in die angespannten und entschlossenen Gesichter der Kollegen schaute, die nacheinander den Raum verließen, sah er, dass seine letzte Bemerkung überflüssig gewesen war. Lichthaus nahm den Dienstwagen. Es ärgerte ihn, dass er nicht wie üblich bei der Bergung der Toten anwesend sein konnte, doch als Abteilungsleiter musste er neben dem Präsidenten und Staatsanwältin Otten an der Pressekonferenz teilnehmen.

Gerade als er in das Auto steigen wollte, rollte Stefan Güttlers Volvo auf den Parkplatz, und der Rechtsmediziner stieg aus.

»Tag, Johannes. Ihr habt eine Leiche für mich?«

»Eine Frau. Sie liegt oben im Wald vergraben. Spleeth analysiert noch.«

»Na, hoffentlich nicht bis morgen.« Er grinste. »Und du brauchst den Bericht sofort?«

»Heute wäre schon gut. Wir müssen sie identifizieren. Scherer lässt sich Vermisstenfotos aufs Handy schicken. Ich hoffe, das bringt uns schnell ans Ziel. Danach kannst du anfangen.«

»Ruf mich nachher mal an, dann sehe ich, wie es läuft. Grüß bitte Claudia von mir. Wir sehen uns ja dann heute Abend in der Galerie.« Er verschwand im Wald.

Güttler war fünf Jahre jünger als Lichthaus, wirkte mit seiner Halbglatze aber zumindest gleich alt. Er lebte in Trier, arbeitete aber am Rechtsmedizinischen Institut der Universität des Saarlandes in Homburg. Die wenigen Aufträge, die für die Justiz in Trier anfielen, führte er im Brüderkrankenhaus durch. Güttler und Lichthaus hatten sich auf Anhieb gemocht und waren inzwischen gut befreundet.

Lichthaus fuhr los. Er war dankbar für das Alleinsein, denn so konnte er seine Gedanken ordnen. Er sah der Identifizierung mit gemischten Gefühlen entgegen. Würde sie die Gewissheit erbringen, dass Eva Schneider tot war, wäre er persönlich zwar betroffen, doch sie hätten Klarheit. Der oder die Mörder hatten die Leiche intelligent beiseitegeschafft und nur der Zufall hatte Dupré sie finden lassen. Wäre der gesamte Graben erst einmal zugeschüttet und die Arbeiten beendet gewesen, wäre sie wohl für immer verschwunden. Wenn der Mörder in allem so umsichtig und planvoll vorgegangen war, würden sie ihn schwer fassen können, doch sie würden ihn trotzdem kriegen. Spuren hinterließ jeder. Hier vertraute er auf Spleeths Genauigkeit. Sollte es sich um einen Sexualmord handeln, gestalteten sich die Ermittlungen typischerweise sehr schwierig, da es selten eine klare Täter-Opfer-Beziehung gab. Die Verbrechen wurden oft spontan ausgeführt, wodurch jede Ermittlungskette einen Bruch bekam. Man würde sehen. Ob Eva Schneider oder nicht, ob Sexualverbrechen oder nicht, es stand einiges an Arbeit an, und er wappnete sich für die nun kommenden stressigen Tage.

*

Um eins war er im Präsidium und ging sofort zu Müller, doch bevor er anklopfen konnte, klingelte sein Handy.

Es war Steinrausch. »Die Tote ist Eva Schneider. Wir haben einen Vergleich mit den Fahndungsfotos vorgenommen. Obwohl sie entstellt ist, besteht kaum ein Zweifel.«

Lichthaus bedankte sich und atmete tief durch, dann betrat er das Büro.

Griesgrämig saß Müller hinter seinem Schreibtisch. Es war ihm anzusehen, dass er nicht begeistert war, am Wochenende ins Präsidium zu kommen. Lichthaus berichtete kurz vom Fund der Leiche, die aller Wahrscheinlichkeit nach Eva Schneider war, und den bisher bekannten Fakten.

»Da haben Sie mit Ihren Ermittlungen in der vergangenen Woche ja doch den richtigen Riecher gehabt«, räumte er widerwillig ein.

»Ja, leider, ich kenne die Familie. Zu allem Überfluss liegt der Vater im Sterben. Er hat Krebs.«

»Manche kriegen es aber knüppeldick.« Müller wirkte ehrlich betroffen. »Wann wollen Sie die Eltern informieren?«

»Wenn wir uns absolut sicher sind, dass sie es ist. Lassen Sie uns abwarten, bis man die Fingerabdrücke der Toten mit denen aus Eva Schneiders Zimmer verglichen hat.«

»Hat die Presse davon schon Wind bekommen?«

»Baum vom Trierischen Volksfreund war bereits oben in Farschweiler. Frau Otten hat Informationen in Aussicht gestellt, und er wird sie auch verlangen.«

»Was wollen wir denen geben?«

»Nur die gesicherten Fakten. Wir wissen ja selbst noch zu wenig, halten uns bedeckt.«

»Wann liegen weitere Ergebnisse vor?«

»Das kommt auf Spleeth und seine Leute an. Wir setzen uns jedenfalls um fünfzehn Uhr zusammen.«

»Ich werde auch kommen.«

*

Auf der Pressekonferenz lief alles wie erwartet ab. Die Reporter warteten geduldig, bis die Polizeisprecherin geendet hatte, und sprangen dann auf die Tote im Wald an. Baum versuchte mehrmals nachzubohren, doch Polizei und Staatsanwaltschaft beriefen sich auf die laufende Untersuchung und nannten keine Details.

Anschließend war es Zeit für die Besprechung. Lichthaus wusste: Jetzt würde er die Jagd nach dem Mörder Eva Schneiders einläuten.

Marx hatte eine Landkarte mitgebracht und sie an der Stellwand angeheftet. Sie war von roten Strichen übersät. Lichthaus schwante nichts Gutes.

»Okay, legen wir los. Zunächst sollten wir erfahren, was Spleeth noch herausgefunden hat.«

»Was er herausfinden konnte, weiß ich nicht. Ich kann nur wiedergeben, was er mich hat wissen lassen.« Steinrausch war von dem Kriminaltechniker sichtlich genervt, und alle konnten ihn verstehen. »Gesichert ist, dass die Tote mit einem Fahrzeug in den Wald gebracht wurde. Die Techniker haben am Wegrand verwaschene Reifenspuren gefunden. Profil und Marke versuchen sie herauszufinden und sehen da eine kleine Chance. Ebenfalls sicher ist, dass die Grube mit, wie Spleeth sagt, technischen Hilfsmitteln ausgehoben wurde. Er geht von einem Minibagger aus, wie ihn Gartenbauer benutzen. Sie machen Abdrücke von den Schaufelspuren, die sehr charakteristisch sein sollen. Alles Weitere bekommen wir morgen, vielleicht auch schon heute Abend. Die Tote wird mittlerweile in der Rechtsmedizin angekommen sein.« Steinrausch lehnte sich zurück.

»Ich habe bereits mit Güttler gesprochen«, schaltete sich Scherer ein. »Er hat sich den Leichnam kurz angeschaut. Der Tod ist ziemlich sicher vor mindestens drei, maximal fünf Tagen eingetreten. Später wird er es genauer wissen. Außerdem ist das Mädchen schwer misshandelt worden. Güttler spricht von Folter. Zur Todesursache konnte er noch nichts sagen. Auch nicht, ob sie vergewaltigt wurde.« Er blätterte in seinen Unterlagen, zog ein Foto heraus und gab es Lichthaus.

»Als weiteren Beleg dafür, dass wir Eva Schneider dort oben gefunden haben, schau dir die Kleidung an: Sie trug zuletzt ein T-Shirt mit Jahrgangsaufdruck von der Abi-Fete. Die Tote hat ein solches T-Shirt an, außerdem Jeans. Ich denke, sie ist es. Übrigens, der Slip fehlt.«

»Wenn sie nicht zu den Frauen gehört, die gerne mal die Unterwäsche auslassen, ist sie also entkleidet und wieder angekleidet worden.«

»Da kann man ja mal gespannt sein, ob die Obduktion ein Sexualverbrechen ergibt«, warf Müller ein. Er legte das Foto zu Steinrauschs Unterlagen, warf noch einmal einen Blick darauf. »Eva Schneider also. Gibt es schon Hinweise, über welche Strecke die Leiche zum Fundort transportiert worden ist?«

Marx stand auf und trat zur Karte. Er erläuterte in seiner routinierten Art ausführlich alle möglichen Zufahrtswege und hinterließ damit bei Lichthaus einen guten Eindruck. Trotzdem war das Ergebnis niederschmetternd. Da das Waldgebiet intensiv holzwirtschaftlich genutzt wurde, gab es ein dichtes Netz von Wegen, die häufig mit schwerstem Gerät befahren wurden. Man konnte praktisch von drei Seiten hineinfahren. Für ihre Ermittlungen bedeutete dies, dass die Einwohner aus den vier angrenzenden Ortschaften zu befragen waren, wobei es auch etliche Möglichkeiten gab, ungesehen in den Wald zu gelangen.

Lichthaus schaute von seinen Notizen auf. »Was bleibt, ist die Frage, wo Eva Schneider bis zu ihrem Tod war, nachdem sie das Haus ihres Freundes verlassen hat, und wo und wann sie gekidnappt wurde. Wenn wir davon ausgehen, dass sie auf dem Nachhauseweg verschleppt worden ist, aber sehr wahrscheinlich noch bis Dienstag gelebt hat, dann muss sie über einen längeren Zeitraum vom Täter versteckt worden sein.«

»Der Kerl muss über einen Platz verfügen, an dem er sicher sein kann, dass niemand das Opfer findet oder hört. Also ich denke, in einer Etagenwohnung oder einer Gartenlaube kann er das nicht machen. Der hat wohl ein Haus mit schalldichtem Raum, das sehr abgelegen liegt«, meinte Scherer.

»Vielleicht mit Garage oder auch einer Scheune, denn sonst wäre es zu gefährlich, das Mädchen aus- und einzuladen«, fügte Sophie Erdmann hinzu.

»Wieso? Wenn er sie betäubt in einer Kiste transportiert hat, kann er das vor unseren Augen durchziehen«, warf Marx ein.

Sie besprachen dieses Detail noch, als Marie Guillaume ins Besprechungszimmer kam, um Lichthaus ans Telefon zu rufen. Er bat sie, das Gespräch durchzustellen, und ging über den stickigen Flur in sein ebenfalls aufgeheiztes Büro.

»Hallo, Johannes. Du wolltest einen ersten Eindruck.«

»Hallo, Stefan.« Güttler würde sie hoffentlich weiterbringen, und er lauschte ihm aufmerksam, während er lauwarmen Sprudel aus der Flasche trank.

»Als Erstes: Wir haben gerade die Fingerabdrücke mit denen verglichen, die Marx aus dem Zimmer von Eva Schneider mitgebracht hat. Sie stimmen überein.«

»Okay. Was noch?«

»Ihr jagt da einen äußerst brutalen Täter. Das Mädchen scheint massiv gefoltert und vergewaltigt worden zu sein. Gestorben ist sie wohl in der Nacht auf Mittwoch. Details dann in meinem Bericht.«

»Danke für die Infos. Bist du um sieben fertig?«

»Nein, ich werde aber trotzdem zu Claudias Vernissage kommen, wenn du das meinst.«

»Auch.« Lichthaus musste grinsen. »Es ging mir eher um den Bericht.«

»Das Schriftliche bekommst du morgen, aber du kannst gegen sechs schon mal vorbeikommen, dann zeige ich dir alles.«

»In Ordnung. Ich bestelle die Eltern zur Identifizierung. Richtet sie ein bisschen her.«

»Machen wir. Bis später.«

Lichthaus blieb noch einen Augenblick sitzen. Sie jagten also einen Sexualverbrecher übelster Sorte. Es war für ihn nicht das erste Mal. Vor fünf Jahren hatte er in der Pfalz einen ähnlich gelagerten Fall gehabt, der bis heute ungelöst war. Der Täter hatte das Opfer vergewaltigt und dann auf einer Müllkippe entsorgt. Die Tote, eine 47-jährige Frau, war alleinstehend und erst kurze Zeit vor Ort gewesen, so dass eigentlich niemand sie und ihre Gewohnheiten kannte. Das letzte Lebenszeichen war ein Telefonat mit ihrem Bruder in Würzburg, das sie vor ihrem Tod geführt hatte. Ein Kellner hatte sie am selben Abend allein in einem Lokal sitzen sehen, dann verlor sich ihre Spur. Weder der Fundort, noch die Leiche selbst ergaben verwertbare Hinweise, so dass sie die Akte irgendwann ergebnislos schließen mussten. Die Erinnerung an den Fall schmerzte Lichthaus. Er war entsetzt gewesen über die Leere im Leben des Opfers. Neben der Arbeit gab es keine Beziehungen, nur das große Alleinsein. Seitdem fielen ihm immer wieder Menschen auf, die inmitten hundert anderer allein waren, wie Verdurstende, die im Wasser schwammen. Selbst im Tod war sie einsam geblieben. Wen kümmerte es, dass sie den Mörder der Frau nicht fassen konnten? Er hoffte, dass er im Fall Eva Schneider weiterkommen würde. Was ihn jetzt quälte, war die Vorstellung, zu den Schneiders gehen und ihnen die Nachricht überbringen zu müssen.

Er ging zurück in den Besprechungsraum. Die Neuigkeiten überraschten die Kollegen nicht, und trotzdem stellte sich ein Augenblick der Betroffenheit ein.

»Ich will von zwei Seiten vorgehen«, nahm Lichthaus den Faden wieder auf. »Einmal die bekannten Gewaltverbrecher durchleuchten und auf mögliche Kontakte zu Eva Schneider hin abklopfen.«

»Glauben Sie, das macht Sinn?« Müller schaute zweifelnd.

»Ohne Frage, wir müssen einfach alles in Betracht ziehen. Und zum zweiten, die Akten aller einschlägig Vorbestraften prüfen. Thomas, lass die bitte kommen und fang schon einmal mit der Durchsicht an. Wir werden morgen nach den endgültigen Berichten von Spleeth und Güttler eine erste vorsichtige Fallanalyse versuchen. Frau Erdmann, Sie begleiten mich gleich zur Familie Schneider.«

Die Kollegin blies die Backen auf. »Darin bin ich nicht besonders gut.«

»Das ist niemand.« Müller schaute sie offen an. »Es ist wichtig, dass eine Frau mitgeht.« Sophie Erdmann wagte nicht zu widersprechen. Lichthaus beendete die Besprechung und alle erhoben sich, als Müller nachsetzte: »Die Presse sitzt uns schon im Nacken, und wenn die Fakten bekannt werden, wird sich der Druck noch steigern. Wir brauchen Ergebnisse!«

Die Kollegen nickten, verdrehten im Hinausgehen aber die Augen.

*

Auf dem Weg zu Schneiders riss Sophie Erdmann Lichthaus aus seinen Gedanken. »Haben Sie das schon oft gemacht?«

»Was?«

»Den Angehörigen die Todesnachricht gebracht?«

»Ja, aber nicht so wie heute, da ich die Familie auch privat ein wenig kenne. Das fällt schwer.«

Sophie Erdmann fuhr fort. »Ich war erst einmal bei einem Junkie dabei und da war klar, dass die Verwandten froh waren. Sie zeigten das ganz offen. Wenn nichts mehr hilft, dann ist der Tod das Beste, sagte der Vater.«

Lichthaus schüttelte den Kopf. »Marianne Schneider wird zerbrechen, und keiner kann ihr helfen. Sie muss ja auch weiter für ihren Mann da sein. Wie der das wohl aufnehmen wird?«

Sie gingen zu Fuß, denn das Haus der Schneiders lag keine fünf Minuten entfernt. Die Rollläden waren heruntergelassen, um die Sonne abzuhalten, das wirkte aber, als wollten sich die Bewohner verschanzen.

Vor der Haustür zögerte Lichthaus einen Augenblick und drückte dann seufzend die Klingel. Sie lauschten dem Läuten, das weiter entfernt im Haus erklang. Einen Moment tat sich nichts. Sie sind nicht da, schoss es ihm erleichtert durch den Kopf, doch Sekunden später sah er Marianne Schneider auf sich zukommen, ihre Silhouette von den Buntglasfenstern der Eingangstür verzerrt. Sie öffnete zögernd die Tür und schaute ihm direkt ins Gesicht. Ihre Augen flackerten, und er sah, wie die Erkenntnis in ihr einschlug, wie eine tiefe Resignation den letzten Rest der Hoffnung verdrängte.

»Ihr habt sie gefunden.« Sie fragte nicht, sie stellte fest. Leise und hohl war ihre Stimme. »Sie ist tot, nicht wahr?«

Lichthaus konnte nicht sprechen, und es entstand eine traurige Pause.

»Ja, es tut uns sehr leid, sie ist tot.« Sophie Erdmann durchbrach die Stille. Er war ihr dankbar dafür. »Dürfen wir reinkommen?«

Marianne Schneider trat von der Tür zurück und führte sie mit ausdruckslosem Gesicht in das große Wohnzimmer, wo alle unschlüssig stehen blieben.

Lichthaus räusperte sich. »Wir haben sie heute Morgen im Wald bei Farschweiler gefunden. Es ist Eva, es besteht wohl kein Zweifel.« Er schaute sie an und war sich nicht sicher, ob seine Worte angekommen waren. Schnell wechselte er einen Blick mit Sophie Erdmann.

»Wollen Sie sich nicht setzen, Frau Schneider?« Sie fasste Marianne Schneider, die reglos wie eine Statue dastand und in eine Ecke starrte, an den Schultern und drückte sie sanft in einen Sessel. »Sollen wir Ihnen einen Arzt rufen?«

Unvermittelt verlor Marianne Schneider die Beherrschung. »Wozu brauche ich einen Arzt? Ich brauche keinen von diesen

Quacksalbern. Ich brauche auch keinen Pfaffen, ich brauche niemanden.« Sie sprang wutentbrannt auf und fing an zu schluchzen. Ihre Stimme bekam einen gequälten, klagenden Ton. »Erst ist mein Mann unrettbar krank. Dieser Verfall! Das hat mich alle Kraft gekostet. Und jetzt Eva. Mein Kind.« Ihr versagte die Stimme, und sie weinte hemmungslos. Als sie schließlich wieder ansetzte, klang sie dumpf.

»Der Pastor war gestern hier. Die Wege des Herrn sind unergründlich. Prüfung und Läuterung.« Sie schrie. »Alles Scheiße! Gottverdammte Scheiße. Was habe ich getan, dass der ach so gute Gott mich so bestraft. Was, Herr Lichthaus?«

»Nichts. Manches passiert einfach so, ohne Plan. Ich kann Sie gut verstehen.«

Sie warf den Kopf zurück und lachte verzweifelt brüllend heraus. »Sie können gar nichts verstehen. Nichts, überhaupt nichts.« Sie schaute ihn erbost an.

Lichthaus' Magen krampfte sich zusammen, und er musste sich beherrschen, um nicht zurückzuweichen. Bei Marianne Schneider schienen alle Dämme gebrochen zu sein. Es brach schier aus ihr heraus: Die Verzweiflung über die Krankheit ihres Mannes, die Angst um ihre einzige Tochter, der Schmerz über ihren Verlust.

Sie flüsterte fast, als sie weitersprach und die Tränen über ihr Gesicht liefen. »Sie gehen doch gleich hier raus und denken gerade noch: Die arme Frau. Und dann zu Hause warten Ihre Familie, Freunde zum Essen oder sonst was. Ein schöner Sommerabend. Ich war früher wie Sie. Alles war in Ordnung. Keine Geldprobleme, keine Probleme mit Eva oder in der Ehe; alles toll. Aber wir laufen auf einem schmalen Grat. Ein Arztbesuch, ein Zucken am Lenkrad oder irgendein perverses Schwein, und schon rutschen Sie ab und fallen.«

Sie wandte sich ab und blickte ziellos umher. Durch die Rollläden fiel schräg das Sonnenlicht rein. Lichthaus hörte den Verkehr unnatürlich laut vorbeirauschen. Das Gefühl, da draußen ist das Leben und hier drinnen der Tod, überkam ihn, und er wollte weg, da jetzt ohnehin kein Gespräch mehr möglich sein würde. Er wechselte einen flüchtigen Blick mit Sophie Erdmann.

»Frau Schneider, wir müssen noch mal ...«

»Sie ist tot, das sagten Sie doch. Was wollen Sie also noch von mir?« Sie wirkte resigniert. »Gehen Sie jetzt. Ich muss zu meinem Mann.«

»Ich rufe Sie an.« Wortlos verließen sie den Raum.

Als sie in den Flur kamen, schaute Lichthaus durch einen Türspalt in den Nebenraum und sah dort Heinrich Schneider. Er saß in seinem Rollstuhl und hatte alles mit angehört. Nach vorne gelehnt, den Mund halb offen wie in einem stummen Schrei, liefen ihm die Tränen über die fahle Haut. Auch Marianne Schneider nahm ihren Mann wahr und drängte die Polizisten zum Ausgang. Grußlos fiel die Tür hinter ihnen ins Schloss, die Sonne schlug ihnen ins Gesicht.

Er seufzte. »Wir können ihr nur helfen, wenn wir den Täter fassen. Also los!«

Sophie Erdmann nickte entschlossen.

*

Lichthaus fand Güttler im Obduktionssaal. Der Raum lag im Souterrain des Brüderkrankenhauses und war so weit herunterklimatisiert, dass er sofort seine Jacke anzog. Durch die Milchglasfenster drang schummriges Licht herein. Hier unten war ein Sektionsraum eingerichtet worden, den Güttler bei Bedarf nutzte. Eigentlich nur ein Provisorium, doch immer noch besser, als die Toten jeweils nach Homburg in die Rechtsmedizin fahren zu müssen. Güttler stand am Waschbecken und wusch sich nach getaner Arbeit die Hände. Die Obduktion war abgeschlossen, Eva Schneiders Leichnam war bereits mit einem Tuch abgedeckt. Langsam trat Lichthaus an den Tisch und zog es zurück. Der Anblick traf ihn wieder einmal wie eine Keule. Von der strahlenden Attraktivität des Mädchens war nichts übrig geblieben. Güttler hatte den typischen Y-Schnitt angebracht, um die Obduktion der Organe vornehmen zu können. Zum Schluss hatte er den Körper wieder zugenäht – sehr akkurat mit extrem kleinen Stichen. Auch einem Leichnam gebühre Respekt, hatte er einmal gesagt, und sei es nur in Form einer ordentlichen Naht.

Im krassen Gegensatz zu Güttlers pietätvollem Umgang mit Evas Leiche stand die offensichtliche Schändung ihres Körpers zu Lebzeiten. Eine Topographie des Leidens. Hämatome überall, Abschürfungen an den Handgelenken, die gebrochene Hand und unzählige Brandblasen waren zu sehen. Außerdem oberflächliche Schnitte, die wie kryptische Muster vom Bauch bis zur Scham verliefen. Die Haare waren verfilzt und das Gesicht verschwollen. An den Brüsten gab es rot unterlaufene Stellen, wie von Quetschungen, und einige Bisswunden. Zeugnisse von Schmerzen, die er nicht ermessen konnte. Sein Blick blieb an den dunklen Rändern am Hals der Toten hängen. Er schaute Güttler fragend an.

»Was ist hiermit?«

»Erwürgt. Ist auch die Todesursache. Der Täter scheint sich damit auszukennen. Er hat sie von hinten stranguliert und dabei den Kehlkopf eingedrückt. Den Würgemalen zufolge hat er mehrmals neu angesetzt. Dann geschieht es langsamer, um die Qual zu erhöhen.«

»Dieses Schwein! – Fass mal bitte zusammen.«

»Es gibt interessante Neuigkeiten. Komm, wir gehen in mein Büro, da liegt auch der Bericht.«

Das machte Lichthaus neugierig. Güttler war kein Typ, der zur Euphorie neigte. Er schien also etwas Aufschlussreiches gefunden zu haben.

Das kleine Büro des Rechtsmediziners lag unmittelbar neben dem Obduktionssaal und war mit Schreibtisch und Schrank eigentlich bereits vollgestellt: Aber auf dem begrenzten Raum zwischen Wand und Tür hatte er noch Platz für einen riesigen Kühlschrank und eine Kaffeemaschine gefunden.

Lichthaus nahm auf einem Hocker Platz und trank langsam den angebotenen Kaffee, während der Drucker den Bericht ausspuckte.

»Also, die Neuigkeit. Wir haben Sperma gefunden.«

Lichthaus ballte die Faust. »Ja!« Sie hatten eine Spur.

»Er hat sie brutal vergewaltigt. Vaginal, anal und auch oral. Hierbei hat er offensichtlich keine Vorsicht walten lassen, denn es war kein Problem, Spermien zu isolieren. Die DNA-Analyse läuft schon.« Er lächelte zufrieden und schwieg.

»Konntet ihr noch was feststellen?«

Güttler stellte seinen Kaffee ab und griff nach dem Bericht. »Gut, die Vergewaltigungen scheinen wie gesagt brutal abgelaufen zu sein. Die Scheide wurde massiv verletzt. Wir konnten am Körper vierundsechzig Hämatome zählen. Über diese typischen Verletzungen hinaus wurde sie mehrfach schwer geschlagen, aber das hast du ja gesehen. Außerdem wurde sie mit Fremdgegenständen penetriert.« Er schaute angewidert zu Lichthaus auf. »Dieses Monster!«

Dann rührte er nachdenklich in seiner Tasse. »Schwarz wie der Tod. Entschuldige.«

»Du sagtest, sie ist in der Nacht von Dienstag auf Mittwoch gestorben. Er hat sie also etwa drei Tage gefangen gehalten. Was noch?«

»Die letzten Verwundungen, die ihr lebend beigefügt wurden, stammen von«, er zögerte kurz, »reiner Folter. Ja, eigentlich muss man von Folter sprechen. Ihr wurden systematisch Schmerzen zugefügt. Vor allem durch die Brandverletzungen.« Lichthaus merkte Güttler an, dass es in ihm gärte. »Der Magen war so gut wie leer, wir haben nur kleine Reste von Brot und Nudeln gefunden. Das Mädchen war total dehydriert. Außerdem ist sie post mortem noch schwer gefallen. Sie hat eine Druckstelle auf der Stirn, die nicht mehr eingeblutet hat. Der abgebrochene Schneidezahn stammt wohl auch von dem Sturz. Wenn ich mir die Spuren an Handgelenken und Fesseln ansehe und ihren Rücken betrachte, war sie wahrscheinlich die meiste Zeit liegend gefesselt. Ich denke mit einer Nylonschnur, denn wir haben keine Faserreste finden können. Nur grünen Kunststoff. « Er blätterte um, las aber nicht weiter vor. »Das war wohl das Wichtigste. Ach ja, er hat ihr die Augen abgeklebt. Die Details liefern wir euch noch.« Güttler schaute Lichthaus abwartend an.

»Was denkst du, Stefan?«

»Ich bin kein Kriminalpsychologe, doch ich glaube, der Kerl hat viel Spaß daran gehabt. Und er weiß offensichtlich genau, dass er das alles unmöglich durchziehen kann, ohne DNA-Material zu hinterlassen. Deswegen hat er sich gar nicht erst die Mühe gemacht, die Spuren zu verwischen.«

»Oder er meinte sicher zu sein, dass wir die Tote nicht finden würden.«

»Habt ihr aber. Du musst dieses Schwein fassen, unbedingt.«

»Das ist mein Job. Mach mir bitte ein Bild des Zahnabdrucks und lege ihn dem Bericht bei.« Güttler nickte und schaute auf die Uhr. Es war kurz vor halb sieben.

»Gehst du noch ins Präsidium?«

»Nein, direkt zur Galerie. Es ist schon spät.«

Güttler grinste. »Dann kann ich ja gleich mitkommen. Was ist mit dem Fall, Herr Kommissar?«

»Der kann mich mal. Bis um neun. Da treffen wir uns im Präsidium für eine lange Nacht.«

*

Während er darauf wartete, dass Güttler sich umzog, dachte Lichthaus an die amüsierte Frage des Rechtsmediziners. Er hatte sie erwartet, denn normalerweise hätte er nonstop weitergemacht. Doch die Vernissage war ihm im Augenblick wichtiger. Vor einigen Jahren, noch in Mainz beim LKA, wäre das ganz anders gewesen. Sein Ehrgeiz hatte ihn ohne Rücksicht auf Verluste vorangetrieben. Immer weiter war er nach oben gekommen, bis zu einem Montag im März vor drei Jahren. Polizeipräsident Ensler hatte ihm die Stelle des Abteilungsdirektors im LKA für organisierte Kriminalität angeboten. Er war angekommen.

Nie würde er das Gefühl vergessen, den Triumph, als er den Präsidenten verließ. Er fuhr nach Hause und kaufte Champagner und Blumen, um zu feiern. Sie wohnten damals in einer Altbauwohnung in der Altstadt. Er schloss die Tür auf und fand die

Wohnung dunkel vor. Doch Claudia war da, saß im Wohnzimmer vor gepackten Koffern und weinte. Sie würde gehen, sagte sie, zurück zu ihren Eltern und dann mal sehen. Lichthaus fiel aus allen Wolken und rastete völlig aus. Er schrie sie an und flehte, sperrte die Koffer ein und stellte sich vor die Tür. Doch Claudia blieb ruhig, und auch er fing sich wieder.

Dann hatten sie geredet. Die ganze Nacht. Und Claudia war geblieben. Als die Sonne aufging und ins Schlafzimmer fiel, lag sie neben ihm und schlief. Sie war so zart und verletzlich. Er begann zu weinen. Am Morgen meldete er sich krank, und sie fuhren in die Pfalz, um sich weiter auszusprechen. Eigentlich sprach Claudia. Sie zeigte ihm seine Ignoranz auf. Wie er von seinem Ehrgeiz gefangen war, nie zu Hause, und wenn, gab er sich eingenommen von sich und seinem Beruf. Er hatte nicht bemerkt, dass sie nicht mehr malte, hatte ihre künstlerische Leere übersehen und ihren Wunsch nach Kindern hintangestellt, hatte sie einfach beiseite geschoben, so wie ein Möbelstück, das im Weg steht. Ihr bisheriges Zusammenleben würde sie so nicht mehr fortsetzen, sie sehnte sich nach einem echten Miteinander. Er schämte sich und erkannte, dass sich viel ändern musste, wenn er sie nicht verlieren wollte.

Einen Tag später hatte er die Abteilungsdirektorenstelle abgesagt. Der Polizeipräsident fiel aus allen Wolken und redete lange auf ihn ein. Doch Lichthaus lehnte ab. Schon in diesem Gespräch bemerkte er, dass der Schock über Claudias drohenden Weggang ihn verändert hatte. Er hörte zwar die blumigen Ausführungen, doch er spürte deutlich, dass er selbst darin als Mensch mit privaten Interessen und vor allem mit einer Familie nicht vorkam. Als er ging, spürte er deutlich, dass der Präsident ihn abgeschrieben hatte. Kurz darauf bewarb er sich nach Trier. Den Kollegen erklärte er nichts, denn er wusste, dass sie ihn nicht verstehen würden. Die meisten waren ledig oder geschieden. Einige gaben damit an, junge Polizeianwärterinnen zu bumsen, während ihre Frauen zu Hause warteten. In den Wochen bis zu seiner Versetzung vereinsamte er im Amt. Er war ausgestiegen, und die anderen machten weiter. Der Weggang nach Trier war ihm leicht gefallen, und wenn er jetzt zurückblickte, war er zufrieden.

Die Galerie lag in der Bruchhausenstraße. Sie waren spät dran. Viele Gäste waren schon da und warteten im Hof hinter der Galerie darauf, dass man sie hereinbat. Claudia war nicht zu sehen. Er verließ Güttler und ging nach hinten in die Galerie, wo er seine Frau fand, die nervös ein tadellos hängendes Bild noch auszurichten versuchte. Er trat leise an sie heran und legte den Arm um sie. Sie erschrak und fiel ihm dann um den Hals.

»Musst du nicht am Fall arbeiten?« Ihre Frage war nicht ernst gemeint.

Er küsste sie leicht und flüsterte: »Ob jetzt oder später macht sie auch nicht wieder lebendig.«

»Johannes!«

»Es ist aber so. Ich werde lange genug nach dem Mörder suchen.«

»Kommt ihr weiter?«

»Wir haben Sperma gefunden, das könnte helfen. Um neun treffen wir uns im Präsidium. Leider.«

»Das macht doch nichts.« Claudia war mit einem Mal völlig ruhig. Sie trug ein leichtes Sommerkleid, das klassisch geschnitten war und ihre schlanke Figur betonte. Dazu nur ihren Ehering und eine Halskette, die er ihr zu Henriettes Geburt geschenkt hatte.

»Wo ist die Kleine?«

»Mama und Papa laufen mit ihr durch die Gegend, damit Mademoiselle zu schlafen beliebt.« Sie grinste.

Er drückte sie noch einmal leicht an sich, dann mischten sie sich unter die Gäste. Claudia stürzte sofort auf alte Freunde zu, die extra aus Mainz gekommen waren, während Lichthaus Sophie Erdmann bemerkte, die neugierig umherschauend den Hof betrat. Er ging zu ihr und begrüßte sie.

»Ich bin direkt von der Rechtsmedizin hierher gekommen, sonst hätte ich Sie gleich mitgenommen.«

»Kein Problem.«

»Wollen Sie etwas trinken?« Mit diesen Worten führte er sie zu einem Tisch mit verschiedenen Getränken und griff sich zwei Sektgläser.

»Einer ist erlaubt.« Sie stießen an und tranken.

Aber Lichthaus war schnell wieder bei ihrer Arbeit und begierig auf Neuigkeiten. »Hat sich während meiner Abwesenheit schon was ergeben?«

»Eigentlich nicht. Marx und Steinrausch waren eben noch nicht zurück. Scherer hat etwa zehn infrage kommende Täter herausgefiltert und prüft sie gerade. Bis um neun wird er wohl fertig sein.«

Gerade wollte er etwas erwidern, als Güttler zu ihnen trat. Lichthaus machte die beiden bekannt. Zu einem Gespräch kam es aber nicht mehr, denn Leo Möbius bat die Gäste in die Galerie. Sie gingen hinein und er trat zu Claudia. Gemeinsam lauschten sie den einführenden Worten des Galeristen. Er führte geschickt in den Bilderzyklus ein, zeigte die Technik auf und stellte Hintergründe dar. Anschließend erklärte Claudia die Intention der gezeigten Bilder und beantwortete die eine oder andere Frage, bevor den Gästen Gelegenheit gegeben wurde, sich die Bilder selbst anzuschauen. Lichthaus stand lange bei seinen Schwiegereltern, die sich offensichtlich über sein Kommen freuten. Claudias Vater hatte es als ausgebildeter Jurist bis zum Amtsrat der Stadt Wittlich gebracht, war aber inzwischen pensioniert, worüber ihre Mutter sich besonders freute. Denn sie war zeitlebens Hausfrau geblieben, hatte ihre Aufgaben in der Erziehung der beiden Töchter und der Umsorgung ihres Ehemanns gefunden. Nun freute sie sich über die gemeinsame Zeit. Lichthaus hing an den beiden, die ihm mehr Wärme zukommen ließen, als es seine Mutter je vermocht hatte. Während sie plauderten, war Henriette endlich tief eingeschlafen. Mit den Augen suchte er nebenbei Sophie Erdmann und sah sie mit Güttler umhergehen. Die beiden lachten viel und schienen sich gut zu verstehen. Der Mediziner versprühte einen Charme, den Lichthaus so noch nie an ihm bemerkt hatte.

Gegen acht Uhr dreißig klingelte sein Handy. Es war Scherer. Er ging nach draußen in den jetzt leeren Hof.

»Wir haben einen Verdächtigen. Es ist Christoph Bleier, der Ex-Freund. Steinrausch ist noch einmal die Protokolle über die Nacht zum Sonntag durchgegangen und hat eine Zeugin ... einen Moment, bitte ... Adelheid Müllner, eine Nachbarin von Hettmann, gefunden, die sich über einen Mann beschwert hat, der in der fraglichen Nacht stundenlang in seinem Auto gesessen und die Lorenz-Kellner-Straße beobachtet hat. Sie hat die Nummer notiert. Und die gehört einer Frau. Aber die ist nur Halterin und nicht Fahrerin des Wagens, wir haben sie inzwischen befragt. Den Wagen fährt ihr Sohn: Christoph Bleier.«

»Was habt ihr veranlasst?« Lichthaus war angespannt.

»Marx und Steinrausch nehmen ihn gerade fest und bringen ihn her. Frau Otten hat sofort eine Hausdurchsuchung angeordnet.«

»Gut, ich bin gleich da.«

Er ging wieder hinein zu Sophie Erdmann. Sie stand noch immer mit Güttler zusammen und unterhielt sich mit ihm über Paragliding, offensichtlich eines ihrer Hobbys. Schade, dass er sie da herausreißen musste. Lichthaus informierte sie und verabschiedete sich von Claudia, dann brachen sie auf ins Präsidium.

»Das ging aber schnell«, kommentierte Sophie Erdmann die neuesten Ereignisse, als er einstieg.

»Hoffentlich war es dieser Bleier«, grummelte er nachdenklich vor sich hin.

»Haben Sie Zweifel?«

»Nur so ein Gefühl. Sie haben die Leiche nicht gesehen. Eva wurde drei Tage gefoltert. Wir sollten ihm ordentlich Druck machen. Dann werden wir ja sehen, ob er eine bestialische Ader in sich trägt.«

*

Sie kamen gleichzeitig mit Marx, Steinrausch und Christoph Bleier an. Lichthaus ließ ihn in ein Vernehmungszimmer bringen und traf die Kollegen im Nebenraum. Dort war es eng und nach einem langen, heißen Tag unangenehm stickig. Der Geruch von verschwitzten Körpern vermischte sich mit Marx' Alkoholfahne.

Doch Lichthaus schluckte seinen Ärger hinunter. Jetzt war nicht der richtige Moment dafür.

Durch die verspiegelte Scheibe konnten sie Bleier beobachten. Er hatte dunkles Haar und braune Augen. Rein äußerlich war er ein gut aussehender, groß gewachsener Junge, der jetzt in Sommerhose und Polohemd völlig verunsichert dreinschaute.

»Gute Arbeit. Aber wieso haben die Kollegen das mit dem Auto nicht früher rausgefunden?«

Marx grinste. »Bleiers Mutter ist in zweiter Ehe verheiratet und trägt einen anderen Namen. Dem Widerspruch zwischen der Angabe, es habe ein Mann im Auto gesessen, und dem Ermittlungsergebnis, dass das Auto auf eine Frau zugelassen ist, ist keiner nachgegangen. War ja bislang auch kein Mordfall.«

»Bloß nicht zu viel Arbeit machen!« Lichthaus verdrehte die Augen.

»Ich war heute in der Rechtsmedizin und habe mit Güttler gesprochen. Der Täter ist ein Perverser. Wenn Bleier es war, bekommen wir das raus! Eva Schneider war drei Tage gefangen. Wir müssen also herauskriegen, wo er sie versteckt haben könnte. Sie beide«, Lichthaus deutete auf Marx und Steinrausch, »setzen ihn da drin unter Druck, und Frau Erdmann und Scherer durchsuchen seine Bude und das Auto. Vielleicht hat er auch einen Mietwagen benutzt. Prüft alle Autovermieter.«

Als die Kollegen den Raum verlassen hatten, konzentrierte sich Lichthaus auf die Vernehmung im Nachbarraum, die er durch die Trennscheibe miterleben konnte. Marx saß Bleier gegenüber, während sich Steinrausch schräg hinter den Befragten gestellt hatte. Marx nahm die Personalien auf und fing an.

»Herr Bleier, ich denke, Sie wissen, warum Sie hier sind?«

Bleier blinzelte und rutschte auf dem Stuhl herum. »Nein, was soll das Ganze?«

»Wir haben Ihre ehemalige Freundin heute Morgen gefunden. Der Täter hat Eva tot im Wald verscharrt.«

Wie gebraucht und weggeworfen, schoss es Lichthaus durch den Kopf. Obwohl er Marx verachtete, musste er ihm doch zugestehen, dass er ein ungewöhnliches Geschick für den richtigen

Ton in Befragungen hatte. Bleier war sichtlich erregt, Tränen standen ihm in den Augen.

»Aber was habe ich denn damit zu tun?« Seine Stimme klang ungläubig.

»Fällt Ihnen da nichts ein? Nein?« Marx' Stimme war grob und verletzend. Der Junge wischte sich mit zitternden Händen über den Mund.

»Nein.«

»Gut. Versuchen wir es anders. Wo waren Sie am vergangenen Sonntag um drei Uhr morgens?«

»Das habe ich doch bereits gesagt. In Saarbrücken auf einem Seminar.«

»Sicher?«

»Ja, natürlich. Was denn sonst?« Bleiers Stimme schwankte ein wenig. Die Kollegen wechselten einen Blick, und Marx kramte in den Papieren, um einen einzelnen Bogen herauszuziehen. Er ließ sich Zeit und sprach dann tonlos weiter.

»Nun, ich habe hier eine Aussage, nach der ein PKW, der auf Ihre Mutter zugelassen ist, in besagter Nacht um genau zwei Uhr fünfundzwanzig in der Lorenz-Kellner-Straße geparkt war. Ihre Mutter aber sagt aus, dass Sie den Wagen das ganze Wochenende benutzt haben.«

Bleier saß wie versteinert da. Seine Gedanken schienen zu rasen. Als er antwortete, zitterte seine Stimme. »Ich war da und habe das Haus beobachtet.«

»Wieso haben Sie uns angelogen?«

»Ich hatte Angst, ich ...«

»Wovor?«

»Vor dem Verdacht, mit Evas Verschwinden etwas zu tun zu haben.«

»Das ist Ihnen aber gänzlich danebengegangen.« Marx lachte. Bleier knetete seine Hände.

»Sie sind jetzt extrem tatverdächtig. Wissen Sie das?«

Bleier blieb stumm und starrte auf den Boden. Auf einmal brach der lange aufgestaute Frust aus ihm heraus. »Mit mir wollte sie nichts mehr zu tun haben. Sie wolle mehr Freiheit. So eine Scheiße musste ich mir anhören.« Er spuckte die Worte förmlich auf den Tisch. »Sie brauche Distanz. Und dann taucht dieser Lackaffe auf, und sie schnurrt wie eine rollige Katze.« Er brütete dumpf vor sich hin.

Lichthaus wusste, dass nun der Zeitpunkt für ein Geständnis gekommen war - wenn er gestehen würde.

»Ja, ich war da, weil ich es nicht ertragen konnte, dass sie mich einfach so fallenließ. Wie ein Idiot bin ich ihr nachgefahren, nur um mir noch mehr weh zu tun. Immer wieder. Ich bin auch einmal raus aus dem Auto und habe sie festgehalten. Aber umgebracht habe ich sie nicht.«

Marx schaute spöttisch. »Wer soll Ihnen das denn glauben? Sie hat Sie abserviert, und da musste sie dran glauben. Geprügelt und vergewaltigt haben Sie Ihre Freundin.« Die letzten Worte schrie er.

Bleier sprang auf. Er packte Marx mit wutverzerrtem Gesicht am Kragen und zerrte ihn hoch. Der Stuhl krachte um. »Nein, nein, das war ich nicht!« Spucke flog Marx ins Gesicht, der vergeblich versuchte, die Hände an seinem Hals zu lösen.

Steinrausch reagierte blitzschnell: Überraschend behände drehte er Bleier den Arm weg und drückte ihn auf den Boden. Der Junge schrie vor Wut auf.

»Ganz ruhig, sonst bekommst du noch weit mehr Ärger, als du schon hast.« Steinrausch atmete schwer.

Lichthaus stand an der Trennscheibe und schüttelte den Kopf. Der Auftritt machte Bleier eigentlich verdächtig. Er war impulsiv und gewaltbereit, doch fehlte ihm die Berechnung.

Nach wenigen Minuten hatte sich die Situation beruhigt. Alle saßen wieder, und Marx war jetzt völlig sachlich. »Erzählen Sie uns von der Nacht.«

Bleier begann zu weinen. »Wir waren auf der Party in Saarbrücken. Überall Pärchen. Ich habe Eva vermisst und bin einfach weggefahren, wollte zu ihr. Darf ich rauchen?«

Marx schob ihm einen Aschenbecher hin.

»Oben bei diesem Arschloch brannte noch Licht, da habe ich gewartet. Sie ging ja immer nach Hause.« Er zog an der Zigarette. Seine Stimme war bitter. »Eva kam so gegen drei raus. Ich habe mich klein gemacht, weil ich nicht gesehen werden wollte.«

»Und weiter?« Steinrausch hakte nach.

»Nichts. Sie hat am Fahrradständer gestanden, herumgeflucht und irgendetwas weggeworfen. Dann ist sie losmarschiert. Plötzlich kam ich mir vor wie ein Idiot und bin zurück zu der Party. Da habe ich mich volllaufen lassen, und das war es dann.«

Lichthaus war enttäuscht. Die Aussage war nichts wert. Weder schloss sie Bleier völlig aus, noch erhärtete sie den Verdacht, doch konnte er sich den Jungen nicht als planvollen Sadisten vorstellen. Es sei denn, er wäre ein begnadeter Schauspieler.

»Aber irgendjemand ist ihr hinterher. Und wenn nicht Sie, wer dann?« Steinrausch fragte ihn ganz ernsthaft, während Marx' Körpersprache nur eines ausdrückte: Er glaubte Bleier kein Wort.

»Was weiß ich. Fragen Sie doch diesen großen Kerl, der auch da vorbei ist. Vielleicht hat der was gesehen.«

Bei Lichthaus schrillten die Alarmglocken. Er ging über den Gang und betrat den Befragungsraum. Alle sahen überrascht auf, doch er ignorierte die Blicke.

»Beschreiben Sie diesen Mann!«

»Es war dunkel.«

»Das habe ich Sie nicht gefragt!« Er wurde grob. Bleier sollte antworten und nicht ausweichen.

»Wie sah er aus?«

»Baumlanger Kerl, wirkte sehr kräftig.«

»Ist Ihnen was aufgefallen?«

»Er ist zwei Mal vorbeigegangen.«

»Hinken, Haltung, irgendetwas?«

»Nein. Nichts.«

»Wie alt war der Mann?«

»Woher soll ich das wissen? Ich bin doch kein Hellseher.«

Lichthaus schrie. »Jetzt kommen Sie mir nicht blöd, ja! Ging er wie ein alter Mann oder was?«

»Also«, Bleier blickte hilfesuchend zu Marx, der ihn abweisend musterte. »Der Kerl war nicht alt. Ziemlich dynamisch, aber irgendwie nicht wie ein Teenager, also cool oder so. Ich schätze zwischen dreißig und vierzig. Hatte 'nen Mantel an.«

Lichthaus legte das Foto der Überwachungskamera auf den Tisch. »So etwa?«

»Tja, schwer zu sagen. Das könnte der Kerl sein.«

»Gut, Sie bleiben hier, bis wir Ihr Auto und Ihre Wohnung untersucht haben. Geben Sie den Kollegen die Schlüssel, sonst müssen wir beides aufbrechen. Sind Sie mit einem DNA-Test einverstanden?«

Bleier nickte und schaute ihn erleichtert an, während er seinen Schlüsselbund hervorfummelte und Marx gab. Dann ließen sie ihn wegbringen.

Auf dem Weg zum Büro holte sich Lichthaus einen Kaffee. Drinnen machte er kein Licht, sondern riss die Fenster auf und ließ die kühle Nachtluft herein. Während er die fade Automatenbrühe schlürfte, sah er zum Fernsehturm hinauf.

Bleier war nicht der Täter, da war sich Lichthaus mittlerweile sicher. Weder die Brutalität, noch die Tatsache, dass Eva drei Tage lang gefoltert wurde, passten zu dem Jungen. Lichthaus war zuversichtlich, dass der DNA-Test schwarz auf weiß bestätigen würde, was er bereits wusste.

Es klopfte an der Tür. Gleichzeitig klingelte das Telefon.

»Herein«, rief er und hob ab: »Ja?«

»Ich bin es.« Scherer war in der Leitung. »Wir haben Bleiers Eltern befragt. Sowohl die Mutter mit ihrem neuen Partner als auch der Vater bewohnen jeweils ein kleines Einfamilienhaus und verfügen über keine weiteren Immobilien, auch kein Wochenendhaus. Ich prüfe das morgen noch im Grundbuchamt, glaube aber nicht, dass sie lügen.«

Bevor er antworten konnte, trat Winkelmann von der Spurensicherung ein und setzte sich auf ein Handzeichen hin.

»In Ordnung. Kommt zurück und bringt von unterwegs was zu essen mit. Wir treffen uns gleich mit den anderen zur Besprechung, da könnt ihr berichten, und dann ist auch Schluss für heute.« Er legte auf.

»Dunkel hier«, meinte Winkelmann.

»Will kein Getier reinlocken«, erwiderte Lichthaus und stand auf, um das Fenster zu schließen und Licht anzumachen.

»Sie haben was für uns?«

Lichthaus reichte ihm Bleiers Schlüssel und nannte die dazugehörige Adresse.

»Habt ihr schon Ergebnisse?«

»Nur wenn Sie einen Kaffee locker machen.« Müde grinste Winkelmann ihn an. Er trug einen schmutzigen Arbeitskittel und hatte tiefe Ränder unter den Augen. Offensichtlich hatte er seit heute morgen ohne Pause gearbeitet, und nun gab es auch noch neue Spuren auszuwerten. Gemeinsam gingen sie zum Automaten, und Lichthaus spendierte ihm einen Kaffee.

Winkelmann nahm einen Schluck und verzog das Gesicht. »Warum trinke ich eigentlich immer noch diese Gülle.«

Im Besprechungsraum ließen sich beide auf die Stühle fallen. Während er sich die Augen rieb, berichtete der Kriminaltechniker von den Untersuchungen.

»Also, das meiste wisst ihr ja schon. Neu ist, dass wir neben den Kratzern von Duprés Schaufel noch Spuren eines deutlich kleineren Baggers gefunden haben.«

»Wie klein muss ich mir so ein Ding vorstellen?«

»So wie ihn Gartenbauer benutzen. Oder Straßenbauer an engen Stellen.« Winkelmann wollte fortfahren, als die Tür aufflog.

»Pizza Salami, prego, signori. Sechs Euro fünfzig für jeden." Scherer stellte einen Stapel weißer Pizzakartons ab.

Lichthaus grinste und bedankte sich. Kurz darauf waren alle beisammen und aßen, auch der Kollege von der Spurensicherung wurde versorgt. Die Truppe wirkte müde, daher fasste Lichthaus die Ergebnisse des Tages in Rekordzeit zusammen. Dann bat er Winkelmann um einen Überblick.

Der schob den Pizzakarton beiseite und legte seine Notizen auf den Tisch. »Fangen wir mit der Erde an. Einer unserer Leute hat an Ort und Stelle den ganzen Aushub gesiebt, den Dupré schon herausgeholt hatte. Wir sind fündig geworden. Im gelockerten Sand konnte er einen Lehmbrocken mit einem deutlichen Sohlenprofil finden. Lehm gibt es dort oben aber nicht. Außerdem hat ein Vergleich mit Duprés Stiefeln keine Übereinstimmung gezeigt. Er könnte also vom Täter stammen. Spleeth hat Fotos und einen Gipsabdruck gemacht und lässt den Lehm untersuchen. Vielleicht hilft es.«

»Solchen Lehmboden haben wir hier in der Gegend immer wieder«, warf Marx ein, doch der Techniker hob nur die Schultern.

»Ansonsten war die Erde unauffällig. Eine feinere Analyse machen wir noch, das dauert aber. In der Grube selbst haben wir neben den Schaufelspuren nichts mehr finden können. Die Tote hatte ihre Kleider an, ihre Jeans war aber nicht richtig zugeknöpft. Wahrscheinlich hat der Täter sie der Leiche angezogen. Wir haben einen Teilfingerabdruck gefunden und durch die Datenbank laufen lassen. Leider negativ.«

»Scheiße«, murmelte Sophie Erdmann vor sich hin und schaute dann verlegen in die Runde.

»Na ja, uns bleibt ja das Sperma«, sagte Lichthaus. »Spleeth soll uns eine Karte anfertigen, in der alle Gebiete markiert sind, die zu dem Lehm des Abdrucks passen. Außerdem muss das Schuhfabrikat ermittelt werden.«

»Wie stellen Sie sich das denn vor?«, beschwerte sich Winkelmann. »Wir sind doch schon am Anschlag.«

»Da geht ganz sicher noch mehr.« Lichthaus' Ton war unnachgiebig.

»Was gab's noch?« Steinrausch lenkte Winkelmanns Aufmerksamkeit auf sich, um weitere Diskussionen zu vermeiden.

»Die Kleidung der Leiche war voll Hausstaub, der nicht auszuwerten war. Wir konnten keine Blutreste oder sonstige anhaftende Partikel isolieren. Nichts. Spleeth meint, dass sie die ganze Zeit über nackt war oder etwas anderes getragen hat, denn sonst hätten sich Spuren der Misshandlungen an ihren eigenen Sachen finden lassen. Im Schritt der Hose war dann etwas Sperma.«

»Er hat sie also unmittelbar vor ihrer Ermordung vergewaltigt?« Scherer war angewidert.

»Den Zusammenhang kann man so nicht herstellen. Die Spuren können ja schon älter sein. Da sind wir Techniker raus aus dem

Spiel. Güttler müsste das analysieren. Interessant war da noch ein Knopf.«

Lichthaus merkte auf. »Von der Toten?«

»Wohl kaum. Er stammt vielleicht vom Täter. Spleeth schaut ihn sich gerade an und gibt den Bericht dann rauf.«

»Ist etwas Besonderes damit?«

»Ich weiß es nicht. Er hat es mir nur kurz gesagt.«

Winkelmann war fertig mit seinem Bericht, und Lichthaus schielte auf die Uhr. Es war fast Mitternacht, und als er in die Gesichter am Tisch blickte, las er darin nur noch Müdigkeit.

»Schluss für heute. Es reicht. Vielen Dank. Wir sehen uns morgen um elf. Thomas, sei bitte schon um neun Uhr hier, ich will ein Profil erstellen und mit deinen Tätern abgleichen.«

Scherer nickte, dann löste sich die Versammlung auf.

Lichthaus fuhr nach Eitelsbach. In seinem Kopf wirbelten die Fakten wild durcheinander. Als er leise die Schlafzimmertür öffnete, lag Claudia bereits im Bett und las entspannt einen Roman. Er beugte sich zu ihr hinunter und spitzte die Lippen, doch sie verzog das Gesicht.

»Uhh, Knoblauch.«

Schnell richtete er sich auf. »Wir hatten Pizza aus dem Karton.«

»Es war schön, dass du da warst. Das hat mir sehr geholfen.« Sie strahlte ihn an.

»Mir auch. Ich dusche und trinke noch was.«

Er schaute nach Henriette und wusch dann den ganzen Dreck des Tages ab. Später ging er nach unten und goss sich ein großes Glas Wein ein. Er öffnete die Terrassentür und setzte sich ohne Polster auf einen der Stühle. Die Nacht war lau, so dass er trotz des kurzen Schlafanzugs nicht fror. Langsam sickerte Ruhe in ihn hinein, und doch arbeitete es in seinem Kopf weiter. Er kannte das bereits, und es würde sich erst ändern, wenn die Ermittlungen abgeschlossen waren. Die Fakten ließen ihn nicht mehr los. Sie waren auf dem richtigen Weg, doch schien es noch weit zu sein. Trotzdem war er vorerst zufrieden. Schnell schüttelte er die Gedanken ab und ging zu Bett. Claudia schmiegte sich an ihn.

»Und wie war es bei dir?«

»Anstrengend, doch ich denke, wir kommen voran. Ich erzähl dir morgen alles. Um neun Uhr geht's wieder weiter.« Er begann wegzudämmern.

»Mmh, Güttler hat mich noch wegen Sophie ausgefragt.«

»Hast du ihm alles erzählt?«

»Nur das, was in der Zeitung stand. Es schien ihm aber egal zu sein.«

Lichthaus schlief ein, bevor er antworten konnte.

*

Als Simone Simons, sie hasste ihre Eltern für diesen Namen, die Tür vom »Goldenen Stern« hinter sich zuzog, zeigte die Uhr bereits halb eins. Sie war müde, aber zufrieden. Vier Wochen lang hatte sie für Bruno, den Besitzer des Lokals, gearbeitet. Von morgens um zehn bis abends um zwölf Uhr hatte sie die Touristen bedient, war nett und freundlich gewesen und hatte nicht schlecht Trinkgeld eingesteckt. An manchen Tagen hatte sie kaum Zeit gehabt, um zu essen, doch das war nun vorbei, denn heute war der letzte Tag. Am Donnerstag würde die Schule wieder beginnen, sie kam jetzt in die 13. Mit den verdienten Euros wollte sie in den Herbstferien mit Dennis in die Türkei fliegen, bevor die Lernerei fürs Abi losging.

Simone zündete eine Zigarette an und nahm flüchtig einen geparkten Geländewagen mit Campingaufsatz wahr, der neben den Stühlen der Eisdiele stand. Sie bog gerade um die Ecke, als der Wagen startete und ohne Licht wegfuhr. Das Geräusch schnitt durch die Stille der Nacht und scheuchte zwei Katzen auf, die hastig davonliefen. Das Zentrum Saarburgs war mittlerweile menschenleer, und ihre Schritte hallten von den Mauern der eng zusammenstehenden Häuser wider, als sie den Laurentiusberg hinunterging. Nur aus einer Kneipe drang noch Lärm nach draußen. Eine Metal-Band kreischte aus der Musikbox. Sie gähnte und freute sich auf ihr Bett. Glücklicherweise war es nicht weit.

Saarburg war klein und ihr Elternhaus lag nur wenige Fußminuten entfernt.

Die nächsten Tage würde sie nur mit Dennis abhängen. Ihre Eltern waren in Urlaub gefahren, und sie hatte sturmfreie Bude. Ein Lächeln huschte über ihr Gesicht.

Wie immer nahm sie die Staden und erreichte den Kai, an dem die Ausflugsschiffe verlassen dalagen. Wieder Motorengeräusche. Als sie unter der Saarbrücke ihre Kippe austrat, fuhr der Geländewagen gemächlich vom Brückenkopf herunter und rollte an ihr vorbei. Komisch. Sie ging zum Bürgersteig hinüber und schaute in das Innere des Fahrzeugs. Der Toyota Land Cruiser hatte eine dunkle Farbe und einen eckigen Campingaufbau, den der Besitzer mit allerlei Aufklebern verziert hatte. Besonders ein großer Ritter sprang ihr ins Auge. Im Inneren hockte ein Mann hinter dem Steuer und starrte sie durch das Seitenfenster an. Sie erschrak. Wie Irrlichter glitzerten seine Augen im schwachen Schein der Armaturen, gerade so, als würden sie aus eigener Kraft leuchten. Simone blieb abrupt stehen, während der Wagen weiterfuhr. Aus einem Impuls heraus merkte sie sich die Autonummer. Unschlüssig sah sie sich um.

Plötzlich lag die Angst wie Blei in ihrem Magen und sie zog das Handy aus der Tasche und rief Dennis an, hörte aber nur eine Computerstimme, die ihr mitteilte, dass er momentan nicht erreichbar sei. Wieder zögerte sie, denn die nachtschwarze Straße wirkte wie ein Maul, das sie verschlingen wollte. Sollte sie nun weitergehen oder zurück zu Bruno laufen und sich von ihm heimfahren lassen? Doch der würde sie nur auslachen. Sie marschierte los, und als die Straße einen leichten Bogen machte, konnte sie schon bis fast nach Hause schauen, ohne etwas Ungewöhnliches zu bemerken. Doch gerade, als sich jetzt die Spannung etwas lockerte, sprang ihr aus dem Schatten einer Toreinfahrt eine dunkle Gestalt entgegen. Simone schrie auf. Sie hatte vor einigen Monaten einen Selbstverteidigungskurs besucht und trat dem heranspringenden Mann instinktiv in die Weichteile. Der Kerl sackte zusammen. Sofort ergriff sie ihre Chance und rannte los so schnell sie konnte.

»Sag mal, hast du sie noch alle?«, rief es hinter ihr.

»Dennis?« Sie blieb zitternd stehen.

»Nein, der Weihnachtsmann.« Ihr Freund kniete auf der Erde und stöhnte vor Schmerzen. Sie ging zurück und hockte sich neben ihn, als er heftig atmend in die Hocke kam.

»Mensch, bin ich froh, dass du da bist.« Ihr wurde schlecht, wie immer wenn die Anspannung nachließ, und sie atmete tief ein.

»Merkwürdige Art, das zu zeigen.« Er lehnte sich an eine Hauswand. »Was ist denn los?«

Simone berichtete, was vorgefallen war, und nun wurde auch er nervös. Er erzählte von der toten Frau, die bei Trier gefunden worden war, und wachsam liefen sie Hand in Hand weiter, ohne den auffälligen Toyota zu sehen. So erreichten sie das Grundstück der Simons. Simone schloss auf. Ohne Licht zu machen, fiel sie ihrem Freund sofort um den Hals und küsste ihn erleichtert. Als sie sich von ihm löste, um die Haustür zu schließen, war der Toyota plötzlich wieder da. Er stand in einer kleinen Straße, die schräg gegenüber einmündete. Der Fahrer hatte so geparkt, dass er die Haustür gut im Blick hatte und mit nur wenigen Schritten hier sein konnte. Dennis' Blick war ihrem gefolgt. Er reagierte prompt und sprintete nach draußen.

»Dennis!« Sie schrie verzweifelt, doch er hörte sie nicht. Der Motor heulte auf und das Fahrzeug schoss dicht an dem Heranstürmenden vorbei, der ihm wütend gegen den Campingaufsatz schlug.

»Hau bloß ab, du Drecksau!«. Schwer atmend sah er den davonfahrenden Lichtern hinterher.

*

Es war noch früher Morgen, als Lichthaus seine Steuerunterlagen auf dem Schreibtisch beiseiteschob. Kurz zuvor hatte Henriette geweint, und er war aufgestanden, um sie zu beruhigen. Nun konnte er nicht mehr einschlafen, saß am Schreibtisch und ließ die

Ereignisse der vergangenen Tage Revue passieren. Auf einem großen Bogen Papier begann er, seine Gedanken, aber auch die Fakten als Schlagwörter aufzuschreiben und mit Strichen zu verbinden. Er musste seine Gedanken ordnen und würde anhand dieser Übersicht einen neuen Bericht verfassen.

Als er um fünf Uhr fertig war, hatten die Ermittlungen wieder die Struktur erhalten, die er brauchte, um am nächsten Tag weiterzumachen. Er druckte den Bericht aus, um ihn später Müller, Cornelia Otten und dem Polizeipräsidenten zukommen zu lassen. Der müsste entscheiden, was sie der Presse mitteilen würden. Er hoffte, dass der DNA-Abgleich, ihre große Chance, einen Namen auswerfen würde, glaubte jedoch nicht so recht daran, denn welcher bereits in der Datenbank registrierte Täter würde es ihnen so leicht machen? Sollte sich also nichts ergeben, wären sie an einem kritischen Punkt, da die übrigen Spuren kalt waren. Sie müssten die Bevölkerung im Hunsrück befragen und versuchen, ein Täterprofil zu erstellen. Um zu guten Ergebnissen zu kommen, bräuchten sie jedoch mehr Informationen. Die würden sie hoffentlich durch die weiteren Befragungen in Trier erhalten, die auf Glocken- und Kochstraße ausgedehnt worden waren. Aber auch das blieb abzuwarten. Außerdem war da noch der Knopf. Er würde Spleeth deswegen anrufen.

Die Müdigkeit kam zurück. Er fiel schwer wie Blei ins Bett und war sofort weg, bis der Wecker um acht Uhr klingelte. Claudia und Henriette waren bereits aufgestanden, und er hörte, wie seine Frau in der Küche klapperte und dem Baby ein Lied vorsang. Obwohl es schon spät war, blieb er einen Moment liegen und genoss den Augenblick der Normalität. Er lauschte den gewohnten Geräuschen, beobachtete das Tageslicht, das wie immer morgens schräg durch die Ritzen der Rollläden ins Schlafzimmer fiel. Mit einem Seufzen raffte er sich auf und duschte die Müdigkeit so gut es ging in den Abfluss.

Unten war der Kaffeetisch gedeckt, und Claudia saß stillend auf ihrem Stuhl. Während er frühstückte, unterhielten sie sich über die Vernissage, die ein voller Erfolg gewesen war. Für vier der Exponate gab es bereits Interessenten. Claudia platzte fast vor

Freude. Die Gespräche des vergangenen Abends hatten sie inspiriert, und sie wollte die Staffelei auf alle Fälle mit in den Urlaub nach Holland nehmen. Plötzlich wurde sie ernst.

»Wie sieht es bei dir aus mit ein paar freien Tagen?« Claudia fragte ohne große Hoffnung in der Stimme. Sie hatten geplant, eine Woche gemeinsam mit Claudias Eltern ans Meer nach Walcheren zu fahren. Eigentlich wäre das kein Problem, da ihm Müller schon seit Monaten wegen der vielen Überstunden in den Ohren lag, doch nun, wegen der Ermittlung, sah er keine Chance, diese in Freizeit umzuwandeln.

»Schlecht. Wir werden wohl bald irren Druck kriegen, von oben und aus der Öffentlichkeit.«

Resigniert zuckte er mit den Schultern, nahm ihr das Baby ab und schaukelte es sanft hin und her. Er sah ihr an, wie traurig sie war.

»Macht es dir was aus, wenn ich alleine mit meinen Eltern fahre? Hier haben wir ja auch nichts von dir.«

»Na klar!« Er bemühte sich, seine Erleichterung über die Lösung des Problems zu verbergen. »Und wenn es irgendwie möglich ist, komme ich am Wochenende nach. Versprochen.« Er küsste seine Tochter, legte sie in die Wiege und nahm seine Frau in den Arm. »Der Mörder macht mir Angst, denn ich habe das Gefühl, dass er nicht aufhört. Wir müssen den Kerl schnappen, sonst gibt's bald noch ein totes Mädchen.«

»War Eva nicht sein erstes Opfer?« Sie sah ihn groß an. Ihr war unbehaglich zumute.

»Bewiesen ist noch nichts, aber es werden in der Umgebung zwei weitere Mädchen vermisst.«

»Hoffentlich hast du Unrecht.«

Kurze Zeit später fuhr er los. Claudia würde den Tag zu Hause verbringen und ihre neuen Einfälle skizzieren. Er hatte ihr wenig Hoffnung gemacht, dass er früh zurück wäre, aber das kannte sie ja bereits.

Das Präsidium erreichte er um fünf Minuten nach neun. Auf dem Weg nach oben ging er in die Kantine, um eine Flasche Wasser zu kaufen. Der Raum war leer bis auf Spleeth, der müde aus dem Fenster schaute und an einem Kaffee schlürfte. Lichthaus setzte sich zu ihm. Der Kollege trug dieselbe Kleidung wie am Vortag, war unrasiert und hatte gerötete Augen.

»Haben Sie durchgemacht?«

Spleeth nickte nur langsam. »Wir waren noch bei diesem Bleier. Aber der ist sauber. Die Autos sind ewig nicht geputzt worden, doch von der Kleinen haben wir keine Spur gefunden. Auch nicht bei ihm zu Hause.«

»Habt ihr alle Fahrzeuge untersucht?«

»Alle, die auf die Familie angemeldet sind. Wenn er nicht eins gemietet oder geliehen hat, ist die Tote nicht von ihm transportiert worden.«

»Gut, fragen wir also noch bei Freunden und Autovermietungen nach, dann sind wir auf der sicheren Seite. Winkelmann hat uns gestern Abend ganz gut informiert. Abzuwarten bleibt noch das Ergebnis der Mikrospuren an ihren Kleidern und aus der Erde.«

»Da war kaum was dran. Aber wir analysieren weiter. Die Erde rund um die Leiche können Sie vergessen. Wir haben sie gesiebt und haben nichts gefunden.« Spleeth wollte weiterreden, doch er schwieg plötzlich und trank an seinem Kaffee.

Lichthaus schaute ihn fragend an. Der Kollege räusperte sich.

»Die Sache mit der Karte und dem Schuhabdruck hat Ihnen Winkelmann ja wohl bereits gesagt?«

»Ja. Wir wenden uns damit an das LKA, vielleicht können die uns weiterhelfen. Er sagte auch etwas von einem Knopf, was ist damit?«

»Die Jeans war unten umgeschlagen. Wir haben das Ding dort in der Falte gefunden und konnten ihn nicht ihrer Kleidung zuordnen. Könnte also vom Täter stammen. Leider haben wir darauf nur verwischte Fingerabdrücke gefunden, die nicht auszuwerten sind.«

Lichthaus trank an seinem Kaffee und ließ seinen Blick durch den Raum schweifen, um seinen Ärger zu verbergen. Hätte er nicht gefragt, wäre das Detail unerwähnt geblieben. Der Kollege neigte dazu, nur Fakten weiterzugeben, die er zu einhundert Prozent belegen konnte und die unmittelbar neue Ermittlungswege aufzeigten. Dass diese Informationen jedoch schon im Vorfeld in Kombination mit anderen Befunden interessant sein könnten, ignorierte er beharrlich.

»Nun, ich glaube, der Knopf ist handgemacht. Also ein Unikat oder Teil einer kleinen Serie.« Spleeth blinzelte müde.

»Wieso sagen Sie das denn erst jetzt?« Lichthaus wurde nun doch unfreundlich. »Eigentlich erwarte ich, dass solche Dinge sofort bei mir landen und ich Ihnen nicht einen Tag später jeden Wurm aus der Nase ziehen muss.«

Spleeth bockte, schaute zum Fenster hinaus und sagte nichts.

»Nun?«

Er blickte Lichthaus finster aus kaninchenroten Augen an.

»Ich habe siebenundzwanzig Stunden so gut wie nicht geschlafen. Da muss ich mich nicht so ankacken lassen, oder?«

»Sie haben Recht. Entschuldigung, aber ich bin ziemlich unter Druck wegen der ganzen Geschichte hier.«

»Das sind wir alle. Also, ich war schon im Internet und habe recherchiert. In Schmölln, das liegt in Thüringen, gibt es ein Knopfmuseum, das werde ich kontaktieren. Zwar ist das Ding handgemacht und neu, wurde aber auf alt getrimmt. Eventuell für eine Kostümierung.«

»Sehr gut. Mailen Sie uns ein Foto. Wir klären dann bei den Eltern und Evas Freund ab, ob der Knopf nicht doch von ihr ist.«

Lichthaus stand auf und ging zur Ablage, um seine Tasse abzustellen. Unterwegs fiel ihm noch etwas ein.

»Hatte sie die Augen auf oder zu, als ihr sie ausgegraben habt?«

»Geschlossen.«

An der Tür zum Flur drehte er sich noch einmal um. »Spleeth?«

»Ja?«

»Machen Sie mal eine Pause!« Lichthaus ging hinüber ins Kommissariat, vor seinem Büro wartete bereits Scherer. Er grüßte kurz.

»Hol mir bitte die Telefonnummer von diesem Ley. Dann fangen wir an.« Scherer nickte und zog los. Kurz darauf ging das Telefon.

»Hier Otten. Morgen. Was ist mit dem Verdächtigen?«

»Die Spurensicherung hat nichts mehr gefunden. Wir haben gegen diesen Bleier nichts Konkretes in der Hand, warten aber noch auf das Ergebnis der DNA-Analyse. Wenn die negativ ist, lassen wir ihn laufen.«

»Gut, halten Sie mich auf dem Laufenden, dann veranlasse ich alles Weitere.«

Einen Augenblick später war Scherer mit der Telefonnummer zurück. Lichthaus wählte und eine junge Frauenstimme, wohl Leys Tochter, verband ihn weiter. Richard Ley war sofort am Apparat. »Ich grüße Sie, was kann ich für Sie tun?«

Lichthaus bewunderte den Alten. Er fragte nicht, warum und wieso, sondern war bereit, hellwach.

»Wie alt schätzen Sie den Mann, den Sie in der Nacht gesehen haben?«

»Jünger als ich.« Er lachte kurz auf, wurde dann aber ernst. »Ich denke so Mitte bis Ende dreißig. Er lief sehr dynamisch und bewegte sich auch sonst flüssig, wenn Sie verstehen, was ich meine.«

»Auf welche Größe schätzten Sie ihn noch mal?«

»Ich denke, so um die einsneunzig, eventuell sogar mehr.«

»Sie haben mir sehr geholfen, vielen Dank.«

»Das war es schon?«

»Ja, auf Wiederhören.« Lichthaus legte auf und sah, dass Scherer den Sinn des Anrufs nicht ganz verstand. »Ich wollte mich nur vergewissern, bin mir jetzt aber ziemlich sicher. Der Mann in der Lorenz-Kellner-Straße und in der Simeonstraße, einmal bei Ley und einmal vor dem Juweliergeschäft, war wohl ein und derselbe Kerl. Und er ist gerannt.« Scherer nickte. »Und was hast du herausgefunden?«

»Also als Erstes habe ich beim BKA das System mit unseren Daten gefüttert.«

»Gute Arbeit.« Das BKA beteiligte sich seit einigen Jahren an einer internationalen Datenbank, in der Kapitalverbrechen wie Sexualstraftaten systematisch erfasst wurden. Ziel war es, Zusammenhänge zwischen Taten zu erkennen und auch weit auseinanderliegende Delikte dem oder den jeweiligen Tätern zuzuordnen. Lichthaus war noch aus seiner Zeit in Mainz mit der Datenbank vertraut, die aus Kanada stammte und unter dem Namen ViCLAS bekannt war. Er schätzte den Wert dieses Fahndungsinstruments sehr. Ein Problem war nur, dass nicht alle ungelösten Altfälle erfasst waren.

»Herausgekommen ist so gut wie nichts. Es kommt äußerst selten vor, dass jemand sein Opfer vor der Ermordung mehrere Tage festhält, wodurch ich wohl auch keine Übereinstimmung erzielen konnte. Vielleicht haben wir es hier auch mit einem Ersttäter zu tun.«

Lichthaus schaute zweifelnd. »Möglich, aber kannst du dir vorstellen, dass ein Ersttäter ein Mädchen abgreift, drei Tage festhält und dann erst tötet, um die Leiche später mit einem Bagger an einer hierzu besonders geeigneten Stelle im Wald zu vergraben? Also für mich klingt das sehr unwahrscheinlich. Mag sein, dass Eva Schneider ein zufälliges Opfer ist, aber um das so durchzuziehen, braucht es Vorbereitung und vor allem Erfahrung. Nein, das war kein Ersttäter.«

Scherer nickte. »Den Eindruck habe ich eigentlich auch. Ich habe mir daher mal die Altfälle angesehen ...«

»Gleich«, unterbrach ihn Lichthaus. »Lass uns erst die Datenbankgeschichte durchgehen.«

»Gut. Ich habe dann die Punkte: Tod durch Erwürgen und/oder Vergewaltigung unter Mitnahme des Slips und/oder Brustquetschung mit Bauchbiss eingegeben. Hier kam nur einmal Vergewaltigung mit Bauchbiss heraus.«

»Wo war das?«

Scherer nahm einen Computerausdruck zur Hand und las ab. »Eine Vergewaltigung in Paderborn. Das war 1998. Die Frau war in einem Park joggen. In einem Querweg wurde ihr ein Sack über den Kopf gestülpt.« Er stockte. »Moment. Hier. Brutale Vergewaltigung. Starke Quetschung der Brust und Biss in den Bauch. DNA-Spuren negativ. Zahnschema liegt vor, ist aber unauswertbar.«

»Wieso?«

»Steht nicht dabei.«

»Was zum Täter?«

Scherer blätterte um, und Lichthaus fiel auf, dass sein Kollege in den vergangenen Wochen sehr hager geworden war. Er trainierte für den Frankfurt Marathon und verbrachte jede freie Minute im Weißhauswald, um Kilometer abzuspulen.

»Er ist gestört worden und abgehauen. Die Frau hat ausgesagt, er sei auffallend gut rasiert gewesen.«

Lichthaus hob die Schultern. »Das bringt uns nicht weiter.«

Er schaute zum Fenster hinaus und dachte einen Moment über die neuen Informationen nach, als das Telefon klingelte. Es war Müller.

»Wir machen um vierzehn Uhr noch eine Pressekonferenz. Seien Sie bitte eine Stunde vorher bei mir, damit wir uns abstimmen.«

»Ich habe um elf eine Besprechung anberaumt. Kommen Sie doch einfach hinzu. Den Bericht habe ich Ihnen schon auf den Tisch gelegt.« Er legte auf und wandte sich wieder an Scherer. »Du hast also auch die Altfälle untersucht?«

»Ja, ich bin zunächst mal davon ausgegangen, dass unser Täter im Umkreis von fünfzig Kilometern um den Fundort wohnt.«

Lichthaus nickte. Scherers Vorgehen war konsequent, denn empirische Untersuchungen hatten gezeigt, dass die meisten Sexualtäter ihre Verbrechen nicht allzu weit entfernt von ihrem Wohnort verübten. In ihrem speziellen Fall hatte Scherer den Radius deutlich erweitert, weil sie berücksichtigen mussten, dass der Fundort nicht der Tatort war.

»Derzeit passen zwei Männer in das Profil. Da der Aktenbestand etwas älter ist, muss ich aber noch prüfen, ob weitere Verurteilte in den letzten Jahren zugezogen sind. Ein Verdächtiger heißt Viktor Rosner. Neunundzwanzig Jahre alt. Er hat wegen Vergewaltigung fünf Jahre gesessen und ist seit Januar draußen. Auf Bewährung. Er wohnt in Bitburg. Ich habe eben mit seiner Bewährungshelferin gesprochen. Die hat aber keine Ahnung, was der treibt.«

»Die erfährt es ohnehin als Letzte.«

»Er ist zweimal aufgefallen. Mit sechzehn hat er eine Neunzehnjährige grob belästigt und verprügelt. Mit dreiundzwanzig dann wieder eine junge Frau. Erst vergewaltigt und dann grün und blau geschlagen. Auch gebissen.«

»Hat er dabei irgendwelche Sachen mitgenommen?«

»Nein. Das Opfer hat nur ausgesagt, dass er anscheinend mehr Spaß am Prügeln als am Sex hatte.«

»Schick eine Streife hin, die sollen ihn herholen. Ich möchte ihn heute Mittag noch sehen.«

Scherer nickte und blätterte weiter. »Der zweite ist Hans-Karl Osterfeld. Neunundfünfzig Jahre alt. Wohnt in Olewig und ist schon seit elf Jahren wieder auf freiem Fuß. Seitdem völlig unauffällig. Er soll seine Stieftochter vergewaltigt haben, hat aber immer seine Unschuld beteuert. Das Opfer hat ausgesagt, dass er immer scharf auf ihre Unterwäsche gewesen sei. Deshalb habe ich ihn vorsorglich in die Liste aufgenommen.«

»Eigentlich ist er zu alt. Marx soll nach der Besprechung mit Frau Erdmann hinfahren und ihn überprüfen. Wir sollten ...«

Die Tür flog auf, und Steinrausch stürmte herein. »Bingo. Wir haben den DNA-Vergleich. Der Täter war schon in Wiesbaden aktiv, dort hat man dasselbe Genmaterial gesichert.«

Er strahlte über das ganze Gesicht und legte einen Auswertungsbogen vor Lichthaus auf den Tisch. Die Informationen waren dürftig. Auf dem Formblatt war auf zwei Zeilen vermerkt, dass die bei Eva Schneider gesicherte DNA-Spur mit der übereinstimmte, die vor sechs Jahren in Wiesbaden gefunden wurde.

»Sehr gut. Was sagen die Kollegen?«

»Ich habe noch niemanden erreicht.«

»Machen Sie denen mal Dampf. Die haben einen Notdienst, wo Sie jetzt jemanden erreichen müssten. Wenn die einen Namen zu der DNA haben, wären wir durch, aber ich glaube nicht so recht dran. Dafür liegt die Geschichte schon zu weit zurück. Wir brauchen auf alle Fälle die Akten.« Lichthaus merkte, dass er ungeduldig wurde. »So schnell wie möglich, bitte. Die Kollegen sollen die Unterlagen in eine Streife werfen und herbringen lassen.« Er schaute auf seine Uhr. Es war jetzt neun Uhr dreißig. »Um eins hätte ich das Ganze gerne hier. Wenn jemand Probleme macht, kommen Sie zu mir, dann rede ich mal ein Wörtchen mit ihm.«

Steinrausch nickte und machte sich auf den Weg. Lichthaus nahm den Faden wieder auf. »Wie groß ist Rosner?«

Scherer wiegte seinen Kopf. »Er könnte passen.«

*

Als er allein war, sprang Lichthaus nervös auf und trat wie so oft ans Fenster. Der Tag war schwülwarm und wolkenverhangen. Die wenigen Passanten bewegten sich langsam wie unter einem schweren Gewicht. An solchen Tagen sehnte er sich in den Westerwald seiner Jugend zurück, wo so ein Wetter die absolute Ausnahme war.

Der Abschlussbericht der Gerichtsmedizin brachte keine Neuigkeiten. Eva Schneider war in der Nacht zum Mittwoch getötet worden. Güttler hatte Fotos der Leiche hinzugefügt, die das Ausmaß der Verletzungen umfassend dokumentierten.

Auch der Bericht der Spurensicherung bot wenig neue Erkenntnisse. Einzig das Reifenprofil konnte entschlüsselt werden. Es gehörte zu einem chinesischen No-Name-Produkt, das ausschließlich für Geländefahrzeuge benutzt wurde. Nun wussten sie also, nach welchem Fahrzeugtyp sie suchen mussten. Da jedoch keine Lackspuren auffindbar waren, blieb die Marke offen. Außerdem lag das Foto des gefundenen Knopfs bei. Er war relativ groß und grob aus Messing geformt. In der Mitte war ein roter Glasstein eingesetzt. Lichthaus griff zum Telefonhörer und rief Marianne Schneider an. Es tat ihm leid, sie mit einem Anruf belästigen zu müssen, und tatsächlich weinte sie sofort, als sie seine Stimme hörte, und es dauerte lange, bis sie sprechen konnte.

»Ich möchte mich für mein Verhalten von gestern entschuldigen. Ich ...«

Er unterbrach sie. »Da gibt es nichts zu entschuldigen. Es steht Ihnen zu, so zu reagieren.«

Sie weinte wieder. »Wie kann ein Mensch zu so etwas fähig sein? Eva hat doch nichts getan.«

»Frau Schneider, solche Täter sind krank und müssen hinter Gitter. Aber wir brauchen Hilfe, um sie zu fassen. Ihre Hilfe.«

Sie hörte ihm zu. »Was kann ich denn machen?«

»Meine Fragen beantworten. Hatte Eva Knöpfe, die selbstgemacht waren?«

»Wie bitte?«

»Knöpfe aus Messing mit roten Glassteinen.«

»Nein. Nicht, das ich wüsste. Aber ich schaue gleich mal nach.«

»Gut. Überlegen Sie auch, ob Eva von Angst oder einer Bedrohung gesprochen hat. Hat sie einen Mann erwähnt, einen Verfolger?«

»Ich weiß es nicht. Ich rufe Sie an.« Sie legte grußlos auf.

Dann wählte er Oliver Hettmanns Nummer. Der Student war sofort am Apparat.

»Lichthaus hier. Es tut mir aufrichtig leid, was mit Ihrer Freundin passiert ist, und ich kann mir vorstellen, dass Sie das alles erst einmal verarbeiten müssen. Doch wir haben eine Frage, die ich mit Ihnen klären muss und die keinen Aufschub duldet.«

»Ja.« Seine Stimme klang wie die männliche Kopie von Marianne Schneider.

»Sie sprachen davon, dass Eva im Biergarten vor einem Mann Angst hatte. Hat sie ihn beschrieben?«

Hettmann schwieg einen Moment, er musste sich sammeln, seine Gedanken ordnen. »Groß und dunkel gekleidet. Mehr hat sie nicht gesagt. Als wir gingen, war er weg. Ich habe ihn nicht gesehen.«

»Das war es schon. Vielen Dank.« Er hängte ein und ging auf dem Weg ins Besprechungszimmer bei Steinrausch vorbei, doch das Büro war leer.

*

Als Lichthaus eintrat, saßen Cornelia Otten und Müller wie tags zuvor auf ihren Plätzen und unterhielten sich. Er wollte gerade die Tür hinter sich schließen, da kamen Scherer und Sophie Erdmann. Steinrausch und Marx fehlten noch.

»Herr Lichthaus, bitte.« Müller übertrug ihm die Leitung der Sitzung.

»Was können wir bisher sagen?« Er räusperte sich. »Der Täter ist vermutlich zwischen dreißig und vierzig Jahren alt und sehr groß. Er fährt aller Wahrscheinlichkeit nach einen Geländewagen mit Hängervorrichtung, um einen kleinen Bagger transportieren zu können. Ich gehe davon aus, dass er seine Opfer observiert, bevor er sie überfällt. Eva Schneiders Fahrrad wurde am Abend der Entführung gestohlen, so dass sie zu Fuß nach Hause gehen musste. Das hat der Täter sicherlich so arrangiert. Außerdem hat er die Möglichkeit, sein Opfer mehrere Tage festzuhalten, was darauf schließen lässt, dass er, wie die meisten Sexualtäter, allein lebt. Gesichert ist, dass er zwischen 2000 und 2001 in Wiesbaden seine DNA hinterlassen hat.« Er schaute auf die Uhr. »Steinrausch versucht gerade die Unterlagen heranzuschaffen. Vielleicht haben die einen Namen.«

»Glaube ich nicht, sonst wäre der Mistkerl vorsichtiger gewesen«, warf Cornelia Otten ein, und Lichthaus nickte ihr beifällig zu.

»Ich eigentlich auch nicht. Wie dem auch sei, wir sind ihm näher gekommen. Außerdem gibt es in Paderborn einen ähnlichen Fall, den wir aber nicht mit Bestimmtheit zuordnen können, da keine DNA vorliegt. Was mich interessiert, ist die Frage, wo der Täter in den vergangenen Jahren gelebt hat und warum zwischen den Taten eine solche Lücke klafft. Ob er eine Pause gemacht hat und jetzt wiederauftaucht oder ob er woanders sein Unwesen getrieben hat.«

»Sie denken an einen Serientäter?«

Noch bevor er antworten konnte, kam Steinrausch herein. »Nichts. Kein Name.« Er schaute in die enttäuschten Gesichter der Kollegen. »Ich habe den damals zuständigen Kommissar gesprochen. Die Spur wurde im Zusammenhang mit einer Serie von Vergewaltigungen gesichert. Ein Unbekannter hat damals in relativ kurzer Zeit fünf Frauen überwältigt und ihnen die Augen verklebt, sie missbraucht und geschlagen. Die Täterbeschreibung ist ziemlich ungenau, da nur ein Opfer, eine Stefanie Cordes, ihn kurz gesehen hat. Alle Frauen haben übereinstimmend ausgesagt, dass der Mann sehr groß war.«

»Das passt ja«, warf Müller ein. »Und was ist mit den Akten?«

»Die werden gerade gezogen. Leider sind sie noch nicht elektronisch archiviert. Sie sind wohl heute am späten Nachmittag da.«

»Wo ist eigentlich Marx?« Müller sah in die Runde.

»Er ist mit einigen Kollegen draußen und befragt die Anwohner der Glocken-, Sichel- und Kochstraße. So, weiter im Text: Wir haben einen einschlägig vorbestraften Mann namens Viktor Rosner aus der Datenbank gefiltert. Rosner passt auf das Täterprofil und wohnt im Umkreis. Ich werde ihn noch heute verhören. Meines Wissens war er zur fraglichen Zeit auf freiem Fuß.« Lichthaus warf Scherer einen Blick zu. Der nickte.

»Die Polizisten haben ihn nicht zu Hause angetroffen, er scheint aber nach Aussagen seiner Nachbarin im Weißhaus zu kellnern. Die Streife holt ihn gerade dort ab.«

»Wir sollten unser weiteres Vorgehen besprechen. Ich schlage vier Maßnahmen vor. Erstens: Das Verhör von Rosner. Das mache ich später mit Marx. Zweitens. Wir müssen diese Stefanie Cordes befragen. Persönlich. Es könnte doch sein, dass sie sich an Einzelheiten erinnert, die nicht in den Akten stehen.« Er wandte sich an Sophie Erdmann. »Ich spreche auf jeden Fall für morgen einen Termin ab. Wir fahren dann gemeinsam hin. Ich hätte Sie gerne als Frau dabei. Drittens muss sofort morgen früh die Anwohnerbefragung in und um Farschweiler anlaufen. Gesucht wird ein unbekannter Geländewagen mit Hänger, den ein großer Mann letzte Woche zwischen Dienstag und Donnerstag gefahren hat.«

»Und viertens«, ergänzte Sophie Erdmann, »sollten wir die Beschwerdeanzeigen durchsehen, ob nicht eine Belästigung gemeldet wurde. Wenn er Frauen observiert, dann fällt er auch mal auf.«

Lichthaus nickte. »Gute Idee. Also voyeuristische Beschwerden im Umkreis von fünfzig Kilometern. Könnten Sie das veranlassen, Herr Müller?«

»Ja. Das wird aber dauern. Manche Beschwerden werden nicht digital erfasst. Außerdem hinken einige Wachen wegen Personalmangels weit hinterher.«

»Die Aktion im Hunsrück schaffen wir nicht allein.« Er wandte sich an Müller und Cornelia Otten. »Wir sollten eine Soko einrichten und ein paar Kollegen zusammenziehen, die mit uns zusammenarbeiten.«

»Nun.« Müller zögerte einen Augenblick und Lichthaus schwante schon Übles, doch diesmal lenkte der Kriminaldirektor ein. »In Ordnung. Morgen stellen wir das Team zusammen.«

Die Pressekonferenz lief wie erwartet ab. In dem engen Raum wimmelte es nur so von Reportern, die eine Story witterten. Das Sprechen überließ er Cornelia Otten. Sie informierte die Wartenden darüber, dass die Leiche identifiziert worden sei und gab Eva Schneiders Namen bekannt. Außerdem wiederholte sie den Aufruf an die Bevölkerung, Verdächtiges sofort zu melden. Viele Fragen der Journalisten ließ Otten unbeantwortet und gab nur die Fakten weiter, die ermittlungstaktisch unkritisch waren. Nach einer halben Stunde war das Palaver vorüber.

*

Die Akten von Viktor Rosner bestärkten Lichthaus in seinem Verdacht. Scherer hatte zwar die wichtigsten Fakten ordentlich zusammengefasst, doch zusätzlich lernte er anhand Rosners Vernehmungsprotokollen einiges über dessen Charakter. Er war ein gut aussehender Mann und wirkte freundlich und harmlos, so dass Frauen sich leicht von ihm ansprechen ließen. Hinter der Fassade sah es anders aus: Rosner hatte offensichtlich keinerlei Unrechtsbewusstsein und auch nicht ansatzweise Mitleid mit seinen Opfern. Aus den protokollierten Aussagen ging hervor, dass er der Meinung war, die Frauen seien selbst schuld an den Geschehnissen. Er habe ja nur das getan, was sie ohnehin gewollt hätten.

Die Fotos und Einlassungen der Opfer sprachen eine andere Sprache. Einer Frau waren von den Schlägen nicht nur beide Augen zugeschwollen, auch ihr Körper wies unzählige Verletzungen auf. Lichthaus war vom Ausmaß der Brutalität angewidert. Hinzu kamen noch die seelischen Wunden. Im Prozess sagte eine junge Frau aus, sie habe ihre jüngst begonnene Ausbildung abgebrochen und befinde sich nach einem Selbstmordversuch in psychologischer Behandlung. Rosners Vorgehensweise und auch die Verletzungen, die auf den Fotos zu sehen waren, wiesen Parallelen zu Eva Schneiders Leiden auf. Das Urteil war damals relativ milde ausgefallen, da Rosners Persönlichkeit laut Gutachter gestört war. Zurzeit lief noch seine Bewährung. Lichthaus war gespannt auf die Befragung.

Dann versuchte er zum wiederholten Mal, Stefanie Ludwig, die vor ihrer Heirat Cordes geheißen hatte, in Bingen anzurufen und hatte endlich Glück.

»Ludwig?« Ihre Stimme war ruhig und unbefangen, keinesfalls unsicher.

»Guten Tag, mein Name ist Johannes Lichthaus. Ich bin Kriminalbeamter der Polizei in Trier.« Sie unterbrach ihn.

»Was wollen Sie von mir?« Sie klang nun abweisend, aber auch ängstlich. Lichthaus beschloss, sehr behutsam vorzugehen.

»Nun, es geht um das Verbrechen, dem Sie zum Opfer gefallen sind.«

»Habt ihr das Schwein?« Sie flüsterte. Lichthaus konnte vor seinem geistigen Auge sehen, wie sie den Hörer umklammerte, ins Telefon hineinkroch, konnte spüren, wie Hoffnung und zugleich auch Panik in ihr hochkamen.

»Nein. Wir ...« Sie unterbrach ihn grob.

»Ich habe euch das Ganze doch schon hundertmal erzählt. Lasst mich endlich damit in Ruhe. Ich will nicht mehr!«

Lichthaus zögerte. Aus den Akten wusste er, dass sie verheiratet war und ein Kind hatte. Allem Anschein nach wollte sie nur ein normales Leben führen und vergessen. Er war sich nicht sicher, ob er ihr eine weitere Befragung zumuten konnte, denn ihre Reaktion zeigte, dass Tat und Täter immer noch wie ein Schatten auf ihr lagen und sie stark belasteten. Sein Anruf riss ruhende Wunden wieder auf und warf sie zurück. Er brauchte aber die direkte Aussage der einzigen Person, die Angaben über den Täter machen konnte.

»Er hat ein Mädchen ermordet.« Die brutale Wahrheit zeigte Wirkung.

»Wie bitte?« Sie realisierte, was er gesagt hatte. »Wann?«

»Vergangene Woche, hier in Trier.« Er hatte die Wand der Ablehnung durchstoßen und sprach nun schnell weiter. »Ich brauche Ihre Aussage. Persönlich. Wir haben neue Erkenntnisse und würden sie gerne mit Ihnen besprechen.« Er machte eine kurze Pause. »Ich will das Schwein schnappen, um noch mehr Unheil zu verhindern.«

Sie sprach wie aus weiter Ferne zu ihm. Unsichtbare Tränen quollen durch den Hörer. »Kommen Sie morgen um acht Uhr dreißig. Um zehn Uhr muss ich weg. Mit dem Kleinen zur Krabbelgruppe.«

»Danke, Frau Ludwig. Ich werde eine Kollegin mitbringen.« Ohne ein weiteres Wort legte sie auf.

Lichthaus schaute mitfühlend auf den Hörer. Stefanie Ludwig würde eine schlechte Nacht verbringen.

Seufzend rief er Sophie Erdmann an und informierte sie über den Termin. Dann widmete er sich dem nächsten Fall, den Akten der vermissten Mädchen. Beide spurlos verschwunden. Die Kollegen hatten sich größte Mühe gegeben. Hundestaffeln hatten die gesamte Umgebung durchsucht, doch hatten sie weder Hinweise auf den Verbleib noch Zeugen für eine eventuelle Tat finden können. Die Aussagen der Eltern, die auf Tonband mitgeschnitten und später niedergeschrieben worden waren, spiegelten die ganze Verwirrung ihrer Gefühle wider. Hoffnung und Resignation, Panik und Trauer, doch vor allem eine dauernde, nagende Ungewissheit.

Er verließ sein Büro. Auf dem Gang kam ihm Marx entgegen.

»Wir treffen uns in zwanzig Minuten: Ich würde mir gerne mit Ihnen zusammen diesen Viktor Rosner vornehmen, die Akte bringe ich Ihnen vorher rüber.«

Marx nickte und ging weiter. Steinrausch telefonierte gerade, als Lichthaus eintrat. Er wollte nicht stören, also schaute er im nächsten Büro vorbei. Scherer telefonierte ebenfalls. Wie er dem Gespräch entnahm, wies er den Kollegen aus Hermeskeil ein und koordinierte die Befragung der Anwohner. Sophie Erdmann war nicht da, befand sich wohl schon auf dem Weg zur Bereitschaft. Er setzte sich und wartete, bis Scherer das Telefonat endlich beendete.

»Der wollte aber alles ganz genau haben, was?« Er grinste. »Wie sieht es mit den Beschwerden aus?«

»Schlimm, wir haben schon einen Berg von weit über hundert, die erfasst sind. Was sonst noch unerfasst auf den Wachen liegt, kann niemand genau sagen. Die Sichtung dauert sicherlich mehrere Tage.«

»Das übergeben wir morgen an die Soko. Ich werde gleich Rosner vernehmen und hätte dich gerne hinter dem Spiegel.«

*

Das Vernehmungszimmer sah aus wie viele andere: Keine Fenster, dafür eine verspiegelte Scheibe zum Nachbarraum. In der Mitte stand ein einfacher Tisch mit vier Stühlen, auf dem ein Mikrofon befestigt war. Sonst war der Raum kahl und in freudlosem Grau gestrichen. Marx und Lichthaus saßen nebeneinander, als Viktor Rosner hereingeführt wurde und unwillig stehen blieb. Er funkelte die Beamten wütend an.

»Setzen Sie sich, bitte«, begann Marx in neutralem Ton, doch Rosner polterte unvermittelt los.

»Was soll das Ganze hier? Was wollt ihr von mir? Taucht da oben auf und nehmt mich grundlos fest.« Lichthaus wartete den Ausbruch genervt ab und beobachtete die kleinen Spucketröpfchen, die glitzernd auf den Tisch fielen.

»Nehmen Sie Platz, wir haben ein paar Fragen.« Marx' Stimme blieb ruhig.

»Ich denke ja gar nicht daran. Ich will meinen Anwalt. Sie haben nicht das Recht ...«

»Belehren Sie uns nicht über unsere Rechte.« Lichthaus hob die Stimme. »Wo waren Sie in der Nacht vom sechzehnten zum siebzehnten August?«

»Nicht in Trier.« Rosner setzte sich langsam.

»Wo haben Sie sich aufgehalten?«

»Spielt das eine Rolle?«

»Ja, sonst würde ich nicht danach fragen. Also?«

»Im Rheinland bei Bekannten.«

»Geht das auch etwas genauer?«

»Ich war in Düsseldorf auf einer Party.«

»Aha. Und wo fand diese Party statt?«

»Das kann ich Ihnen nicht sagen.« Rosner sah ihn feindselig an.

»Sie waren also auf einer Party in Düsseldorf und können mir nicht sagen, wo und mit wem Sie da einen gemütlichen Abend verbracht haben?« Lichthaus wurde zynisch.

»Ich habe das Mädchen nicht umgebracht«, gab ihm Rosner mit gepresster Stimme zur Antwort. »Und der Rest kann Ihnen egal sein. Sie verdächtigen mich doch nur, weil Sie keinen anderen finden können. Lassen Sie mich einfach in Ruhe.«

»Der Täter ist ähnlich vorgegangen wie Sie seinerzeit. Sie sind momentan höchst verdächtig. Eine imaginäre Party mit irgendwelchen Leuten in Düsseldorf reicht da als Alibi nicht aus.« Marx hatte übernommen. Sein ruhiger Ton nahm der Befragung die Aggressivität.

»Ohne meinen Anwalt sage ich nichts mehr.«

Marx ignorierte den Einwand. »Noch einmal. Wo war diese Party?«

Rosner schwieg und Marx wiederholte seine Frage, doch auch diesmal bekam er keine Antwort.

Lichthaus stand auf und verließ den Raum. Im Beobachtungsraum traf er auf die Kollegen.

»Liegt seine DNA vor?«

Scherer schüttelte den Kopf. »Nein. Ein Speicheltest wurde damals nicht angeordnet.«

»Gut, dann können wir ihn noch festhalten. Ich will wissen, warum er uns nicht sagt, wo er war.«

Marx hatte inzwischen die Befragungstaktik geändert und drohte mit Aufhebung der Bewährung. Endlich antwortete Rosner.

»Die Party fand in einem Privatclub mit ein paar netten Frauen statt. Die anderen Gäste kannte ich nicht. Es war dunkel, als wir hin sind. Ich kann Ihnen nicht sagen, wo genau das war.«

Plötzlich merkte Sophie Erdmann auf. »Das bringt mich auf eine Idee. Die Kollegen in Düsseldorf suchen nach inoffiziellen Clubs, in denen vermutlich mit ukrainischen Zwangsprostituierten gearbeitet wird. Die Kunden können sich anonym im Internet anmelden.«

»Das ist vielleicht ein Ansatzpunkt.«

Steinrausch kam rein und winkte ab. »Er kann es nicht gewesen sein. Als die Vergewaltigung in Wiesbaden stattfand, saß Rosner schon zwei Monate in U-Haft.«

Lichthaus wandte sich an Scherer. »Verdammt noch mal. Ich dachte, du hättest das recherchiert?« Scherer lief rot an und schaute sich entschuldigend um. Enttäuschung machte sich breit.

»Wir brechen ab!«, beschloss Müller und wollte gerade aus dem Raum gehen, als Lichthaus ihn zurückhielt.

»Nein! Der da drin ist einer, vor dem wir alle unsere Töchter warnen. Wenn er uns nicht sagt, wo er war, dann nur weil er Dreck am Stecken hat. Einmal werde ich ihn noch unter Druck setzen.«

Er schaute sauer zu Scherer hinüber. »Die zeitliche Überschneidung kann uns ja erst morgen auffallen.«

»Machen Sie, was Sie wollen, aber halten Sie mich da raus.« Damit verließ er den Raum.

Im Vernehmungsraum war es still. Stumm blickte Rosner Lichthaus entgegen, der sich wieder neben Marx setzte, und blickte die beiden finster an. Lichthaus erwiderte den Blick.

»Wo in Düsseldorf ist der Club?«

»Das habe ich bereits gesagt. Keine Ahnung. Es war dunkel, und ich kenne mich da nicht aus. Darf ich rauchen?« Er griff in seine Tasche.

»Nein. Das Ganze hier stinkt mir schon genug. Was war das für eine Party?«

Rosner tat ahnungslos. »Es wurde getrunken, gelacht, getanzt. Ganz normal also. Was wollen Sie von mir?«

»Ich stelle hier die Fragen. Warum benennen Sie keine Zeugen oder den Namen des Clubs?«

»Die wären mir ziemlich böse, wenn ich sie mit der Polizei in Kontakt brächte.«

»Warum? Sind das Zuhälter oder was?«

Die Frage verfehlte ihre Wirkung nicht. Rosners kalte Augen begannen unmerklich zu flackern. Doch er fing sich sofort.

»Wie kommen Sie denn auf so was?«

»Schon vergessen? Ich stelle die Fragen. Also?«

»Ich weiß nicht, was die Jungs machen. Wir haben uns an dem Abend erst kennengelernt.«

»Ganz durch Zufall.« Lichthaus lächelte süffisant. »Also Zuhälter.«

»Ich sagte Ihnen doch ...«

»Sie machen uns hier was vor, Rosner. Sie sind noch auf Bewährung, da gehen Sie schneller in den Bau zurück, als Sie furzen können. Wissen Sie, was ich denke? Sie haben das Mädchen ermordet und werfen jetzt Nebelkerzen, um von sich abzulenken. Ich war gerade bei der Staatsanwaltschaft und habe die Aufhebung Ihrer Strafaussetzung beantragt.«

Rosner fuhr hoch. »Aber ich habe das Weib nicht umgebracht.«

»Na, wo waren Sie in Düsseldorf? Ich sage Ihnen nur eines: Wenn Sie hier nicht aussagen, buchten wir Sie ein.« Er merkte, dass die Stille, die nun einsetzte, nicht leer war. Jetzt musste er nur noch warten, bis Rosner...

»Es war ein illegaler Sexclub. Liveact und so weiter.« Rosner starrte wütend vor sich auf die Tischplatte.

»Das reicht nicht, um Sie zu entlasten.«

»Mann! Das ist wie die Mafia. Wenn ich rede, wird es gefährlich.«

»Sie können es sich ja aussuchen. Aussage oder Bau.«

Rosner schwieg. Sie warteten noch einen Augenblick, dann entschied Lichthaus.

»Sie bleiben über Nacht hier. Wir haben DNA-Spuren des Täters gefunden. Es steht Ihnen frei, morgen einen Test durchzuführen zu lassen, um sich zu entlasten. Herr Marx, bitte veranlassen Sie die Unterbringung in die Untersuchungshaft.«

Er stand auf und ging in den angrenzenden Raum, auf die andere Seite des Spiegels. Dort traf er wieder auf Scherer. »Schalt morgen die Sitte ein, die können hier weitermachen.«

Scherer nickte erleichtert. Es war mittlerweile neun Uhr und draußen bereits dunkel. Die Abende werden schon wieder kürzer, fiel Lichthaus auf. Sophie Erdmann sah erschöpft aus.

»Ich brauche die Unterlagen aus Wiesbaden, besonders die Akte Cordes bzw. Ludwig. Hat sich sonst etwas ergeben?« Müde schüttelten die beiden den Kopf.

Ohne das Licht einzuschalten, stellte er sich wie so oft ans Fenster seines Büros und dachte nach. Sie waren dem Täter im Laufe des Tages ein gutes Stück näher gekommen, hatten aber keinen Durchbruch erzielt. Die Spuren waren eindeutig und würden den Mörder überführen, doch bislang wiesen sie ihnen noch nicht die Richtung. Was jetzt kam, war Knochenarbeit. Es waren alle ähnlich gelagerten Fälle, Morde und Vergewaltigungen sowie die Täter im Bundesgebiet zu überprüfen. Er würde sich um einen guten Fallanalytiker kümmern müssen. Seine Gedanken schweiften ab, und er dachte an Claudias Urlaubspläne. Eine ganze Woche ohne die beiden. Die Vorstellung von einem leeren Haus tat ihm weh. Lichthaus seufzte. Andererseits musste er sich eingestehen, dass ihm in der kommenden Woche nicht viel Zeit für die beiden bleiben würde.

Es klopfte, Sophie Erdmann brachte die Akten aus Wiesbaden. Er packte den kleinen Stapel in seine Tasche, dann fuhr er nach Hause.

*

In Eitelsbach betrat er leise das Haus. Im Schlafzimmer schrie Henriette, und er hörte Claudias beruhigende Stimme. Lichthaus stellte die schwere Aktentasche ab und ging nach oben. Claudia lief mit dem verzweifelt weinenden Baby auf dem Arm hin und her. Sie sah erschöpft und genervt aus.

»Sie schreit jetzt schon eine volle Stunde. Ich werde gleich verrückt.«

»Ich komme.« Im Bad wusch er sich die Hände und riskierte einen Blick in den Spiegel. Von der Ruhe, die er aus dem Vaterschaftsurlaub mitgebracht hatte, war nichts mehr zu sehen. Er hatte die Eigenart, bei Stress und Übermüdung unter den Augen dunkle Ringe zu bekommen, was den müden Ausdruck in seinem Gesicht noch verstärkte. Außerdem war er unrasiert, und im fahlen Licht der Lampe sah seine Haut wie altes Pergamentpapier aus. Zum Kotzen. Er wandte sich resigniert ab und ging zurück ins Schlafzimmer. Henriette schrie weiter, so laut und so grell, wie es nur Säuglinge können. Ihr Gesicht war vor Anstrengung rot angelaufen, und sie zog die Beinchen an.

»Sie hat Koliken«, meinte Claudia. »Es hat gleich nach dem Stillen angefangen.« Sie schaute mit Tränen in den Augen auf das Baby. »Ich habe doch nichts Falsches gegessen?«

Sie blickte ihn groß an. Lichthaus zuckte genervt die Schultern. Das hatte ihm heute noch gefehlt. »Woher soll ich das denn wissen?« Sein Ton war grob.

»Es ist auch deine Tochter.« Ihre Stimme wurde schneidend. »Ich habe sie den ganzen Tag gehabt.«

»Ja, ja«, fuhr er sie an. »Ist schon gut. Gib sie mir und ruh dich aus.«

»Das musst du nicht tun. Ich komme allein zurecht.«

»Schon gut.« Er sah ein, dass er nicht seinen Stress an ihr auslassen sollte. »Wir sind beide nicht besonders gut drauf. Wir sollten nicht streiten.«

Er sah sie einen Augenblick entschuldigend an, dann nahm er Henriette, legte sie mit dem Bauch nach unten auf einen Unterarm und nahm Claudia in den anderen. Die Anspannung löste sich nun auch bei ihr, und sie lächelte ihn schief an.

Lichthaus ging mit dem schreienden Baby ins Erdgeschoss und lief im Wohnzimmer auf und ab. Der Druck auf den Leib schien nach einigen Minuten zu wirken. Endlich beruhigte Henriette sich und schlief ein, aber selbst im Schlaf wimmerte sie immer wieder leise und nicht weniger herzzerreißend. In der Küche standen noch ein paar kalte Kartoffeln, die er im Stehen mit etwas Salz aß und dazu ganz gegen seine Gewohnheiten eine Flasche Bier trank. Dann setzte er sich mit dem schlafenden Kind an den Tisch und begann, die Akten zu lesen.

Insgesamt hatten die fünf Vergewaltigungen in nur wenigen Monaten stattgefunden, wobei sich die Abstände geradezu klassisch verkürzt hatten. Dann war die Serie abgebrochen, was ihn sehr verwunderte. Alle Opfer waren auf dem Weg von und zur Arbeit oder, in zwei Fällen, zur Schule überwältigt worden. Die Überfälle waren immer an Stellen erfolgt, die schlecht einzusehen waren. Anschließend waren die Frauen an einen abgelegenen Ort geschafft worden, in ein verlassenes Haus etwa oder in eine Gartenlaube. Stefanie Cordes hatte der Täter in eine Hauseinfahrt gezogen und dann im Hinterhaus einer aufgegebenen Schreinerei für mehrere Stunden festgehalten. Lichthaus schloss sich der Ansicht der Kollegen an, dass der Täter die Frauen und den Tatort gezielt ausgesucht hatte. Er musste sie vorher beobachtet haben, ohne dass eines der Opfer im Vorfeld etwas bemerkt hätte. Hatte er ein Opfer überwältigen können, betäubte er es leicht mit Äther, um seine Gegenwehr einzudämmen, dann verschleppte er die Frau und wartete, bis sie wieder zu sich kam. Erst dann vergewaltigte er sie mehrfach, folterte mit Verbrennungen und Schlägen und würgte sie bis zur Ohnmacht. Alle hatten übereinstimmend ausgesagt, dass er hierbei immer wieder ihre absolute Unterwerfung eingefordert, sie bis zur Selbstaufgabe gedemütigt habe. Ein kranker Irrer.

Lichthaus verstand das Verhalten von Stefanie Cordes nun besser, für die allein das Erinnern an diese Stunden die Hölle sein musste. Er würde alle Hebel in Bewegung setzen, um diesen Psychopathen zu fassen, und hoffte, dass Eva Schneider das letzte Opfer gewesen war. Eigentlich glaubte er aber selbst nicht daran.

Als er die Fälle chronologisch ordnete, fiel ihm auf, dass sich das Muster mit der Zeit geändert hatte. Die erste Vergewaltigung war hastig durchgeführt worden. Die junge Frau, eine Schülerin, die auf dem Weg zum Ballettkurs überwältigt worden war, wurde einmal vergewaltigt und in vergleichsweise geringem Maße misshandelt. Während er das Mädchen quälte, sprach der Mann kaum. Später ließ er sich mehr Zeit, schrie seine Opfer an und zwang sie, irrsinnige Sprüche nachzusprechen. Stefanie Cordes hatte immer wieder »Ich liebe dich« und »Ich bin dein untertänigstes Weib« sagen müssen. Seit dem dritten Überfall nahm er den Frauen Gegenstände ab. Perverse Souvenirs. Er riss Büschel von Schamhaaren aus und entwendete Kleidungsstücke, einmal den BH und zweimal den Slip. Die Akten gaben keinen Hinweis darauf, warum die Serie abgebrochen war. Er konnte nur spekulieren. Entweder hatten sich die Lebensumstände des Täters geändert. Eine feste Beziehung zum Beispiel oder er war woanders hingezogen. Doch wenn er weiter gemacht hatte, müssten auch Opfer zu finden sein.

Plötzlich quiekte Henriette auf und machte krachend in die Windel. Lichthaus legte die Akten zusammen und ging nach oben ins Kinderzimmer. Die Uhr zeigte zehn Minuten vor zwölf. Er wickelte seine Tochter und schmuste ein wenig mit ihr. Anschließend legte er sie in die Wiege und betrachtete sie lange. Er würde alles tun, um den Täter zu kriegen und anderen Opfern und Familien ein solches Leid zu ersparen.

*

Als das Telefon schrillte, wusste Lichthaus, dass etwas passiert war. Sie hatten einen Anschluss im Flur, direkt vor dem Schlafzimmer, damit er bei nächtlichen Einsätzen nicht erst hinunter in die Küche zum Apparat laufen musste. Mühsam rappelte er sich auf und schaute automatisch auf die Uhr. Zwei Uhr vierunddreißig. Er kam schwankend auf die Beine, zog die Zimmertür zu und nahm ab.

»Ja?«

»Johannes, hier Thomas, tut mir leid, dass ich dich wecke, aber die Bereitschaft hat mich angerufen. Sie haben eine Leiche gefunden.« Er machte eine Pause.

»Na, wo und wer? Was wissen wir noch?« Lichthaus' Kopf dröhnte. Seine Stimme klang unfreundlich.

»Bei den Schrebergärten, die gleich hinter dem alten Präsidium beginnen.«

»Und wo da?« Er war immer noch nicht wirklich wach.

»Auf der entgegengesetzten Seite. Bevor du die Metzerallee nach Heiligkreuz hinauffährst, zweigt unmittelbar unterhalb der europäischen Richterakademie die Bernhardstraße ab. Dort fließt ein Bach unter der Straße durch. Hier auf der rechten Seite.«

»Okay, den Weg am Bach entlang kenne ich. Kannst du mir schon Genaueres sagen?«

»Das Opfer ist noch nicht identifiziert. Es wurde in Brand gesetzt. Anwohner haben das Feuer unten am Bach bemerkt und die Kollegen gerufen. Der Körper ist so stark verbrannt, dass wir nicht einmal wissen, ob es sich um einen Mann oder eine Frau handelt.«

»Mein Gott. Was ist mit der Spurensicherung und Güttler?«

»Sind schon unterwegs. Güttler auch.« Scherer war nach dem Patzer mit Rosner hörbar froh, dass er nichts vergessen hatte.

»Gut. Schick mir eine Streife und informiere Marx. Frau Erdmann muss mich später zu der Cordes fahren, die lassen wir besser schlafen. Steinrausch ebenfalls, der soll sich um die Befragung im Hunsrück kümmern. Marx wird den neuen Fall leiten. Du assistierst ihm.«

»Wird erledigt. Bis später.« Scherer zeigte wenig Begeisterung für die Aufgabenverteilung, doch das war Lichthaus egal.

Als er ins Schlafzimmer zurückkam, war Claudia wach. »Was ist denn los?«, flüsterte sie. Er ließ sich kurz auf das Bett fallen und erzählte ihr schnell die Einzelheiten. Sie streichelte ihm über den Kopf.

»Du bekommst es aber dicke ab im Moment.«

»Scheiße ist das. Jetzt müssen wir alles noch mehr mit fremden Kollegen aufblähen, sonst schaffen wir das nicht.« Er gab ihr einen

Kuss. »Bis später. Ich bringe Brötchen mit.« Er lächelte schief und ging ins Bad.

Unten kochte er sich einen Kaffee und trank ihn langsam. Das Licht der Neonröhre unter dem Küchenschrank flimmerte leicht und stach ihm in die müden Augen. Kopfschmerzen krochen in ihm hoch, und er löste eine Schmerztablette in Wasser auf. Die bittere Brühe schluckte er in dem Moment hinunter, als die Streife vorfuhr. Die Nacht war warm, auch wenn der Himmel von Wolken bedeckt war. Die Jeansjacke über dem Arm ging er zum Wagen. Im Einsteigen grüßte er den Streifenpolizisten und schwieg für den Rest der Fahrt.

Zwei Morde in Trier in so kurzer Zeit hatte es noch nie gegeben. Sie würden je eine Kommission bilden müssen, die unabhängig voneinander ermittelten. Er würde definitiv am Mörder von Eva Schneider dranbleiben. Wie er die zweite Gruppe besetzen sollte, wusste er noch nicht.

Sie fuhren die Weimarer Allee hinauf in den Kreisel an den Kaiserthermen, und Lichthaus erschauderte bei dem Gedanken an den zu erwartenden Anblick, der ihm nun bevorstand. Als ganz junger Polizist war er zu einem Unfall beordert worden, bei dem einer der Fahrer in seinem Auto verbrannt war. Er hatte sich damals übergeben und den Gestank und das Bild des verkrümmten Körpers noch tagelang in Nase und Gedächtnis behalten.

Der Fahrer stoppte den Streifenwagen am Straßenrand und ließ ihn aussteigen, wendete und fuhr davon. Die Szene war bereits hell von Scheinwerfern erleuchtet, irgendwo brummte ein Generator, und die Tatortspezialisten waren schon voll bei der Arbeit. Einen Augenblick lang verharrte Lichthaus auf dem leeren Bürgersteig und betrachtete von hier aus den Fundort. Er kannte den Weg. Sie hatten hier im südlichen Stadtteil Freunde, mit denen sie eines Sonntags den Bach entlangspaziert waren. Es war Frühjahr gewesen, und das Wasser war brausend an ihnen vorbeigeschossen. Der Kontakt war inzwischen fast eingeschlafen. Komisch, dass er gerade jetzt daran dachte. Seine Konzentration litt unter der nagenden Müdigkeit. Er riss sich zusammen. Neben dem Bürgersteig war vor kurzem ein neuer Fahrradweg angelegt worden.

Von diesem zweigte ein schmaler Weg ab, kaum breiter als ein Auto, und führte leicht abfallend zu einer steinernen alten Brücke über dem Bach. Von dem Spaziergang wusste er noch, dass dahinter eine Treppe hinauf nach Heiligkreuz führte, an deren Seiten mehrere Kreuzwegreliefe standen.

Es war warm, etliche Mücken und Falter tanzten im Lichtschein der Lampen. Hinter Flatterbändern sah er Spleeth im weißen Overall hin und her eilen. Wie lange der den Stress wohl noch aushalten würde? Etwas oberhalb des Weges, am Rande der schräg zum Fußweg verlaufenden Bernhardstraße, sah er in einem großen modernen Wohnblock in mehreren Fenstern Licht und neugierige Zuschauer. Sie würden diese potenziellen Zeugen befragen müssen. Er marschierte hinunter zur Fundstelle und registrierte, dass die Techniker die kleine, von Bäumen begrenzte Wiese ebenfalls abgesperrt hatten. Die Leiche schien sich am etwas tiefer gelegenen Bach zu befinden. Spleeth hatte mitten auf der Brücke Lampen positionieren lassen, die das Bachbett erhellten. Lichthaus nickte den Beamten zu und ging hinüber, um über die Mauer zu schauen.

Die Leiche lag unmittelbar neben dem Bachlauf. Von seiner Position aus konnte Lichthaus wenig erkennen. Da Scherer aber bereits mit einem Techniker am Ufer hockte und sich erste Erläuterungen geben ließ, entschloss sich Lichthaus, hier zu warten. Etwas später kam Scherer zu ihm auf die Brücke und brachte einen Kaffee mit.

»Danke. Wie sieht es aus?«

»Schlecht«, begann er. »Die Leiche ist laut Spleeth mit einem hochwirksamen Brandbeschleuniger übergossen worden und an der Oberfläche völlig verbrannt. Er bezweifelt sogar, dass die Abnahme von Fingerabdrücken überhaupt möglich sein wird. Wir haben weder Kleidung noch sonst etwas finden können, das auf die Identität hinweist. Er will jetzt die Umgebung um die Leiche herum absuchen, wir können später hin.«

»Gut. Kann es Selbstmord sein?«

»Nein. Es wurde kein Kanister gefunden, mit dem er sich das Zeug über den Kopf gegossen haben könnte. Außerdem ...«

»Er?« Lichthaus unterbrach Scherer.

»Ja, es war ein Mann. Aus der Nähe lässt sich das feststellen. Außerdem«, nahm er den Satz wieder auf, »hat er noch versucht, den Bach zu erreichen. Spleeths Leute haben geringe Brandspuren auf dem Weg von dort hier herunter gefunden.« Er zeigte in Richtung Straße. »Sie glauben, dass er oben auf dem Wiesenstück übergossen und angezündet wurde. Er ist wohl in Panik losgelaufen, hat es aber nicht mehr geschafft.«

Auch Marx war mittlerweile angekommen und hatte Scherers Ausführungen mit angehört. Er sah müde aus, wirkte jedoch nicht betrunken. Lichthaus übertrug ihm den Fall. Dann ging er zu den Häusern, um die Zeugen zu befragen. Die Polizei benachrichtigt hatte ein Karl-Josef Zimmermann. Er wohnte im ersten Stock des mittleren Hauses und wartete bereits in der offenen Wohnungstür auf seine Befragung. Offensichtlich hatten er und seine Frau sich schnell Bademäntel über die Schlafanzüge gezogen, sie waren sichtlich aufgeregt. Der alte Mann atmete schwer und war kreidebleich. Sie gingen in ein altdeutsch eingerichtetes Wohnzimmer und nahmen über Eck auf einer riesigen Ledercouch Platz.

Zimmermann war Rentner. Seinen Ausführungen zufolge litt er unter schwerem Asthma und konnte deshalb oft nicht schlafen. In dieser Nacht war er um kurz vor zwei wach geworden und an das Fenster getreten, um die frische Luft einzuatmen. Da erregte eine Stichflamme seine Aufmerksamkeit. Anfangs dachte er an ein Feuer, das Jugendliche gemacht hätten. Jetzt in den Sommerferien zogen sie häufig in den Schrebergärten umher, machten Unsinn und richteten manchmal sogar Schaden an.

Der Alte wand sich unbehaglich auf der Couch, als er die Erinnerung heraufbeschwor. »Und dann habe ich plötzlich gesehen, dass direkt neben der brennenden Person jemand stand. Stellen Sie sich das vor. Da liegt einer am Boden, in Flammen, krümmt sich, und der steht reglos daneben und tut nichts! Guckt einfach zu, wie der stirbt. Das war so grauenvoll und hat mich so erschüttert, dass ich einen Asthma-Anfall bekommen habe.«

»Gott sei Dank bin ich von seinen erstickten Schreien wach geworden«, mischte sich nun seine Frau ein. »Ich schlaf nicht mehr so fest, wissen Sie, bin immer irgendwie auf Hab-Acht, seit er diese Anfälle bekommt. Ich habe ihm schnell sein Spray geholt. Und als es ihm halbwegs gut ging, habe ich die Polizei gerufen.«

Eine Beschreibung des Zuschauers konnte Zimmermann nicht geben. Lichthaus brach kurz darauf die Befragung ab, da er einsah, dass er den schockierten Mann überforderte, und kehrte zum Fundort zurück.

Spleeth war mit seinen Untersuchungen fertig und ließ die Ermittler nun zu der Leiche vor. Der Boden war großflächig mit Folie abgedeckt. Lichthaus schlitterte hinunter und spürte die Kühle, die vom Wasser aufstieg. Der ganze Ort hätte eigentlich idyllisch gewirkt. Die alte Brücke und das Glucksen des Bachs, wäre da nicht der intensive Gestank verbrannten Fleisches gewesen. Der Tote lag mit verkrümmten Gliedmaßen schwarz verkohlt auf dem Rücken. Die Hände waren unter dem Körper verborgen. Nase, Ohren, Lippen und Augen hatte das Feuer weggefressen. Lichthaus sah auf den ersten Blick, dass weder ein Fahndungsfoto noch eine Gesichtsrekonstruktion möglich sein würden. Der Mann tat ihm zutiefst leid, und er wagte kaum, sich vorzustellen, welche Schmerzen, Angst und Panik er verspürt haben musste, als er sich ins Wasser retten wollte. Noch weniger die Verzweiflung, als er merkte, er würde es nicht mehr schaffen, so nah vor dem rettenden Nass.

Normalerweise ließ Lichthaus solche Gedanken nicht zu, doch er war zu fertig, um sich dagegen zu wehren. Spleeth watete derweil mit Gummistiefeln in den Bach und beschrieb von da aus seine Erkenntnisse.

Lichthaus musste bitter lächeln, als er den langen, dürren Mann mit völlig übermüdetem Gesichtsausdruck im Wasser vor der verkohlten Leiche stehen sah.

»Der Mann ist brennend hier heruntergelaufen. Dort oben«, er zeigte zur Wiese, »muss der Täter ihn mit einem Brandbeschleuniger übergossen und dann sofort angezündet haben.«

»Hat er sich gewehrt?«

Spleeth schaute Scherer an und dachte nach. »Kann sein, er war aber ohne Chance, denn seine Hände waren mit Draht gefesselt.

Er wurde vor der Böschung zu Fall gebracht und konnte wohl nur noch hierher kriechen.«

»Wie kommt ihr darauf?« Lichthaus hatte nur halb zugehört. Das Wispern des Wassers schläferte ihn ein, und seine Kopfschmerzen begannen wieder zu dröhnen, doch diese Information war zu ihm vorgedrungen.

»Direkt dort, wo das Gefälle beginnt, haben wir einen Schuhabdruck gefunden, danach nur noch Kriechspuren. Vielleicht hat der Täter sein Opfer hier zu Fall gebracht. Man könnte sogar vermuten, dass der andere Kerl einen Schritt zur Seite getreten ist, um nichts von den Flammen abzubekommen. Morgen bekommt ihr einen Bericht.«

»Das Ganze hört sich an wie eine Hinrichtung«, warf Marx ein. »Womit hat er ihn übergossen? Seine Kleidung ist ja völlig verbrannt.«

»Wir wissen es nicht. Wohl ein Gemisch aus mehreren Komponenten. Kommt auch in den Bericht.«

»Was ist mit dem Draht?

»Habe ich noch nicht von den Händen gelöst. Als ich den Toten vorhin angehoben habe, konnte ich die Drahtschlingen aber deutlich sehen.«

Kurz darauf traf Staatsanwalt Schröder ein, dem er die Sachlage erläuterte. Es war schon kurz nach fünf, als sie den Tatort verließen. Scherer fuhr Lichthaus nach Eitelsbach. Unterwegs hielten sie in Gartenfeld an und kauften in einer Großbäckerei, frisch aus dem Ofen der Backstube, die versprochenen Brötchen. Endlich zu Hause, legte sich Lichthaus erst einmal ins Bett und schlief augenblicklich ein.

*

Er kam zu sich, als Claudia ihn grob schüttelte. »Johannes, du musst aufstehen, es ist schon gleich sieben.«

Lichthaus grunzte nach bleischwerem Schlaf und brachte nur ein Nicken zustande. Es dauerte lange, bis er sich aus dem Bett quälte und ins Bad taumelte. Diesmal weckte ihn selbst die Dusche kaum auf. Er beeilte sich, so gut es ging, und saß eine Viertelstunde später schlecht rasiert im Auto und ließ sich von Sophie Erdmann in Richtung Bingen kutschieren.

Das Wetter hatte sich verschlechtert. Dunkle Wolken hingen am Himmel und kündigten einen regnerischen Tag an. Es hatte sich stark abgekühlt, und Lichthaus genoss nach der Hitze der vergangenen Wochen die Frische. Claudia hatte ihm belegte Brötchen eingepackt und Kaffee in eine Thermoskanne gefüllt. Während er aß, berichtete er von den Ereignissen der Nacht. Sie stellte viele Fragen, und er hatte den Eindruck, dass sie gern vor Ort gewesen wäre, seine Entscheidung, nicht alle Kollegen einzubeziehen, aber akzeptierte. Kurz darauf schlief er ein. Normalerweise genoss er die Fahrt nach Mainz, obwohl die Strecke über Landstraßen führte. Diesen Nachteil glich die Natur aus. Der Hunsrück zeigte sich von seiner schönsten Seite. Zwischen Thalfang, direkt am Erbeskopf, und Morbach durchfuhr man tiefe, reich bewaldete Täler im Wechsel mit Höhenzügen, von denen man eine herrliche Aussicht über das Moseltal hinweg bis weit in die Eifel hinein hatte. Lichthaus kannte die Gegend zu jeder Jahreszeit, da sie einige Monate hier oben gegen einen Rauschgiftring im Rockermilieu ermittelt hatten. Einmal, frühmorgens bei strengem Frost, war die Sonne über der verschneiten Landschaft aufgegangen und leuchtete die erstarrte Natur aus. Er hielt mit seinem Auto einfach an und genoss diesen Anblick. Die Luft war klar und eiskalt. Bis zum schwarzen Mann in der Eifel hatte er schauen können.

Die Fahrt dauerte gut eine Stunde, und er wachte erst auf, als Sophie Erdmann auf der Autobahn hinter Rheinböllen heftig bremste.

»Idiot!« Sie schaute ihn aus den Augenwinkeln an. »Wenn ich nicht gebremst hätte, wäre der uns voll in die Seite gerauscht.«

Sie gab Vollgas, überschritt damit die Geschwindigkeitsbegrenzung, die auf diesem Autobahnabschnitt galt, und raste an dem wieder nach rechts ziehenden Wagen vorbei. Der Fahrer, ein Mann von gut jenseits der siebzig, schaute Lichthaus, der völlig benommen aus dem Fenster sah, im Vorbeifahren freundlich an.

»Der hat das nicht einmal bemerkt.« Er schüttelte den Kopf und döste noch einige Minuten vor sich hin, dann konzentrierte er sich auf das bevorstehende Gespräch.

»Bei Stefanie Ludwig geht es mir heute weniger um die groben Fakten, die haben wir ja schon alle, sondern um Eigenheiten des Täters. Ich will einen Fallanalytiker dransetzen und brauche detaillierte Informationen zur Verhaltensweise des Mannes. In der Akte steht zum Beispiel, dass er die Frauen gedemütigt hat. Aber wie?«

Sophie Erdmann nickte. »Und Sie glauben, dass Stefanie Ludwig mir als Frau mehr erzählen wird als Ihnen?« Sie blies die Backen auf und dachte nach.

»Wir sollten sehr behutsam vorgehen und ihr Zeit lassen. Bei unserem Telefonat wirkte sie sofort angespannt. Ich will nicht, dass sie gleich dicht macht.«

Sie fuhren weiter nach Bingen und bogen im Dreieck Nahetal ab. Die Familie Ludwig wohnte bei Gaulsheim in einer Neubausiedlung. Sie brauchten einige Zeit, um sich zurechtzufinden, denn das Navigationssystem des BMW konnte die Adresse nicht lokalisieren. Das Haus, eigentlich eine Doppelhaushälfte, stand, wie in Neubaugebieten üblich, auf einem kleinen Grundstück an einer noch unbefestigten Straße. Abgesehen von dem noch nicht vollständig angelegten Garten, zeigten sich von außen liebevoll arrangierte Details. Die Handschrift einer Frau. Blumen auf den Fensterbänken und lichte Gardinen. Unter dem Windfang vor der Eingangstür wartete ein Kinderwagen auf seinen Einsatz, daneben lag Spielzeug.

»Eine Trutzburg«, raunte Sophie Erdmann, als sie auf das Haus zugingen. Nun fiel auch Lichthaus auf, dass alle Fenster mit speziellen Schlössern gesichert waren und auch die Haustür mit schweren Beschlägen versehen war. Die Angst lässt sie nie mehr los, schoss es ihm durch den Kopf, als die Tür aufging und eine junge Frau, offensichtlich Stefanie Ludwig, ihnen mit skeptischem Blick entgegensah. Er erkannte sie von den Fotos wieder, obwohl ihr Gesicht damals noch die Zeichen der Misshandlungen gezeigt hatte. Schnell stellten sie sich vor und zeigten ihre Dienstausweise. Sie ist unsicher, dachte Lichthaus, als er sah, wie Stefanie Ludwigs Blick unstet umherwanderte. Ihr volles braunes Haar war zu einem Pferdeschwanz gebunden. Sie trug dezentes Makeup, was ihre großen Augen unterstrich, die sie jetzt eher ablehnend musterten. Die Kleidung war unauffällig. Jeans und ärmellose Bluse, dazu flache Schuhe, so als ob sie sich unter einer Tarnkappe unsichtbar machen wollte.

Das Haus war liebevoll eingerichtet. In der Küche, deren Tür angelehnt war, hörten sie das Kind plappern. Ein Mann, vermutlich Christian Ludwig, sprach und spielte mit ihm.

Lichthaus und Sophie Erdmann setzten sich an den Tisch und nahmen gern den angebotenen Kaffee. Dann erläuterten sie in sachlichem Ton die Gründe ihres Kommens.

»Frau Ludwig, wie ich bereits am Telefon gesagt habe, suchen wir nach genauen Informationen über den Täter, auch Kleinigkeiten sind wichtig. Sein Verhalten, sein Aussehen, sofern Sie sich erinnern können, und so weiter. Wir verstehen, dass die Erinnerung an das Geschehene schrecklich für Sie sein muss, aber wir wollen den Kerl so schnell wie möglich fassen. Wir brauchen Ihre Hilfe!«

Er hatte sich Mühe gegeben, sie nicht unnötig aufzuregen und ihr die Dringlichkeit dieses Gesprächs vorzuführen. Stefanie Ludwig entspannte sich auch leicht. Sie hörte auf, ihre Finger zu kneten, und wandte ihm ihre volle Aufmerksamkeit zu.

»Gut, fangen wir an. Hatten Sie irgendwann an besagtem Abend den Eindruck, beobachtet zu werden?«

»Nein«, sie schüttelte den Kopf, »überhaupt nicht. Fast der ganze Nachhauseweg führte durch Straßen mit wenig Verkehr und kaum Fußgängern. Da wäre mir der Mann aufgefallen. Ich habe mich sicher gefühlt. Sie wissen schon, man kennt jeden Baum und jedes Haus, schließlich bin ich dort über Monate langgegangen, was sollte mir also passieren? Außerdem gab es entlang des Weges sogar einige Überwachungskameras. Eine hing nur ein paar Meter von dem Eingang zur Schreinerei entfernt, in den er mich ...«, ein leichtes Zögern, dann überwand sie die innere Blockade, »... hineingezogen hat.«

»Kameras?« Lichthaus blätterte in den Akten. »Davon steht hier nichts.«

»Zwei Häuser neben der Einfahrt, in die ...«, sie stockte unmerklich, »in die ich reingezogen wurde, ist ein Tor mit Überwachungskamera. Den Namen der Firma weiß ich nicht mehr. Irgendwas mit Logistik.«

»Ist das damals überprüft worden?«

Stefanie Ludwig zuckte mit den Schultern.

»Er hat Sie also überwältigt und in die Einfahrt gezogen. Sie haben ausgesagt, dass Sie ihn, bevor er Sie betäubte, kurz gesehen haben. Die alten Aussagen sind schon recht umfassend, doch vielleicht fällt Ihnen noch etwas ein. Sein Geruch, eine Besonderheit, irgendetwas?«

»Nun«, begann sie zögerlich, »er war groß, wohl über einsneunzig, und kräftig. Er hat mich heftig von hinten an sich gepresst, so dass ich ihn nicht gesehen hätte, wäre da nicht eine Fensterscheibe auf der anderen Seite gewesen. Eigentlich habe ich nur Kinnpartie und Nase erkannt. Der Rest lag im Schatten. Mehr habe ich nicht mitbekommen, er hat mir ja dann die Augen verklebt. Ich ... Seine Haut, die war so komisch.« Sie brach ab. »Muss das denn wirklich sein? Das steht doch in Ihren Akten.«

»Wenn es eine Alternative gäbe, würde ich Ihnen das Ganze hier gerne ersparen, aber Sie sind die Einzige.« Als Stephanie Cordes zögernd nickte, fragte Lichthaus weiter. »Inwiefern war seine Haut auffällig?«

»Sie war ganz glatt. Nicht so wie rasiert, eher wie Kinderhaut.« Stefanie Ludwigs Blick schweifte ab, sie schaute den Vögeln im Garten zu und dachte nach. Die Tür zur Küche wurde mit Schwung geöffnet, und dann stand ihr Mann in der Tür. Er trug einen Anzug, bereit für die Arbeit. Mit dem Kind auf dem Arm nahm er neben seiner Frau Platz und legte ihr schützend den freien Arm um die Schulter. Seine Augen blitzten aufgebracht.

»Warum können Sie meine Frau nicht in Ruhe lassen? Seit Sie gestern angerufen haben, ist alles wieder da. Merken Sie denn nicht, wie sehr Sie sie quälen?«

»Wir haben einen Täter zu fassen, der nun auch mordet. Es tut uns wirklich leid, doch es muss sein.« Lichthaus sah Christian Ludwig mit ernster Miene an.

»Ach, was!« Er winkte ab. »Ihr ...«

»Christian!«, unterbrach Stefanie Ludwig ihren Mann. Ihre Stimme war völlig ruhig. »Bitte warte draußen. Ich will helfen.« Unwillig stand er auf und ging das Kind an sich drückend hinaus.

»Er hat mich später berührt, als er ... als er mich gebissen hat. Da war seine Gesichtshaut so glatt. Mehr als perfekt rasiert.«

»Was war mit Kinn und Nase?«

»Unauffällig. Nicht zu groß, nicht zu klein.«

»Wie hat er sich verhalten, als Sie wieder zu sich gekommen sind? Sie und auch die anderen Opfer haben ausgesagt, er habe sie gedemütigt. Können Sie das präzisieren?«

»Nun, als ich wach wurde, hat er ...«, sie brach ab und schaute Hilfe suchend zu Sophie Erdmann.

Lichthaus verstand und erhob sich. Wie erwartet kamen sie jetzt zu einem Punkt, der es ihm als Mann unmöglich machte zu bleiben.

»Ich werde draußen warten.« Er nickte seiner Kollegin zu, ging durch die Diele und sah, dass die Haustür offen stand.

Draußen regnete es leicht. Im Windfang stand Christian Ludwig und rauchte. Das Kind war nicht zu sehen.

Lichthaus hatte seine Tasse mitgenommen und trank langsam an seinem Kaffee. Ludwig sah müde aus. »Entschuldigung, wegen eben«, presste er hervor. »Sie hat das alles immer noch nicht verwunden. Das Schwein hat aus meiner Frau ein Wrack gemacht. Was glauben Sie, wie oft Steffi im Schlaf hochfährt und schreit? Ich darf sie dann nicht berühren, muss warten, bis sie wieder zu sich kommt. Wir gehen nie weg. Jede Menschenansammlung ist ihr ein Horror.« Er warf die Kippe im hohen Bogen in Richtung Straße. Sie landete im Vorgarten, doch es schien ihm egal zu sein.

»Jetzt, mit dem Kind, geht es ihr endlich ein bisschen besser, und nun tauchen Sie hier auf.«

»War sie in Behandlung?«

»War? Sie ist immer noch beim Psychotherapeuten. Einmal die Woche. Das dauert eben, hat dieser Seelenklempner gesagt.«

»Waren Sie damals, als es passiert ist, schon verheiratet?«

»Nein, aber wir lebten zusammen in Wiesbaden. Ich war in Frankfurt als Unternehmensberater tätig und viel unterwegs. Deutschland, USA und so weiter. Steffi war bei einem Arzt als Helferin beschäftigt. Sie ist morgens aus dem Haus. Gut gelaunt, selbstbewusst. Und abends im Krankenhaus war davon nichts mehr übrig, sie war nur noch ein Schatten; körperlich und seelisch zerstört. Sie kann mir bis heute nicht erzählen, was der Kerl gemacht hat. Ich weiß es nur von Ihren Kollegen. Ich bin dann zu einer Bank gewechselt, denn sie will nachts nicht mehr allein sein. Die Fenster und Türen werden an jedem Abend verrammelt und x-mal geprüft.«

»Haben Sie mitbekommen, dass sie damals beobachtet wurde?«

»Nein. Sie wird eben angegafft, weil sie hübsch ist. Es ist mir auch egal, ich will nur, dass sie ihren Frieden findet. Verstehen Sie mich nicht falsch. Ich wünsche mir nichts mehr, als den Kerl endlich hinter Gittern zu sehen, nur, ich habe kaum noch Kraft genug, um noch mal von vorne anzufangen.« Ludwig starrte ziellos in den Regen und wechselte dann abrupt das Thema. »Holen Sie sich doch noch einen Kaffee!«

Lichthaus nickte und ging hinein. Als er in die Küche kam, hörte er Stefanie Ludwig leise reden, wobei sie wiederholt abbrach und anfing zu schluchzen. Er nahm sich einen Kaffee und ging zurück. Die beiden Männer unterhielten sich noch eine Weile über das Haus und ihre Erfahrungen auf dem Gebiet des Bauens. Ludwig stieg gern auf das belanglose Thema ein. Das Gespräch zeigte Lichthaus wieder einmal, dass der Ärger, den er und Claudia während des Umbaus erlebt hatten, mehr die Regel denn die Ausnahme war. Endlich kam Sophie Erdmann heraus. Sie deutete ihm an, dass es besser wäre, wenn er nicht hineinginge. Daher verabschiedeten sie sich sofort und gingen zum Wagen. Als Lichthaus in das Auto steigen wollte, hielt ihn Christian Ludwig zurück.

»Wenn ihr ihn habt, lasst nicht zu, dass er sich umbringt, das wäre zu einfach.« Lichthaus schaute ihm in die Augen und sah Verzweiflung und wilden Hass darin. Er nickte.

»Ich rufe Sie an. Sagen Sie das Ihrer Frau, und dass ich nicht aufgeben werde.« Dann stieg er ein.

Eigentlich hatten sie noch zu den Kollegen nach Wiesbaden fahren wollen, doch sie mussten zurück. Der Tote der Nacht hatte den Druck weiter erhöht.

Sophie Erdmann sah mitgenommen aus. Die Befragung war hart an der Grenze des Erträglichen gewesen. Mit leicht zusammengekniffenen Augen starrte sie dumpf auf die Straße, während der Wagen mit hoher Geschwindigkeit losjagte. Er ließ ihr Zeit, sich zu beruhigen. Als sie dann auf der Autobahn in Höhe Dorsheim waren und zügig hinauf in den Hunsrück fuhren, begann sie zu sprechen.

»Wir müssen das Schwein unbedingt fassen! Was der mit den armen Frauen anstellt, ist barbarisch.«

Sie schaute zu ihm hinüber. »Wir nehmen an den Opfern immer nur die äußeren Verletzungen wahr und blenden alles andere aus. Bei den Zeugenaussagen stehen sie irgendwie unter Schock und lassen uns nicht an sich heran. Wenn man aber später mit ihnen spricht und begreift, wie kaputt die da drinnen sind, merkt man erst, dass in diesen paar Stunden ein ganzes Leben zerstört wurde. Unser Täter ist das größte Schwein, das ich mir vorstellen kann. Was die Frauen über Stunden oder Eva Schneider über Tage mitgemacht haben, ist unvorstellbar.« Ihre Stimme war mit jedem Satz lauter geworden.

Lichthaus blickte sie prüfend von der Seite an. »Haben Sie was Neues erfahren?«

»Nun«, sie wurde wieder ruhiger, »eigentlich nicht. Es ging ihm wohl eher darum, seine Opfer zu unterwerfen, als um die körperliche Befriedigung. Das ist bei solchen Taten ja häufig der Fall. Die Einzelheiten sind jedes Mal grausam. Neu ist mir, dass er so geschwollen gesprochen hat, fast wie im Mittelalter. Er sprach sie mit Weib an, nannte sie Dirne. Als sie um Gnade gebettelt hat muss er *Schweig stille, des Satans elende Brut!* gebrüllt haben.« Sie zuckte mit den Schultern. »Der ist völlig durchgeknallt. Aber deswegen auch extrem gefährlich. Ansonsten hat Frau Ludwig eigentlich das geschildert, was schon in den Akten steht. Ich lasse Ihnen eine Kopie des Mitschnitts anfertigen. Im Augenblick habe ich genug.«

Lichthaus hatte das Gefühl, umsonst nach Bingen gefahren zu sein, und eine tiefe Resignation machte sich in ihm breit. Im Fall Eva Schneider traten sie auf der Stelle. Und dann war da noch die Brandleiche.

»Kümmern Sie sich bitte um den Film aus der Überwachungskamera in Wiesbaden. Wenn der noch da ist, können wir vielleicht was erkennen.«

»Das ist sechs Jahre her!«, wandte sie ein, doch er hob die Augenbrauen.

»Wieso? Die Technik macht vieles möglich.« Wenig später merkte er, dass er allmählich wieder einschlief. Gegen zwölf erreichten sie in strömendem Regen Trier.

*

Sebastian Elenz wühlte auf seinem Schreibtisch in den Protokollen, die er und seine zwei Kollegen in den vergangenen Monaten aufgenommen hatten, und verfluchte den anderen die Knochen. Nur Unordnung, keiner von beiden heftete etwas ab oder gab die wichtigen Daten in den Rechner ein. Nun musste er alles sortieren und würde sich dann wohl auch an die Erfassung machen. Der Stapel kam ins Rutschen, fiel vom Tisch und verteilte sich auf dem ganzen Boden. Mehrere Blätter rutschten unter den Schrank.

»Verdammt!« Er sprang auf und begann, leise vor sich hinfluchend die Protokolle wieder aufzuheben. Es waren so einige, obwohl sich die Beschwerden in Saarburg in Grenzen hielten. Elenz war der Jüngste der drei Beamten. Hans Breit und Bernhard Jüngling, der Leiter der Wache, taten seit etlichen Jahren ihren Dienst in Saarburg und würden bis zur Pensionierung bleiben. Sie fuhren heute Streife.

Breit, der eigentlich für einen Großteil der Papierflut zuständig war, weigerte sich einfach, für Ordnung zu sorgen. Elenz wollte hier weg und hatte sich daher begierig auf die Anfrage aus Trier gestürzt. Die hatten da drüben eine Tote und jetzt noch eine verbrannte Leiche und suchten nach Hinweisen in beiden Fällen. Er blätterte den Stapel der Beschwerden durch und fand nur Rüpeleien und Streitereien unter Nachbarn, aber keine Belästigungen von Frauen. Einen Moment zögerte er und wollte alles wieder auf Breits Schreibtisch werfen, doch dann ging er zum PC und begann seufzend die wenigen wichtigen Daten ins System zu tippen. Den Rest würde er abheften.

Der Morgen war bislang ruhig gewesen. Es goss seit einiger Zeit wie aus Eimern, und er trauerte jetzt schon dem Sommer nach. Gelangweilt schaute er den Sturzbächen zu, die sich vom Dach vor der Eingangstür auf die Treppe ergossen. Mittlerweile war er der Überzeugung, dass zwei Jahre auf dieser Wache reichten. Im Frühjahr hatte er sich für einen Lehrgang zum Kriminalassistenten angemeldet, doch ihr Chef, Hauptkommissar Rüdiger Hansen, er war Leiter der Polizeiinspektion hier in Saarburg, hatte ihn abgewürgt, dieses verdammte Arschloch. Er sei zu jung. So ein Blödsinn! Er war fünfundzwanzig und schon seit drei Jahren aktiv bei der Polizei, nachdem er das Studium an der Polizeihochschule mit sehr guten Noten abgeschlossen hatte. Aber Hansen konnte ihn nicht leiden, weil er ihm einmal vor allen Kollegen widersprochen hatte. Eigentlich eine Lappalie, doch Funk, ihr zuständiger Kriminaldirektor in Trier, war ebenfalls dabei gewesen und hatte ihm auch noch Recht gegeben. Hansens wütend funkelnde Augen hätte er noch heute malen können. Seitdem ging nichts mehr. Frustriert setzte er sich wieder und surfte gelangweilt im Internet. Er suchte seit längerem ein Auto. Schöne Karren waren schon zu haben, nur nicht für sein schmales Portemonnaie.

Als die Eingangstür aufging, sah er zwei Jugendliche mit klatschnassen Hosen und tropfenden Schirmen hereinkommen. Elenz stammte nicht aus Saarburg und kannte die beiden daher nicht. Der Junge war groß und kräftig gebaut, hatte eine pickelige Haut und schien von dem Besuch bei der Polizei wenig begeistert zu sein. Er schaute gelangweilt drein und hielt sich im Hintergrund. Das Mädchen, mittelgroß und kompakt, ohne dick zu sein, war eher der sportliche Typ. Er hatte sie schon einmal gesehen, konnte sie aber nicht zuordnen. Sie war hübsch, strahlte eine starke Persönlichkeit aus, die sie attraktiv machte. Sie trat an die Theke, schob sich eine Strähne feuchten Haars aus dem Gesicht und begann, ohne Umschweife zu sprechen.

»Guten Morgen, mein Name ist Simone Simons, und ich möchte eine Anzeige machen.«

»Worum geht es denn?« Er zog ein Formblatt hervor und begann zu schreiben.

»Gestern wurde ich von einem Mann in einem Fahrzeug verfolgt.« Elenz merkte auf.

»Ich habe den Typ verjagt. Der kommt sicher nicht wieder. Wir können uns das Ganze also sparen.« Der Junge schaute streitsüchtig seine Freundin an, die ihn nicht weiter beachtete. Elenz winkte die beiden zu einem Tisch mit PC.

»Mal von vorne. Zuerst brauche ich Ihre Personalien.«

Simone Simons und ihr Freund Dennis erzählten ihm, was sich in der Nacht zugetragen hatte. Elenz verfasste ein umfangreiches Protokoll, das ihn innerlich aufwühlte. Er sah deutliche Parallelen zwischen diesem Vorfall und dem gesuchten Sexualmörder. Der Geländewagen und die Observierung des Opfers schienen zu passen. Er bedankte sich bei den Jugendlichen und versprach, dass sich kurzfristig ein Kollege bei ihnen melden würde. Als die beiden fort waren, kopierte er das Protokoll und wollte es eben an die Mordkommission schicken, als er zögerte. Wenn er Hansen überging, könnte er sein Fortkommen abschreiben. Würde er ihn einschalten, könnte sich Hansen zwar das Lob selbst anheften, doch für ihn, Elenz, würde sich hoffentlich einiges verbessern. Wenn nichts an der Sache dran wäre, hätte ja Hansen sich zur Weitergabe entschieden, und er wäre nicht der Dumme. Andernfalls konnte er sich schon jetzt seinen Kollegen Breit vorstellen, wie er, den roten Kopf halb im Bierglas versunken, kehlig lachte und ihn wegen seines falschen Alarms aufzog.

Kurz entschlossen fertigte er ein knappes Anschreiben an Hansen und sandte ihm das Protokoll zwecks Überprüfung und Weitergabe zu.

*

Im Präsidium ging Lichthaus als Erstes zu Müller und erläuterte ihm den Stand der Dinge. Marx hatte bereits einen Bericht abgegeben, so dass der Chef über die Entwicklungen im Bilde war. Sie besprachen die Gründung der Sonderkommission. Es waren bereits fünfzehn Kollegen ausgewählt, die Lichthaus' Team unterstützen würden. Außerdem genehmigte Müller ihm, einen Fallanalytiker hinzuzuziehen. Der Polizeidirektor stand unter Druck, denn die beiden Fälle zogen bereits Kreise. Für den kommenden Morgen war ein Termin beim Polizeipräsidenten angesetzt, an dem auch der Oberstaatsanwalt teilnehmen würde. Zur Vorbereitung vereinbarten sie eine Sitzung des Teams für den Nachmittag.

In seinem Büro angekommen, hatte sich Lichthaus noch nicht hinter den Schreibtisch gesetzt, als Steinrausch hereinkam. Er nahm wie immer ungefragt Platz.

»Es gibt etwas Neues. Die Befragung im Hochwald läuft noch, aber wir haben die ersten Ergebnisse. Ein Bauer kann sich erinnern, dass er am Freitag, bevor wir die Tote gefunden haben, oben bei Hinzert einen dunkelblauen Mitsubishi Pajero gesehen hat. Er war sich mit dem Typ ziemlich sicher, denn sein Schwager fährt auch so einen. Hinzert ist ...«

»Bei Reinsfeld, ich war mal da. Konnte er den Fahrer erkennen oder die Nummer?«

»Moment«, Steinrausch räusperte sich. »Ein Mann mittleren Alters saß in dem Auto. Eine Nummer hat der Zeuge nicht gesehen, wohl aber, dass der Geländewagen unter der Autobahnbrücke durch in den Wald gefahren ist. Von dort aus kommt man zum Fundort. Ich habe das mit Marx geprüft. Außerdem«, er schaute triumphierend, »hatte er einen geschlossenen Hänger dabei.«

»Gut.« Lichthaus schöpfte etwas Hoffnung. »Wir lassen das Ganze durch die Kfz-Datenbank laufen. Das sollen die Neuen machen. Die fangen ja heute an.«

»Okay, ich geb's weiter«, versprach Steinrausch, als er den Raum verließ.

Lichthaus' Magen verabschiedete Steinrausch mit einem lauten Knurren und erinnerte ihn daran, dass er seit dem Frühstück nichts mehr gegessen hatte. Er beschloss, in die Kantine zu gehen, als Spleeth hereinkam. Der Mann sah aus wie sein eigener Schatten, dunkle Ringe unter blutunterlaufenen Augen, dazu kam seine gebeugte Haltung. Hatte Lichthaus gestern gedacht, dass Spleeth bereits am Ende sei, so musste er sich jetzt überzeugen lassen, dass es noch schlimmer ging. Hoffentlich sah er selbst nicht genauso aus.

»Ich habe hier den Bericht über das Brandopfer. Der Brandbeschleuniger war ein Gemisch aus mehreren Komponenten, die frei verkäuflich zu haben sind. Die Kleiderreste des Toten waren so verbrannt, dass wir hierzu keine Aussagen machen können.« Er blätterte müde in der dünnen Tatortmappe, die er mitgebracht hatte.

»Sonst nichts?« Lichthaus sah Spleeth erstaunt an, doch der schüttelte nur den Kopf. »Es hängt also alles an der Autopsie. Ich werde Güttler gleich anrufen.«

»Da wäre noch etwas.« Spleeth druckste herum. »Der Knopf aus dem Hosenaufschlag von Eva Schneider.« Er zog ein Foto und ein Fax aus seiner Mappe. »Ich habe gestern das Bild an besagtes Museum für Knöpfe in Thüringen gemailt.« Lichthaus schaute sich das Foto, eine starke Vergrößerung, genauer an, während Spleeth weitersprach. »Das Muster und die Machart des Knopfs sind eindeutig eine Kopie mittelalterlichen Handwerks. Der Leiter des Museums meinte, der Hersteller würde sich nicht besonders mit der Materie auskennen. Eine solche Form hätte er im Original noch nie zu Gesicht bekommen. Es fehlen auch epochentypische Stilmerkmale. Allerdings hätte er kürzlich auf einem Mittelaltermarkt ähnliche Knöpfe gesehen. Er rät uns, lokale Vereine anzusprechen, die öfter auf solchen Veranstaltungen auftreten und ihre Ausrüstung meistens selbst herstellen.«

»Ich gebe die Sache an Steinrausch weiter, der kennt sich mit so etwas am besten aus.«

Spleeth gab ihm die Unterlagen und stand auf, doch Lichthaus hielt ihn auf.

»Haben Sie im Fall Schneider noch andere Ergebnisse?«

»Winkelmann sitzt am Bericht. Es ist aber nicht mehr viel rausgekommen. Die Mikrospuren sind in der Auswertung, doch auch das wird nicht viel bringen, andererseits haben wir das Sperma. Den Lehm, den wir gefunden haben, gibt es hier überall. Eine genaue geographische Eingrenzung ist leider nicht möglich. Am Schuhprofil arbeiten wir noch.«

Lichthaus stöhnte auf. »Was ist denn mit der Baggerschaufel?«

»Das nennt man Löffel«, belehrte ihn Spleeth.

Lichthaus ließ gereizt die Hände auf den Tisch knallen. »Na von mir aus: Der Löffel.«

Spleeth blieb ungerührt. »Der Löffel ist ein Standardersatzteil. Hängt an jedem zweiten Greifarm. Dieser ist allerdings an einer Stelle beschädigt. Wenn ihr uns den Bagger bringt, können wir ziemlich sicher sagen, ob damit an der Fundstelle gegraben wurde.«

«Beweise gegen den Täter werden wir also genug haben. Wenn wir ihn nur fassen können ...«

»Euer Job«, war Spleeths Kommentar, bevor er hinausschlurfte.

Sein Magen fand diesmal keine Erwiderung, trotzdem machte Lichthaus sich endlich auf in die Kantine. Zurück in seinem Büro rief er Güttler an, doch eine Mitarbeiterin teilte ihm mit, dass der Gerichtsmediziner den Körper des Toten gerade geöffnet hätte und daher nur schlecht zum Telefon kommen könne. Ohne aufzulegen wählte er eine Nummer in Mainz.

»Richter.«

»Hallo Klaus, hier ist Johannes Lichthaus.«

»Ach, ein Anruf aus der Provinz.« Lichthaus überhörte die Spitze. Klaus Richter war einige Jahre in seinem Team gewesen und nach Lichthaus' Weggang auf dessen Posten gekommen. Sie hatten sich immer gut verstanden und als Tandem viele Erfolge erzielt. Dadurch hatte sich so etwas wie eine Freundschaft zwischen ihnen entwickelt, obwohl sie auf der privaten Schiene kaum Gemeinsamkeiten hatten. Richter war durch und durch Karrierepolizist und engagierte sich in der Lokalpolitik. Er würde beruflich stetig weiterkommen, da er gut vernetzt und sehr ehrgeizig war. Obwohl Lichthaus' Wechsel nach Trier auch bei ihm nur ein Kopfschütteln hervorgerufen hatte, war der Kontakt nie ganz abgerissen, und wenn Lichthaus in Mainz war, trafen sie sich zum Essen. Jetzt tratschten sie ein bisschen über gemeinsame Bekannte, bevor Lichthaus auf sein eigentliches Anliegen zu sprechen kam.

»Ich habe ein Problem. Wir haben am Samstag eine Tote gefunden. Die Spur führt zu einer Vergewaltigungsserie in Wiesbaden, und wir wollen eine Fallanalyse anfertigen lassen. Habt ihr ein Team frei?«

»Von der Toten habe ich bereits gehört. Das LKA schaut schon interessiert hin. Also, die beim BKA haben ja mittlerweile eigene Teams, die kannst du anfordern, aber das dauert. Letztes Jahr ist ein sehr guter Kriminalpsychologe namens von Falkberg von uns weggegangen. Zurzeit habilitiert er in ...«, er machte eine Kunstpause, »... Trier. Der hat sogar in den Neunzigerjahren an einer Studie zu empirischen Täterprofilen teilgenommen. Der kennt sich aus. Frag ihn mal, wenn du ihn schon vor Ort hast.«

Lichthaus ließ sich seine Nummer durchgeben. »Und über die Provinz reden wir noch! Komm du nur mal her, so viel kannst du gar nicht vertragen, wie hier los ist!«

Er legte den Hörer gar nicht erst auf und wählte erneut, doch er erreichte nur die Sekretärin, die ihm mitteilte, dass Dr. von Falkberg den ganzen Mittag nicht zu erreichen sei, da er offene Sprechstunde habe.

Lichthaus schaute auf die Uhr. Es war jetzt halb zwei. Um vier Uhr würden sie sich treffen, um die neuen Kollegen einzuführen. Bis dahin war noch ausreichend Zeit. Er schnappte sich Spleeths Tatortmappe und machte sich auf den Weg zur Uni.

*

Es regnete noch immer ohne Pause. Die Autos fuhren in langen Gischtfontänen vor ihm her, hinauf auf das Tarforster Plateau, auf dem die Universität lag. Man hatte hier Anfang der Achtzigerjahre eine Campusuniversität mit eigenen Gebäuden für jeden Fachbereich errichtet. Lichthaus gefielen die Glaspassagen, über die sie miteinander verbunden waren. Das gab dem Komplex einen etwas futuristischen Anschein. Er parkte sein Auto und lief unter einem Regenschirm hinüber zum mehrstöckigen Haus der Psychologen. Er erkannte es an der cremeweißen Farbe und den blauen Fensterrahmen. Es lag etwas abseits und war über das Forum zu erreichen, auf dem an schönen Tagen die Studenten zuhauf in der Sonne lagen.

Von Falkbergs Büro befand sich im vierten Stock und er ging langsam hinauf. Er war sich nicht sicher, ob er seine Fallanalyse auf einen einzelnen Psychologen stützen sollte oder ob es sinnvoller wäre, die Aufgabe an ein Team des BKA zu übertragen. Im Gegensatz zu den USA, wo üblicherweise ein Psychologe die Fallanalyse allein übernahm, hatte man sich in Deutschland für spezialisierte Teams entschieden, die man für effizienter hielt. Andererseits war ein Fallanalytiker vor Ort in Trier von unschätzbarem Wert, da die Wege sich verkürzten und bürokratische Hürden erst gar nicht entstanden. Er würde sich nach diesem Gespräch entscheiden.

Die Sprechstunde war entweder nicht gut besucht oder schon vorbei. Kein Student wartete vor der Bürotür. Lichthaus klopfte an und wartete höflich auf das Herein, bevor er eintrat.

Der Raum war klein, und alle Wände waren mit einfachen Metallregalen zugestellt, die von Büchern, Kopien, Seminararbeiten und sonstigen Unterlagen nur so überquollen. In der Mitte, gleich neben dem Fenster, stand ein Schreibtisch, auf dem ein unglaubliches Chaos herrschte: Stifte, Zeitschriften, Kaffeebecher, einige Bilderrahmen und Brötchenkrümel in unbeschreiblichem Durcheinander. Dahinter von Falkberg, das exakte Gegenteil. Die kurzen, dichten, braunen Haare waren akkurat gescheitelt. Der graue Rollkragenpullover und das wollene Sakko waren makellos, genauso wie die glänzenden Schuhe, die unter dem Tisch hervorlugten. Von Falkberg musterte ihn aufmerksam durch eine große Brille, der man ansah, dass sie einige Dioptrien korrigieren musste. Der Mann wirkte sympathisch, wenngleich augenblicklich befremdet.

»Guten Tag. Für einen Studenten sind Sie etwas zu alt, für das Seniorenstudium aber noch zu frisch«, bemerkte er mit einem leicht ironischen Lächeln und schaute auf die Tatortmappe in Lichthaus' Hand, sagte aber nichts weiter.

Lichthaus erwiderte den Gruß. »Mein Name ist Johannes Lichthaus, und ich leite die Untersuchungen im Fall des toten Mädchens, das wir im Wald gefunden haben.«

Von Falkberg bot ihm einen Platz an und er setzte sich auf einen Stuhl vor den Schreibtisch.

»Wenn Sie zu mir kommen, scheint etwas mehr dran zu sein als ein einfacher Mord.«

»Das ist bislang nur eine Vermutung«, wich Lichthaus aus.

»Aber doch so konkret, dass Sie hier heraufgekommen sind. Ohne Voranmeldung.« Von Falkberg schien belustigt. »Ich habe in der Zeitung von dem Mädchen gelesen.«

»Nun, wir können nachweisen, dass es sich um einen Serientäter handelt, da er bereits vor mehreren Jahren im Raum Wiesbaden für eine Vergewaltigungsserie verantwortlich war. Was in der Zwischenzeit war, wissen wir nicht. Wir ...«

Von Falkberg unterbrach ihn. »Ein Serientäter also. Interessant. Warum sind Sie sich da so sicher?«

»Er hat Sperma hinterlassen, das wir den Altfällen zuordnen konnten.«

»Gut, also erstens, wenn ich eine Analyse mache, dann nur auf Basis der Fakten, unbeeinflusst durch Ihre Mutmaßungen. Die können Sie dann anschließend mit meinen Ergebnissen abgleichen. In der Regel lässt sich so der potenzielle Täterkreis weiter einengen.«

Lichthaus kannte die Methode. Der Analytiker würde die Fakten intensiv studieren und anschließend den Fall von allen Seiten beleuchten. Das mochte simpel klingen, aber Lichthaus wusste, dass es jahrelange Erfahrung und umfangreiches Fachwissen voraussetzte, um die richtigen Schlüsse ziehen zu können.

»Ich suche bei meinen Analysen nach signifikantem Tatverhalten«, fuhr von Falkberg fort. »Aus unserer Sicht muss jede Handlung des Täters, jede Verletzung des Opfers einen nachvollziehbaren Grund haben. Wir können daran zum Beispiel sehen, ob er geplant gehandelt hat oder ob es Anzeichen dafür gibt, dass er das Opfer kannte. Wir hatten einmal einen Mörder, der eine Frau erwürgt und dann mit gefalteten Händen begraben hat. Wir nennen das »undoing«. Er wollte das Ganze ungeschehen machen. Deshalb vermuteten wir, dass der Mann das Opfer vorher schon kannte und dass es sich um eine Affekttat handelte. Schlussendlich konnte ein Kollege der Frau festgenommen werden, der sie bedrängt und, als sie zu schreien anfing, erwürgt hatte. Zentral für mich sind vor allem die Tatort- und Opferspuren, da ich hier dem Täter direkt begegne. Ich will herauslesen, warum er sich so und nicht anders verhalten hat.«

»Wir haben bislang keinen Tatort, sondern nur einen Fundort.«

»Was ist mit den Vergewaltigungen in Wiesbaden?«

»Da schon.«

»Gut. Nennen Sie mir die Einzelheiten, dann sage ich Ihnen, ob eine Fallanalyse Sinn macht.«

Lichthaus trug aus dem Gedächtnis die Fakten vor. Er achtete darauf, Spekulationen herauszuhalten, brauchte aber trotzdem fast zehn Minuten, um alle Einzelheiten zusammenzufassen, und wunderte sich, wie viel sie eigentlich schon hatten. Als er geendet hatte, schaute von Falkberg eine kleine Ewigkeit aus dem Fenster und dachte nach. Er hatte sich keine Notizen gemacht, sondern schien auf sein Gedächtnis zu vertrauen.

»Wollen Sie einen Kaffee?«, begann er und bereitete ihm, als Lichthaus nickte, geistesabwesend einen Pulverkaffee zu. Dann fing er an.

»Ohne die Akten eingesehen zu haben und ohne die genauen Fund- und Tatortprofile zu kennen, glaube ich sagen zu können, dass der Täter ein sogenannter Soziopath ist. Das sind planerisch vorgehende Mörder, die erbarmungslos töten. Es gilt in der Psychologie als Tatsache, dass diese Typen völlig emotionslos sind und nur dann etwas empfinden, wenn sie andere quälen. Eine Untersuchung hat bewiesen, dass Fehlentwicklungen im Hirn das emotionale Zentrum und das Angstzentrum haben verkümmern lassen. Einige Kollegen glauben auch, dass die Täter nur in diesen Extremsituationen überhaupt ihr Menschsein spüren, also Emotionen erfahren können. Dass sie diesen auslösenden Kick brauchen.« Er grinste Lichthaus schief an, der höflich an der braunen Brühe des viel zu starken Kaffees nippte, während er aufmerksam zuhörte und sich hier und da Notizen machte. »Sie wollen keinen Sex von den Opfern, sondern absolute Macht über diese. Die Sexualität ist nur Mittel zum Zweck. Sie suchen ihre Omnipotenz und die totale Beherrschung des anderen. Solche Täter sind nicht zu therapieren und hören niemals mit dem Morden auf.«

»Glauben Sie, dass Eva Schneider sein erstes Opfer war?«

»Wohl kaum. So, wie Sie es schildern, ist er sehr umsichtig vorgegangen, was eine gewisse Intelligenz, aber auch ausreichend Erfahrung vermuten lässt. Nein, ich denke, da gibt es noch mehr Tote, vor allem wenn man den Zeitabstand seit den Vergewaltigungen sieht. Soziopathen neigen dazu, immer schneller einen neuen Kick zu suchen.«

»Da können wir uns ja auf einiges gefasst machen.«

Von Falkberg stand auf und suchte mit erstaunlicher Sicherheit aus all dem Chaos einen Artikel heraus, den er Lichthaus reichte.

»Das ist eine Ausarbeitung zum Thema. Heißt: Der Serienmörder, Analyse serieller Tötungsdelikte in Deutschland. Der ist zwar schon einige Jahre alt, doch eigentlich hat sich wenig geändert. Lesen Sie den mal durch, da haben wir viele interessante Details zusammengetragen.«

Lichthaus dachte kurz nach. Der Besuch bei von Falkberg hatte sich für ihn bereits gelohnt, er verstand nun besser, was den Täter antrieb, und er wollte den Psychologen unbedingt in die Fahndung mit einbeziehen. »Wie sieht es aus? Machen Sie uns ein Profil?«

Von Falkberg nickte und zog ein Formular aus der Schublade. »Der Fall interessiert mich.« Er reichte Lichthaus ein Blatt Papier. »Das sind meine Bedingungen, die ich auch mit dem BKA vereinbart habe. Wenn Sie mir Ihr Okay geben, kann ich loslegen.«

»Das bekommen Sie. Ich kläre das heute noch ab. Welche Informationen brauchen Sie?«

»Alles! Tatortmappe, alle Fakten, gesicherte Erkenntnisse und so weiter.«

»Stellen wir Ihnen zusammen.« Er machte sich eine Notiz und stand auf. »Ich muss los. Vielen Dank schon mal. Bis bald also.«

Es hatte aufgehört zu regnen und Lichthaus spazierte langsam zu seinem Auto. Die Fahndung verdichtete sich immer mehr zu der Herkulesaufgabe, die er von Beginn an gefürchtet hatte. Und die Zeit drängte, denn wenn von Falkberg Recht hatte, war über kurz oder lang mit weiteren Opfern zu rechnen. Als er den Wagen starten wollte, klingelte sein Handy. Er kramte es aus seiner Tasche hervor und ließ sich im Sitz zurückfallen. Es war Güttler.

»Ich habe die Autopsie von eurem Grillwürstchen fast beendet.«

Lichthaus schüttelte den Kopf. »Was kam denn raus, du alter Metzger?«

»Nichts.«

»Wie bitte?«

»Na ja. Fast nichts. Das, was ich noch sehen konnte, war, dass er sehr schlechte Zähne und eine Säuferleber hatte. Außerdem etwa zweieinhalb Promille im Blut. Der war seit Jahren nicht mehr beim Zahnarzt. Einen Vergleich des Zahnschemas kannst du da vergessen. Die Leber sieht schlimm aus, aber damit ist er ja nicht der Einzige auf der Welt.«

»Wie alt schätzt du ihn?«

»Ende vierzig. Dem Gebiss nach wahrscheinlich aus Osteuropa. So läuft hier niemand rum.«

»Fingerabdrücke?«

»Verbrannt. DNA steht noch aus. Ach, übrigens, er hatte eine künstliche Herzklappe. Ziemlich alt schon. Vielleicht hilft die uns weiter.«

»Gut. Danke für den Anruf, Stefan. Gib uns den Bericht bitte rein und melde dich kurz bei Marx, der ist für den Fall zuständig.«

Lichthaus trennte die Verbindung und fuhr los. Die Anhaltspunkte im zweiten Mordfall waren gleich null. Wenn man Güttlers Vermutung folgte, könnte es sein, dass ein Osteuropäer Bandenstreitigkeiten zum Opfer gefallen war, denn die Tatsache, dass der Mörder dem Mann beim Sterben zugesehen hatte, deutete auf eine gezielte Hinrichtung hin. Aber das war reine Spekulation. Sie würden die Vermisstenstatistiken im Auge behalten müssen und eventuell das BKA und Europol einschalten.

Kurz vor einer Ampel geschah es dann. Die Sonne brach zwischen den lockeren Wolken hervor und wurde von der aufspritzenden Gischt der Fahrzeuge tausendfach gebrochen. Geblendet und gedankenverloren rollte Lichthaus mit müden Augen auf die stehende Autoschlange zu. Zwar sah er noch die roten Rückleuchten am Wagen seines Vordermanns, doch als er reagierte und das Bremspedal voll durchtrat, wusste er schon, dass es nicht mehr reichen würde: Er rutschte auf das Heck eines Passats zu und registrierte noch den Sylt-Aufkleber auf dem Kofferraum, als er in letzter Sekunde das Lenkrad nach rechts riss.

Über einen flachen Graben holperte sein Wagen auf eine angrenzende Wiese. Einen Moment glaubte er noch an sein Glück, doch dann knallte es und der Golf schob sich auf einen großen Stein. Die Tatortmappe flog in den Fußraum und zerfiel in einzelne Blätter, dann war es still. Einen Augenblick blieb er benommen hinter dem Lenkrad sitzen.

Der Aufprall war nur leicht gewesen, da das Fahrzeug schon sehr verlangsamt hatte, doch der Schaden war dennoch beträchtlich. Die Fahrertür ließ sich nur mit Mühe öffnen, also schien der Rahmen verzogen zu sein. Als er ausstieg, sah er zudem, dass das linke Rad in den Radkasten gedrückt worden war und im rechten Winkel abstand. Von der Straße aus beobachteten ihn die Menschen aus den stehenden Autos, doch wie so oft in solchen Fällen bot niemand Hilfe an. Blöde Gaffer! Der Golf hatte eine lange Furche in die vom Regen aufgeweichte Wiese gezogen. Lichthaus' Schuhe waren dreckverschmiert. Unschlüssig brütete er vor sich hin, als plötzlich eine unbeherrschbare Wut durch seine Lethargie brach. Er trat mit voller Wucht mehrmals gegen den Kotflügel und schrie laut vor sich hin. Er fluchte auf den Job, den Täter, die Toten, den wenigen Schlaf und alles, was ihm sonst noch einfiel. Erst als sein Fuß heftig schmerzte, bekam er sich langsam wieder in den Griff. Schwer atmend öffnete er die Beifahrertür und sammelte die Tatortmappe zusammen. Dann rief er im Präsidium an. Er erreichte Marie Guillaume, die versprach, ihm einen Wagen zu schicken. Anschließend informierte er Claudia, die schockiert sofort kommen wollte und ebenfalls auf seinen Job fluchte. Er beschwichtigte sie, dass es ihm gut gehe und sie mit Henriette zu Hause bleiben könne. Er sah ein, dass er sich heute etwas Schlaf gönnen musste, damit nicht noch mehr passierte. Claudia versprach, ihn gleich nach der Besprechung im Präsidium abzuholen.

Der Streifenwagen traf zehn Minuten später ein. Der Abschleppwagen war zwar noch nicht da, doch Lichthaus kannte den Unternehmer. Der würde den Wagen auch ohne ihn abholen und mitnehmen.

Die Streifenbeamten grinsten belustigt, als sie ihn durch den Schlamm stapfen sahen, doch sein Gesichtsausdruck ließ sie den Mund halten.

*

Als Lichthaus mit schmutziger Hose und lehmverschmierten Schuhen das große Besprechungszimmer erreichte, war es schon zwanzig nach vier. Sein Team und die neuen Kollegen saßen bereits auf ihren Plätzen und warteten. Als sie sich nach dem Unfall erkundigten, wimmelte er sie ungeduldig ab. Die Anspannung, die ihn in den letzten Tagen angetrieben hatte, war verflogen. Der Unfall und sein Wutausbruch hatten wie ein Katalysator gewirkt. Er sah den Fall nun in deutlichen Konturen und musste sich nüchtern eingestehen: Eigentlich hatten sie nichts. Keine griffigen Fakten, und selbst wenn von Falkberg ein passables Profil würde erstellen können, fehlte ihnen ein Rahmen, in dem sie es anwenden könnten. Doch er ließ sich nichts anmerken und begrüßte die Anwesenden. Er brachte alle auf den jüngsten Stand der Ermittlungen. Die Neuen hörten besonders aufmerksam zu. Es waren sechs Männer und Frauen, zumeist noch sehr jung und, wie er fürchtete, unerfahrene Fahnder. Bis auf Ulrich Schweiger, einen Kommissar aus der Sitte, kannte er niemanden.

Schweiger war ein bulliger großer Mann mit Vollglatze. Im Allgemeinen ein sehr verschlossener Typ, doch zwischen ihm und Lichthaus hatte sich während zweier gemeinsamer Fälle eine gewisse Sympathie eingestellt. Die Zusammenarbeit war einwandfrei verlaufen. Lichthaus war daher froh, ihn als Leiter des Fahndungsteams zu haben, auch wenn manch einer aus der Sitte beklagt hatte, dass Schweiger nicht teamfähig sei. Lichthaus und seine Mitarbeiter würden wie bisher weiter ermitteln, zeitintensive Fahndungsarbeit aber an diese Gruppe weitergeben, die personell beliebig aufgestockt werden konnte.

Nachdem er der Fahndungsgruppe ihre Aufgaben zugewiesen hatte, wandte er sich den aktuellen Ereignissen zu.

»Wir sollten mit dem Toten der vergangenen Nacht beginnen.«

Marx begann sofort mit seinem Bericht, ging dabei auf die bisherigen Ereignisse und den Obduktionsbericht ein und erwähnte, dass er noch einmal den Zeugen Zimmermann befragt habe. Der habe keine weiteren Angaben machen können und lediglich wiederholt, dass die Gestalt neben dem brennenden Opfer ein Mann gewesen sei. Mehr hatte Marx nicht aus ihm herausbekommen.

Die Diskussion über den Fall verlief kurz. Man beschloss, Marx und Scherer zwei weitere Kollegen an die Seite zu stellen, die die Vermisstenkartei auswerten sollten. Erst wenn die Ergebnisse der DNA vorlägen, würden sie weitere Schritte einleiten.

Anschließend erzählte Lichthaus von seinem Besuch bei dem Kriminalpsychologen von Falkberg. Als er geendet hatte, schaute er in nachdenkliche Gesichter.

»Wenn Eva Schneider nicht das erste Opfer war, muss es doch noch andere Vermisste geben«, begann Sophie Erdmann. »Gehen wir davon aus, dass er nur in der Region aktiv ist, haben wir ein Zeitfenster von mehreren Jahren, in denen wir keine Hinweise auf Verbrechen hätten.«

»Sicher ist, dass es kaum Parallelen zwischen dem Fall Eva Schneider und sonstigen Vermissten- oder Todesfällen gibt, von denen wir wissen. Auch keine anderen Vergewaltigungen. Ich habe die Charakteristika in ViCLAS eingegeben, ohne einen vernünftigen Treffer erzielen zu können. Wenn ich aber die Kriterien anders gewichte, bleiben Hunderte von Fällen im Raster hängen. Das hilft ja auch nicht.«

»Wir kommen so nicht weiter. Jetzt, wo wir die Unterstützung von weiteren Kollegen haben, starten wir eine Rasterfahndung auf Basis unserer Erkenntnisse.« Lichthaus schenkte sich einen Kaffee ein. Unfall und Müdigkeit waren vergessen, und er war hoch konzentriert. »Was wissen wir? Der Täter ist ein Mann, mittelalt, groß, er fährt einen Geländewagen mit Hänger, Zeugen sagen einen Pajero ...«

»Ich habe das geprüft, in der Region gibt es 293 Pajeros und insgesamt rund 2.500 geländegängige Fahrzeuge, die so ähnlich sind«, sagte Steinrausch.

»Mein Gott.« Lichthaus schaute kurz Schweiger an. »Da haben Sie ja was vor. Außerdem hat er in Mainz oder Wiesbaden mehrere Frauen vergewaltigt.« Er zögerte einen Moment und wandte sich nun Scherer zu. »Der Fall in Paderborn. Wie sieht es damit aus?«

»Wir haben immer noch keine Antwort.« Scherer schien genervt zu sein. »Ich habe keine Ahnung woran das liegt, aber ich kümmere mich darum.«

»Frag auch nach Kleidungsstücken der Frau, vielleicht haben sie was in ihrer Asservatenkammer.« Lichthaus wandte sich wieder an die anderen. »Wir sollten uns noch einmal der Frage nach dem Versteck zuwenden. Wo hat er Eva Schneider festgehalten? In einem Haus? Oder besitzt er eine geeignete Wohnung?«

»Was ist denn mit alten Stollen? Es gab Fälle, in denen die Opfer dort festgehalten wurden«, merkte Müller an.

Marx schüttelte den Kopf. »Ihre Kleidung war aber doch voller Hausstaub!«

»Die Erfahrung zeigt«, Lichthaus hielt ein Merkblatt in die Höhe, »dass Sexualtäter meistens ledig und bereits strafrechtlich auffällig geworden sind. Wobei diese Fälle schon lange zurückliegen können. Wenn er um die vierzig ist, sollten wir zwanzig, besser noch fünfundzwanzig Jahre weit zurückgehen.«

»Die alten Fälle sind aber nicht in ViCLAS eingestellt.«

»Dann werden wir eben die Archive durchforsten.« Die Kollegen sahen ihn unbehaglich an, doch er ignorierte es. »Außerdem wohnen Sexualstraftäter in der Regel nicht weiter als dreißig Kilometer vom Tatort entfernt, wobei sich der Abstand zu ihrem Wohnort von Tat zu Tat verringert.«

»Sie denken an die Kreishypothese?« Sophie Erdmann zeigte wieder einmal, dass sie eine sehr gute Polizistin war. Eigentlich war ihr Fehltritt in Mainz ein Segen für die hiesige Mordkommission.

»Genau, bloß haben wir keinen Tatort, sondern nur einen Fundort. Das ist ein Problem.« Er dachte einen Augenblick nach. »Trotzdem sollten wir hierdurch die Region festlegen, in der wir nach ledigen Pajero-Fahrern suchen, die in unsere Altersklasse passen. Das Verfahren ist dann zwar nicht lehrbuchmäßig, aber besser als nichts.«

Die Kollegen nickten beifällig. »Wenn wir dann Ergebnisse haben, können wir die Zielgruppe ja weiter eingrenzen. Ich werde ein vorläufiges Fahndungsprofil entwerfen.«

»Ansonsten haben wir ja noch den Knopf«, warf Steinrausch ein.

»Was für einen Knopf, Herr Steinrausch?« Müller war verwirrt. Steinrausch erklärte es ihm.

»Das ist sehr vage.« Müller schaute zweifelnd in die Runde.

»Aber der einzige direkte Bezug zum Täter, außer der Toten natürlich. Die Idee ist, dass wir in einer bestimmten Region Personen befragen, die mit der, sagen wir mal, Mittelalter-Szene zu tun haben«, fuhr Steinrausch fort. »Wir haben hier mehrere solcher Vereine. In Klüsserath zum Beispiel, der heißt Vinland. Die sind mehrmals auf mittelalterlichen Märkten aufgetreten und machen da Schauschwertkämpfe. Außerdem gibt es fahrende Händler und Gaukler. Vielleicht erinnert sich jemand an diesen doch sehr auffälligen Knopf? Möglicherweise erfahren wir dann, wer solche Knöpfe verkauft oder an seiner Verkleidung trägt?«

»Ich halte das für unwahrscheinlich. Was ist denn das für ein Wikingerverein?«, wollte Müller wissen.

»Laut Vereinsregister wurde der Verein vor dreiundzwanzig Jahren gegründet. Neben allerlei Vereinsgemache bieten die Mitglieder im Internet die Teilnahme an Schaukämpfen an, sind im Grunde aber eigentlich Laien. Schaut man sich ihre Terminliste an, waren sie bei allen Mittelaltermärkten und ähnlichen Veranstaltungen in den vergangenen Jahren vor Ort.«

Lichthaus schüttelte den Kopf. Er war im vergangenen Jahr im luxemburgischen Vianden in ein Spektakel geraten. Claudia und er hatten sich die schön restaurierte Burg über dem Grenzfluss Our anschauen wollen, als unvermittelt ein Zeitsprung stattfand. Schmiede schwangen den Hammer, Bettler hauten sie mit hochtrabenden Sprüchen an und Pseudoritter, wie offenbar auch die von Vinland, veranstalteten ein Turnier. Er fand es lächerlich, wenn sich erwachsene Menschen heutzutage in Lederwams, Reifröcke oder Ritterrüstungen zwängten, um Mittelalter zu spielen. Am schlimmsten war, dass die Teilnehmer ihre Sache todernst nahmen. Regeln wurden aufgestellt, und irgendeiner spielte den großen Zampano. Das erinnerte ihn an seine Zeit bei den Pfadfindern im Westerwald: Mit dreizehn war er kurz Mitglied gewesen und hatte diesen Vereinskleingeist hassen gelernt.

Zu ihrem Ärger war die Burg an diesem Sonntag nicht geöffnet, und auf der Flucht vor schrägem Minnesang und dem ganzen Kostümspektakel war ihnen zu allem Überfluss im Gedränge der Fotoapparat gestohlen worden. Wenn er seitdem die Ankündigung mittelalterlicher Veranstaltungen las, wusste er sehr genau, wo er nicht hinfahren würde.

Steinrausch nahm seine Unterlagen zur Hand. »Im Internet gibt es Hunderte von Angeboten. Die Leute von Vinland mimen eine Wikingergruppe. Man kann da beitreten und ist ein Jahr lang unfrei, erst danach wird man als volles Mitglied aufgenommen. Ist alles geregelt. Die machen Feste mit Wettbewerben im Baumstamm- oder Axtwerfen und Bogenschießen. Minnesang gibt es auch.« Steinrausch grinste schief.

Lichthaus schaute zu Scherer rüber, der feixte: »Da können wir doch auch mal mitmachen. Ich werde Thor.« Die anderen grinsten.

»Keine Torheit. Ruhe, bitte!« Müller blickte streng in die Runde, doch seine Mundwinkel zuckten amüsiert.

»Nun«, fuhr Steinrausch fort, »die Vinland Gruppe veranstaltet jeden Dienstagabend mit anderen Vereinen namens Trebeta, Farmadur und Gripandilag ein Freikampftraining auf einer Wiese in Klüsserath. Außerdem scheint der harte Kern der Szene gar nicht so groß zu sein. Ich denke, da sollten wir mal hin und sie befragen.«

»Ich bin Ihrer Meinung«, entschied Lichthaus. Das war immerhin ein Anfang, der ihm vielversprechender schien, als blindlings irgendwelche Leute nach dem Knopf zu fragen, auch wenn es der Suche nach der berühmten Nadel im Heuhaufen glich. »Die Wahrscheinlichkeit ist sicherlich nicht hoch, aber wir können im Augenblick wirklich nicht ermessen, wo wir ansetzen sollen. Da müssen wir auch die kleinste Chance nutzen. Ich werde morgen Mittag mit Staatsanwalt Schröder in Luxemburg auf einer Konferenz zur internationalen Zusammenarbeit sein.« Er wandte sich an Steinrausch, »Anschließend fahren wir zu dieser Gruppe. Klären Sie bitte ab, ob morgen auch Training ist.«

Er schaute in die Runde. »Was haben wir sonst noch?«

Die Kollegen blätterten in ihren Unterlagen. Kopfschütteln. Nur Sophie Erdmann meldete sich zu Wort. »Die Filme der Überwachungskamera aus Mainz sind damals gesichert worden. Der Beamte erinnerte sich, dass die Auswertung des Tattages kein Ergebnis gebracht hat.«

»Werden uns die Filme zugeschickt?«

»Nein.«

»Vielleicht ist etwas übersehen worden. Fordern Sie eine Kopie an. Sonst noch etwas?«

Da keiner antwortete, lösten sie die Sitzung auf. Im Hinausgehen trat Müller an Lichthaus heran. »Was ist denn nun mit Ihnen und Ihrem Wagen?«

»Das Auto sieht ziemlich übel aus. Aber ich bin so weit okay. Für ein Schleudertrauma war ich wohl schon zu langsam.« Er lächelte müde.

»Sie können weitermachen?«

»Ja klar. Haben Sie noch einen Augenblick?«

»Natürlich. Kommen Sie, wir gehen in mein Büro.«

Danke für die Anteilnahme, schoss es Lichthaus durch den Kopf, ehe er Müller folgte und in einem erstaunlich kurzen Gespräch die Genehmigung bekam, von Falkberg den Auftrag zu erteilen, ein Täterprofil zu erstellen.

Zurück in seinem Büro rief er Claudia an, die ihn eine halbe Stunde später abholen würde. In der Zwischenzeit las er von Falkbergs Artikel. Er und Kollegen hatten Mitte der Neunzigerjahre erstmals versucht, für Deutschland eine Typologie der Serienmörder zu entwerfen. Die Studie war äußerst aufschlussreich. Für Lichthaus überraschend war die Tatsache, dass die immerhin 82 hier überführten Serienmörder für 453 vollendete oder versuchte Morde verantwortlich waren. Eine solche Vielzahl von Taten hätte er nicht für möglich gehalten. Er konnte sich gut vorstellen, dass die Dunkelziffer wegen der besonders schwierigen Ermittlungsarbeit weitaus höher lag. Für die USA gingen Schätzungen von 200 bis 400 unerkannten Serienmördern aus. Bedrückend fand er auch, dass die Experten nur mit einer Aufklärungsquote von 56 Prozent rechneten. Bei anderen Straftaten lag die immerhin bei über 90 Prozent.

Sexualtäter hatten fast immer eine Vorliebe für bestimmte Methoden, ihre Opfer zu quälen und zu töten. Jürgen Bartsch beispielsweise hatte Anfang der Sechzigerjahre auf einer Kirmes in Essen einen Elfjährigen angesprochen und dann in einem Luftschutzbunker misshandelt, vergewaltigt und erschlagen. Erst nach drei weiteren, sehr ähnlichen Morden konnte er gefasst werden, da es seinem nächsten Opfer gelang, sich zu befreien und die Polizei zu informieren. Wie die meisten Sexualstraftäter hatte auch Bartsch die Taten in immer kürzeren Abständen begangen. Die stimulierende Wirkung, die der Täter während seines Handelns verspürte, wurde mit jeder weiteren Tat schwächer, so die Experten. Er stumpfte ab. Um einen neuen Kick zu bekommen, musste ein Mörder also in immer kürzeren Intervallen töten und ging dabei häufig immer brutaler vor. Weniger überraschend war für Lichthaus, dass der Kern der Abartigkeit schon in der Kindheit gelegt wurde. In vielen der untersuchten Fälle waren die Täter in einem zerrütteten und lieblosen Elternhaus aufgewachsen. Sie hatten wenig Kontakte zu anderen Menschen, auch nicht zu gleichaltrigen, und diese Art der sozialen Verpuppung behielten sie auch als Erwachsene bei. Viele lebten allein und wirkten nach außen hin angepasst. Ihre Sexualität war stark gestört und oft dominiert von einer Vorliebe für sadistische Praktiken. Lichthaus schauderte es.

Er hatte gerade die Lektüre beendet, als Claudia etwas später als erwartet hereinkam. Lichthaus packte die Unterlagen zusammen und nahm die Babyschale, in der die Kleine schlief. Er brauchte bis zum Parkplatz, um seinen Kopf von den Ereignissen des Tages zu befreien, und lief einsilbig neben Claudia her, die ihn unaufhörlich über den Unfall ausfragte. Sie hatte sich mit dem Autohaus in Verbindung gesetzt, das den Golf mittlerweile abgeholt hatte. Zu seinem Leidwesen hatte sie abgemacht, dass sie noch heute in die Werkstatt kommen würden. Er sparte sich einen sinnlosen Protest. Als sie auf den Hof kamen, stand sein VW auf dem Abschleppwagen und bot einen jämmerlichen Anblick. Obwohl Lichthaus nur Laie war, was Autos und ihre Reparatur betraf, sah er auf Anhieb, dass nichts mehr zu machen war. Müde stieg er aus und ging wortlos um das Wrack herum. Er fühlte sich völlig hohl, als Claudia zu ihm trat und den Arm um ihn legte.

»Komm Hannes, wir werden schon einen Neuen finden.«

»Das ist doch alles Scheiße. Seit Tagen sitze ich auf einer Rutsche, und es geht nur nach unten. Erst der Ärger mit Marx, dann Eva Schneider und die Brandleiche. Kaum etwas kommt voran, und für euch habe ich seit dem Urlaub kaum mehr Zeit. Du fährst allein nach Holland, und jetzt auch noch das hier.«

»Vielleicht bist du ja unten angekommen und es geht wieder aufwärts«, versuchte Claudia ihm Mut zu machen. Sie konnte nicht wissen, dass er noch lange nicht am Tiefpunkt angekommen war.

*

Ein Mechaniker erklärte ihnen fachmännisch, was sie ohnehin schon wussten. Der Golf war hinüber. Er bot an, den Wagen auszuschlachten und den Erlös der Teile auf ein neues Fahrzeug anzurechnen. Lichthaus nickte nur, ließ sich aber nicht zur Besichtigung anderer Gebrauchtfahrzeuge bewegen. Er wollte nur nach Hause. Nach mehreren Versuchen, ihn umzustimmen, gab der Mann auf und sie konnten endlich losfahren.

Die Sonne hatte es nach dem kurzen Gastspiel am Nachmittag nun wieder vorgezogen, hinter Wolken zu verschwinden, es war unangenehm schwül geworden. Das verbesserte Lichthaus' Laune nicht. Als er durch seine Haustür trat, fühlte er sich seit langem wieder einmal wie der Wanderer zwischen den Welten, ein Gefühl, das ihn immer dann beschlich, wenn er komplizierte, extrem von Gewalt und Rohheit geprägte Fälle aufklären musste. Seine Arbeit – ein Kosmos, in dem Mord und Totschlag regierten, bevölkert von Kriminellen und Sadisten, dunkel und unerfreulich. Und auf der anderen Seite sein Zuhause, voller Liebe und Geborgenheit. Er hatte diesen Gegensatz in der Vergangenheit schon so deutlich erlebt, dass er glaubte, die Sonne und alle Farben zu Hause intensiver wahrnehmen zu können als im Büro. Der Übergang fand immer an der Schwelle zum Präsidium oder der Haustür statt und beeinflusste sein Denken und Handeln. In der Gruppe der Kollegen war er oft unnachgiebig, geradezu hart. Zu Hause hingegen war er weich und kompromissbereit. Er wich des Öfteren einer manchmal wohl notwendigen Auseinandersetzung mit Claudia aus, um den Frieden, den er so dringend brauchte, nicht zu gefährden.

Auch heute funktionierte der Übergang. Während sie die Einkäufe auspackten und das Abendessen vorbereiteten, einigten sie sich darauf, erst nach Claudias Rückkehr aus dem Urlaub einen neuen Wagen zu suchen. Teuer durfte er nicht sein, denn Hauskauf und Umbau hatte sie finanziell ordentlich belastet. Lichthaus entspannte sich. Ritualisierte Handlungen wie Tischdecken oder Rasenmähen waren dabei sehr hilfreich, wenn er ohne ständiges Nachdenken vor sich hinarbeiten konnte.

Später legte er sich mit Henriette auf den kühlen Steinboden im Wohnzimmer und spielte mit ihr. Obwohl sie mit fünf Wochen noch nicht völlig scharf sehen konnte, reagierte sie stark auf Farben und Bewegung. Er hatte sich Scherers bunte Rassel genommen und wedelte zu ihrem größten Vergnügen vor ihrem Gesicht hin und her. Es war faszinierend zu sehen, wie sehr sie das Spiel aufregte. Beinchen und Arme gingen wild hin und her, und sie grunzte heftig atmend vor sich hin. Als sie genug hatte und anfing zu weinen, nahm er sie auf den Arm und wanderte ins Atelier.

Claudia hatte die Zeit genutzt und ihre Malutensilien für die Reise zusammengesucht: eine klappbare Staffelei, mehrere Rollen Leinwand und einen Kasten mit Farben und Pinseln. Lichthaus setzte sich auf das Sofa und sah zu, wie sie alles in einen Koffer packte, und ließ sich von ihrem Tag erzählen. Möbius hatte ein Bild so gut wie verkauft und Interessenten für zwei weitere an der Hand. Da Claudia bereits einen guten Namen hatte, waren die Preise ganz ordentlich. Außerdem war jeder Verkauf für sie aufs Neue die Bestätigung ihrer Arbeit.

Am kommenden Tag würde sie zu ihren Eltern fahren, um einige Sachen für die Reise abzugeben. Für die Woche am Meer hatte sie sich von Freunden einen kleinen Korb ausgeliehen, in dem Henriette schlafen sollte, da der Stubenwagen zu sperrig zum Mitnehmen war. Für morgen Abend hatten sich Nils und Petra, ein kinderloses Paar, angemeldet, um Henriette erstmals zu sehen. Lichthaus machte ihr wenig Hoffnung, dass er abends pünktlich zu Hause sein würde, wenn ihre Gäste kämen.

Nach einem gemütlichen Abendessen badeten sie gemeinsam ihre Tochter, doch schon als Claudia das Baby anzog, schlief er auf dem kleinen Sofa im Kinderzimmer ein. Erst um zehn Uhr kam er wieder zu sich. Sie hatte ihn zugedeckt und saß nun im Wohnzimmer und schaute fern. Die Müdigkeit hing nach dem kurzen Schlaf wie Blei in seinen Gliedern. Er setzte sich zu ihr und begann lahm ein Gespräch, nickte jedoch immer wieder ein, bis sie ihn lächelnd aufforderte, doch endlich schlafen zu gehen. Dankbar wünschte er ihr eine gute Nacht und legte sich ins Bett. Seine vom Stress verkrampften Muskeln entspannten sich, und die Ruhe durchfloss ihn, wie eine Beruhigungsinfusion. Er schlief traumlos, hörte nicht, als Henriette schrie, merkte nicht, dass Claudia sie am frühen Morgen stillte und wickelte, und hörte auch nicht den Regen, der auf das Dach prasselte. Sein ausgelaugter Körper nahm sich, was er brauchte.

*

Er saß in der Küche und rauchte nervös eine Zigarette. Der Raum war funktionell mit einer alten Einbauküche eingerichtet, sonst kahl, ohne Bilder an den Wänden. Nur der Kalender einer Apotheke hing neben der Tür, zeigte noch das Julibild, einen Strand voll mit munter planschenden Badegästen. Das einzig Fröhliche in diesem Raum. Ein Fremder würde das Haus als unpersönlich, ohne Individualität empfinden, aber es kam nie jemand her. Nie. Die Eckbank war ungepolstert und der Holzlack darauf ebenso stumpf wie der auf dem Tisch. Die weißen Wände vergilbten langsam im Zigarettenqualm. Doch das interessierte ihn nicht.

Unwillig drückte er den Stummel aus, stand auf und lief ziellos umher. Dann setzte er sich wieder und griff zur nächsten Zigarette. Die innere Spannung war unerträglich. Er musste los. Gleich heute, wenn nur noch wenige Menschen auf der Straße sein würden. Noch so lange warten! Der Sonntag war erfolglos geblieben, obwohl er es genauestens vorbereitet hatte. Wie hatte er sich den Abend schon ausgemalt. Er hätte dem Weib gezeigt, wer das Sagen hat. Er hätte ihr beigebracht, dass man ihn nicht so von oben herab, fast schon angewidert ansehen dürfe. Und dann dieser Misserfolg! Wie in Panik war er vor dem heranstürmenden Jungen weggerast.

Er schlug auf den Tisch. Jetzt kam das Weib ungeschoren davon, denn er war gesehen worden. Verdammt! Er hatte den Druck kaum ausgehalten, wollte sich wahllos ein Luder von der Straße pflücken, doch das ging so nicht, die kannte er ja dann nicht vom Anschauen. Herausgeschrien hatte er seinen Frust, bis ihm die Stimme versagte. Aber nun war es bald wieder so weit. Er würde das Weib aus Saarburg schnell vergessen haben, wenn sein neues

Opfer im Keller einzog. Bald. Er sprang auf, musste runter in den Keller, um zu üben. Das würde ihn ablenken. Bis nachher. Wenig später drang das regelmäßige Klirren herauf, das auch schon Eva Schneider in ihrem Martyrium begleitet hatte.

*

Erst um acht Uhr dreißig kam Lichthaus wieder zu sich. Es war angenehm kühl und ruhig im Zimmer. Claudia lag tief schlafend neben ihm und hatte einen Arm um seine Brust geschlungen, die Decke wie so oft über den Kopf gezogen. Er würde heute zu spät ins Büro kommen, doch das interessierte ihn nicht im Geringsten, denn er spürte, dass die Kraft wiedergekehrt war, die er brauchte, um die Ermittlungen voranzutreiben. Der Akku war wieder voll, und er brannte darauf weiterzumachen. Sanft schob er Claudias Arm beiseite und stand auf. Sie hatte den Wecker nicht gestellt, und er wusste, dass sie es mit Absicht gelassen hatte. Schon in Mainz hatte sie die Meinung vertreten, dass er zu wenig verdiente, um sich so kaputt zu machen. Eigentlich hatte sie Recht. Leise ging er hinüber zu Henriettes Bettchen und sah, dass auch sie friedlich schlief. Draußen regnete es leicht, und das Thermometer zeigte nur siebzehn Grad. Erste Vorboten des nahenden Herbstes.

*

Hauptkommissar Rüdiger Hansen stand von seinem Schreibtisch auf, warf achtlos seine Unterlagen in den Postkorb und stellte ihn in den Schrank. Er hatte es eilig, war nur noch auf einen Sprung ins Büro gekommen, um aufzuräumen und die Übergabe der Akten an Becker, seinen Stellvertreter, zu organisieren. Sabine machte währenddessen die letzten Besorgungen, dann würde es losgehen. Urlaub mit Verspätung. Eigentlich hatten sie bereits am

Sonntag mit dem Wohnwagen losfahren wollen, doch der Mordfall war dazwischengekommen, bei dem seine Leute in die Befragungen der Anwohner einbezogen worden waren. Er hatte Funk angerufen, um den Fall auf Becker abzuwälzen, doch der hatte nur kurz angebunden ein Nein in den Hörer geschnarrt. Blöder Idiot! Jetzt saßen Chris und Evi schon unten an der Adria und hatten sich den besseren der beiden reservierten Plätze ausgesucht. Sicherlich den mit den Palmen. Das Telefon klingelte, und er überlegte kurz, ob er noch drangehen sollte.

»Hansen!« Seine Stimme hatte einen muffigen Unterton.

»Guten Morgen, Herr Hauptkommissar, hier ist Sebastian Elenz. Ich hoffe, ich störe nicht.«

»Nein, nein.« Er gab seiner Stimme einen neutralen Ton und verdrehte die Augen. »Was gibt es, ich habe nur wenig Zeit.« Noch so ein Idiot! Er fuhr sich mit der Hand über das ausnahmsweise unrasierte Gesicht und stellte sich vor, wie Elenz sich wand, um ja kein falsches Wort zu sagen. Leider. Hansen mochte dieses nassforsche Kerlchen nicht, das ihn vor Funk angemacht hatte, und er ließ keine Gelegenheit aus, um es ihm zu zeigen.

»Ich wollte fragen, ob Sie meinen Bericht bekommen haben.«

»Ja, natürlich. Wieso?« Er angelte sich den Postkorb und wühlte leise darin herum, bis er die braune Rundlaufmappe in Händen hielt. Elenz hatte nur »Hansen« darauf geschrieben. Keinen Dienstrang, nichts. Der Mann war völlig respektlos, und Hansen entschied, dass er hier in Saarburg versauern solle, solange er es durchsetzen konnte. »Wollen Sie mich kontrollieren, oder was?«

»Nein«, Elenz lachte nervös auf. »Ich dachte eben, es wäre interessant, meinen Bericht den Kollegen von der Mordkommission weiterzuleiten.«

Hansen wusste nicht, wovon der Kerl sprach, und hatte auch keine Lust, sich weiter damit herumzuärgern.

»Ich denke drüber nach.« Er legte grußlos auf und zog den Bericht ganz heraus, als das Telefon wieder läutete.

»Ja, was ist noch?«

»Warum maulst du mich denn so an?« Sabine war verärgert. »Ich bin es ja wohl, die einen Grund zum Maulen hätte. Ich sitze hier schon seit zwanzig Minuten im Auto rum. Ich will raus aus dem Regen und rein in die Sonne. Wann kommst du endlich?«

»Jetzt!« Kurz entschlossen steckte er den Bericht in den Umschlag zurück, warf ihn auf den Postkorb und schloss den Schrank. Dann ging es ab in den Urlaub.

*

Das vorläufige Fahndungsprofil würde Lichthaus zu Hause entwerfen, denn hier hatte er mehr Ruhe. Er gab Marie Guillaume telefonisch Bescheid, dass er erst am Nachmittag im Anschluss an den Termin in Luxemburg ins Präsidium kommen würde, um mit Steinrausch zu den Schwertkämpfern zu fahren. Neuigkeiten gebe es keine, sagte sie mit Bedauern in der Stimme und versprach, alle Unterlagen im Fall Schneider zu kopieren und von Falkberg zukommen zu lassen. Er legte auf und machte Frühstück.

Während er in aller Ruhe Tee aufsetzte, Eier kochte und den Tisch deckte, formulierte er in Gedanken die Einzelheiten des Profils. Bis das eigentliche Gutachten von Falkbergs vorlag, wollte er ein neueres Verfahren ausprobieren, das Spezialisten zur Fahndung nach Sexualstraftätern entwickelt hatten. Aus einer Untersuchung von gefassten sexuell motivierten Serientätern hatten sie typische Merkmale zusammengestellt. Er suchte die Indikatoren heraus, die für ihren Fall infrage kamen, und ergänzte sie mit den wenigen ihnen bereits bekannten Tätereigenschaften, die das Team auf der gestrigen Sitzung zusammengetragen hatte. Mit dieser Liste würden sie alle Pajerofahrer abgleichen müssen.

Als er fertig war, sah er, mit welch dürftigen Punkten er eine aufwendige Fahndung in Gang setzen würde, doch ihm blieb keine Wahl.

Er goss den Tee ab und verbrannte sich die Finger, fluchte leise und kühlte die Hand. Die Schwäche seines Vorgehens war ihm klar und beunruhigte ihn, denn er stützte sich nur auf die Beobachtung des Mannes, der einen Pajero mit Hänger gesehen haben wollte. Sollte der sich in Bezug auf das Modell getäuscht haben oder einen völlig Unschuldigen beobachtet haben, liefen sie klassisch ins Leere. Entschlossen schob er diese Gedanken beiseite.

Er saß eben bei der zweiten Tasse Tee und las erstmals seit Tagen die Zeitung, als Claudia in die Küche kam. Sie war völlig verschlafen und würde wie üblich einige Minuten brauchen, um richtig wach zu werden. Er schenkte ihr Tee ein und gab ihr die Zeitung. Die Presse machte wegen des Toten vom Wochenende enormen Wind. Das hatte es in Trier noch nie gegeben. Die Fotos vom Tatort waren zu sehen, und es wurden wilde Spekulationen angestellt, doch zu seiner Erleichterung tauchten keine sensiblen Informationen auf. Er legte die Zeitung beiseite.

Claudia würde ihn am späten Vormittag zu Staatsanwalt Schröder bringen, um anschließend zu ihren Eltern nach Wittlich zu fahren. Nach dem Frühstück tippte er einen kurzen Bericht und mailte ihn Müller, der die Rasterfahndung starten sollte. Es ging weiter.

*

Um halb zwölf saßen Claudia und Lichthaus im Auto und fuhren in die Stadt. Am Irminenfreihof stieg er aus. Der Regen war stärker geworden, und er duckte sich unter einem Sturzbach weg, der sich aus einer defekten Dachrinne auf den Bürgersteig ergoss. In diesem Moment fuhr ein Auto dicht neben ihm durch eine der großen Pfützen. Er wollte lautstark fluchen, aber das Auto stoppte und er sah, dass es Schröder war, der ihm die Tür zum Einsteigen aufhielt.

Als er einstieg, nickte Schröder nur und gab Gas, noch bevor er sich angeschnallt hatte. Er war jünger als Lichthaus, hatte aber schon einige Jahre bei der Staatsanwaltschaft hinter sich. Die blassblonden Haare wichen langsam zurück und gaben Schröder etwas Oberlehrerhaftes. Lichthaus zog es vor, mit Cornelia Otten zusammenzuarbeiten, da sie ihnen weniger reinredete und auch mal ein Auge zudrückte, wenn die Kollegen bei ihren Ermittlungen die Grenzen des Erlaubten überschritten. Schröder war hier wesentlich kleinlicher.

»Da wollen wir mal sehen, was Kohler so alles vorbereitet hat.« Schröder lächelte.

Lichthaus schaute weiter geradeaus. Schröders brennender Ehrgeiz stieß ihn ab. Wenn sie mit Kollegen aus den Nachbarländern zusammenarbeiteten, war es besonders schlimm. Offensichtlich strebte er nach Höherem. Von dem heutigen Termin versprach er sich eine reine Statistenrolle der Marke »Kommissar Lichthaus war auch anwesend« und quälte sich damit, der Show des Staatsanwalts beiwohnen zu müssen.

»Was machen Ihre neuen Fälle? Sie haben ja ordentlich Presse im Moment.«

»Es geht so. Wir kommen langsam voran.«

»Haben Sie schon einen Verdächtigen?«

»Nein. Wir sind ja erst am Anfang, und Frau Otten hat eine Nachrichtensperre verhängt«, log er.

Auf der Autobahn regnete es wieder stärker, und er war froh nicht fahren zu müssen. Schröder plauderte über allerlei Banalitäten, bis sie nach einer Dreiviertelstunde Luxemburg erreichten.

Jean-Marie Kohler erwartete sie bereits am Eingang und führte sie in den Presseraum. Was dann kam, war wie vorhergesehen ein Schaulaufen Schröders, der Kohler nach der Begrüßung brüsk unterbrach und langatmig den Anteil der deutschen Polizei an den Erfolgen und hierbei vor allem seinen persönlichen Beitrag darstellte. Auch die Männer vom LKA und aus Brüssel trumpften auf, einzig Lichthaus blieb stumm und ließ das Spektakel an sich vorbeiziehen. Endlich war die Pressekonferenz vorbei, und er ging erleichtert mit seinem Luxemburger Kollegen in die Kantine.

»Müssen Sie mit dem da«, Kohler nickte mit dem Kopf abschätzig in Schröders Richtung, »auch in anderen Fällen zusammenarbeiten?«

Lichthaus grinste. »Gott sei Dank nur selten.«

Gegenüber ihrem Tisch befand sich ein Schwarzes Brett mit einigen Fahndungsplakaten. Er stutzte. Zwei junge Frauen, das konnte er dem französischen Text entnehmen, wurden vermisst. »Sagen Sie mal, Jean-Marie, haben Sie noch mehr verschwundene Mädchen hier in Luxemburg?«

Kohler kratzte sich am Kopf. »Ja, einige sogar.«

»Wir jagen einen Täter und glauben nicht, dass er an der Grenze haltmacht. Intern befürchten wir, dass es sich um einen Serienmörder handeln könnte, halten uns mit unseren Vermutungen aber noch bedeckt. «

Während des Essens erläuterte er seinem luxemburgischen Kollegen den Fall. Mit wachsendem Interesse hörte Kohler zu und nahm Lichthaus nach dem Essen mit in sein Büro, wo er sofort die Vermisstenfälle aller Frauen zwischen fünfzehn und vierzig anforderte. Die Liste, die eine attraktive Beamtin wenige Minuten später brachte, umfasste vier Namen, die jüngste Frau war neunzehn, die älteste dreißig Jahre alt. Zwei wurden in Luxemburg Stadt, die anderen in Grevenmacher und Wormeldange, nahe der deutschen Grenze, vermisst.

Kohler drehte seinen Kuli zwischen den Fingern und dachte nach. »Ich lasse die Akten ziehen und gebe sie Ihnen einfach mit. Darf ich zwar nicht, ist mir aber auch egal.« Er grinste.

Lichthaus' Gedanken rasten. Die Fälle könnten das Zeitfenster zwischen den Taten in Wiesbaden und Eva Schneiders Ermordung schließen. Reine Spekulation, doch ein Blick in Kohlers Gesicht zeigte ihm, dass dieser wohl ähnliche Überlegungen anstellte.

»Es würde schon gut passen.« Der Luxemburger zögerte. »Wir sollten jedoch sehr vorsichtig sein«, Kohler wiegte den Kopf hin und her, »sonst machen wir die Pferde scheu – und uns lächerlich.«

»Schon klar. Ich werde Ihre Akten bei mir behalten und niemandem Einsicht gewähren, sie nur inoffiziell bei unseren Ermittlungen einbeziehen. Wenn sich nichts ergibt, bringe ich sie wieder zurück – und das war's dann.«

»D'accord. So machen wir es. Und in der Zwischenzeit lasse ich mal Vergewaltigungsfälle und Belästigungsanzeigen durch unsere Datenbank laufen.«

Um sechs traf er im Präsidium in Trier ein. Marie Guillaume war schon weg, hatte aber im Postfach einige Nachrichten hinterlegt, die er mit ins Büro nahm. Die erste war von Sophie Erdmann, die zu ihrer neuen Wohnung gefahren war, um die Maler einzuweisen, telefonisch jedoch erreichbar blieb. Sie hatte einen kurzen Bericht beigelegt: Die Suche nach Beschwerden über Belästigungen oder Ausspähen sei bislang ergebnislos verlaufen. Der einzige konkrete Fall habe sich als Niete erwiesen. Zu überlegen sei, ob nun der Umkreis ausgedehnt werden solle. Eine kurze Notiz von Müller ließ ihn wissen, dass die Rasterfahndung angelaufen sei. Von den anderen gab es keine Rückmeldungen, so dass er sie in ihren Büros vermutete. Als er die Papiere weglegen wollte, fiel ein kleiner, weißer Zettel auf den Boden. Marie Guillaume schrieb, dass sie einen Anruf von der Pforte erhalten habe. Ein Stadtstreicher habe nach ihm gefragt, aber nicht auf seine Rückkehr warten wollen. Er würde morgen wiederkommen.

Lichthaus runzelte die Stirn, konnte sich aber keinen Reim darauf machen. Dann rief er Güttler an.

»Hallo Johannes«, begrüßte ihn der im freundlichen Ton. »Den Osteuropäer kannst du dir abschminken.«

»Wieso das denn?«

»Die Herzklappe stammt aus einer Serie, die Anfang der Achtzigerjahre in Österreich hergestellt wurde. Ich habe die Firma angerufen. Die haben damals ausschließlich in den deutschsprachigen Raum geliefert.«

»Gibt es Seriennummern oder so etwas?«

»Ja, ich gebe die Infos an Spleeth weiter, der kann die Klinik herausfinden. Dort kann er die Patienten checken.«

»Nein, der ist da nicht zuständig. Das macht am besten Steinrausch. Schick ihm eine kurze Notiz und die Nummer.«

Lichthaus bedankte sich und legte zufrieden auf. Wenigstens hier gab es Fortschritte, wenn auch kleine. Er ging zu Marx, der in seinem Büro vor einem Berg Akten saß und auf der Computertastatur tippte. Als Lichthaus eintrat, schaute er gleichgültig auf – ohne zu grüßen. Lichthaus tat es ihm gleich.

»Der Tote stammt vielleicht doch aus Deutschland.«

Er berichtete von dem Gespräch mit Güttler. »Steinrausch soll anhand der Nummer die Klinik herausfinden. Sie können dann ja anhand der Seriennummern den Namen des Patienten heraussuchen, und wir werden endlich wissen, wer unser Toter ist.«

Statt sich über die gute Nachricht zu freuen, war Marx sichtlich verärgert, dass nicht er sie erhalten hatte, obwohl er die Untersuchung leitete. Er nickte nur und wandte sich wieder seiner Arbeit zu.

Zurück in seinem Büro meldete sich Lichthaus kurz bei Claudia, die aber wegen des Besuchs der Freunde in Eile war und keine Zeit für ihn hatte. Missmutig blätterte er die Akten aus Luxemburg durch, doch sie enthielten kaum Hinweise, die sie weiterführen würden. Außer der beklemmenden Angst der Angehörigen kam nichts zum Vorschein. Die Frauen waren allesamt spurlos in der Nähe ihrer Wohnungen verschwunden, und von keiner hatte es seitdem ein Lebenszeichen gegeben. Die Routineüberprüfungen hatten nichts erbracht, waren im Sande verlaufen. Es erschien ihm unmöglich, einen Zusammenhang mit dem Mord an Eva Schneider herzustellen. Er warf die Akten auf den Tisch und rief Kohler an, der zusagte, weitere Informationen zusammenzutragen.

Am liebsten wäre er jetzt ein wenig an die Luft gegangen, doch bald würde Steinrausch kommen, um mit ihm zu den Schwertkämpfern nach Klüsserath zu fahren. Er spielte einen Augenblick mit dem Gedanken, die Befragung abzusagen, doch er riss sich zusammen. Nein, das würde er noch durchstehen.

*

Diesmal fuhren sie in Steinrauschs Auto; und der Kontrast zu Schröders schickem Passat hätte kaum größer sein können. Der beigefarbene Ford Mondeo war alt, aber gepflegt und Lichthaus hatte sich unwillkürlich nach dem Häkelkissen umgeschaut. Am Armaturenbrett klebte ein kleines Foto, das offensichtlich Steinrauschs Frau und seine beide Söhne zeigte. Mit einem Mal wurde ihm bewusst, wie wenig er eigentlich von seinem Kollegen wusste. Aus den Akten war ihm Steinrauschs Familiensituation zwar bekannt, doch sonst war ihm sein privates Umfeld völlig fremd. Er wusste nichts über seine Hobbys, Geburtstage oder auch Probleme.

»Was machen Ihre Söhne?«, fragte er wie aus einem inneren Zwang heraus.

»Tobias«, Steinrausch schaute ihn überrascht an, »das ist der Große, studiert an der FH Maschinenbau. Jonas macht erst nächstes Jahr Abitur am Friedrich-Spee-Gymnasium.«

Lichthaus erinnerte sich dunkel daran, dass Steinrausch in Ehrang wohnte und hatte irgendwann einmal das dortige Schulzentrum wahrgenommen.

»Er will zur Polizei. Ich habe ihm gesagt, er würde spinnen.«

Lichthaus grinste. »Ich würde meiner Tochter ebenfalls abraten.«

Sie fuhren über die Mosel und dann die Bitburger Straße hinauf, da das Kampftraining wegen des Wetters in eine Reithalle bei Aach verlegt worden war.

»Meine Familie stammt eigentlich hier aus Pallien«, begann Steinrausch. »Mein Großvater ist in dem Haus geboren, das 1910 wegen der neuen Brücke abgerissen worden ist. Da steht jetzt der Brückenpfeiler. Er hat mir immer erzählt, wie er den Kaiser bei der Einweihung gesehen hat. Danach sind sie nach Ehrang gezogen, und da wohnen wir bis heute. Aufregend was?«

Lichthaus zuckte die Schultern. Wieso entschuldigte Steinrausch sich für sein ruhiges Leben? Er war nicht der Karrieretyp wie Schröder, doch das machte ihn nur sympathischer.

»Ich war heute Mittag mal auf der Homepage von dieser Vinland Gruppe, um mir die Wegbeschreibung runterzuladen«, er schaute Lichthaus an und grinste. »Die nehmen das alles sehr ernst und tun so, als wären sie fünfhundert Jahre zurückversetzt. Namensweihen, Bernsteinbohren und so ein Zeug, living history, also. Da gibt es auch Chatrooms zu allen möglichen Themen. Wie baue ich mir einen Schild, wie finde ich Gleichgesinnte und so weiter«, er schüttelte den Kopf. »Na ja, jedem Narren seine Kappe.«

»Was denken Sie? Ist das so ein Sammelbecken für Spinner und Perverse?«

»Den Äußerungen im Netz nach sind das ganz normale Typen. Mir kommt es ein bisschen so vor, als träumten sie von einer Zeit, die weniger kompliziert war als heute. Mann gegen Mann, Aufrichtigkeit und ehrlicher Wettbewerb. Kein Psychoscheiß, wenn Sie wissen, was ich meine.«

Lichthaus nickte. »Auf jeden Fall sollten wir die Leute ernst nehmen, sonst kooperieren sie nicht.«

Sie bogen ins Tal nach Aach ab und erreichten, nachdem Steinrausch sich zweimal verfahren hatte, über matschige Wege um kurz nach sieben die Reithalle. Der Hof war groß und gepflegt, doch die Halle war eines dieser hässlichen Dinger, die schnell aus Fertigteilen zusammengebaut worden waren. An die Eingangstür hatte irgendjemand einen Zettel geklebt: Heute Schwertkampftraining. Vor der Längsseite waren bereits einige Wagen geparkt, allesamt Geländefahrzeuge, wie Lichthaus feststellte. Wohl die modernen Turnierpferde. Einen Pajero konnte er leider nicht erkennen. Die Luft hier oben war vom Regen sauber gewaschen, und es roch wunderbar nach Pferden. Hinten auf der Koppel konnte man sie hören, dazwischen leise Befehle, es wurde also noch trainiert. Er blieb einen Augenblick stehen und atmete tief ein, als Steinrausch zu ihm trat und sich umblickte.

»Hier könnte man sich wohlfühlen.«

Lichthaus nickte und ging seufzend zur Tür. Als er sie aufzog, hörten sie das metallische Klirren von aufeinanderprallenden Waffen. In dem schmalen Gang war es muffig, und es roch nach altem Schweiß und Bohnerwachs. Links waren Umkleiden und Duschen, von einer funzeligen Birne beleuchtet, obwohl es draußen noch hell war, rechts ein karger Aufenthaltsraum mit Tischen und einer alten Einbauküche.

Gerade als sie weiter in Richtung Halle gehen wollten, flog die Schwingtür auf und eine schwere Gestalt warf einen dunklen Schatten in den Flur. Der Mann war bärtig und sah mit dem kantigen Helm und den roten Haaren tatsächlich aus wie ein Wikinger. Seine Beine waren dick mit lederbewehrten Beinschonern gepolstert. Den Oberkörper bedeckte ein Kettenhemd, seine Handschuhe hielt er in der linken, sein Schwert in der rechten Hand. Er betrachtete sie einen Moment lang, dann ging er in die Küche. Die beiden folgten ihm.

»Wenn ihr zuschauen wollt, geradeaus durch die Tür oder draußen durchs Tor.« Er warf Handschuhe und Schwert auf den Tisch, zog aus dem Kühlschank eine Flasche Bier und trank sie in einem Zug halb leer.

»Da drin ist es so heiß wie in der Sauna. Was ist los mit euch?«, er musterte sie abschätzend.

»Wir sind von der Polizei und haben ein paar Fragen an Sie und Ihre Kameraden. Wir... «

»Da müsst ihr warten, bis wir fertig sind. Drinnen stehen Bänke.« Er packte seine Sachen und schlurfte an den verblüfften Polizisten vorbei in die Reithalle. Lichthaus musterte Steinrausch und zuckte die Schultern.

»Das war wohl Halvar von Flake«, raunte er Steinrausch grinsend zu, der ihn nur verständnislos anschaute, und folgte dem Hünen.

In der Halle war es warm, und die Luft flirrte von feinen Staubpartikeln, die die Kämpfenden aufgewirbelt hatten. Etwa zwanzig Mann übten verteilt in der ganzen Halle. Es dröhnte nur so von Waffenlärm. An der Seite saßen ein paar Frauen und schauten zu. Lichthaus mit Steinrausch im Schlepptau ging hinüber und setzte sich auf eine Bank, wobei er den Frauen, die sie neugierig musterten, flüchtig zunickte. Die Kämpfer, je Mann gegen Mann, droschen aufeinander ein. Sie benutzten zum Kampf ausschließlich Schwerter und deckten den Körper mit schweren Schilden ab. Hier und da wurde eine Pause gemacht und man wischte sich den Schweiß ab. Er hatte den Eindruck, als folgten sie klaren Regeln.

»Wir richten uns nach dem Codex Belli.«

Er zuckte zusammen. Eine der Frauen war zu ihm hinübergerutscht und sprach, ohne ihn anzusehen. So nutzte er die Gelegenheit, um sie eingehend zu mustern. Sie trug Jeans und T-Shirt. Die langen dunkelblonden Haare waren zu zwei dicken Zöpfen zusammengebunden und bildeten mit einer Wildlederweste samt Ketten aus Tonperlen eine halbherzige Maskerade. Aber wie es sich für eine Wikingerfrau gehörte, war sie ungeschminkt und wandte ihnen ihr starkes Profil mit leichter Hakennase und kräftigem Kinn zu. Sie strahlte enorme Selbstsicherheit aus.

»Und was heißt das?«, fragte er schließlich nach.

»Niemand sticht zum Körper oder haut auf den Kopf. Die Waffen müssen stumpf sein und dürfen ein Kettenhemd mit Ringen von acht Millimetern Innendurchmesser nicht durchschlagen. Außerdem sollten die Gliedmaßen geschützt werden, um Verletzungen zu vermeiden. Ich heiße übrigens Heike Andries, hier bin ich aber Ragnhild.« Sie drehte sich zu ihm um und schaute ihn an.

»Johannes Lichthaus. Und wer kontrolliert das?«

»Sie sind Bulle oder so was, nicht wahr.«

»Sieht man das?«

»Nein. Doch Sie fragen wie einer.« Ihr Lächeln war offen. »Also, jeder Kämpfer muss eine Prüfung machen, für die er die A-Karte erhält. Erst dann darf er antreten. Außerdem kontrolliert immer einer alle Waffen. Was wollen Sie von uns?«

Lichthaus griff in die Tasche und zog das Foto heraus. »Wir sind im Zusammenhang mit einer Straftat auf diesen Knopf gestoßen, und ein Experte sagte uns, dass solche handgemachten Knöpfe fast ausschließlich im Umfeld von äh, also... «

»Mittelalterfreaks«, half sie aus.

»Ja, so in etwa. Also in diesem Umfeld getragen werden.«

Sie nahm das Bild und schaute es interessiert an. »Der könnte von dem Roten sein, glaube ich wenigstens.« Sie gab ihm das Foto zurück. »Wenn ich mich nicht täusche, hat Smörre, das ist Rainer Prison, dem mal so einen im Kampf abgerissen und mitgenommen.«

Bevor Lichthaus seine Verblüffung in den Griff bekam, stand sie auf und ging zur Seite, um mit einer Glocke zu läuten. Er schaute ihr nach und hätte normalerweise ihre geschmeidigen Bewegungen genossen, doch nach dieser Aussage waren all seine Sinne wie erstarrt. Die Männer hörten augenblicklich auf und wandten sich um.

»Smörre, komm mal bitte her.« Sie winkte einem Kämpfer, der dick gepolstert wie alle hier zu ihnen herüberkam, während die anderen ihre Übungen wieder aufnahmen. Er war deutlich kleiner als der Hüne, dem sie im Vorraum begegnet waren, aber auch er wirkte durchtrainiert und trug lange Haare und Bart. Sein

Schild war arg verbeult, doch konnte man noch gut den Adler erkennen, den er als Wappen aufgemalt hatte. Sehr langsam kam er zu ihnen, Lichthaus und Steinrausch aus zusammengekniffenen Augen musternd.

Lichthaus war dankbar, dass er sich Zeit ließ, denn er musste sich erst sortieren. Seine Erwartung, hier oben einen brauchbaren Hinweis zu finden, war gleich null gewesen. Umso mehr überraschte ihn die Erkenntnis, dass der Zufall sie eventuell auf eine heiße Spur geführt hatte. Vielleicht der Durchbruch in ihren Ermittlungen.

Prison stellte Schild und Schwert beiseite, nahm sich eine Flasche Wasser und trank wortlos, während Lichthaus ihm sein Anliegen erklärte. Anschließend schaute er sich das Foto kurz an und stand dann auf. »Warten Sie mal.« Er ging durch das große Tor hinaus und kam mit einer Tasche wieder, die wie handgemacht aussah und mit Runen und symbolischen Zeichen bestickt war. Umständlich kramte er darin herum, zog schließlich seine geschlossene Hand heraus und öffnete sie mit einem Lächeln. Der Knopf, der darin lag, war dem von Eva Schneiders Fundort zum Verwechseln ähnlich, er schien dieselbe Größe zu haben, und auch beim Stein und der Messingfassung gab es kaum Unterschiede. Lichthaus gab ihn an Steinrausch, der ihn genau begutachtete.

»Dürfen wir den für unsere Untersuchungen behalten?«, er wirkte völlig ruhig. »Sie bekommen ihn wieder.« Prison nickte.

»Haben Sie woanders schon einmal einen solchen Knopf gesehen?«

»Nein. Nur beim Roten. Wir nennen den so. Ich denke, der macht außer seinem Kettenhemd und dem Helm seine ganze Rüstung selbst. Na ja, das Schwert wohl auch nicht«, er lächelte.

Heike Andries schüttelte ebenfalls den Kopf.

»Wie sind Sie an den Knopf herangekommen?« Lichthaus' Gedanken galoppierten und er zog den Notizblock hervor.

»Im letzten Sommer waren wir auf dem Fest in Saarburg und haben an den Schaukämpfen teilgenommen. Da ist auch der Rote aufgetaucht und hat mit Thorwald gekämpft. Als er weg war, lag der Knopf auf der Wiese, und da habe ich ihn eingesteckt. Sieht doch toll aus, oder? Außerdem ist der von dem Roten. Der Kerl hat was Mystisches. So als wäre er nicht von dieser Welt.«

Was für ein Glück, dachte Lichthaus und fragte ihn: »Wer ist dieser Rote?«

»Für mich ist er nur ein Spinner«, antwortete Heike Andries für ihn, »doch von den meisten Kämpfern wird er bewundert. Wollen Sie was trinken?« Die beiden nickten, und sie reichte ihnen ein Wasser.

»Kennen Sie ihn näher?«

»Nein, den kennt keiner. Nicht mal sein Gesicht. Wir nennen ihn so wegen seiner Rüstung. Die ist vollständig rot. Ohne Wappen, ohne alles. Vor drei oder vier Jahren waren wir in Manderscheid auf dem Burgenfest. Smörre und Thorwald, das ist der große Mann, dort drüben«, sie deutete in Richtung des rothaarigen Riesen, der sie empfangen hatte, »kämpften gerade, als der plötzlich auftauchte und Thorwald herausforderte. Ich sehe ihn noch vor mir. Baumlang, länger als Thorwald, schlanker zwar, aber genauso kräftig. Er trug einen Tonnenhelm, vorschriftsmäßige Schutzkleidung, einen wunderschönen roten Überwurf mit den Knöpfen da und ein reich verziertes Schwert. Unsere Leute sehen neben dem immer aus wie Bettler. Thorwald hat anfangs gezögert, denn es ist nicht üblich, ohne Anmeldung gegen einen anderen anzutreten. Eigentlich zeigt man seine Waffen und den A-Schein, bevor man kämpft. Dann ist er aber darauf eingegangen, um die Zuschauer nicht zu enttäuschen und es wurde ein großartiger Kampf. Er ist unser bester Schwertkämpfer, doch gegen den Roten hatte er kaum eine Chance. Der ist unglaublich geschickt, aber total fair und hält sich an die Regeln wie an einen Ehrenkodex. Er sagt selten etwas und wenn, rezitiert er so mittelalterliches Zeug.«

»Was war nach dem Kampf?«

Statt zu antworten stand sie wiederum auf und ging zur Glocke. Sie hatte auffallend lange Beine und bewegte sich, Scherer würde sagen, sehr feminin. Lichthaus konzentrierte sich wieder. Sie läutete und bat alle Kämpfer, die mit dem Roten Ritter zu tun gehabt hatten, zu sich. Es waren drei Männer, die sich schwerfällig auf die Bank setzten. Lichthaus stand auf und erklärte ihnen kurz, worum es ging.

»Das scheint ein komischer Kauz zu sein«, begann Thorwald. »Nach dem Kampf wollte ich wissen, wer der Kerl war, doch auf meine Einladung zum Bier ging er nicht ein. Er dankte schwülstig für das erheiternde Zusammentreffen und weg war er.«

Lichthaus schaute in die Runde.

»Hat einer von Ihnen sein Gesicht gesehen oder kennt seinen Namen und sogar die Adresse?«

Doch die Männer schüttelten den Kopf.

»Der kommt wie ein Phantom, kämpft und geht«, sagte einer der Hinzugetretenen. »Der ist unheimlich gut mit dem Schwert. Ein riesiges Ding, doch der hält es in der Hand, als wär es ein Spielzeug. Ich habe noch nie gesehen, dass er eine Regel missachtet hat. Er kommt immer allein, ein Einzelgänger. Es gibt Fotos, die können Sie von mir haben. Meine Frau hat mich in einem Kampf mit ihm fotografiert, aber zu erkennen ist nur seine Rüstung.«

»Trotzdem würde ich gerne einen Kollegen bitten, die Fotos bei Ihnen abzuholen.« Lichthaus notierte die Adresse. »Wissen Sie vielleicht, wo wir den Mann oder Roten Ritter das nächste Mal antreffen können? Wir suchen nämlich eine Person, der dieser Knopf gehört und die im Zusammenhang mit einer Straftat ein wichtiger Zeuge sein könnte«, log er.

»Na, am Samstag. Zum historischen Burgenfest in Manderscheid kommt der immer.«

Lichthaus entschied augenblicklich. Bis zum Samstag waren es zwar nur vier Tage, doch das müsste reichen, um einen Einsatz vorzubereiten. Spleeth müsste sofort die Knöpfe vergleichen, damit sie sicher sein konnten, nicht den Falschen zu jagen. Außerdem musste gegebenenfalls dafür gesorgt werden, dass der Rote Ritter, wie er ihn für sich bereits nannte, nicht Wind von ihrem Einsatz bekam.

»Gut, zuerst einmal Folgendes. Ob der Rote die Person ist, die wir suchen, ist noch nicht klar. Ich muss von Ihnen absolutes Stillschweigen über dieses Gespräch nicht nur erbitten, sondern verlangen, da Sie ansonsten unsere Arbeit behindern, was eine

Anzeige nach sich ziehen würde. Da haben Sie mein Wort drauf. Also zu niemandem ein Wort, auch nicht zu den übrigen Kämpfern. Bitte geben Sie Ihre Adressen dem Kollegen Steinrausch. Wir kommen gegebenenfalls auf Sie zu.« Dann wandte er sich an Heike Andries und dirigierte sie weg von den anderen. »Wer ist hier eigentlich der Chef?«

»Normalerweise mein Freund. Da der aber mit der Bundeswehr im Kosovo ist, organisiere ich das meiste. Geht es um das tote Mädchen?«

»Wie kommen Sie darauf?«

»Ihr taucht doch hier nicht abends um diese Uhrzeit zu zweit auf, weil ihr einen Eierdieb sucht. Also, geht es um das tote Mädchen?«

»Ja, nur behalten Sie das bitte für sich. Sollten wir am Samstag aktiv werden, möchte ich nicht, dass die ganze Gruppe es erfährt. Ich brauche nur ein, zwei Kämpfer und vielleicht Sie, damit wir einen Einsatz koordinieren können.«

Sie nickte und schaute ihn aus großen blauen Augen an und lächelte. »Geht in Ordnung, ich organisiere das.«

Um acht Uhr saßen sie wieder im Auto. Lichthaus brannte vor Tatendrang. Die Triebkraft, die ihm gestern abhanden gekommen war, kehrte zurück. Er spürte, dass sie dem Täter endlich näher kamen, und wollte loslegen. Während Steinrausch für seine Verhältnisse schnell hinunter in die Stadt fuhr, telefonierte Lichthaus mit Spleeth, der zwar meckerte, aber sofort einwilligte, noch am Abend den Knopf zu analysieren.

Als sie ankamen, wartete er bereits im Präsidium. Sie gingen ins Labor. Spleeth hatte gar nicht erst versucht, Fingerabdrücke zu nehmen, da der Knopf durch zu viele Hände gegangen war, so dass er ihn umgehend mit einer Schiebelehre genau vermaß. Ohne die beiden anderen an den Ergebnissen teilhaben zu lassen, nahm er beide Knöpfe, legte sie abwechselnd unter ein Elektronenmikroskop und verglich sie minutenlang, wobei er ab und an leise grunzte.

»Das sieht gut aus«, er schaute kurz auf und schaltete einen Bildschirm an, der zwei Vergrößerungen zeigte. Zuerst erkannte

Lichthaus nichts, doch dann sah er, dass Spleeth, ähnlich wie bei ballistischen Untersuchungen, Kratzer und sonstige Merkmale verglichen hatte.

»Schauen Sie hier«, er zeigte auf eine Verformung, die sich auf der linken Bildseite wiederfand. »Hier haben wir den Knopf, den Sie mitgebracht haben, und hier«, er deutete auf den zweiten Bildausschnitt, »den Knopf, der bei der Leiche sichergestellt wurde. Beide wurden mit einem harten Gegenstand, ich tippe auf einen kleinen Hammer, bearbeitet. Wahrscheinlich war das Material zu dick und konnte so etwas geplättet werden. Es ist übrigens Messing.« Spleeth wurde irgendwie abgelenkt und verlor den Faden. Er starrte auf den Bildschirm und kratzte sich zwischen fettigen Haarsträhnen am Kopf.

»Also, der Hammer hat eine charakteristische Deformierung, die diese Dellen hinterlassen hat. Da ich sie auf beiden Knöpfen sehe, wurden auch beide mit demselben Hammer bearbeitet. Die Schleifspuren sehen ebenfalls gleich aus.« Er drehte sich stolz um. »Ich mache noch eine Analyse des Steins und des Lötmaterials für die Öse, würde aber wetten, dass das gleiche Material verwendet wurde.«

Lichthaus war erstaunt. Spleeth hatte sich bisher selten so weit aus dem Fenster gelehnt, sondern hatte seine Ergebnisse immer erst präsentiert, wenn er sich absolut sicher war. Er ging daher davon aus, dass die Knöpfe des Roten Ritters und der aus Eva Schneiders Grab von ein und derselben Person hergestellt worden waren. Vom Täter selbst oder von jemandem, der diesen kannte.

»Das hört sich ja mal gut an. Bitte machen Sie einen Bericht fertig«. Er schaute auf die Uhr. Es war bereits neun Uhr dreißig. »Morgen. Jetzt gehen wir nach Hause.«

Sie verließen das Labor, während Spleeth grußlos weiterwerkelte.

»Soll ich Sie heimfahren? Ihr Auto ist doch hinüber, und für mich ist es kein Umweg, wenn ich über die Ehranger Brücke fahre.«

Lichthaus willigte nur zu gerne ein, da er mit einem Mal den Hunger und die Müdigkeit des langen Tages spürte. Auch Steinrausch schien erschöpft zu sein und war äußerst wortkarg, während sie durch den Abend fuhren. In der Metternichstraße, einer öden Industriestraße mit alten Kasernen, die nun anderweitig genutzt wurden, und dem verfallenen Milchhof, sah er durch die hohen Fenster eines Fitnesscenters nur die Köpfe der Sportler wie Korken auf dem Wasser auf- und abwogen, während sie wohl auf Laufbändern und Steppern trainierten. Er lächelte. Aus einem Geländewagen mit Campingaufsatz flog eine brennende Kippe in hohem Bogen auf den Parkplatz an der Schuhfabrik. Sie glimmte kurz wie ein Glühwürmchen und verlosch in einer Pfütze.

*

Er trommelte mit den Fingern auf die Tür des Campingaufsatzes und blies den restlichen Qualm hinaus, während er dem Mondeo nachschaute, der langsam davonrollte. Das Warten ging ihm heute auf die Nerven. Sonst nicht, da konnte er stundenlang stillhalten und sie beobachten, seine Phantasie spielen lassen und die Macht genießen. Nur er wusste, was ihnen bevorstand, während sie sich abstrampelten, um sich für ein langes Leben fit zu halten. Er zündete die nächste Zigarette an. Das Weib war drüben im Center. Wie jeden Dienstag. Er hatte auch trainiert. Für sie und alle, die noch kommen würden. Viele Jahre stählte er schon seinen Körper jeden Tag, und bis jetzt war ihm keine entkommen.

Ihren alten Clio stellte sie regelmäßig auf einen der Plätze am Fabrikgebäude hier drüben jenseits der Straße. Er hatte den Land Cruiser quer über drei Parktaschen unmittelbar daneben geparkt, so dass sich die Tür des Campingaufsatzes direkt zu ihrer Fahrertür hin öffnen ließ. Alles ganz einfach. Bei der Vorstellung, wie er sie zappelnd hineinziehen würde, musste er grinsen. Sie verkaufte Kleider in einer Boutique und hatte ihn auf diese Art angesehen, die er so hasste, wie damals Mutter. Ohne Wärme oder Mitleid, keine Anerkennung, nur Ablehnung. Heute würde er es ihr geben. Alle Arroganz aus dem Leib treiben, ihr zeigen, wer das Sagen hatte. Seine Erregung stieg, und er rieb sich die feuchten Hände an seiner Jeans ab.

Seine Hände zitterten bei der Vorstellung, was ihn heute Abend erwartete, und eine Erektion ließ seine Hose spannen. Vor allem das Ende würde er wieder so machen wie beim letzten Mal. Sie vergewaltigen und erwürgen. Es war über ihn gekommen; ungeplant, ganz spontan, so wunderbar. Diese Macht. Danach, als sie schon tot war, hatte er sie noch zweimal rangenommen , aber das war nicht dasselbe. Sie hatten das Mädchen gefunden. Sollten sie doch. Ihn würden sie nicht kriegen, niemals.

Die Tür des Centers flog auf und ein paar Leute kamen heraus, doch sie war nicht dabei. Es wurde unruhig, bis alle weggefahren waren, dann lag die Straße wieder verlassen da. Schreie würde niemand hören oder wie üblich ignorieren. Jeder für sich und damit alle für ihn. Er grinste gehässig.

Als jetzt die Centertür aufschwang, war sie es. Schnell goss er seinen K.O.-Cocktail auf ein Tuch und presste die Faust zusammen, damit möglichst wenig entweichen konnte. Einmal hatte er zu viel und zu früh auf den Lappen gegossen und sich davon selbst völlig benebelt. Vorsichtig öffnete er die Tür des Campers einen winzigen Spalt, um besser sehen zu können. Sie hatte ihre hellbraunen Haare zu einem Zopf zusammengebunden und trug wegen der Wärme nur ein kurzes, ärmelloses T-Shirt, das eng anlag. Dazu eine dünne, weite Trainingshose und Turnschuhe, beides weiß. Sie hatte nicht allzu lange Beine, aber eine tadellose Figur. Schöne blaue Augen, die jedoch kalt schauten. Sie hatte es eilig, öffnete den Kofferraum, warf ihre Tasche hinein und schlug die Klappe wieder zu. Einen Augenblick packte ihn die unsinnige Angst, sie könnte über die Beifahrertür einsteigen, doch dann kam sie um das Heck herum und ging zur Fahrertür. Sie war ohne Argwohn, suchte kurz nach dem Schlüsselloch, als er die Tür lautlos aufschwang und wie ein Phantom hinter ihr auftauchte. Er hörte sie sogar leise summen, dann spannte er die Muskeln und sprang nach vorne.

*

In Eitelsbach traf er Nils, Petra und seine Frau beim Nachtisch an. Claudia hatte als Hauptspeise Platten mit eingelegten Tomaten, Parmaschinken, Käse und vielen anderen italienischen Delikatessen angerichtet, und Lichthaus stürzte sich mit Heißhunger auf die Reste. Nils hatte offensichtlich ordentlich Wein und Grappa genossen. Seine Backen waren leicht gerötet, während er mit der fast leeren Flasche spielte und mit glasigen Augen eine seiner berühmten Geschichten erzählte.

Nils und Petra waren kinderlos und reisten viel durch die ganze Welt. Da Nils ein begeisterter Hobbyfotograf war, bekamen sie bei ihren seltenen Besuchen regelmäßig die letzten Urlaubsfotos zu sehen und freuten sich meistens darauf. Nils war ein wunderbarer Geschichtenerzähler und schilderte eher die Peinlichkeiten, die er wie ein Magnet anzuziehen schien, als die eigentlichen Reiseziele. In diesem Jahr waren drei Wochen Japan auf dem Plan gewesen. Obwohl die beiden sich vor ihrer Reise viel mit dem Land beschäftigt hatten, standen die Fettnäpfchen dicht hintereinander. Sie lachten viel während der Erzählungen, doch Lichthaus war nur halb bei der Sache, da die neuen Wendungen im Fall Eva Schneider ihn nicht mehr losließen. Claudia bemerkte seine Unruhe und legte beruhigend den Arm um ihn.

Gegen halb zwölf verschwanden die beiden. Nils war sichtlich angetrunken, und Lichthaus fragte sich, wie er am kommenden Tag seine Arbeit als Architekt machen würde. Petra bugsierte ihn auf den Beifahrersitz des Sharans und winkte ihnen zum Abschied, aber Nils war anscheinend bereits eingeschlafen.

Der Himmel zeigte sich bewölkt. Lichthaus nahm Claudia in den Arm und sie gingen langsam hinein um aufzuräumen. Während sie Teller abtrugen und die Reste verpackten, erzählte er ihr von den neuen Erkenntnissen, und auch sie spürte die Chance, die sich ihnen eröffnet hatte. Anschließend setzten sie sich noch kurz zusammen. Für die Woche in Holland hatte sie alles geplant. Sie würde ihm den Berlingo lassen und mit ihren Eltern fahren.

»Hab ich dir gesagt, dass vorhin deine Mutter angerufen hat?«

»Oh nein. Was wollte die denn? Normalerweise kennt sie unsere Nummer doch nur, wenn sie uns braucht.«

»Wann sie endlich das Kind zu sehen bekäme. Hoffentlich bevor es laufen lernt. Ich habe ihr versprochen, dass du zurückrufen würdest.«

»Heute nicht. Der Tag war schon schlimm genug.«

Die Beziehung zu seiner Mutter war seit jeher völlig unterkühlt. Nach seiner Geburt hatte sie ihr Jurastudium abgebrochen und dies ihr Leben lang nicht verwunden. Es kam Lichthaus manchmal so vor, als gebe sie ihm die Schuld für ihr Hausfrauenleben, das sie nie wirklich ausgefüllt hatte. Ihr Liebling, sie nannte ihn »mein Sonnenschein«, war sein jüngerer Bruder Karsten, der im Westerwald geblieben und als Arzt ihr ganzer Stolz war. Henriette war nun ihr erstes Enkelkind, daher wohl der Sinneswandel. Lichthaus' Vater hatte als Rechtsanwalt in Koblenz eine gut gehende Kanzlei geführt und war fest davon ausgegangen, dass er dort einsteigen würde. Der endgültige Bruch kam, als er das Jurastudium abbrach und zur Polizei ging. Sie hatten sich heftig gestritten. Er würde die Drecksarbeit machen und nur mit Abschaum zu tun haben, anstatt sein Studium zu beenden und Anwalt zu werden, hatte sein Vater gebrüllt. Lichthaus hatte zurückgeschrien, dass er lieber den Abschaum ins Gefängnis bringen wolle, als ihn davor zu bewahren. Dann war er gegangen, und es hatte drei Jahre gedauert, bis sie wieder miteinander sprachen. Sein Vater war vor einigen Jahren gestorben und hatte ihm ordentlich Geld hinterlassen, das er anfangs nicht wollte und dann aggressiv im Aktienmarkt angelegt hatte. Mit gutem Erfolg. Heute war er froh darüber, da sie sich so das Haus hatten leisten können.

*

Früh am nächsten Morgen saßen alle bis auf Cornelia Otten, die zu ihrer Tochter gefahren war, auf ihren Plätzen. Die meisten Kollegen machten einen ausgeruhten, aber angespannten Eindruck. Er überließ es Steinrausch, den gestrigen Tag zusammenzufassen, dann begann er.

»Spleeth hat mir seinen Bericht hereingegeben. Er hat noch eine Spektralanalyse der Glassteine und eine genaue Materialanalyse von Messing und Lötzinn durchgeführt. Sein Ergebnis ist, dass beide Knöpfe mit an Sicherheit grenzender Wahrscheinlichkeit aus der gleichen Produktion stammen.« Er schaute in die Runde. »Dieser, nennen wir ihn mal Rote Ritter, ist entweder unser Täter oder er kennt die Quelle, aus der unser Knopf stammt. Wir müssen an den Mann ran.«

»Wovon wollen wir ausgehen? Täter oder Zeuge?«, Scherer blickte ihn fragend an, doch Sophie Erdmann sprach zuerst.

»Das ist schwer. Auf der einen Seite hören sich die Aussagen über den Roten Ritter so an, als sei er nicht ganz richtig im Kopf. Redet in mittelalterlichem Deutsch und will sein Gesicht nicht zeigen. Auf der anderen Seite wirkt er sehr zielstrebig, trägt eine super Ausrüstung und bereitet sich offensichtlich intensiv auf die Kämpfe vor, die er immerhin alle gewinnt.«

»Seine Größe und der durchtrainierte Körper könnten passen.« Müller dachte kurz nach. »Was sagt denn unser Fallanalytiker zu den neuen Fakten?«

»Nichts, denn er kennt sie erst seit zehn Minuten. Ich fahre später zu ihm, dann ist das Profil wohl fertig. Ich werde diese Frage mit ihm diskutieren. Frau Erdmann nehme ich mit.«

»Gut. Kann man die Knöpfe kaufen?«

Lichthaus sah, dass die anderen bei Müllers Frage stutzten, diesen Aspekt hatten sie übersehen. »Ich war gestern Abend noch ewig im Internet und habe Hunderte von handgearbeiteten Knöpfen gesehen, unsere hier waren nicht dabei. Es ist nicht auszuschließen, dass sie irgendwo angeboten werden, aber wenn, dann wohl nur in exklusiv kleiner Zahl.«

»Was sich auch mit den Auskünften des Experten deckt, den Spleeth angerufen hat«, ergänzte Steinrausch.

»Wir sollten die Frage noch genauer prüfen«, Lichthaus schaute Steinrausch an, der sich nickend eine Notiz machte. »Ansonsten tendiere ich für meinen Teil erst einmal dazu, den Roten Ritter für den Täter zu halten. Wichtig ist meines Erachtens, dass wir so schnell wie möglich einen Einsatz für Samstagabend planen. Herr Marx, Sie waren ja mal auf dem Burgenfest in Manderscheid.«

»Nun«, begann Marx müde. Er hatte kaninchenrote Augen und sah völlig ungepflegt aus. Er schien den freien Abend ausgiebig genossen zu haben. In Lichthaus kamen die alten Aversionen hoch, doch er unterdrückte sie. »Es gibt dort zwei Burgen. Die Feiern finden an der Niederburg statt, fast eine Ruine, die auf einem niedrigen Hügel direkt an der Lieser steht. An ihrem Fuß werden Würstchenbuden, Bierstände und Toiletten aufgestellt. Hier finden auch kleine Vorführungen statt, die wahre Menschenansammlungen verursachen. Gaukler und Zauberer und so was eben. Überwachungstechnisch die Hölle. An den Abenden sind da Tausende von Besuchern. Sie glauben nicht, was da los ist. Ich war zwar nur am Mittag da, aber trotz schlechten Wetters war ein Gedränge wie beim Oktoberfest. Eine Überwachung geht hier wohl nur von einer erhöhten Stelle aus. Das müsste man vor Ort klären.«

»Gibt es dort eine Aussichtsplattform?«

»Ja, auf dem einzigen Turm, der noch begehbar ist. Von da aus ist allerdings nur ein kleiner Bereich einzusehen. Aber es wird ja noch besser. Unterhalb des Hügels, auf dem die Burg steht, liegt in einer Flussschleife eine große Auwiese. Hier finden die Ritterspiele und Musikveranstaltungen statt. Man muss aber über das Wasser, um dort hinzukommen. Von der Burg aus gibt es nur einen steilen schmalen Weg hinunter, an dessen Ende man über eine Holzbrücke auf das Festgelände gelangt. Abends soll das Gedränge so dicht sein, dass man minutenlang warten muss, um hinüberzukommen. Eine vernünftige Überwachung braucht haufenweise Beamte. Ich schätze gut vierzig Mann, wenn wir gut aufgestellt sein wollen.«

»Ausgeschlossen. Nur wegen eines Knopfs. Er kommt doch zum Schwertkampf, da müssen wir eigentlich nur diesen Bereich abdecken. Was soll also der Aufwand?«, warf Müller ein.

Typisch Müller, ärgerte sich Lichthaus, er will mal wieder alles möglichst klein aufziehen. »Das ist gefährlich«, konterte er.

»Wenn er etwas mitbekommt und vorher abdreht, können wir ihn nicht mehr greifen. Außerdem ist er bewaffnet und viele Leute stehen da herum.«

»Na, wir wissen doch nicht einmal, ob er der Täter ist. Da ist eine Vollüberwachung übertrieben. Stellen Sie sich mal vor, wir nehmen da mit lautem Tamtam einen völlig Unbeteiligten fest.«

»Und wenn er es ist?« Lichthaus Ton wurde rauer. Er sah nicht ein, warum eine vielleicht einmalige Chance vertan werden sollte, nur weil man nicht einen Misserfolg riskieren wollte.

»Dann kriegen wir ihn auch bei den Schwertkämpfern zu fassen. Sie müssen das nur richtig organisieren.« Müller ließ den Chef raushängen.

»Mit zehn Teams müssten wir die Wiese abdecken können«, mischte Marx sich ein. »Er kann ja nur über die Brücke kommen.«

Lichthaus verdrehte die Augen und gab für den Augenblick nach. »Warten wir ab, was ein Ortstermin ergibt. Ich fahre heute Nachmittag mit Frau Erdmann und Herrn Scherer nach Manderscheid. Herr Steinrausch versucht noch einmal, mögliche Bezugsquellen für den Knopf zu ermitteln. Ziehen Sie jemanden von der Soko hinzu und lassen Sie bitte die Fotos des Roten Ritters abholen.«

»Was ist mit der Rasterfahndung?«, wollte Scherer wissen. »Die Ergebnisse liegen noch nicht vor.«

»Es gibt aktuell kein Ergebnis. Die läuft weiter«, entschied Lichthaus und auch Müller nickte zustimmend. »Bevor wir losfahren, gehen wir noch auf Eva Schneiders Beerdigung. Ich möchte, dass die Teilnehmer fotografiert werden. Wer weiß, möglicherweise ist unser Täter ja neugierig.«

Um zehn Uhr holte er Sophie Erdmann ab, um sich mit ihr zusammen auf den Weg zu von Falkberg zu machen, als Marx die beiden auf dem Gang abfing.

»Das hier sollten Sie nicht verpassen«, sagte er und schon drehte er sich um, Richtung Beobachtungsraum neben dem Vernehmungszimmer. Auf einem der Stühle saß zitternd offenbar ein Obdachloser. Der Penner, erinnerte sich Lichthaus.

»Er war gestern schon hier und hat nach mir gefragt.«

»Heinz Ostholz, neunundvierzig Jahre. Sieht aber aus wie siebzig. Seit elf Jahren auf der Straße. Er will was zu der Brandleiche aussagen, da haben Sie mich gerufen.«

»Was sagt er?«

»Noch nichts, ich wollte mich mit Ihnen abstimmen.«

Lichthaus schaute Marx erstaunt an. Heute kein Alleingang also. »Na, dann gehen wir mal rein.«

Sie gingen hinüber in das Vernehmungszimmer und prallten zurück. Der Raum war erfüllt von einem intensiven Gestankmix aus Alkohol, Urin und Dreck. Der Mann drehte sich um. Sein Haar war strähnig und verfilzt, Wollhose und T-Shirt starrten vor Schmutz. Um sich herum hatte er einige Plastiktüten verteilt. Er blinzelte die Beamten kurzsichtig an und zeigte ihnen sein lückenhaftes, halb verfaultes Gebiss.

»Habt ihr was zu saufen hier, he?«, brummte er und schaute sie aus glasigen Augen an. Lichthaus verließ augenblicklich den Raum.

»Das halte ich nicht aus«, er grinste Marx zu, der ihm hinausgefolgt war. »Besorgen Sie dem in der Kantine ein Bier. Wir nehmen ihn mit raus und befragen ihn vor der Tür.«

Kurze Zeit später saß Heinz Ostholz auf einer Bank im Park des gegenüberliegenden Altenheims und trank in einem Schluck die Flasche halb leer. Die Beamten standen in sicherem Abstand um ihn herum und warteten. Es war angenehm warm, obwohl der Himmel bedeckt war.

»Der Verbrannte«, Ostholz nahm noch einen Zug aus der Pulle und nuschelte weiter, »das ist der Bruno.«

»Wie bitte?«, Lichthaus schaute die Kollegen groß an.

»Na, der Bruno«, Ostholz leerte die Flasche und rülpste laut. »Bruno Bender. Ein Kumpel von mir. Der Kerl hat den umgebracht, wegen dem Ding mit dem Mädchen.«

»Was für ein Ding?« Lichthaus verstand nicht, worauf er hinauswollte. »Mann, jetzt erzählen Sie uns doch mal alles von Anfang an.«

»Komm mir nicht blöd, sonst sag ich nichts mehr.«

»Sie haben die Wahl zwischen Ausnüchterungszelle und noch einem Bier.« Lichthaus hielt ihm eine weitere Flasche hin.

Sofort schlug Ostholz' Laune um, er lachte und schaute ihn mit einem Mal wach an. »Ahh, jetzt verstehen wir uns.« Er schnappte sich das Bier, als habe er Angst, dass man es sich anders überlegen könnte. »Bruno hat gesehen, wie so ein Kerl sich ein Mädchen gegriffen hat. Hinten in der Straße, äh ... ach ... wo die Bank mit den Schweinen ist.«

Die Beamten zuckten zusammen. »Theodor-Heuss-Allee?«

»Sag ich doch. Der Bruno hat sich da immer hingelegt, also im Sommer. Ich nich', da ist doch die ganze Hundescheiße. Das Mädchen ist über ihn gestolpert, und dann hat er gesehen, wie der Typ sich die geschnappt hat.«

»Und weiter?«

»Abgehauen, was sonst«, er trank wieder und bekam Schluckauf. »Hat aber irre Angst gehabt, ist da nicht mehr zum Schlafen hin. Der kennt mich, hat er gesagt. Am Montag hat er das dann von der Toten gehört, im Radio, da hatte er richtig die Hosen voll. Wollte so schnell wie möglich weg.«

»Wieso glauben Sie, dass der Tote dieser Bruno Bender ist?« Lichthaus war angespannt.

»Weil der seitdem verschwunden ist. Der Arsch schuldet mir noch zwei Euro.«

»Vielleicht ist er nur abgehauen, wie vorgehabt?«, meinte Sophie Erdmann.

»Nee, nee Mädchen, der hat seinen Hund noch hier, den Clipper, ohne den geht der nich weg. Der is jetzt bei Gabi. Die hat noch so 'n Vieh. Drecksköter, wollt keinen haben.«

»Okay, warten Sie bitte mal einen Augenblick.« Lichthaus machte mit dem Kopf eine Bewegung zur Seite und dirigierte damit seine Mitarbeiter einige Meter weiter weg.

»Das Zahnbild könnte zu einem Obdachlosen passen«, begann Marx. »Auch, dass ihn niemand vermisst. Was meinen Sie?«

»Das würde den ganzen Fall neu bewerten.« Lichthaus betrachtete den Alten, der jetzt stumpf vor sich hindösend dasaß. »Wir müssen erst einmal die Identität des Toten verifizieren. Ob es da Zusammenhänge mit dem Mord an Eva Schneider gibt, sehen wir dann. Klären Sie bitte ab, ob Bender auf der Liste mit den

Herzklappen steht.« Er ging wieder zurück, hielt aber Abstand. »Haben Sie persönliche Gegenstände von Bruno?«

»Was?«, schreckte der Kerl hoch, riss sich dann aber zusammen. »Sein Schlafsack liegt noch bei St. Matthias. Da hat er unter der Brücke gelegen. Ich auch.«

Lichthaus wandte sich an Marx. »Schicken Sie eine Streife hin. Und Sie fahren mit«, forderte er Ostholz auf, »und geben den Kollegen alles, was Bruno gehörte.«

Der Mann grinste. »Staatstaxi. Bringen die mich auch wieder her?« Doch keiner reagierte.

»Die Kollegen werden sich freuen«, murmelte Sophie Erdmann und alle grinsten. Lichthaus zuckte die Achseln und wandte sich wieder an Marx. »Die Streife soll Benders Habseligkeiten bei Spleeth abliefern, der kann den genetischen Fingerabdruck nehmen.« Dann schaute er auf die Uhr. »Wir müssen los. Halten Sie mich unbedingt auf dem Laufenden.«

Marx nickte, als wäre er wirklich zur Kooperation bereit.

*

Götz von Falkberg hatte das Profil fertig und bat sie Platz zu nehmen. Wie Lichthaus in den vergangenen Tagen schon mehrfach bemerkt hatte, reagierten viele Männer reflexartig auf Sophie Erdmann und balzten los, wie er es für sich nannte. Auch von Falkberg machte hier keine Ausnahme, rückte ihr den Stuhl zurecht und war von ausgesuchter Freundlichkeit. Er bot ihnen Kaffee an, doch nur Sophie Erdmann ließ sich auf das Abenteuer des falkbergschen Instantkaffees ein. Was ihnen von Falkberg dann darlegte, war noch enttäuschender.

»Nun, ich war ja, wie Sie wissen, vier Jahre als Psychologe in der Operativen Fallanalyse im LKA tätig, doch einen Fall, der einerseits so klar und andererseits auch so verwirrend ist, hatte ich noch nie.« Er nippte an seinem Kaffee und griff sich ein Papier. »Hier ist das Profil.«

Er las vor. »Männlich, zwischen 30 und 45; über 1,90 Meter groß; sehr kräftig; überdurchschnittlich intelligent; lebt allein in einem Haus, es ist sicher frei stehend; Beweismittel werden in seiner Wohnung zu finden sein, vor allem die Folterinstrumente, und er wird sicher etwas von seinen Opfern als Trophäe behalten; unauffälliger Einzelgänger ohne Beziehungen zu Männern oder Frauen; geht höchstwahrscheinlich einem Beruf im handwerklichen Bereich nach oder hat entsprechende Vorkenntnisse; eventuell gescheiterter Student; war in psychologischer Behandlung; leidet unter mehreren Formen einer narzisstischen, dissozialen Persönlichkeitsstörung mit sadistischer Prägung.« Von Falkberg legte das Blatt vor sich auf die Schreibtischplatte und sah die Polizisten an. »Sie sind enttäuscht, nicht wahr?« Lichthaus nickte, offenbar sah man ihm das an. »Das habe ich erwartet, aber ich werde in das Profil nur die Punkte hineinschreiben, bei denen ich mir sicher bin, denn Mutmaßungen ins Blaue hinein helfen Ihnen ja nicht wirklich weiter. Außerdem werde ich kurz erläutern, wie ich auf die einzelnen Punkte gekommen bin und vor allem, was ich hinter den Persönlichkeitsstörungen vermute.«

Lichthaus zog ein Diktafon aus der Tasche. »Darf ich das aufnehmen? Kommt nicht in die Akten.«

Von Falkberg nickte. »Ich habe versucht, jede Einzelheit zu deuten, die auffällig war. Zunächst einmal die Körpergröße und -kraft. Eva Schneider war ein Meter sechsundsiebzig groß und sportlich. Um sie so geräuschlos zu greifen, dass niemand aufmerksam wurde, musste er sie deutlich überragen. Ich habe mit einem Nahkampfexperten gesprochen, der mir meine Vermutung bestätigte. Dass er in einem eigenen frei stehenden Haus lebt, wahrscheinlich gehört es ihm sogar, schließe ich aus der Tatsache, dass er das Opfer mehrere Tage festgehalten hat. Wir, das heißt ein Assistent und ich, haben das lange diskutiert.«

»Die Informationen waren doch vertraulich«, unterbrach ihn Lichthaus.

»Ich habe ihn ja auch nur ganz theoretisch um seine Meinung gefragt, nicht zu dem konkreten Fall. Wir waren uns beide darin einig, denn wie kann er gefahrlos und geplant eine betäubte Frau in ein Mehrparteienhaus hinein- und wieder hinausschaffen. Das Risiko, entdeckt zu werden, ist zu groß und unser Täter zeigt enormes strategisches Geschick, das würde nicht passen. Darauf komme ich gleich.«

»Und wenn er sie woanders gefangen gehalten hat?«

Von Falkberg schaute Sophie Erdmann strahlend an. »Genau den Punkt habe ich auch überlegt. Natürlich könnte es sein, dass er eine Wohnung bewohnt. Es wäre allerdings sehr viel unbequemer für ihn. Die Wahrscheinlichkeit ist also groß, dass er sein Opfer in einem frei stehenden Haus untergebracht hat. Und es muss ihm jederzeit zugänglich sein und darf nicht von einer anderen Person bewohnt sein. Ich bin davon überzeugt, dass sie unmittelbar an seinem Wohnort war, sonst hätte er nicht jederzeit Zugriff auf sie gehabt. Wo es liegt, kann ich natürlich nicht sagen. Ein Stollen oder Erdloch kann es jedenfalls nicht gewesen sein, weil die Spuren hierzu keinen Hinweis geben. Die gefundenen Erdspuren stammen ausschließlich vom Fundort. Aber kommen wir zu dem Ort, wo er die Leiche abgelegt hat.« Er kramte aus seinen Unterlagen eine Landkarte des Hochwalds hervor.

»Unser Mann ist intelligent. Ich habe mir den Fundort mal genauer angesehen und dann mit der ganzen näheren Umgebung abgeglichen. Die Stelle ist unauffällig erreichbar und wird forstwirtschaftlich nicht genutzt. Das ist nicht selten, aber der Weg wurde erst kürzlich erneuert, es sind gerade Drainagen verlegt worden, so dass der Graben nicht auffiel. Der Platz wurde so gewählt, dass er den Weg weithin gut einsehen konnte, um rechtzeitig abzuhauen. Einfach perfekt. Auch die Technik, mit der die Tote begraben wurde, ist perfekt. Es wurden keine Spuren eines Baggers gefunden. Nur die Schaufelspuren, deshalb gehe ich davon aus, dass er vom Hänger aus zügig arbeiten, aber auch ebenso schnell abhauen konnte. Das einzige Risiko war der kurze Moment, als die Tote offen im Loch lag. Ich schätze maximal zwei Minuten.«

»Glauben Sie, er hat eine bereits verfeinerte Technik?«, Lichthaus formulierte vorsichtig.

»Sie meinen, ob er schon andere Opfer so weggeschafft hat? Ich weiß es nicht, aber vermutlich ja.«

»Also ein Serienmörder.«

»Vermutlich ja. Aber dazu kommen wir noch.«

»Wieso das Sperma? Einen besseren Beweis kann er doch nicht liefern.«

»Arroganz. Er hält sich für absolut überlegen. Das bringt uns zur zentralen Komponente, seinen geistigen Störungen.«

Sophie Erdmann trank an ihrer Tasse, ohne sich das Geringste anmerken zu lassen, und machte sich nun auch Notizen.

»Er ist ganz klar ein Sadist. Ich gehe davon aus, dass er wie viele Serienmörder Hirnschäden hat, die seine Persönlichkeitsstörungen zumindest biologisch erklären. Er kombiniert dissoziale und narzisstische Störungen miteinander, eine Kombination, die in Verbindung mit sadistischem Tötungsverlangen sehr selten auftritt. Diese Überlagerung erklärt andere Merkmale. Dissozial, weil er wie die meisten Soziopathen gemütsarm ist und alle sozialen Normen ignoriert. Nur so kann er diese Frau tagelang quälen. Ich möchte nicht wissen, wie das arme Mädchen gelitten hat.« Er schaute auf die Fotos der toten Eva Schneider und schüttelte leicht den Kopf. »Wenn Sie mit den Typen reden, sind immer die anderen schuld. Seine Fokussierung auf Frauen wird wohl mit seiner Kindheit zu tun haben. Schauen Sie.« Er legte die Bilder der vergewaltigten Frauen und das von Eva Schneider nebeneinander vor Lichthaus und Sophie Erdmann auf den Schreibtisch. Sie sahen alle verschieden aus. »Die Frauen weisen keine Gemeinsamkeiten auf, doch machen alle den Eindruck einer starken Persönlichkeit. Es kann daher sein, dass er unter einer dominanten Frau, ich denke die Mutter, gelitten hat und ähnliche Typen einen Schlüsselreiz auslösen.«

»Wieso?«, wollte Sophie Erdmann wissen.

»Das ist nur eine Vermutung, doch das Opfer hatte während der gesamten Zeit die Augen verbunden. Warum? Und obwohl er enorm unter Stress litt, hat er sie mit geschlossenen Augen ordentlich mit dem Gesicht nach unten abgelegt. Für mich deutet das auf ein schlechtes Gewissen hin. Angst vor der Mutter, die ihn strafen könnte. Das ist natürlich irrational, wir können uns das kaum vorstellen, für ihn existiert sie fort, auch wenn sie längst verstorben ist. Wir hatten mal einen Fall, da verhielt sich ein Täter ähnlich. Seine Mutter war ultrakatholisch und tief in seinem Unterbewusstsein regte sich nach der Tat immer die Furcht vor Sünde und Hölle. Eigentlich untypisch für Sadisten. Was andererseits jedoch für einen sadistisch motivierten Täter spricht, ist die geplante Tatausführung.«

»Wie entwickeln sich solche Täter?« Lichthaus war von von Falkbergs Ausführungen fasziniert.

Dieser goss sich Kaffee nach. Draußen auf dem Gang rumorten ein paar Studenten, doch er ließ sich nicht ablenken und fuhr fort. »Sadisten haben meistens Hirnschäden. Dazu kommen dann noch Schlüsselreize, basierend auf prägenden Erlebnissen in der Kindheit. Irgendwann wird dieser Schlüsselreiz dann so groß, dass die Person das Erlebnis noch einmal erleben möchte. Nehmen wir ein Beispiel. 1988 wurde Bruno Achtern in Hannover zu lebenslanger Haft mit anschließender Sicherheitsverwahrung verurteilt. Er hatte vier Frauen vergewaltigt, brutal getötet, zerstückelt und sich später mehrmals an den Leichenteilen befriedigt. Er hat die klassische Vita eines Sadisten. In seinem Gehirn wurde ein deformierter rechtsseitiger Temporallappen festgestellt, der Folge eines frühkindlichen Traumas war. Eine solche Anomalie findet sich übrigens bei vielen Sexualtätern. Das für seine Entwicklung prägende Erlebnis war die Schlachtung eines Tiers. Er lebte das Gesehene nach und tötete als Heranwachsender kleine Tiere und empfand diese Taten unbewusst als sexuelle Stimuli. Der Übergang zur gestörten Sexualität begann, als er bei seinen ersten Kontakten mit Frauen nur frustrierende Erfahrungen machte. Er wurde sich seiner Abartigkeit bewusst und ekelte sich einerseits vor seinen Gewaltphantasien und seinen brutalen Tierquälereien, um auf der anderen Seite hierbei enorme Lust zu verspüren. Am Ende dieser Phase war er sozial völlig abgekapselt und lebte in einer Welt aus Omnipotenzphantasien. Ich denke, dass Sie das so ähnlich bei Ihrem Täter auch finden werden. Starke Isolation und in diesem Fall narzisstische Selbstüberschätzung. Dieses Ritterspiel, das Sie mir heute Morgen schilderten, passt vollständig in das Bild.«

»Sie glauben, der Rote Ritter ist der Täter?« Lichthaus sah von Falkberg intensiv an.

»Dafür fehlt zwar aktuell noch jeder Beleg, doch es spricht einiges dafür. Jetzt zu Ihrer Frage, wieso ich von einem Serienmörder ausgehe. Es gibt bei allen sadistischen Tätern diesen Moment, wo sie ihre Phantasien endlich in die Tat umsetzen müssen, so auch bei Achtern. Wir nennen das narzisstisches Streben nach Autarkie, also sich quasi selbst in der Tat zu erleben. Er beobachtete gezielt potenzielle Opfer und griff sie an, nachdem er einen optimalen Tatort festgelegt hatte. Er steigerte seine Grausamkeit nach und nach, probierte dies, probierte das. Eine Frau vergewaltigte er, eine andere schlug er derart zusammen, dass sie wochenlang im Krankenhaus lag. Seine Tötungsziele setzte er nie um, da Phantasie und Wirklichkeit noch zu weit voneinander entfernt waren. Dazu brauchte es einige Jahre. So scheint es auch beim Mörder von Eva Schneider gewesen zu sein. Er hat damals im Rheingau seine Probierphase erlebt, indem er die Frauen vergewaltigte und misshandelte. Mittlerweile hat er wenigstens einen Mord umgesetzt. Erfahrungsgemäß bleibt es nicht bei nur einer Tat. Ich schätze, dass es schon mehr waren. Im Durchschnitt dauert es nach der ersten vollendeten Tötung zweieinhalb Jahre bis zur Wiederholung. In diesem Zeitraum grübeln die Täter über sich selbst und schwanken zwischen Ekel und erotischem Nacherleben hin und her.«

»Wie sehen Sie also unseren Fall? Und wo steht Ihrer Meinung nach unser Täter?« Sophie Erdmanns Gesicht wirkte angespannt.

»Er ist in der Wiederholungsphase. Seit der Vergewaltigungsserie hatten wir einige Jahre Pause bis zum Mord an Eva Schneider, allerdings sind bereits in den letzten beiden Jahren zwei Frauen verschwunden, vielleicht waren das schon seine ersten Opfer …«

»In Luxemburg wurden in dieser Zeit vier Frauen als vermisst gemeldet«, warf Lichthaus ein. Sophie Erdmann starrte ihn an. »Da wir noch keine Verbindung zwischen diesen Fällen herstellen können«, erklärte er schnell, »halten wir diese Infos unter Verschluss. Auch in der Ermittlungsgruppe.« Er sah seine Kollegin an, die schluckte, aber schließlich nickte.

»Das sind also sechs Verdachtsfälle und ein sicher zugeordneter Mord.« Von Falkberg blies die Backen auf. »Ich schlage vor, dass Sie das Raster durchlaufen lassen und die Verdächtigen nach dem Profil filtern. Die, die übrig bleiben, schauen wir uns dann an.«

»Was ist mit dem Roten Ritter?«

»Vielleicht sieht Ihr Ritter sich als Parzival, der ja ebenfalls eine rote Rüstung trug. Es passt auf jeden Fall zu seinen narzisstischen Zügen. Er ist der Beste und gewinnt immer. Wehe nur dem, der ihn besiegt, denn die extreme Kränkbarkeit dieser Typen mündet in irrationale Ausbrüche. Der Mann ist äußerst gefährlich.«

»Was können Sie noch sagen?«

»Nichts ohne neue Fakten.«

Da alles gesagt zu sein schien und die Zeit drängte, verabschiedeten sie sich von dem Psychologen und versprachen, ihn auf dem Laufenden zu halten. Er öffnete ihnen die Tür und geleitete sie, freundlich mit Sophie Erdmann plaudernd, bis zum Aufzug. Lichthaus stand unter äußerster Anspannung. Mit einem Mal war er sich sicher, dass der Rote Ritter ihr Täter war. Stichhaltige Beweise konnten sie zwar nicht vorweisen, aber das Bild, das sich langsam vor seinem geistigen Auge entwickelte, ließ keinen anderen Schluss zu. Lichthaus hatte in den vergangenen Jahren ein gutes Gefühl für seine Fälle entwickelt und entgegen allen Einwänden meistens Recht behalten. Er würde die Dinge nun noch stärker vorantreiben und plante bereits den Einsatz am Wochenende. Das war ihre große Chance.

*

Er traf Sophie Erdmann und Scherer an den Kotflügel gelehnt mit einem Becher Kaffee in der Hand. Sie machten besorgte Gesichter, als Lichthaus zu ihnen trat.

»Wir haben Neuigkeiten«, empfing ihn Scherer. »Unser Brandopfer ist dieser Bruno Bender. Spleeth hat einen schnellen DNA-

Abgleich gemacht. Außerdem steht er auf der Liste der Herzklappenempfänger. Er wurde 1980 in Nürnberg operiert.« Er grinste. »Der Schlafsack hat so gestunken, dass die Laborantin kotzen war.«

»Gut, jetzt haben wir wieder nur einen Fall. Unser Täter ist also sehr gründlich. Kaum finden wir die Leiche und schon beseitigt er eventuelle Zeugen.«

»Und er ist gefährlich.« Lichthaus nickte Sophie Erdmann zu. »Wir werden die Rasterfahndung intensivieren. Von Falkberg hat Recht. Er ist außerordentlich brutal und effektiv. Wir müssen rausfinden, wie er Bender gefunden hat. Marx soll die Streetworker ausfindig machen, die Obdachlose betreuen. Die können mal rumhören. Vielleicht erzählt denen ja einer etwas Interessantes. Los jetzt, es ist Zeit.«

Sophie Erdmann fuhr wieder schnell und sicher. Lichthaus sah eben noch die Wallfahrtskirche von Klausen an sich vorbeiziehen, als es schon hinunter in die Wittlicher Senke ging, wo Claudias Onkel bis vor zehn Jahren Tabak angebaut hatte. Die Wolken trieben in kleinen Gruppen über den sonst blauen Himmel, den ein kleines Zwischenhoch ihnen bescherte, doch sagte der Bericht für das Wochenende kühles Schauerwetter voraus.

Scherer und Sophie Erdmann unterhielten sich angeregt über die Möglichkeit, den Mörder schon am Freitag zu fassen, und Lichthaus konnte die erwartungsvolle Spannung spüren, die seine Fahrerin nur noch mehr zu beflügeln schien. In der langen Steigung hinter Wittlich flogen sie nur so an einer Kolonne von LKWs und Wohnwagen vorbei, die sich bergan quälten.

Zehn Minuten später erreichten sie die Ausfahrt nach Manderscheid und schon bald fuhren sie durch abgeerntete Felder auf das Tal der Lieser zu. Direkt am Fluss ragte die Niederburg auf, oder vielmehr das Gemäuer, das von ihr noch übrig war.

Sophie Erdmann fuhr nun langsamer, denn sie waren hier mit Florian Wenk, dem Leiter der lokalen Wache, verabredet. Sie entdeckten seinen Streifenwagen neben einem Restaurant. Rechts davon lag der Eingang zum Burggelände, dem Veranstaltungsort. Ein schmaler Weg zog sich einen Hügel hinauf, an dessen Spitze das Kassenhäuschen stand. Überwachungstechnisch eine Katastrophe, das sah Lichthaus auf Anhieb. Büsche neben dem Weg machten es jedem Verdächtigen leicht, seitlich ungesehen vorbeizukommen. Er wollte heute nicht allzu viel Aufheben um einen eventuellen Einsatz machen. Sie würden daher gegenüber den Organisatoren vorgeben, die Sicherheitsvorkehrungen der Großveranstaltung polizeilich überprüfen zu wollen.

Florian Wenk war ein junger, hünenhafter Mann mit feuerroten Haaren und einem entwaffnenden Lächeln, mit dem er sie in das Restaurant begleitete. Es wirkte duster und war völlig leer. Nur draußen auf der Terrasse saß eine Gruppe Fahrradfahrer, die hier Pause machten. Lichthaus schätzte die Leute auf mindestens sechzig Jahre und amüsierte sich wie so oft über die fanatischen Bemühungen, Outfit und Technik bis zum Grotesken optimieren zu wollen. Knallbunte Funktionsshirts mit Provianttaschen auf dem Rücken wurden mit hautengen, atmungsaktiven Fahrradhosen kombiniert, Fahrradschuhe und -handschuhe gehörten selbstverständlich ebenfalls zur Ausrüstung und das alles nur, um ein bisschen zu radeln. Lichthaus hing noch seinen Betrachtungen nach, als ein schmieriger Kellner zu ihnen trat und Sophie Erdmann, die ein tailliertes T-Shirt trug, unverhohlen auf die Brüste starrte.

»Was kann ich für Sie tun?«

»Wir suchen das Vorbereitungskomitee für das Burgenfest«, ergriff Florian Wenk das Wort.

Der Kellner riss sich vom Anblick des Ausschnitts los und schaute sie an. »Na, dann kommen Sie mal mit.«

Er drehte sich um und lief voraus, wobei Lichthaus seinen intensiven Schweißgeruch wahrnahm, der ihm fast den Atem raubte. Im Sicherheitsabstand folgten die Polizisten dem Kellner durch zwei kleinere Gasträume bis vor eine Tür, hinter der sie lautes Lachen vernahmen.

Der Raum dahinter war zu einer provisorischen Schaltzentrale umfunktioniert. Überall lagen Pläne und Akten auf den Tischen herum, ein Computer brummte zwischen Telefonen und leer gegessenen Tellern. Die drei Männer, die vor dem geöffneten Fenster saßen, spielten Skat und hatten wohl schon mehr als ein Bier gehabt. Als die Beamten eintraten, drehten sie sich verwundert um. Alle schienen um die fünfzig zu sein und zeigten deutlich mehr als den Ansatz eines Bauchs.

»Ein Lied für die Polizei«, grölte einer der Typen mit knallrotem Kopf und sofort stimmten die anderen ein. Der Text handelte von wilden Rittern und Jungfräulein. Die Männer schwenkten die Krüge und schienen sehr vergnügt, doch für Lichthaus ging das schiefe Gejaule und die ausgelassene Stimmung im Raum an die Grenze dessen, was seine angeschlagenen Nerven noch verkrafteten.

Nach drei endlos langen Strophen warteten die Kerle auf den nicht einsetzenden Applaus, bis der Bärtige unter ihnen, offenbar der Anführer, sich erhob und mit theatralischer Geste auf sie zukam. »War meine Minne in Ihrem Sinne, so gebt, erlauchte Fahrensleut, dem Sänger einen kleinen Deut, dass er es nicht bereue, euch wieder zu erfreue.«

Lichthaus explodierte. »Wir sind nicht hier, um Jahrmarkt zu spielen. Dafür ist unsere Zeit zu schade«, polterte er los. »Wer von Ihnen für die Sicherheit der Veranstaltung zuständig ist, soll gefälligst mitkommen, damit wir unsere Arbeit tun können.« Er ließ die anderen stehen und ging hinaus vor das Haus, um sich wieder über seine Unbeherrschtheit zu ärgern. Andererseits wussten die Verantwortlichen der Gruppe nun, woran sie mit ihm waren. Jetzt würden sie sich bestimmt leichter an das Gebot der Verschwiegenheit halten.

Wenig später kamen Sophie Erdmann, Wenk, Scherer und der Bärtige heraus, der sich Lichthaus mit einer Entschuldigung als Engelbert Traunberg vorstellte. Während sie den Weg zum Kassenhäuschen gingen, erzählte Traunberg, dass sie inzwischen das größte Historienfest der Region ausrichteten. Es begann samstags und endete am Sonntag. Dafür würde die Straße hierher teilweise gesperrt werden, und vom Ort und einem Parkplatz gleich neben der Autobahnausfahrt sollte ein Shuttleservice die Besucher zum Fest und wieder zurückbringen.

Schwitzend gingen sie zwischen den befestigten Mauern der verfallenen Burg bis ganz hinauf zum einzig verbliebenen Turm, zu dessen Füßen ein Kinderturnier und eine Theateraufführung stattfinden sollten. Traunberg erklärte die Sicherheitsmaßnahmen. Lichthaus überließ es den anderen, dies zu besprechen, während er zu der kleinen Aussichtsplattform auf dem Turm hinaufstieg und sich umschaute. Unten, direkt neben dem Kassenhäuschen gelangte man durch ein Tor in die Burganlage. Laut Traunberg sollten dort unten Stände stehen, an denen man mittelalterliche Speisen und Getränke bekommen würde. Von dem Platz zog sich ein Fußweg zu seinem Standort hinauf. Der Burgbering war kein wirkliches Überwachungsproblem, da das große Tor einfach zu beobachten wäre.

Etwas weiter unten sah er die große Aue, die im Halbrund von der Lieser umflossen wurde. Und die Turnierwiese, auf der die Fechtkämpfe ausgetragen werden sollten und eine Bühne für Konzerte errichtet werden würde. Relativ zentral stand eine ringsum geschlossene Grillhütte. Das jenseitige Flussufer stieg steil an und war vollständig bewaldet. Da die Lieser dort an manchen Stellen seicht war, würde ein Mann ungesehen hindurchwaten, auf die Veranstaltung gelangen und wieder verschwinden können. Die Wiese war kaum abzusichern.

Die anderen stießen wieder zu ihm, und Lichthaus bemerkte den argwöhnischen Blick, den Traunberg ihm zuwarf. Sie sprachen nun über den Zugang zur Festwiese.

Von der Burg zum Turnierplatz hinunter führte ein geteerter Weg von Wagenbreite, der am Fluss endete. Von hier gingen eine schmale Holzbrücke, genau wie von Marx beschrieben, und zusätzlich ein metallener Steg zum anderen Ufer hinüber, den man erstmals aufgebaut hatte. Denn gerade abends kam es am Übergang zu einem enormen Gedränge, wie Traunberg bestätigte. Sicherheitstechnisch kritisch. Lichthaus gab Scherer und Sophie Erdmann einen Wink, und sie sonderten sich ab, während Wenk weiter mit Traunberg die Sicherheitsfragen der Übergänge besprach.

»Was denkst du?«

»Wir haben nur eine Chance«, Scherer schaute sich um. »Wir sichern die Wiese um den Turnierplatz und greifen ihn uns, wenn er kämpft. Alles andere können wir nur mit einer ganzen Hundertschaft erledigen und das macht Müller nicht mit.«

Lichthaus nickte und atmete hörbar aus.

»Ich denke auch. Ich hoffe nur, dass der Rote Ritter das Gelände nicht sorgfältig sondiert und uns bemerkt. Wir müssen alle wie Besucher wirken. Einzelne Teams in Zivil.«

»Dann brauchen wir einen Überwachungswagen.« Sophie Erdmann zog ihren Notizblock hervor und fertigte eine Skizze des Geländes, der Übergänge, der Grillhütte und des Flusses an, während Lichthaus zu Traunberg hinüberging, der ihn aufmerksam beobachtete.

»Wir haben Hinweise«, begann er sachlich, »dass sich am Samstagabend ein gesuchter Gewaltverbrecher hier auf dem Fest einfinden wird.«

Traunberg schien erleichtert zu sein. »Ich dachte schon, Sie wollten uns hier Probleme machen.«

»Nein oder nicht so, wie Sie meinen. Ich brauche absolute Diskretion. Wir werden mit Teams, die Sie nicht erkennen können, auf dem Fest sein und wenn möglich geräuschlos die Verhaftung vornehmen.« Hoffentlich, schoss es ihm durch den Kopf.

»Was sollen wir ...«

»Nicht wir. Sie sind der Einzige, der davon erfahren darf. Höre ich, dass Sie rumgeredet haben, kriegen Sie von mir eine Anzeige an den Hals, die sich gewaschen hat. Und hören Sie bis dahin mit der Sauferei auf. Der Kerl ist gefährlich. Also. Wir wollen keine Risiken eingehen. Wir werden einen Überwachungswagen auf der Wiese postieren. Außerdem brauchen wir eine genaue Karte, die alle Stände, die Bühne, die Turnierwiese und so weiter enthält.«

Traunberg nickte beflissen. Er hatte verstanden. »Wir haben einen Plan drüben, den gebe ich Ihnen mit. Den Wagen stellen Sie am besten neben die Grillhütte. Wir tun dann so, als ob darin die Veranstalter sitzen. Das hatten wir vor zwei Jahren auch schon mal.«

Sie marschierten hinüber und inspizierten den möglichen Standort. Man konnte um die Burg herumfahren, um dorthin zu gelangen. Sophie Erdmann und Scherer kamen hinzu, und im Verlauf der nächsten Stunde gingen sie alle wichtigen Fragen noch einmal durch. Bevor sie sich auf den Rückweg machten, baten sie Wenk, am folgenden Tag in Trier der Soko Zufahrtswege und Kontrollmöglichkeiten zu erläutern. Lichthaus war gespannt, wie die Kollegen die Situation einschätzten. Das würde gewiss kein Wochenendausflug werden.

*

Zurück in Trier ging Lichthaus zu Ulrich Schweiger und fragte nach den Ergebnissen der Rasterfahndung. Der Raum, in dem die Gruppe saß und ganze Stapel von Listen auswertete, war eng. Schweiger war in Lichthaus' Augen ein sehr guter Polizist. Mit etwa vierzig deutlich älter als Scherer, verfügte er nicht nur über den analytischen Verstand, sondern auch über ein reiches Wissen, um auch komplexe Zusammenhänge zu erfassen. Lichthaus hatte sehr bedauert, dass Schweiger nicht an Marx' Stelle ins Team hatte rücken können, da ihm ein Lehrgang fehlte.

»Wir haben wenig, und das überzeugt nicht«, begann Schweiger und legte die Auswertungen vor. Insgesamt waren drei Männer im Fahndungsraster hängen geblieben, die infrage kamen.

»Knut Pohl, Mutter ist Schwedin, Vater Deutscher. Dreiundvierzig, unverheiratet, lebt allein in Pluwig. Computerfachmann in Luxemburg.« Lichthaus horchte auf. »Was stört ist seine Größe: 1,74 nur. Außerdem fährt er den Pajero erst seit Kurzem.«

»Egal, schaut ihn euch an und überprüft sein Alibi.«

Schweiger nickte. »Dann haben wir noch Felix Sand. Fünfunddreißig. Pharmavertreter. Ebenfalls ledig. Fast zwei Meter groß. Wohnt in Mariahof, allerdings in einem Reihenhaus. Ist schon einmal wegen Belästigung aufgefallen. Er hat einem Mann an die Eier gegriffen. Ist wohl schwul.« Er grinste.

»Toll. Auch überprüfen. Vielleicht ist er ja bisexuell. Obwohl das mit dem Reihenhaus nicht passt.«

»Der aussichtsreichste Kandidat ist oder besser gesagt war, Hans-Dieter Bachmann. Das Profil passt, also ledig und so weiter.

Lehrer an der Berufsbildenden Schule. Kollege Meier kennt ihn von daher, der hat vorher mal eine kaufmännische Ausbildung gemacht. Bachmann ist unauffällig, groß, treibt viel Sport und scheint unter den Lehrern ein Einzelgänger zu sein. Wohnt in einem kleinen Bauernhof zwischen Welschbillig und Newel.«

»Der passt doch? Wieso eigentlich war?«

»Laut Auskunft der Schulleitung war Bachmann zum Zeitpunkt des Verschwindens von Eva Schneider auf Klassenfahrt in Köln.«

»Mist.«

»Schauen Sie mal her.« Schweiger griff einen Bogen und legte ihn auf den Tisch. »Das hier habe ich mal zusammengestellt.«

Er hatte unterschiedliche Geländewagen nebeneinander kopiert und die markiert, die dem Pajero am nächsten kamen. Fast jeder Hersteller hatte ein sehr ähnliches Modell herausgebracht.

»Wenn der Zeuge sich vertan hat, bekommen wir Probleme, denn das werden schnell Hunderte von Fahrzeugen, die wir überprüfen müssen.«

»Ja, wir wollen aber nur den einen. Es hilft ja alles nichts. Werten Sie die Geländewagen aus und suchen auch nach den Typen, die dem Pajero besonders ähnlich sind. Übrigens gute Arbeit.«

Schweiger nickte müde und blinzelte ihn an. Sein kahler Kopf war rot angelaufen und erinnerte Lichthaus an eine Erdbeere. Er schalt sich selbst wegen seiner Gedanken, denn er wusste, dass Schweiger an einer Stoffwechselkrankheit litt, die alle Haare hatte ausfallen lassen.

Später ging er rüber zu Müller und brachte ihn auf den Stand der Dinge. Müller war anfangs hoch zufrieden über die Fortschritte, und Lichthaus konnte ihn nur mit Mühe von einer Presseinformation abhalten. Jovial hockte er in weißem Hemd und Krawatte hinter seinem Schreibtisch und lächelte ihn so an, als wollte er sagen: Es geht doch. Auch die Vermutungen zu den verschwundenen Frauen aus Luxemburg hielt er für hinreichend genug, um diese Spur zu verfolgen. Als Lichthaus dann aber den geplanten Einsatz in Manderscheid erläuterte, holte er zu einem langen Lamento über die Kosten der Überwachung und die Risiken einer schlechten Presse aus, während er gequält an die Decke schaute und sich umständlich die Brille putzte.

Lichthaus spürte, wie der Ärger in ihm hochkam und riss sich zusammen, während Müller ihn kleinkariert wie der Schatzmeister eines Angelvereins belehrte. Wie zum Selbstschutz hörte er nur noch halb zu und betrachtete wieder einmal die penible Ordnung auf der Schreibtischplatte. Jeder Stift hatte seinen Platz. Müller reihte sie in immer gleicher Schlachtordnung auf. Die Bleistifte gespitzt, die Minen im Kugelschreiber versenkt, die Filzstifte ordentlich verschlossen. Der pompöse Silberrahmen mit dem Foto seiner Frau glänzte. Einmal hatte er gesehen, wie Müller mit einem Silberputztuch darüber wischte. In seiner Aktentasche steckte die unvermeidliche Thermoskanne mit Tee und eine Brotdose, die er wenn möglich pünktlich um ein Uhr öffnete. Ein spießiger Beamter wie aus dem Bilderbuch. Im Einsatz sollte Müller angeblich ein farbloser Handwerker ohne Fortune gewesen sein, der es aber umso besser verstand, mit großem Karriereerfolg die innenpolitische Klaviatur des Präsidiums zu bedienen.

»Sie müssen da oben mit Ihrer Kerngruppe klarkommen«, schwadronierte er eben und riss Lichthaus aus seinen Gedanken.

»Ich brauche mindestens zehn Teams, sonst haben wir zu viele Risiken.«

»Nein. Sie rennen einem Minimalverdacht nach und wollen, dass ich Ihnen dafür die große Garnitur gebe.« Müller kam in Fahrt.

»Dieses Gelände ist mit weniger Einsatzpersonal kaum zu überwachen. Außerdem hätte ich gerne einige Kollegen im Hintergrund, falls er uns auf dem Gelände durch die Lappen geht.«

»Einen Kerl, den keiner gesehen hat, von dem wir glauben, dass er den Täter kennen könnte. Das ist ein Strohhalm.«

»Unsinn, das ist die einzige konkrete Spur, die wir haben, und ich denke nicht daran, sie leichtsinnig zu verspielen.«

»Fallen Sie doch nicht in blinden Aktionismus. Sie ...«

»Der Mann ist äußerst gefährlich.«

Müller winkte ab und schaute zum Fenster. Er war auf einmal ganz ruhig, und Lichthaus wusste, dass er verloren hatte. »Sie sollten ihn auch mit weniger Leuten festnehmen können, immerhin rechnet er nicht mit dem Einsatz. Konzentrieren Sie sich auf die Wiese. Ich gebe Ihnen noch drei Teams zusätzlich und die Technik. Das muss reichen.«

Lichthaus resignierte. »Wie Sie wollen. Den Einsatzplan lege ich Ihnen zur Unterschrift vor, da das so nicht meinen Vorstellungen entspricht.«

Müller schaute nicht mal auf. »Tun Sie, was Sie nicht lassen können.«

Lichthaus ging und fluchte leise über Müllers Kurzsichtigkeit. Doch er würde sich nicht beirren lassen.

*

Ihr Sterben dauerte nun schon vierundzwanzig Stunden und würde bald zu Ende sein. Sie befand sich an der Schwelle zum Tod, und der kurze Moment, in dem Schmerzen bedeutungslos werden, sich die Kaskaden im Hirn ein letztes Mal ergießen, war gekommen. Jetzt fühlte sie sich leicht und frei, schwerelos in der Achterbahn ihres Lebens. Er vergewaltigte und erwürgte sie zugleich, aber das Martyrium war fast vorbei. Anfangs hatte sie sich noch gewehrt, ihn mit verbundenen Augen sogar angespuckt, doch als er ihr daraufhin die Schneidezähne ausschlug, begann ihr Widerstand zu bröckeln und löste sich in einer Hölle aus Schmerzen und Demütigungen vollständig auf.

Alles zog in Sekundenbruchteilen an ihr vorbei. Mama, Papa, die Großeltern, Klassenkameraden und alle, die eine kleine oder auch große Rolle in ihrem Leben gespielt hatten. Hunderte von Ereignissen. Und immer wieder Sandrine. Ihre Liebe. Zu kurz war die Zeit gewesen, die ihnen das Schicksal vergönnt hatte, zu kurz die Zeit, in der sie ganz zu sich selbst gestanden hatte. Sandrine hatte es ihr beigebracht.

Er lockerte ein wenig den Griff um ihren Hals, und etwas Sauerstoff schwappte in ihre Lungen, bevor er nochmals zudrückte.

Der Schmerz kam zurück, doch schon bald driftete sie wieder hin zu dieser Schwelle.

Sie erlebte noch einmal den Tag, an dem Sandrine in die Boutique gekommen war. Groß mit langen Beinen, schmalen Hüften und satten Brüsten, einem Madonnengesicht mit grünen Augen. Ihr kastanienbraunes Haar war zu einem Zopf geflochten. Andy, der Besitzer der Boutique, war wie ein Blitz auf sie zugeschossen, die gestählten Muskeln aufgepumpt wie ein Hirsch in der Brunftzeit, doch Sandrine hatte durch ihn durchgeschaut und nur Augen für sie gehabt. Dessous hatte sie anprobiert, hatte sie um Rat gefragt und sie immer wieder fixiert, einmal leicht berührt. Dann war sie gegangen und hatte sie aufgewühlt zurückgelassen, unsicher in ihren Empfindungen und traurig wie nach einer verpassten Chance.

An diesem Abend hatte sie wild mit ihrem Freund geschlafen, sich gewehrt gegen den Sog der Gefühle und sich auch beruhigt. Doch nur wenige Tage später sprach Sandrine sie nach der Arbeit an, locker, so wie sie die Übersetzungen simultan vom Französischen ins Deutsche machte, drüben bei der EU. Sie nahm ihre Einladung zum Essen an, ganz selbstverständlich. Es wurde ein toller Abend. Auf dem Weg zurück legte ihr Sandrine die Arme um die Schultern und küsste sie mit einer Leidenschaft, die sie bis dahin nicht gekannt hatte. Sie glaubte, den Kuss zu schmecken.

Ihr Herz tat den letzten Schlag und ihre Muskeln erschlafften. Das Gesicht der Freundin war das Letzte, was sie im beginnenden Vergessen wahrnahm.

Der Tod war da.

*

Am nächsten Morgen war Lichthaus erst gegen neun im Präsidium. Er hatte mit Claudia noch ausgiebig gefrühstückt und sich schweren Herzens von ihr und Henriette verabschiedet. Claudia weinte, als er schließlich abfuhr, und ihre Tränen brannten noch immer in seinen Gedanken, als er den Gang entlangkam und Marx schon auf ihn wartete.

»Wir haben ein vermisstes Mädchen. Karla Springer.«

»Etwas für uns?« Sein Ton war unfreundlich.

Marx schaute ihn gereizt an. »Sonst wäre ich nicht hier.« Er folgte Lichthaus in sein Büro.

Lichthaus schob die Unterlagen der Überwachung in Manderscheid auf die Seite und notierte sich die Einzelheiten, die Marx berichtete, bis sie zum Sportcenter in der Metternichstraße kamen, wo Karla Springer zuletzt gesehen worden war.

»Was? Da sind Steinrausch und ich an dem Abend doch vorbeigefahren.« Er schüttelte ungläubig den Kopf.

»Gleich wird Sandrine Moulin hergebracht. Sie hat ihre Freundin als vermisst gemeldet. Und eine Streife ist los. Sie befragen diese Bodyfritzen und suchen da in der Nähe nach dem Auto.«

»Gut, geben Sie mir Bescheid, wenn es was Neues gibt.«

Als er allein war, machte er sich an die Arbeit. Wenk würde kommen, um mit ihm die Überwachung des Mittelalterfestes vorzubereiten. Sie würden die Turnierwiese und das unmittelbare Umfeld des Kampfplatzes mit vier Teams abdecken, die aus Scherer und Marx, Sophie Erdmann und Steinrausch sowie vier Kollegen des Fahndungsteams gebildet werden würden. Ein weiteres Team würde am Eingang postiert sein, um überall schnell eingreifen zu können. Er selbst wollte mit einem Techniker und einem Ersatzmann im Wohnwagen warten und alles steuern. Es blieb ihm hierzu nur der Funkkontakt, da die Installation von Kameras zu problematisch war. Eigentlich zu wenig. Wenk könnte im Hintergrund zwei Streifen in Bereitschaft halten. Für den Nachmittag waren die Vorbereitungen in Manderscheid vorgesehen, da die Schausteller bereits am nächsten Tag mit dem Aufbau der Buden beginnen würden.

Es klopfte und Scherer steckte die Nase herein. »Frau Moulin ist da. Ich glaube, die ist lesbisch«, er grinste. »Ein Totalverlust für die Männerwelt.«

Lichthaus folgte ihm irritiert, wusste aber sofort, was er gemeint hatte, als er Sandrine Moulin sah. Schön wie ein Model, leger gekleidet in Jeans und Bluse, saß sie angespannt da und strich die offenen dicken Haare nervös aus dem sorgenvollen Gesicht. In der ungewohnten Umgebung fühlte sie sich offensichtlich unwohl.

Er fragte wenig und ließ sie erzählen. Obwohl sie Ausländerin war, wusste sie die Worte zu setzen; präzise auf das Wesentliche reduziert. Karla Springer war wie gewöhnlich am Dienstag nach der Arbeit zum Sport gegangen, hatte sich aber später nicht mehr gemeldet. Nach einer Weile des Wartens und Suchens, war sie nun gekommen, um eine Vermisstenanzeige zu machen. Als sie dann auf ihre Beziehung zu sprechen kam, wurde es still im Raum. Stumm hörten die Beamten zu, wie sie ihre Freundin mit einer Liebe umschrieb, wie Lichthaus es zuvor noch nicht erlebt hatte. In sich gekehrt saß sie da, mit den Fingern auf dem Tisch malend, und sprach über Besonderheiten und Alltäglichkeiten, Karlas Lachen und ihre Zuverlässigkeit, Zukunftspläne und die Angst, da sie verschwunden war. Lichthaus fragte sich, ob er in der Lage wäre, seine Gefühle für Claudia so intensiv und zugleich unaufdringlich zu beschreiben, und musste die Frage verneinen.

Sie gab Lichthaus ein Foto und schaute ihn groß an. Angst und Stärke zugleich stand in den schönen Augen geschrieben, und er entschloss sich, auf ihre Stärke zu bauen. Er erzählte von Eva Schneider und ihrer Fahndung nach dem Täter, erklärte ihr, warum sie zu dritt einen Vermisstenfall bearbeiteten und auch von seiner Sorge, dass Karla Springer ein weiteres Opfer sein könnte. Sofort füllten sich die großen Augen mit Tränen, liefen aber nicht über, als sie nickte und aufstand. Lichthaus hätte sie gerne getröstet, aber das war nicht sein Job. Er hatte einen Mörder zu fangen.

*

Im Besprechungsraum wartete bereits Wenk. Allein. Müller hatte es offensichtlich vorgezogen nach ihrer gestrigen Meinungsverschiedenheit nicht zu kommen, was nicht weiter störte.

Wenk erwies sich als Glücksfall. Als sie eintraten, hatte er einen Beamer aufgebaut und führte ihnen einen kurzen Film vom letzten Ritterfest vor, den er weiß Gott woher besorgt hatte. Die Aufnahmen waren im Hellen gemacht. Der Schwenk der Kamera lief über den Burghof und zeigte bunte Fahnen und allerlei Schaustellerei, die vor allem die Kinder zum Lachen und Mitmachen animierte. Die Szene wechselte hinunter zur Wiese, wo ebenfalls große Menschenansammlungen zu sehen waren, zwischen denen eine Hexe und andere Gaukler ihre Vorführungen machten. Lichthaus konzentrierte sich auf Einzelheiten. Die unüberschaubare Masse an Besuchern überraschte ihn. Auf einer Bühne etwas abseits spielten Bands Musik, die an irischen Folk erinnerte, wozu die zahlreichen Zuschauer, viele in Trachten, aufgedreht tanzten.

»Schaut euch mal den verlausten Verein an. Ich dachte, das hätten wir in den Achtzigern hinter uns gelassen.« Marx schüttelte den Kopf, während die anderen grinsten. Ein weiterer Schnitt und sie sahen die Schwertkämpfer in Aktion. Ein Halvar drosch mit dem Schwert auf den Schild eines zweiten Ritters ein, der sich tapfer verteidigend zurückzog. Die Kämpfe fanden in einem speziell abgezäunten Bereich statt, der von mehreren hundert Zuschauern umstanden wurde. Anschließend verflachte der Film und zeigte die Verkaufsstände und Met saufende Pseudoritter. Kurz darauf war er zu Ende.

»Vom Roten Ritter haben Sie keine Aufnahme?« Wenk verneinte. »Schade. Gehen Sie bitte noch mal zurück zum Kampfplatz.« Lichthaus lehnte sich vor, während Wenk die Sequenz erneut startete. Der Bereich grenzte unmittelbar an die Verkaufsbuden und war von der Seite aus völlig uneinsehbar. »Wir wollen ihn dort abfangen. Die Absperrungen dürfen diesmal nicht so dicht an den Buden stehen. Wenn es Ärger gibt, kann er hier durch.« Wenk nickte.

»Ist samstagabends auch so viel los?«

»Noch mehr. Ich habe Ihnen den Film mitgebracht, damit Sie sich ein Bild machen können. Im vergangenen Jahr war ich kurz davor, den Zugang zum Gelände zu sperren. Wenn Sie Überwachungsteams einsetzen, sind die lange auf sich gestellt, bevor Kollegen zu ihnen durchkommen.«

»Wie wollen wir zugreifen? Wir wissen ja nicht, ob er tatsächlich der Täter ist«, meldete sich Scherer.

Lichthaus zögerte. »Mit Nachdruck und Härte. Ich will kein Risiko eingehen. Wenn wir falsch liegen, halte ich auch den Kopf dafür hin, kein Problem.«

Die Kollegen grinsten schief.

»Wenn der Kampfplatz von allen Seiten her zugänglich und frei einsehbar wäre«, er dachte einen Augenblick nach, als Steinrausch, was er selten tat, das Wort ergriff.

»Wir sollten mit einem der Schwertkämpfer ausmachen, dass er gegen den Roten antritt. Er kann sich langsam in eine Richtung zurückdrängen lassen. Da stellen wir ein Team auf. Auf ein Zeichen hin werden wir zuschlagen, während sich unser Kämpfer zurückzieht. Das Risiko ist dann minimal.«

»Die Chancen ihn zu fassen auch«, maulte Marx. »Wenn der etwas mitbekommt, ist er vorher weg, und wir können nur zuschauen. Mit so wenigen Leuten ist das doch russisches Roulette.«

Die Diskussion dauerte an. Letztendlich einigten sie sich auf Steinrauschs Plan, beschlossen jedoch, mit Teams den Platz zu überwachen. Nach etwa zwei Stunden waren sie mit den Details durch. Sie erwogen gerade, Müller um weitere Beamte zu bitten, als Lichthaus' Handy vibrierte. Er schaute kurz aufs Display, nahm das Gespräch entgegen, lauschte kurz und beendete es ziemlich schnell.

»Sie haben das Auto von Karla Springer gefunden. Warten wir ab, was da herauskommt. Thomas, du fährst mit nach Manderscheid und koordinierst den Aufbau.«

In seinem Büro fand er die erwartete Videokassette aus Wiesbaden vor und legte sie ein. Die Bänder waren von schlechter Qualität. Nur der unmittelbare Bereich vor dem Tor war deutlich erkennbar, das weiter hinten stehende Gebäude, in das Stefanie

Cordes hineingezogen worden war, sah man nur undeutlich. Nichts passierte, bis auf einen PKW, der dorthin abbog. Lichthaus versuchte zu zoomen, doch es war noch nicht einmal möglich, den Fahrzeugtyp zu erkennen. Er telefonierte mit Spleeth, der ihn beruhigte und auf die Aufbereitung des Materials durch neuartige Verfahren vertröstete. Es blieb also ein wenig Hoffnung, er brachte die Kassette zur Spurenauswertung.

*

Lichthaus schaute missmutig aus dem Fenster und beobachtete einen Jugendlichen, der unmittelbar vor ihm zwischen Wohnwagen und Hauswand kotzte. Es war mittlerweile halb elf, und er glaubte nicht mehr, dass der Rote Ritter auftauchen würde. Auch wusste er nicht, ob er das noch wollte. Er wünschte sich nach Hause. Das Warten war zermürbend, es fiel schwer, die Aufmerksamkeit hoch zu halten. Bei den Besuchern hingegen schien die Stimmung auf dem Höhepunkt zu sein. Und hier, am Rand des Geschehens, zeigten sich die Folgen. In der vergangenen Stunde hatten drei Männer an dieselbe Stelle gepinkelt. Außerdem war sich ein Pärchen so nahe gekommen, dass ihr unterdrücktes Stöhnen deutlich zu vernehmen war.

Sie hatten den Wohnwagen außen als Büro gekennzeichnet. Er stand hinter dem großen Bierstand. Aus dem Rückfenster hatte man einen guten Blick auf die Bühne und das Gelände. Die Turnierwiese konnte man von hier aus nicht einsehen. Im hinteren Teil befand sich ein Techniker, der darauf achtete, dass der Funkkontakt nicht unterbrochen wurde, und der dauernd an seinen Armaturen drehte. Dabei erzeugte er ständig Rückkopplungen, die unangenehm in Lichthaus' Ohren quietschten. Alle fünf Minuten mussten sich die Teams melden. Bislang war alles ruhig geblieben.

Er war genervt, nicht nur wegen des Technikers, sondern allgemein. Seit gestern lief alles schief. Das Wetter hätte für den Einsatz nicht schlechter sein können. Den Freitag über und am heutigen Vormittag hatte ein böiger Wind Schauer über die Eifel getrieben. Bei den warmen Temperaturen lag nun das ganze Gelände unter einer schweren Glocke aus Dunst, in der es zu kochen schien. Es war unangenehm schwül. Die mittlerweile zertrampelte Wiese war mit knöchelhohem Schlamm bedeckt, und er war froh, hier im Trockenen zu sitzen. Wie Wenk vorausgesehen hatte, tat das Wetter dem Fest keinen Abbruch. In einer fast undurchdringlichen Masse schoben sich Besucher jeden Alters über den Platz und erschwerten den Teams ihre Arbeit. Zudem nahm der Alkoholpegel kontinuierlich zu. Rempeleien und Pöbeleien wurden häufiger, bildeten Horte der Unruhe. In diesem brodelnden Getümmel erhöhten sich für den Gesuchten die Chancen, unerkannt zu entkommen. Für Lichthaus war das Schlimmste jedoch, dass der Rote Ritter wahrscheinlich überhaupt nicht ihr Täter war.

Gestern Abend gegen neun war die Erkenntnis, auf der falschen Fährte zu sein, über ihn hereingebrochen. Es hatte an der Tür geklingelt, und zu seinem großen Erstaunen stand Spleeth davor. Im ersten Augenblick hatte er an den Durchbruch geglaubt, hatte gehofft, der Film aus Wiesbaden hätte den entscheidenden Hinweis gebracht, doch ein Blick in Spleeths abgehärmtes Gesicht und auf den nervös auf und ab hüpfenden Adamsapfel belehrten ihn sofort eines Besseren. Müde war der Kollege seiner Aufforderung gefolgt und gebeugt ins Wohnzimmer geschlurft.

»Was ist denn los?«

»Der Knopf stammt aus einer Serie.«

Lichthaus hatte seinen Ohren nicht trauen wollen. »Was? Sie haben doch gesagt ...« Spleeth hatte ihn händeringend unterbrochen.

»Es ist alles Handarbeit, wie ich gesagt habe. Nur hat der Hersteller etwa einhundert Stück verkauft.«

»Woher wissen Sie denn das auf einmal?«, er war unfreundlich gewesen, fast wütend über den sonst so peniblen Erbsenzähler.

»Der Mann aus dem Knopfmuseum hat mich angerufen und mir die Adresse gegeben. Ich habe gerade dort angerufen.«

»Haben Sie wenigstens eine Kundenliste?«

»Nein.«

»Verdammt noch mal. So eine Schlamperei«, er hatte geschrien und auf den Tisch geschlagen, aber das hatte auch nicht weitergeholfen. Spleeth war bei Lichthaus' Ausbruch zusammengezuckt und saß wie ein ertappter Schüler auf der Sofakante. Nur langsam hatte er sich gefangen und zu fragen begonnen. Es war unfair, Spleeth dafür verantwortlich zu machen, dass seine Hoffnung auf den bevorstehenden Einsatz zerstob wie der Nebel im Wind.

Die Knöpfe waren überwiegend in Norddeutschland vertrieben worden. Nur zweimal hatte der Hersteller an einem Markt hier in der Nähe teilgenommen und vielleicht dreißig Stück verkauft. An Kunden erinnerte er sich nicht. Dreißig waren nicht viel, doch die Wahrscheinlichkeit, dass Roter Ritter und Täter identisch waren, reduzierten sich so weit, dass ihr Einsatz kaum zu rechtfertigen war. Einen Augenblick lang hatte er resigniert. Müller würde Recht behalten und es ihn auf seine widerliche Art spüren lassen. Er hatte letztendlich beschlossen, die Information zurückzuhalten und die Aktion wie geplant durchzuführen. Immerhin bestand ja nach wie vor die Möglichkeit, dass der Gesuchte der Täter war. Sollte er nicht auftauchen, würden sich die Probleme von allein lösen. Ein Knacken im Kopfhörer riss ihn aus seinen Gedanken.

»Ja?«

»Hier Steinrausch. Wir sind am Burggraben. Alles ruhig.«

Er bedankte sich. Der Regen setzte wieder ein. Eine neue Band spielte endlich gute Musik. So eine Mischung aus Country und irischer Volksmusik. Zuvor hatten mindestens fünfzehn Musiker, die aussahen wie aus dem Museum, mit bauchigen Streichinstrumenten, Trommeln und Rasseln einen entsetzlichen Sprechgesang vorgetragen, zu dem selbst die härtesten Mittelalterfans nicht mehr tanzten. Jetzt aber kochte die Stimmung wieder hoch. Die Zuschauer tobten in wildem Pogo durch den Schlamm und schienen sich herrlich zu amüsieren.

Sophie Erdmann meldete sich routinemäßig ohne besondere Nachrichten vom anderen Rand des Festplatzes. Die Teams waren bestimmten Strecken zugeteilt, die sie in einem festen Turnus abschritten. Im Augenblick waren sie an den äußersten Punkten ihrer Routen angelangt und kamen dann in einer Schleife zurück zum Wohnwagen, um wieder von vorn zu beginnen.

Er starrte nach draußen. Voller Zweifel und düsterer Gedanken. Der Knopf war die einzige heiße, eigentlich nur lauwarme Spur. Hätten sie heute keinen Erfolg, würde nur die Ochsentour bleiben, die allzu oft ins Leere führte.

»Hier Scherer. Alles ruhig. Ich habe eben deine Ragnhild gesehen.« Lichthaus konnte praktisch hören, wie er grinste.

»Du meinst Frau Andries.«

»Die sieht selbst in dem blöden Fummel top aus«, er machte eine kleine Pause. »Ob die einen Ritter hat?«

»Ich dachte du bist versorgt?«

»Ich? Nein. Seit vier Wochen nicht mehr. Gibt's da also einen Kerl?«

»Ja. Auf Kreuzzug im Kosovo.«

»Hmh, ob die einen Keuschheitsgürtel trägt?«

Lichthaus lachte zum ersten Mal an diesem Abend. Scherer wieder einmal auf der Pirsch. »Du kannst sie ja mal fragen. Kauf dir doch eine Rüstung.«

»Ich denke eher an die Minne.«

»Oh je, ein Poet«, warf Sophie Erdmann ein, die mithörte.

»Konzentration, Leute, und jetzt raus aus der Leitung«, mahnte Lichthaus an und verfiel wieder in seine trüben Gedanken, als Scherer sich kurz darauf erneut meldete.

»Ich sehe ihn. Etwa zehn Meter vor mir.«

Lichthaus sprang auf. »Wo bist du jetzt.«

»Er geht zwischen den Buden hindurch Richtung Steg.«

»Wo ist Marx?«

»Äh. Zur Toilette.«

»Halt Abstand«, er schaltete um. »Alle zum Steg. Der Gesuchte befindet sich auf dem Weg dorthin.«

»Er haut ab.« Scherers Stimme klang nervös. »Ich versuche, ihn aufzuhalten.«

»Nicht allein. Bleib dran und warte bis Marx oder die anderen zu dir stoßen.« Lichthaus wurde unruhig. Wenn der Mann nicht zum Kampfplatz ging, dann nur, weil er Wind von der Überwachung bekommen hatte. Er war also alarmiert. Aus dem freigeschalteten Kopfhörer waren nur leiser werdendes Stimmengewirr und Schritte zu hören.

»Thomas, wo bist du?«

»Er geht in Richtung Fluss. Ich spreche ihn jetzt an.«

Angst stieg in Lichthaus auf. Scherer handelte gegen alle Regeln. »Lass das und warte auf die anderen. Das ist ein Befehl.«

»Polizei. Hallo, Sie da, bleiben Sie mal stehen!« Scherers Stimme war laut zu vernehmen, dann sprach er leise ins Mikrofon. »Er reagiert.« Es entstand eine kleine Pause. »Könnten Sie sich bitte ausweisen.«

Lichthaus presste den Hörer an die Ohren. Ihm brach der Schweiß aus. Scherers Alleingang war unverantwortlich, doch er konnte nicht eingreifen. Außer dem schwachen Summen des Fests herrschte Stille.

»Bleiben Sie stehen oder ich ...«

Ein Geräusch wie reißender Stoff schnitt scharf durch den Kopfhörer, und dann ein Stöhnen, das er nie vergessen würde. Es war nicht allein der qualvolle Ausdruck von Schmerz und Überraschung, sondern tief unten tönte darin der Tod. Lichthaus war wie erstarrt. Scherer zog schwer die Luft ein, wieder das reißende Geräusch, und dann entrang sich seiner Kehle, direkt ins Mikrofon, ein gurgelndes Krächzen wie von einem waidwunden Tier.

»Thomas, was ist los?« Er brüllte so laut, dass der Techniker zusammenzuckte und herumwirbelte. Atemlos lauschte er weiter, hörte aber nur ein leises Keuchen, das nicht von Scherer stammen konnte, da es zu weit vom Mikrofon entfernt kam. Doch da war noch etwas. Ein Rascheln, so als ob ein schwerer Gegenstand über die Wiese gezogen würde.

»Thomas! Thomas?« Nichts.

Er schaltete alle hinzu.

»Er hat Scherer erwischt. Beeilung. Runter zum Fluss.« Alle schrien gleichzeitig los, aber er ignorierte die wirren Fragen der Kollegen und riss sich den Kopfhörer von den Ohren. »Krankenwagen zum Steg!«, schrie er dem verdatterten Techniker zu und trat krachend die Wohnwagentür auf. Er landete im weichen Schlamm und stürmte los, geradewegs auf die Trauben feiernder Menschen zu, geradewegs zu seinem sterbenden Kollegen. Er nahm instinktiv den Weg links vorbei an der Musikbühne, vor der getanzt wurde, und versuchte, zwischen den Bierständen durchzuschlüpfen. Heike Andries hatte für alle einen Poncho mit mittelalterlichen Motiven organisiert, den sie über den Waffengurt ziehen konnten, aber jetzt war ihm jede Tarnung egal. In der Rechten die Pistole, in der Linken eine Maglite versuchte er, sich einen Weg zu bahnen. Die Menschen, viele angetrunken, standen eng beieinander, unbeweglich wie eine homogene Masse. Ein Pudding aus Leibern. Die zuvorderst standen, sahen ihn kommen und wollten ausweichen, doch steckten sie unfähig zu größeren Bewegungen fest. Er brach zwischen ihnen hindurch. Rücksichtslos. Gebrauchte seinen ganzen Körper wie einen Rammbock, schrie nicht einmal Polizei, sondern pflügte kaum etwas wahrnehmend hindurch. Er spürte, wie zwei Besucher schreiend in den Schlamm krachten, sah, wie sich Bierbecher über Kleidung ergossen, hörte die wildesten Flüche, doch in seinem Kopf brandete nur das Echo von Scherers Stöhnen, ließ ihn den Abgrund spüren, in den dieser geschaut hatte.

Viel zu viel Zeit benötigte er, um die Menschenmasse hinter sich zu lassen. Hinter den Bierständen wurde es leerer, und er sprintete, was sein Körper hergab, fiel hin, sprang wieder auf, bis er am Fluss ankam. Die Lieser war an dieser Stelle locker mit Auwäldern bewachsen. Kinder hatten mittags hier unten getobt, hatten Schiffchen fahren lassen und waren schreiend in die Lieser gefallen. Doch jetzt wirkten die Bäume wie abweisende Riesen, die Schlimmes zu verbergen hatten.

Er sprang zwischen ihnen hindurch, kam ins Stolpern und rutschte über Äste und fauliges Laub bis unmittelbar an das Ufer. Schnell wirbelte er herum und bewegte sich einige Meter schleichend weiter, um nicht Opfer eines Schusses zu werden. Dann ging er in die Hocke und zwang Puls und Atmung zur Ruhe. Es gelang nicht sofort, und er beobachtete keuchend den Fluss und das gegenüberliegende Ufer. Die Lieser gluckerte schwarz zu seinen Füßen vorbei. Nur hier und da ließ eine weiße Schaumkrone erkennen, wo die Wasserfläche war. Der Fluss war etwa fünf Meter breit und maß selbst an tiefen Stellen nur einen halben Meter, zwischendrin gab es aber auch Passagen, wo das Wasser gerade bis über die Knöchel reichte. Auf der anderen Seite stieg die mit Mischwald bewachsene Böschung steil an. Keine Wege führten hinauf. Außer dem fließenden Wasser war nichts weiter zu hören, als das entfernte Gemurmel der Besucher, die sich ein Stück weiter zu seiner Rechten geduldig über die Brücke und den Steg drückten. Schwaches Licht beleuchtete die Szenerie. Einen Ritter konnte er nicht ausmachen. Er ging in die Knie und spähte gegen den Lichtschein vom Festgelände den Fluss entlang, aber auch so war nichts zu erkennen. Wo blieben bloß die Kollegen?

Er wandte sich nach links und arbeitete sich flussaufwärts, wobei er immer wieder die Lampe aufblitzen ließ, um das Ufer abzusuchen. Das Letzte, was er aus Scherers Mikrofon gehört hatte, waren die Fließgeräusche des Wassers gewesen. Vermutlich hatte der Täter ihn hierher gezogen, um unbemerkt zu entkommen. Er hielt inne und lauschte. Nichts. Nur das Summen des Festes, gelegentlich von gedämpften Rufen durchbrochen. Er ging weiter, beklommen suchend. Das Unterholz wurde dichter, er kam nun langsamer voran. Teilweise reichten die Äste der Haselnusssträucher so weit herab, dass er in den Fluss ausweichen musste. Das Wasser lief ihm in die Schuhe und war trotz der Hitze der vergangenen Wochen eiskalt. Doch er beachtete es nicht, suchte weiter, fand Unrat, scheuchte zwei Mäuse und eine Amsel auf, die voller Angst protestierend in die Dunkelheit flüchteten.

Endlich hörte er die Kollegen. Steinrausch und Sophie Erdmann kamen geduckt am Rand des Auwaldes gelaufen. Er schaltete kurz die Lampe ein, um den beiden seine Position zu zeigen, als er die Schleifspuren sah, die unmittelbar am Ufer endeten, sich noch einige Zentimeter durch den weichen Schlamm zogen, bevor sie im Dunkeln verschwanden. Lichthaus' Blick verlängerte im Geist die Linie über das Wasser hinweg und fand, was er suchte. Scherer lag mitten im Fluss, den Kopf über Wasser, das Gesicht nach oben. Hoffnung brandete in ihm auf. Noch schien nicht alles verloren.

»Hier, ich habe ihn gefunden«, brüllte er mit sich überschlagender Stimme so laut er konnte und stürmte ins Wasser. Er schaltete die Lampe auf Dauerbetrieb, pfiff auf alle Vorsicht. Scherer lag, den Oberkörper von Wellen umspült, auf einer kleinen Sandbank und konnte so nicht abgetrieben werden. Im Schein des Lichtstrahls konnte er keine äußeren Verletzungen erkennen, doch das täuschte vielleicht. Eile war geboten. Gerade als er sich nach unten beugte, um Scherer anzuheben, kamen Sophie Erdmann und Steinrausch herbei und sprangen ohne zu zögern in den Fluss. Gemeinsam hoben sie den Kollegen an. Im fahlen Licht konnte Lichthaus erkennen, wie panikgleiche Angst ihre Gesichter verzerrte. Lichthaus wusste, dass er ebenso aussah. Sie stöhnten vor Anstrengung. Der Poncho und die restliche Kleidung zogen vom Wasser vollgesogen schwer nach unten, während sie über die glitschigen Steine zum Ufer taumelten. Lichthaus bemühte sich, Scherers Kopf waagerecht zu halten, und spürte eine Kälte von ihm ausgehen, die seinen Mut sinken ließ. Endlich auf dem Trockenen legten sie ihn keuchend auf dem engen Flussrand ab und richteten sich auf. Eine hilflose Pause entstand, in der sich alle nur anstarrten, dann ließ sich Lichthaus halb im Fluss kauernd nieder. Der Puls war nicht mehr tastbar, die Haut eiskalt.

»Kein Puls, holt den Krankenwagen her. Und eine Ringfahndung, Wenk soll eine Ringfahndung nach dem Schwein anleiern«, seine Stimme überschlug sich wieder, war schrill vor Angst und Schmerz. Steinrausch sprintete los. Sophie Erdmann, zitternd vor Kälte, hatte bereits begonnen, Scherers Brust zu bearbeiten. Lichthaus beugte sich nach unten. Die Augen des Kollegen waren geschlossen und sein Gesicht schimmerte wie eine weiße Scheibe im Dunklen, als er den Kopf vorsichtig überdehnte, seinen Mund auf die kalte Nase presste und warme Luft in den Körper blies. Er atmete ein und machte weiter, um ihm neues Leben, neue Wärme einzuhauchen. Immer weiter. Verzweifelt.

»Er ist tot.« Sophie Erdmann ließ sich zurücksinken und legte ihm die Hand auf die Schulter. Die Stimme tonlos. »Hör auf, es hat keinen Zweck mehr.«

Er nickte und blieb einfach sitzen, spürte nicht die Kälte, sondern nur die unendliche Leere. Dann hörten sie ihn oben vom Gipfel des steilen Prallhangs der Lieser brüllen.

»Gral, Gral, ich bin dir näher.« Immer wieder.

»Du verdammtes Schwein.« Sophie Erdmann kreischte. »Du verdammtes Schwein.«

Wutentbrannt sprang Lichthaus auf und starrte hinauf. Da stand er, kaum wahrnehmbar gegen den dunklen Himmel, das Schwert hoch in die Luft gereckt. Er reagierte instinktiv, riss die Walther aus dem Halfter, ging mitten im Wasser stehend leicht in die Knie. Doch dann zögerte er.

»Knall ihn ab. Los, knall ihn ab. Worauf wartest du denn!«

Lichthaus drückte ab. Schnell hintereinander jagte er das ganze Magazin in die Dunkelheit, bis die Waffe aufsprang. Die Silhouette war verschwunden. Lichthaus ließ die Pistole sinken. Beißender Qualm hing in der Luft, seine Ohren dröhnten, und er fühlte sich einen kurzen Moment orientierungslos wie in einem bösen Traum.

Unschlüssig watete er zurück, setzte sich neben die haltlos weinende Sophie Erdmann und starrte auf Scherers Leichnam. Ein ums andere Mal spulte er den ganzen Abend wieder und wieder ab. Er hatte Recht behalten und war trotzdem gescheitert. Dann riss er sich zusammen, drückte die Emotionen weg und verbannte sie in eine Ecke seines Hirns. Sie würden wiederkommen und ihn hart treffen, das wusste er, doch wenn er noch etwas retten wollte, die Aktion, sich und das Team, musste er handeln.

»Komm, wir müssen was unternehmen.« Er zog sie hinter sich her zum Rand der Wiese. Dann ließ er sich ihr Handy geben. Wenk war sofort am Apparat.

»Hier Lichthaus. Scherer ist tot«, er sprach mit rauer Stimme und schluckte schwer. »Der Täter ist flüchtig. Was ist mit der Ringfahndung?«

»Steinrausch war da. Ich habe Schüsse gehört. Was ist denn los da unten?« Wenk war verwirrt. Lichthaus spürte, dass er an seine Grenzen stieß.

»Ich habe auf den Tatverdächtigen geschossen. Was ist mit der Ringfahndung?«

»Wieso geschossen?«

Lichthaus wurde deutlich. »Wenk, reißen Sie sich zusammen. Mir geht es auch zum Kotzen, aber ich will das Schwein haben. Was ist mit der Ringfahndung?«

»Wittlich ist informiert. Von uns kontrollieren zwei Streifenwagen den unmittelbaren Bereich.«

»Gut. Wo ist Steinrausch?«

»Zurück zu Ihnen. Machen Sie sich keine große Hoffnung. Wenn er hinter Papenburg ist, sehen wir den nicht wieder. Da kann er in alle Richtungen weg.«

»Ich weiß, trotzdem danke. Bitte informieren Sie die Spurensicherung und die Staatsanwaltschaft.«

Dann rief er Müller an. Erfolglos. Er hinterließ eine Nachricht, als plötzlich Marx neben ihm auftauchte und an ihm vorbei runter zum Fluss ging. Er bewegte sich steif, fast hölzern, so als wollte ein Teil von ihm weglaufen, während der andere ihn unbarmherzig weitertrieb. Unten blieb er stehen, hielt Abstand und starrte auf die Leiche. Er roch nach Bier und rieb sich dauernd über den Mund.

Lichthaus lief hinter ihm her. »Das ist Ihr Toter, Marx.« Seine Stimme zitterte leise.

»Ich konnte ihn nicht mehr finden. Hab ihn gesucht. Das Mikro war auch tot.«

»Wo waren Sie denn?«

»Äh, auf der Toilette.«

»Blödsinn!« Er schrie jetzt. »Saufen. Ich kann es doch bis hierhin riechen. Sie haben Ihren Partner kläglich im Stich gelassen. Er hat sich auf Sie verlassen.«

»Ich konnte nicht ahnen ...«, Marx sprach erstickt und rang die Hände. Lichthaus unterbrach ihn leise mit unterdrückter Wut. »Wissen Sie was? Hauen Sie ab! Verschwinden Sie, bevor ich mich vergesse!«

Der Blick, den Marx ihm einen Sekundenbruchteil lang zuwarf, brachte ihn wieder zur Vernunft. Ein Schrei nach Hilfe. Verzweiflung und Schuld. Dann rannte er weg.

»Stop, bleiben Sie hier, ich habe es nicht so gemeint.«

Doch Marx war verschwunden. Lichthaus fluchte auf sich

selbst. Sie brachen auseinander. Mühsam richtete er sich auf. Das durfte er nicht zulassen. Er fror. Oben wartete Sophie Erdmann auf ihn, doch er wich ihren Blicken aus.

Den Rest des Abends funktionierte er automatisch wie ein Roboter. Das Fest wurde abgebrochen und der Platz gegen wilde Proteste geräumt. Die Spurensicherung rückte an und nahm die wenigen Spuren auf. Tauchte alles in gleißendes Licht. Die Staatsanwaltschaft, Gott sei Dank kam Cornelia Otten, verhörte ihn und die anderen und nahm die Tonbänder mit. Endlos lange kamen ihm die Fragen vor. Wie alles geplant war. Wo er war. Im Wohnwagen. Wieso Scherer allein war. Marx war auf Toilette. Wo Marx jetzt war. Unendliche Litaneien. Routine, doch irgendwie tröstlich. Es ging weiter, und man war abgelenkt.

Als der Notarzt und die Spurensicherung fertig waren, bargen sie den Körper. Lichthaus, Sophie Erdmann und Steinrausch standen dicht beieinander. Schutzsuchend. Es war zwischen den Büschen zu eng, um den Toten direkt am Fluss in den Zinksarg zu legen. Daher trugen zwei Streifenbeamte und die Männer, die den Sarg gebracht hatten, den Leichnam hinauf ins grelle Licht der Scheinwerfer. Sie hatten ihn an Armen und Beinen gepackt und ächzten unter dem Gewicht. Als sie zwischen den Büschen hervorkamen, trieb es Lichthaus die Tränen in die Augen. Scherers Kopf war nach hinten gefallen und baumelte willenlos hin und her. Sein Mund war aufgesprungen, und die Zunge hing obszön heraus. Sophie Erdmann begann wieder zu weinen, und Steinrausch nahm sie in den Arm, drehte sie von dem makabren Schauspiel weg. Lichthaus schaute schnell in den dunklen Himmel hinauf, um die Tränen nicht laufen zu lassen, als sich eine Hand auf seine Schulter legte.

»Das ist immer hart.« Cornelia Otten war neben ihn getreten. Sie rauchte eine Zigarette und inhalierte den Rauch. Im Licht der Scheinwerfer sah sie alt aus. Tiefe Furchen zogen sich über ihr Gesicht und gaben ihm den Ausdruck, den ein solcher Augenblick brauchte. Lichthaus blinzelte und schaute sie an, vermied einen Blick auf den sich schließenden Sargdeckel.

Sie lächelte bitter. »Jetzt, wo wir allein sind. Wie konnte das passieren? Scherer hat einen Fehler gemacht, okay, aber eigentlich finde ich den ganzen Einsatz, sagen wir es mal nett, laienhaft. Sie sind doch sonst so gründlich. Keine Ringfahndung vorbereitet, noch nicht mal das ganze Gelände überwacht.«

»Fragen Sie Müller. Ich wollte mehr Teams und einen zweiten Ring, um den Verdächtigen zu ergreifen, wenn er uns hier durch die Lappen geht, doch der Chef hat das abgelehnt.«

»Wieso?«

»Die Spuren waren ihm zu dünn. Alles zu teuer.«

»Es wird eine Untersuchung geben.«

»Er hat mir den Einsatz schriftlich in dieser Form angeordnet. Er hat mir unterschrieben, dass er keine weiteren Teams stellt.«

Er schaute zum öden Festplatz. Zwischen den Buden räumten einige Leute auf, sonst lag die zerfurchte Wiese leer und einsam da. Weiter hinten packte die Spurensicherung ihr Gerät zusammen und fuhr los. Der Kampf hatte also begonnen. Keiner wollte schuld sein. Cornelia Otten bestätigte seine Befürchtungen, als ob sie seine Gedanken gelesen hätte.

»Müller wird es auf Sie schieben. Er hat Freunde.«

Er schaute sie an und Wut kochte in ihm hoch. »Der ist ein hinterhältiges Arschloch. Er spart an allen Enden, bis einer von uns im Gras liegt, und dann sind es die Einsatzleiter gewesen. Wenn er mir blöde kommt, halte ich ihm seine Anweisung unter die Nase.«

»Vielleicht geben Sie mir eine Kopie rein. Es kann ja sein, dass Ihr Protokoll plötzlich in den Akten fehlt. Ich halte es unter Verschluss.«

Lichthaus war überrascht über Cornelia Ottens offenes Misstrauen. Er nickte sie dankbar an.

»Okay!«

»Am besten Sie gehen nach Hause und schlafen sich aus. Morgen kommt es knüppeldick.«

»Und wie soll ich heute Nacht schlafen?«

Cornelia Otten zuckte nur mit den Schultern und winkte noch im Davongehen. Lichthaus folgte ihr steifbeinig bis zu Steinrausch und Sophie Erdmann, den Trümmern seines Teams. Sie unterhielten sich noch eine Weile gedämpft, tranken ein Bier und versuchten, sich neu zu sortieren. Doch das wollte nicht gelingen.

*

Zu Hause in Eitelsbach schaute er dumpf den Lichtern des Streifenwagens hinterher, der langsam in Richtung Ruwer fuhr. Nichts rührte sich, nur ein lauer Wind wehte durch die sternenlose Nacht. Unschlüssig stand er vor der Tür und blickte die Straße entlang. Er hatte Angst vor den Bildern. Oben im Schlafzimmer würden sie aus der Dunkelheit kriechen und sein Bewusstsein füllen. Das weiße Gesicht, die heraushängende Zunge, der Täter. Bis zur Schmerzgrenze würde er sich herumwälzen, das Licht anmachen, doch die Bilder würden wiederkommen, sobald er die Augen schloss. Er würde das Stöhnen hören, das nichts, keine Ohrstopfen, keine Musik, zum Verstummen bringen könnte. Würde seinen Fehler suchen. Immer wieder. Und wenn er dann einschliefe, käme ihm alles im Traum hinterher. Von keinem Abwehrmechanismus gefiltert würde der Schrecken auftauchen, groß und schwer wie ein Riesenkrake und zäh wie Teer an ihm kleben, ihn verfolgen und erst in vielen Tagen Ruhe geben. Und da war keine Claudia, die ihn an sich drücken, die mit ihm reden, ihn trösten könnte. Er musste allein kämpfen. Gegen die Bilder. Und morgen gegen Müller.

Langsam ging er die Straße entlang. Gleich hinter der Gabelung links stand ein Mehrfamilienhaus aus den siebziger Jahren. Schmucklos. Hier wohnte Otto. Sein Weingut lag zwar an der Straße nach Mertesdorf, fast schon aus dem Ort heraus, doch vor vielen Jahren hatte er Platz gemacht für seinen Sohn Werner und dessen Frau mit den damals noch kleinen Kindern. Zusammen mit seiner Erika war er in die Parterrewohnung des neuen Hauses gezogen, das er selbst gebaut hatte. Sie war vor fünf Jahren gestorben. Eines Morgens hatte sie tot im Bett gelegen. Einfach so.

Schön für sie, sagte Otto immer, aber schlimm für mich. Kein Abschied, nichts. Seitdem schlief er schlecht, und so auch in dieser Nacht. Als Lichthaus näher kam, sah er zwischen den Ritzen der Rollläden Licht schimmern. Er zögerte einen Moment, dachte erschaudernd an sein leeres Haus und klingelte. Otto war sofort an der Tür und öffnete, ohne die Gegensprechanlage zu nutzen.

»Was ist los?« Er sah ihn mit angstweiten Augen an. »Claudia oder die Kleine?«

»Nein, keine von beiden.« Er musste einen erbärmlichen Anblick darbieten, um den Alten so zu erschrecken.

»Dann kann es nicht so schlimm sein, wie du aussiehst.« Er atmete hörbar erleichtert aus.

Otto trug einen alten Schlafanzug aus Baumwolle. Blau gestreift und etwas verwaschen hing er zu kurz an seiner stämmigen Figur und ließ einen Blick auf seine weißen, geäderten Unterschenkel frei, die im krassen Gegensatz zu seinem braunen Gesicht standen. Die Wohnung zeugte von Ottos Leben. Viel Arbeit und wenig Ruhe. Sie wirkte funktionell, nur den Bedürfnissen angepasst. Die wenigen Bilder an den Wänden waren wahllos zusammengestellte Farbdrucke großer Meister. Anders als bei manchen alten Leuten, roch seine Wohnung nie ungelüftet und muffig. Otto achtete peinlich genau auf absolute Sauberkeit und wurde hierbei von einer Zugehfrau unterstützt, die zweimal in der Woche kam. Trotzdem, der einzige Raum, den Lichthaus gemütlich finden konnte, war die uralte Einbauküche aus den frühen sechziger Jahren, reif für das Heimatmuseum, stünde hier nicht ein neuer Flachbildfernseher. Es gab indirektes Licht und eine Eckbank mit altmodisch gemustertem Polster, auf die Lichthaus sich schwerfällig setzte.

Wortlos griff Otto in den Kühlschrank, holte eine Schnapsflasche heraus und goss ein. Sie tranken ihn schnell, und eine wohlige Wärme breitete sich in Lichthaus' Körper aus. Otto brannte heimlich, ohne Lizenz den besten Zwetschgenschnaps, den Lichthaus jemals probiert hatte. Er hustete wie immer von dem leichten Brennen in der Kehle.

»Was ist denn los? Erzähl.« Der Alte setzte sich zu ihm auf die Eckbank und schenkte nach.

Lichthaus zögerte, nur das Ticken der Wanduhr war zu hören. Irgendwann begann er zu sprechen, stockend, dann immer flüssiger, der Anfang mit Marianne Schneider bis zu den Grauen des Abends, suchte auch nach Gründen für das Desaster und Entschuldigungen für sich. Als er geendet hatte, schaute er vor sich auf den Tisch und fühlte sich besser, war aber auch fertig.

Otto sah ihn lange an. »Du fühlst dich schuldig?«

Lichthaus blieb erst einmal stumm und lauschte in sich hinein. Neben der Leere, völliger Erschöpfung und Trauer war noch etwas. Nagender, dauernd präsenter Zweifel am eigenen Tun. Er hatte versucht, ihn zu unterdrücken, doch geradezu zwanghaft spulte er immer wieder seine Entscheidungen durch.

»Ja. Ich hätte den Einsatz absagen müssen. Wir waren zu wenige. Außerdem kann ich Marx keine Schuld geben. Der ist krank. Verdammte Scheiße, das ist mir noch nie passiert.«

»Meinst du, es gibt großen Ärger?«

»Mir können sie nichts wollen. Scherer hat sich vollkommen falsch verhalten, und Müller mich hängen lassen.«

»Trotzdem fühlst du dich schuldig.«

»Ja. Und ich weiß nicht, wie ich damit umgehen soll.«

Otto schaute zur Wand und dachte nach.

»Lern damit zu leben. So wie ich«, begann er leise. »Als ich elf war, ist ein Junge hergezogen. Peter. Peter Ossing. Wir haben ihn nur Ossings Pittchen genannt. Sein Vater war in der Verwaltung drüben im Weingut Maximin Grünhaus. Sie wohnten direkt nebenan. Obwohl Pittchen und ich im selben Jahr geboren wurden, war er einen ganzen Kopf kleiner. Frühgeburt, haben die Frauen gesagt. Ein Einzelkind. Wir haben uns angefreundet und viel miteinander gespielt. Für Pittchen war ich bald so etwas wie der große Bruder, den er nie gehabt hat. Er saß in der Schule neben mir, machte mit mir zusammen die Hausaufgaben und half mir oft, denn er war ein guter Schüler. Draußen bei den anderen Jungs war ich sein Beschützer, da er ein richtiger Angsthase war.« Otto lächelte Lichthaus an. »Ich war der Stärkste von allen. Jedes Mal habe ich ihn rausgehauen, wenn die anderen ihn gehänselt haben oder eine Mutprobe anstand. Er war wirklich wie ein kleiner Bruder.«

Otto schaute auf das dunkle Fenster, ohne etwas zu sehen, und stieg in die Vergangenheit. Siebzig Jahre zurück, und als Lichthaus sein Gesicht sah, wusste er, dass die Bilder für den Alten schlimm sein mussten. Es fiel ihm schwer weiterzureden. Er atmete tief ein.

»Ich habe das bis jetzt niemandem erzählt, aber vielleicht hilft es dir ja.« Er zögerte. »Oder mir. Na, egal. Eines Tages im Sommer '36 sind wir hinter Hüsters Mühle ans Ende des Mühlteichs gegangen. Die Ruwer war aufgestaut worden, und es hatten sich große Becken gebildet, wo das Wasser tief war und man toll schwimmen konnte. Wir waren wohl sieben Jungs. Alle sind geschwommen und hatten Spaß, bis Heins Willi, der ist dann 1944 gefallen, auf die Idee kam, von einem Ast aus hineinzuspringen. Nur Pittchen hatte wieder Angst, und die anderen haben ihn ausgelacht, als er da oben saß und nicht gesprungen ist. Ich sehe ihn noch, wie er da hing.« Otto seufzte.

»Die schwarze Badehose vom Jungvolk war ihm viel zu weit und schlotterte an seinem dünnen Körper. Er hielt sich krampfhaft an den Ästen fest und schaute mich an. Voller Angst. Wie zwei braune Rehaugen. Sag was, schrien sie mir zu. Sag, dass ich nicht springen muss. Sie flehten richtig, doch ich war still. Hielt den Mund. Bockig wie ein dummer Esel. Soll er sich doch mal überwinden oder selbst aufgeben, hab ich mir damals gesagt. Die anderen johlten. Hasenfuß, Hasenfuß. Ein Wort hätte genügt, und alles wäre gut gewesen, aber ich schwieg. Er hat sich schließlich abgewendet. Enttäuscht über mich, alleingelassen.« Er machte eine Pause, bevor er weitersprach.

»Wie versteinert hat er nach unten aufs Wasser gestarrt und zum ersten Mal gekämpft. Er ist schließlich auch hinunter, doch genau wie einer, dem die Angst im Nacken sitzt. Ohne Schwung, Beine und Arme ungelenk von sich gestreckt ist er kopfüber runtergeknallt. Ich habe sofort gesehen, dass er zu dicht am Ufer war, und bin rein, bevor er wieder hochkam, um ihn an Land zu ziehen. Die anderen machten noch Witze. Als ich ihn rauszog, war Pittchen voller Panik, die Augen weit aufgerissen. Er konnte sich nicht mehr bewegen, sein Rückgrat war am Hals gebrochen. Das wussten wir aber noch nicht. Zwei sind los und haben einen Leiterwagen geholt, während ich bei ihm blieb.« Wieder schwieg er einen Moment.

»Ich hielt seinen Kopf auf meinem Schoß. Er sagte nichts, sondern sah mich nur an. Anklagend, voll tiefster Enttäuschung. Ich habe den Wagen fast allein gezogen. Vorneweg, um ihn nicht ansehen zu müssen. Bin gerannt wie ein Irrer, mehr um vor meiner Schuld wegzulaufen, als alles andere. Bis zum Ruwerer Krankenhaus unten, da wo jetzt der Kindergarten ist. Da ist er zwei Tage später gestorben. Erstickt. Ich bin nicht hin. Konnte einfach nicht. War zu feige. Seine Mutter ist dran kaputt gegangen. War völlig durchgeknallt. Sie sind irgendwann weggezogen. Keiner hat mir je die Schuld gegeben, aber ich spüre sie bis heute.« Er sah Lichthaus mit schmerzendem Blick an. »Los wird man das Gefühl nie, man lernt, damit zu leben. Pittchen geistert mir immer noch in den Träumen hinterher. Wir spielen, und jedes Mal mache ich den Mund auf, wenn er springt, und kann nichts sagen.«

Otto blinkerte mit den Augen. Er schenkte noch einen Schnaps ein und wiederholte sich.

»Lerne, damit zu leben.«

*

Das Schwert krachte laut dröhnend gegen den Dummy. Immer wieder schlug er zu, wütend, schweißüberströmt. Sie hatten ihn fast gehabt. Ihn, den Roten Ritter, ihn, den noch nie jemand schlagen konnte. Er wischte sich den Schweiß ab und lachte auf. Ja, er hatte es ihnen gezeigt, doch es war knapp gewesen.

Er ging nach oben ins Wohnzimmer und starrte in die Dämmerung. Rauchte und durchlebte zum hundertsten Mal den Abend. Alles hatte so gut angefangen. Diese dilettantische Überwachung und ihre lächerliche Kostümierung. Fünf Minuten hatte er gebraucht, um alle zu identifizieren. Sie wollten ihm eine Falle stellen, doch er hatte seine eigene zuschnappen lassen. Die Zeit hatte für ihn gearbeitet, hatte ihre Aufmerksamkeit eingelullt und ihm die Chance gebracht, auf die er wartete. Dieser Idiot, bevor er ihn erwischte, alberte er noch herum, obwohl er schon isoliert, schon so verwundbar war. Ihn wegzulocken war ein Kinderspiel und noch einfacher war es, ihn zu töten. Versuchte ihn, den Roten Ritter, zu stoppen, streng nach Vorschrift. Er solle sich ausweisen. Eine Drehung und der Dolch bohrte sich zwischen seine Rippen. Dieses Erstaunen in den Augen, als er merkte, dass es zu Ende ging. Welch eine Augenweide. Dann der zweite Stich. Die Augen veränderten sich, zeigten nur noch Panik, bevor sie brachen. Welch ein Triumph.

Die Erinnerung durchfloss ihn wie eine warme Welle, und er schloss die Augen, um das flüchtige Glücksgefühl festzuhalten, aber es zerstob wie ein Schneeball und hinterließ einen bitteren Geschmack. Denn anschließend war alles danebengegangen. Unten am Fluss wollte er eigentlich den Toten so arrangieren, dass der Anblick seine Verfolger verhöhnte, doch sie waren zu schnell dort gewesen, wodurch er den Körper nur noch liegen lassen konnte, einfach so mitten im Wasser.

Er hieb mit der Faust gegen die Wand. Seine Rufe sollten die Scharte auswetzen, Hohn und Spott über die ausschütten, die ihn hatten fangen wollen und nun vor der Leiche des Kollegen standen. Doch es war anders gekommen und noch immer hallte die Stimme dieses Weibs in seinen Ohren: Knall ihn ab, los knall das Schwein ab. Worauf wartest du denn? Er hatte die Kugeln pfeifen gehört und sich hingeworfen. Angst hatte er gehabt.

Nach den Schüssen war er gerannt, so schnell er konnte. Weg von der Straße. Unten auf der Wiese war das Fest ungehindert weitergelaufen, aber aus der Ferne hatte er schnell die Blaulichter kommen sehen. Die Rüstung wog schwer, doch er konnte sie auf keinen Fall zurücklassen. Zum Glück hatte er vorgesorgt. Wie immer. Sein Auto stand tief im Wald. Er war ohne Licht gefahren. Eine Stunde auf Feldwegen bis runter nach Wittlich. Dann hatte er sie abgeschüttelt. Jetzt war er in Sicherheit, denn denjenigen, der hinter dem Roten Ritter steckte, kannte niemand. Noch nie hatte er sein Gesicht gezeigt.

Wieder wurde ihm bewusst, wie knapp es gewesen war. Wieder kochte die Wut in ihm hoch, und er knallte die Faust auf den Tisch, doch plötzlich begriff er. So also sah die nächste Prüfung auf seinem Weg aus. Er trat hinaus in den frühen Morgen. Sie wollten kämpfen, so sollten sie ihren Kampf haben. Er schrie.

*

Müller weckte ihn am Morgen schon um kurz vor acht Uhr. Er hatte bis sechs Uhr nicht geschlafen und war dann vor Erschöpfung weggedämmert.

»Lichthaus. Was war da los?« Müllers Stimme war kühl. Ohne Gruß, ohne Bedauern schnarrte er los. »Der Präsident will uns sehen. Wir gehen um zehn zu ihm. Vorher legen Sie mir Ihr Protokoll vor.«

Lichthaus war auf der Hut. Müller würde jeden Bericht intensiv durchleuchten, um anderen die Fehler zuzuschieben. Vor einigen Jahren hatte er auf die gleiche Art seinen Vorgänger in ärgste Bedrängnis gebracht, als dieser einen V-Mann eingesetzt hatte, der fast getötet worden wäre. Müller hatte Kenntnis von diesem Einsatz, schob aber anhand der Protokolle die Probleme auf die Detailarbeit, so dass man dem Kollegen die alleinige Schuld zuschrieb.

»Ich habe keinen Bericht.«

»Wieso das denn?«

»Ich war erst um zwei Uhr zu Hause. Wie Sie sich vielleicht vorstellen können, war ich bisher noch nicht in der Lage, irgendetwas zu schreiben. Sie werden warten müssen.« Sein Ton war unfreundlich und aggressiv. »Fragen Sie Frau Otten, die hat alles aufgenommen.«

»Ich will auch einen vorläufigen ...«

»Vor zehn nicht. Wir sehen uns beim Präsidenten.« Er legte auf, ohne eine Antwort abzuwarten. Der Kampf war eröffnet. Und eines war sicher: Müller würde jeden Hebel in Bewegung setzten, um schadlos davonzukommen.

Das Telefon klingelte wieder. Wut stieg in ihm auf, und er riss den Hörer ruckartig hoch. Doch es war Claudia. Ihre Stimme wirkte wie aus einer anderen, schöneren Welt. Einen Augenblick lang lauschte er einfach nur ihrem Klang, dann entspannte er sich und erzählte alles. Sie war schockiert und wollte sofort nach Hause kommen, aber er hielt sie davon ab, versprach ihr aber, sie laufend über den Stand der Dinge zu informieren.

Wenig später fuhr er ins Präsidium. Als er aus dem Haus trat, gingen die Eitelsbacher zur Kirche. Sie hatten keinen eigenen Pastor mehr, der regelmäßig die Messe in der kleinen Kirche las, doch hatten die Einwohner einen Fahrdienst eingerichtet, der einen Geistlichen im Ruhestand jeden Sonntag in einem Kloster abholte. Lichthaus beneidete sie alle um die sonntägliche Normalität. Aber er musste nun schnell handeln, brauchte einen Vorsprung, um die Diskussion aus sicherer Position führen zu können. Zuerst musste er den Einsatzplan holen und die bisherigen Ermittlungen rekapitulieren, um darlegen zu können, dass seine Schlussfolgerungen nur logisch waren.

Der Flur war menschenleer, was nicht bedeuten musste, dass die gesamte Etage verlassen war. In Marie Guillaumes Büro suchte er in den Postfächern. Es war stickig und der Staub segelte durch die Sonne, die wie zum Hohn heute wieder schien. Scherers Fach war leer, doch in seinem eigenen Postfach fand er das von Müller unterschriebene Protokoll, in dem er auch um mehr Beamten ersucht hatte. Er atmete auf, machte schnell eine Kopie, um sie auf dem Postweg an Cornelia Otten zu schicken.

Es würde nicht einfach werden. Der Präsident war ein typischer politischer Beamter. Aalglatt und blitzschnell, sofern es darum ging, sich Ärger vom Hals zu halten. Er würde versuchen, dass einem anderen die Schuld zugewiesen würde, egal mit welchen Mitteln. Wenn Lichthaus eine Chance haben wollte, musste er die Fakten so einsetzen, dass augenscheinlich Müller und nicht er die Lage falsch eingeschätzt hatte.

Auf dem Gang klopfte er einem Impuls folgend an Marx' Tür und drückte die Klinke. Zu seiner Überraschung sprang die Tür auf, und er stolperte hinterher.

Marx saß am Schreibtisch und starrte ihn aus blutunterlaufenen Augen an. Er trug noch dieselben Kleider wie am Vorabend und sah verheerend aus. Das Hemd stand halb offen und die Haare klebten schweißnass am Kopf. An seinem unrasierten Kinn rann wie bei einem sabbernden Greis ein dünner Faden Speichel herunter. Er schien es nicht einmal zu bemerken. Vor ihm auf der Schreibtischplatte lag seine Pistole.

Lichthaus zögerte, dann trat er ganz ein und schloss die Tür. »Ich bin gekommen, um mich bei Ihnen zu entschuldigen«, seine Stimme war rau.

Marx lachte laut auf, verzweifelt und klagend. »Wofür? Sie hatten doch Recht.« Er schluchzte auf und stierte wie irr umher, wobei er sich mit der Hand ununterbrochen über den Mund wischte. »Ich hab ihn allein gelassen. Wäre ich da geblieben, würde er noch leben.« Er griff zur Pistole und starrte sie an. Er war stocknüchtern und gefährlich nahe dran, sie zu benutzen.

Lichthaus setzte sich langsam auf einen Stuhl. Er ließ sein Gegenüber nicht aus den Augen. »Das macht ihn auch nicht wieder lebendig, doch wenn hier jemand schuldig ist, dann bin ich das. Sie sind krank, und ich hätte wissen müssen, dass Sie nicht den ganzen Abend durchstehen können.«

Marx blickte auf. Verstehen im Gesicht. Lichthaus erreichte ihn, er hörte zu.

»Was ich gestern zu Ihnen gesagt habe, war falsch. Sie sind nicht schuld. Ich hätte Sie nicht in ein Team stecken dürfen. Sie sind alkoholkrank.«

»Unsinn. Er war mein Partner«, flüsterte er.

Lichthaus schwitzte. »Bei aller Trauer, die ich auch empfinde, Scherer hat sich entgegen meinen Anweisungen dem Täter genähert. Ich hatte ihn ausdrücklich angewiesen, zwar dranzubleiben, aber auf Verstärkung zu warten. Ihnen kann man keinen Vorwurf machen. Sie sind nicht schuld.«

»Aber ...« Marx war verwirrt und schaute ihn fragend an.

Lichthaus nutzte den Augenblick, langte hinüber, nahm ihm langsam die Pistole aus der Hand und sicherte sie. »Die nehme ich mit. Marx, ich brauche Sie im Team, sonst geht uns dieses Dreckschwein durch die Lappen. Sie waren auf der Toilette. Das steht in allen Berichten und dabei bleibt es.«

Marx saß zusammengefallen da. Die Krise war vorbei, doch er war entsetzlich gezeichnet. Plötzlich straffte er sich. »In Ordnung. Und danach gehe ich in Entzug.«

*

Das Büro des Präsidenten war groß und modern eingerichtet. Müller war schon da und saß angespannt auf einem der Besucherstühle. Lichthaus wäre selbst gern der Erste gewesen, um den Zeitvorsprung zu einem Gespräch mit dem Präsidenten zu nutzen, der nun, nur im Hemd, auf einem riesigen Ledersessel hinter seiner Schreibtischlandschaft thronte und ein professionelles Trauergesicht machte. Seine Worte entlarvten es schnell als schlechte Schauspielerei.

»Wer ist schuld an dieser Misere, Lichthaus?« Fassungslos schüttelte er den Kopf. »Das Ministerium steht mir schon auf den Füßen. Die wollen Erklärungen.«

Lichthaus wurde vorsichtig. Er hatte, nachdem er Marx von seiner Schwester hatte abholen lassen, die Akten genau studiert und wollte jetzt gerade mit einer Erklärung ansetzen, als Müller ihm zuvorkam.

»Schlampige Planung. Ich war von Anfang an gegen die Aktion.« Er schaute nicht einmal herüber. »Das Team hat in meinen Augen die Risiken falsch eingeschätzt.«

Lichthaus hatte mit so etwas gerechnet, er musste ihn bremsen und fiel ihm ins Wort. »Ich weiß nicht, woher Sie Ihre Kenntnisse nehmen. Wenn ich den Präsidenten richtig verstanden habe, dann wollte er erst einmal meinen mündlichen Bericht, damit er und auch Sie wissen, was eigentlich vorgefallen ist.«

Müller erwiderte nichts, und es entstand eine kleine unangenehme Pause. Der Präsident wirkte etwas unentschlossen, lauschte dann aber Lichthaus' Ausführungen. Dieser konzentrierte sich und berichtete neutral über den gesamten Abend, zeigte auch deutlich Scherers Befehlsverletzung auf. Als er geendet hatte, schaute der Präsident kurz zu Müller hinüber, worauf dieser fast unmerklich nickte. Die haben sich schon abgestimmt, schoss es Lichthaus durch den Kopf. Er atmete tief ein und nahm den verlorenen Kampf auf.

»Nun, mir scheint, da ist einiges schiefgelaufen.« Der Präsident nahm einen kalten, offiziellen Ton an. »Wieso haben Sie denn in der Dunkelheit geschossen? Zudem haben Sie Ihre Leitstelle allein gelassen. Die Teams ohne Führung gelassen. Das ...«

»Da gab es nichts mehr zu führen. Der Täter war gestellt. Wir wussten doch, wo er war. Außerdem hatte ich einen sterbenden Kollegen.«

»Das war unprofessionell.« Der Präsident richtete sich gerade auf. »Sie hätten im Wohnwagen bleiben müssen. Nun, wir werden die Vorgänge mit der Staatsanwaltschaft genau prüfen.« Er sprach nun ruhig und sachlich, so als wäre er zu einem Entschluss gekommen. »Nach der komplexen Sachlage zu urteilen, muss ich Sie, so leid es mir auch tut, vorerst von dem Fall abziehen und vom Dienst freistellen... «

»Aber ...«, begehrte Lichthaus auf, doch der Präsident hob die Hände.

»Sie haben blindlings geschossen. Vergessen Sie das nicht. Und den Posten verlassen. Das geht nicht.«

»Ich konnte den Täter sehen. Wieso suspendieren Sie mich denn sofort? Da reicht doch erst einmal eine Untersuchung.« Er wurde laut. Die beiden hatten ihn schon vorab abgeschossen, um ungeschoren davonzukommen.

»Außerdem sollte geklärt werden, ob Sie fahrlässig das Leben des Kollegen Scherer gefährdet haben«, warf Müller ein.

»Das ist doch Unsinn. Ich habe mich genau an die Vorschriften und an Müllers«, er nickte abfällig zu seinem Vorgesetzten hinüber, »Vorgaben gehalten. Wo ist da meine Schuld?«

»Nun, wir werden das prüfen. Aber ...«

»Jetzt passen Sie mal gut auf!« Du redest dich um Kopf und Kragen, schoss es ihm durch den Kopf, doch die Wut ging mit ihm durch. »Wenn Sie mich zum Sündenbock machen wollen, kann ich Ihnen nur eines sagen: Es ist nicht meine Schuld, wenn wir nicht genügend Leute am Einsatzort hatten. Ich wollte viel mehr Einsatzkräfte, aber die hat der Kollege Müller mir nicht gegeben. Wir hätten den Kerl gehabt.« Er lächelte bitter. »Doch unser Chef entschied, mit wenig Aufwand an die Sache ranzugehen. Und er hat es mir unterschrieben. Eine Kopie des Berichts liegt schon bei Frau Otten. Ich werde gegen diese Entscheidung beim Ministerium Widerspruch einlegen. Noch heute.« Müller starrte ihn wutentbrannt an, doch er beachtete ihn nicht, sondern sprang auf, um zur Tür zu gehen, doch der Präsident hielt ihn zurück.

»Jetzt beruhigen Sie sich doch. Ich kann verstehen, dass Ihnen das alles sehr nahe geht. Die Suspendierung ist nur vorläufig und hat keinen disziplinarischen Hintergrund. Ich glaube auch nicht an Ihre Schuld, aber ich muss reagieren. Bis dahin wird Kriminaldirektor Müller Sie vertreten.« Lichthaus zögerte, dann gab er nach. Wortlos knallte er seinen Ausweis auf den Tisch und ging. In der Tür drehte er sich noch einmal um.

»Den Widerspruch stelle ich bis auf Weiteres zurück. Die Waffe ist bei der Kriminaltechnik.« Er nickte dem Präsidenten zu und verließ das Büro.

Unten traf er auf Sophie Erdmann und Steinrausch. Er informierte sie knapp über seine Freistellung. Beide waren entsetzt, doch verstanden sie seine Bitte, jetzt nicht darüber reden zu wollen. Sie würden Marx informieren. Abends wollte er sie anrufen.

Er ließ sie einfach stehen.

Im Büro packte er seine Sachen zusammen. Ohne darüber nachzudenken, kopierte er sich die wichtigsten Akten und zog alle Dateien des Falls auf einen Stick. Dann verließ er das Präsidium. Zu Hause überfiel ihn die Erschöpfung. Alle Anspannung fiel von ihm ab und machte lähmender Resignation Platz. Die Energie wich aus ihm wie die Luft aus einem Luftballon. Er schlurfte ins Atelier, legte sich auf das alte Sofa und schlief augenblicklich ein.

*

Die Autobahn war frei an diesem Sonntagnachmittag. Lichthaus fuhr in Kenn zügig auf und dann im Autobahndreieck Moseltal in Richtung Wittlich. Er gab Gas, und der träge Berlingo kam langsam auf Touren.

Er würde zu Claudia nach Holland fahren. Musste einfach. Er war irgendwann mit dröhnendem Kopf aufgewacht. Völlig benommen hatte er minutenlang auf dem Sofa gesessen, raus in den Tag gestarrt und auf den Nachhall des Morgens gewartet. Sonne und Wolken machten einander den Himmel streitig und kontrastierten fast ironisch seine Stimmung. Suspendiert. Mitten in dem wohl schwierigsten Fall seiner Karriere rauskatapultiert, nur weil sie einen Sündenbock brauchten. Die Wut hatte ihn dann vom Sofa hochgetrieben. Er wollte schreien, sich austoben, doch niemand war da, der ihm zuhörte. Nach einer zweiten Dusche und einem Tee erwischte er sich, wie er minutenlang in der Küche stand und ins Leere starrte, den Film der Nacht wieder und wieder abspulend. Das verlassene Haus und die verordnete Untätigkeit wurden zum Vakuum, in dem er ziellos umhertrieb, bis er es nicht mehr aushielt. Er war ins Schlafzimmer gelaufen, hatte ein paar Sachen in eine Tasche gestopft, Rasierzeug dazu und schon war es losgegangen. Nicht einmal Claudia hatte er angerufen.

Auf der Höhe von Spangdahlem hatte er sich ein wenig beruhigt. Der Anblick der bergigen Landschaft mit ihren Wäldern und das ruhige Dröhnen des Motors wirkten entspannend auf ihn, und er konnte endlich wieder einen klaren Gedanken fassen.

Die Ermittlungen würden unter Müllers Führung auf der Stelle treten. Der hatte seit Jahren keinen Fall mehr direkt geleitet und sollte nun ausgerechnet in dieser verfahrenen Situation reüssieren. Ohne Detailkenntnis mit einem Rumpfteam. Lichthaus konnte sich vorstellen, wie Müller vorgehen würde. Lange Rasterfahndungen, lange Befragungen und dann der Hilferuf nach dem LKA. Jetzt setzte wieder eine große Unruhe ein. Seine spontane Fahrt nach Holland kam ihm plötzlich wie eine Flucht vor. Aber er fuhr weiter. Sollten sie doch sehen, wie sie klar kamen. Trotzig gab er noch mehr Gas, als plötzlich sein Handy klingelte. Er bremste den Berlingo runter und nahm ab.

»War das Ihr Täter gestern Abend?«, begann von Falkberg grußlos.

»Woher wissen Sie ...?«

»Das habe ich mir so zusammengereimt. Die Nachrichten sprachen von einem niedergestochenen Polizisten auf dem Ritterfest. Da musste ich sofort an Ihren Roten Ritter denken.«

»Der Kollege ist tot, gestorben durch seine Hand.« Lichthaus' Stimme war tonlos. Er fuhr in eine Nothaltebucht und schaltete den Warnblinker ein.

»Das tut mir leid. Sicherlich ein Schock für Sie.« Er wartete und sprach weiter, als Lichthaus nicht reagierte. »Die Tat wirft neues Licht auf den Fall. Wir sollten uns nochmals zusammensetzen.«

»Ich bin raus. Man hat mich suspendiert.«

»Wieso denn das?«

»Einen Sündenbock braucht man doch. Müller hat die Leitung.«

»Den kenne ich noch von früher, der ist ein ermittlungstechnischer Totalausfall.«

Lichthaus schwieg und schaute einem holländischen Wohnwagengespann nach, das mit Fahrrädern und Surfbrett bepackt an ihm vorbeirauschte. Er beneidete die beiden Insassen. Sie fuhren in Richtung Claudia und Henriette.

»Ich bin raus. Ende.«

»Ach kommen Sie, Sie lassen doch Ihre Leute nicht hängen.«

Lichthaus schwieg.

»Sind Sie noch da?«

»Ja, ja. Ich... «

»Sie sind verunsichert was?« Von Falkberg kehrte den Psychologen raus. »Ich mache Ihnen einen Vorschlag, denken Sie in Ruhe nach und rufen mich heute Abend an. Und informieren Sie sich über Parzival, ich glaube, Ihr Täter ist hierüber zu finden.« Er betonte das »Ihr« überdeutlich und legte auf, ohne auf Reaktionen zu warten.

Lichthaus verließ die Autobahn in Bitburg und zockelte über die Landstraße zurück. Von Falkberg hatte Recht. Er war auf der Flucht gewesen, wollte einfach weg. Doch das ging nicht. Er war noch nie vor Problemen davongelaufen und würde es auch diesmal nicht tun. Sein Aufbruch nach Holland war eine impulsive Entscheidung, nur spätestens morgen wäre er ohnehin zurückgekommen.

Zu Hause telefonierte er lange mit Claudia, die ihn nur zu gut kannte und keinen Versuch unternahm, ihn nach Holland zu lotsen. Sie wusste, dass er allein weitermachen würde, und hatte Angst. Er versprach ihr, keine Risiken einzugehen. Dann machte er sich an die Arbeit. Der Computer fuhr surrend hoch und er ging ins Internet, um nach dem Roten Ritter zu googlen. Was er zu sehen bekam, konnte er kaum fassen. Tausende von Links beschäftigten sich mit diesem Thema. Anfangs klickte er wahllos die einzelnen Quellen an, später suchte er spezifischer nach den historischen Hintergründen und den unterschiedlichen, zum Teil hochwissenschaftlichen Deutungsversuchen, die dieses Epos um den Helden Parzival bislang erfahren hatte.

Erst nach langem Suchen fand er eine Zusammenfassung des sechs Bände umfassenden Werkes von Wolfram von Eschenbach, die den Inhalt des Textes für ihn gut verständlich wiedergab. Nachdem Parzivals Vater, ein König, im Kampf umgekommen war, verkroch sich seine Mutter zusammen mit ihm in einer Hütte tief im Wald, da sie nicht auch noch den Sohn verlieren wollte. Doch eines Tages begegnete er einem Ritter und wollte auch einer werden. Also zog er an den Hof von König Artus, wo er einen Ritter tötete, dessen Rüstung er an sich nahm. Sie war rot. In der Folgezeit kämpfte er erfolgreich in vielen Schlachten, lernte aber nicht, den Wert der Liebe zu erkennen. Nicht der Gegenstand an sich, der heilige Gral, wurde für ihn wichtig, sondern das, was er symbolisierte: Das hohe Gut der Liebe schätzen zu lernen, das war sein Gral.

Lichthaus begann zu verstehen, warum von Falkberg ihm diese Geschichte nahegelegt hatte und druckte sich den für seine Fahndung wohl zentralen Teil aus.

Dann ließ er sich zurückfallen und dachte nach. Es gab einige Parallelen zwischen seinem Fall und der Sage vom Roten Ritter. Beide sahen im Kampf ihre Erfüllung, beide waren auf der Suche nach ihrem Gral. Worin allerdings der Gral des Mörders bestand, konnte er nicht sehen. Wie war es möglich, dass ein brutaler Killer in einer Geschichte, die der Suche nach Liebe gewidmet war, eine Rechtfertigung für seine Gräueltaten fand? Wie konnte er den Mord an Scherer als Schritt zu seiner Gralsburg interpretieren?

Lichthaus schüttelte den Kopf, trat ans Fenster und sah auf die Weinberge. Die Sonne lugte zwischen den Wolken hervor und beleuchtete die Rebstöcke mit goldenem Licht. Es wurde bereits Abend. Der Herbst kam.

Wie hieß es in der Geschichte? Er nahm den Ausdruck und schaute ihn sich nochmals an. Parzival hatte die rote Rüstung gegen eine silberne getauscht, als er zu seinem Glauben zurückgefunden hatte, als ihm seine Sünden vergeben worden waren. Ihr Täter lief jedoch noch rot gekleidet umher. Nun gut, doch wie sollte ihm diese Kenntnis helfen, einen Mörder zu finden?

Er griff zum Telefon, um von Falkberg anzurufen, doch ehe er wählen konnte, klingelte der Apparat in seiner Hand. Lichthaus zögerte. Ein Telefonat mit dem Widerling von Müller könnte er nicht ertragen. Aber die Nummer auf dem Display war ihm unbekannt. Seufzend nahm er das Gespräch an.

»Hallo, Johannes, dein Lieblingspathologe hat Neuigkeiten.«

»Ich bin raus aus dem Fall.«

»Ich weiß, Sophie hat es mir erzählt. Das mit Scherer tut mir leid, ihr standet euch nahe.«

Lichthaus zuckte die Schultern, obwohl sein Gegenüber es nicht sehen konnte. »Er war ein absolut loyaler Kollege. Kein Schwein wie Müller.«

»Das ist bitter.« Güttler traf seine Stimmung genau. »Ich habe Scherer obduziert. Das war auch nicht einfach, doch es hat sich gelohnt. Du konntest nichts mehr für ihn tun. Der Täter hat ihn mit dem ersten Stich tödlich verletzt. Er hat einen zweischneidigen Dolch verwendet. Eine reine Stichwaffe, so etwa sechzehn Zentimeter lang. Sie ist zwischen den Rippen durch in die Schlagader, die zum Herzen führt. Er wäre verblutet. Der zweite Stich traf direkt in die linke Herzkammer. Scherer war schon tot, bevor er zu Boden ging. Ein kurzes Herzflimmern, das war's.«

Lichthaus war erleichtert. Es war also nicht tragisch, dass er so lange gebraucht hatte, um seinen Kollegen zu finden. Man hätte ihn ohnehin nicht mehr retten können.

»Außerdem«, setzte Güttler nochmals an, »war es definitiv dein Täter.«

»Wieso bist du dir da so sicher?«

»Er hat eine Visitenkarte hinterlassen. Wir haben Haare unter der Zunge gefunden, die dem Mörder zugeordnet werden konnten. Ich denke, er hat ein ganzes Büschel darunter gesteckt, aber die meisten Haare sind bei der Bergung der Leiche wohl verloren gegangen, weil ihm die Zunge herausgefallen war.«

»Waren sie abgeschnitten?«

»Ja, unter dem Mikroskop siehst du genau den Schnitt. Er hat mittelbraune Haare.«

Lichthaus dachte nach. Irgendetwas stimmte nicht.

»Johannes? Bist du noch da?« Güttler wurde unruhig.

»Jaja, entschuldige, aber man könnte fast den Eindruck bekommen, unser Täter wusste von der Überwachung und hat uns nur vorgeführt. Er muss die Haare schon fertig in der Tasche gehabt haben.«

»Haare sind schnell abgeschnitten.«

»Das macht man nicht in so einer Situation.«

»Der Typ ist halt verrückt.«

»Ist Sophie bei dir?« Güttler wurde verlegen.

»Also ... äh, sie kommt später noch vorbei. Müller hat alle heranzitiert.«

»Danke. Übrigens, Sophie ist eine unheimlich Nette. Halt dich ran. Bis dann.«

Er legte auf und fragte sich, was Müller wohl antrieb, dann wählte er von Falkbergs Nummer. Sie sprachen nicht lange miteinander, sondern verabredeten ein Treffen für den folgenden Morgen.

Einige Zeit später ging wieder das Telefon. Es war Schweiger.

»Guten Abend. Das mit Scherer tut mir so leid. Wenn ich doch bloß hätte dabei sein können.«

»Danke, aber ich denke, der Täter hätte ihn auch dann abgepasst.« Es überraschte ihn, dass Schweiger anrief, um ihm sein Bedauern auszudrücken. Tröstlich war es trotzdem.

»Wahrscheinlich. Ihre Suspendierung ist völlig daneben. Glaube ich jedenfalls. Also, weshalb ich anrufe. Müller ist mit dem Team nach Mainz. Die haben einen Namen ausgegraben und glauben, also Müller glaubt, dass er den Täter hat.«

»Wer ist es?« Lichthaus war wie elektrisiert.

»Weiß ich nicht. Das hat mir keiner gesagt. Ich wollte nur, dass Sie das wissen.«

»Lassen Sie sich nicht erwischen.« Er freute sich über die Loyalität Schweigers. Er konnte sich gut vorstellen, wie der bullige Mann vor dem Telefon kauerte und sich konspirativ fühlte. »Aber trotzdem vielen Dank.«

»Gerne. Müller kann mich mal.«

Mit diesem Anruf hatte sich Schweiger quasi auf Scherers Stelle beworben. Er sah offensichtlich jetzt seine Chance und verlor keine Zeit. Der Gedanke ihn im Team zu haben, obwohl ihm Lehrgänge fehlten, war nicht unsympathisch. Schweiger war ein guter Kriminalbeamter und außerdem Lichthaus zugetan. Er würde sich für Schweiger verwenden, sofern er selbst in der Mordkommission noch eine Zukunft hatte.

Anschließend machte er einen Spaziergang nach Waldrach, um über den Fall nachzudenken, aber er kam nicht weiter, sondern verbiss sich wieder in die Erinnerung an die letzte Nacht. Er aß und trank in einem Biergarten eine Kleinigkeit, doch hielt er es nicht lange aus. Das Lachen und die Gespräche der anderen Gäste taten weh. Er war hier ein trauriger Außenseiter. Den Rest des Abends verbrachte er vor dem Fernseher. Gedanken betäuben.

*

Matthias Lautwein wälzte sich auf die Seite und schaute auf die Anzeige des Radioweckers, die ihn vom Nachttisch her grün anleuchtete. Halb zwei. Er konnte häufig nicht schlafen, was ihn aber nicht störte. Es war schön, ruhig in der Dunkelheit zu liegen und dem Licht zuzuschauen, das durch die nicht ganz herabgelassenen Rollläden ins Schlafzimmer des Pfarrhauses sickerte. Für ihn wirkten die Ruhe und das Dämmerlicht regelrecht bewusstseinserweiternd. Niemand hatte ein Anliegen, bat um ein Gespräch oder rief ihn an. Niemand wollte von ihm Entscheidungen für die noch so banalsten Fragen, etwa ob die Kerze auf dem Altar rot zu sein habe oder weiß. Er konnte ungestört den Tag reflektieren und fand so oft Lösungen für komplizierte Probleme.

Schon seit über zwei Jahren war er nun Pfarrer hier in diesem Vorort von Mainz. Dabei war er erst vierunddreißig. Das ging heute alles so schnell in der katholischen Kirche. Fachkräftemangel würden es die Wirtschaftswissenschaftler nennen. Vor nicht einmal vier Jahren war er im Mainzer Dom zum Priester geweiht worden. Mit dem Gesicht nach unten hatten er und drei weitere Kandidaten im Altarraum gelegen, bevor der Bischof ihnen die Weihe erteilte. Er konnte noch jetzt den kühlen Boden an der Stirn fühlen. Eine Station als Vikar und schon war er hier gelandet. Für ihn war es die Erfüllung eines lang gehegten Traums. Seine eigene Pfarrei, ein Leben gewidmet der Seelsorge.

Der Entschluss, Priester zu werden, war langsam in ihm gereift, bis er bereit war, ihn umzusetzen. Weder das schwere Studium in Mainz noch die Vorstellung, ein Leben ohne Frau und Familie führen zu müssen, hatten ihn dann noch davon abhalten können. Die Weihe war wohl der größte, nun jedenfalls fast der größte Augenblick seines Lebens gewesen. Einen winzigen Augenblick lang hatte er geglaubt, Gott persönlich stünde neben ihm.

Die Anfangszeit in der Pfarrei war schwer gewesen. Er hatte die Rangeleien zwischen den aktiven, jedoch durchweg alten und zumeist weiblichen Gemeindemitgliedern unterschätzt. Sprach er mit der einen länger als mit der anderen, war diese eingeschnappt.

Erst die gleichmäßige Verteilung sowohl seiner Aufmerksamkeit als auch der zu erledigenden Arbeiten auf alle hatte die Wogen zu glätten vermocht und ihm den Weg zu einem seelsorgenden Gemeindepfarrer geöffnet. Er genoss es, hier gebraucht zu werden, Gottes Segen und Wort zu verkünden und die Jugendarbeit zu organisieren. Zwischenzeitlich organisierte er einmal im Jahr eine Fahrt nach Rom, wo er studiert hatte und sich bestens auskannte.

Christine würde diesen Oktober auch mitfahren. Christine, die Frau, mit der er seit einem Jahr schlief.

Pfarrer Matthias Lautwein drehte sich vorsichtig im Bett herum und schaute zu, wie sich ihr Brustkorb langsam und gleichmäßig hob. Sie blieb selten über Nacht bei ihm und ging immer vor dem Morgengrauen. Hinten durch den Garten verschwand sie unsichtbar für neugierige Blicke, auf den Parkplatz des riesigen Wohnblocks, an den der Pfarrgarten stieß.

Christine hatte eines Nachmittags, es war Rosenmontag, an der Tür geklingelt. Verweint, mit roten Augen hatte sie um ein Gespräch gebeten und ihn völlig aus dem Gleichgewicht gebracht. Nur einen Augenblick hatte es gedauert und sein pastoraler Schutzschild war zerbrochen. Der unbändige Wunsch hatte ihn durchdrungen, diese Frau haben zu dürfen. Er musste sie angestarrt haben, denn sie schaute überrascht auf, als sie seinen Blick spürte.

Christine war keine auffallende Schönheit. Mittelblond, andere hätten hellbraun gesagt, fiel ihr Haar glatt auf die Schultern. Sie war nicht groß, noch hatte sie eine überwältigende Figur oder ein besonders markantes Gesicht, doch ihre braunen Augen hatten ihn aufgesogen. Er hatte augenblicklich jeden Mann beneidet, den sie damit verliebt anschaute. Dann hatte er sich gefangen und mit aller Kraft zusammengerissen, hatte sich hinter der Würde seines Amtes versteckt und auf die Routine gesetzt. Ihr Vater war tags zuvor gestorben, und sie bat ihn, die Beerdigung zu übernehmen, da es der ausdrückliche Wunsch des Verstorbenen gewesen sei. Sie unterhielten sich lange über den Toten und den Tod, doch für ihn verkörperte sie das Leben mit allen wundervollen Geheimnissen, die sich ihm bislang nicht offenbart hatten. Er hatte gespürt, wie er sich verliebte, und es wehrlos geschehen lassen. Als sie dann ging, wurde ihm die Leere des Pfarrhauses überdeutlich bewusst. Heute fiel es ihm schwer, das nachzuempfinden.

Draußen fuhren Autos vorbei und hielten am Ende der Straße an. Die Motoren erstarben und die Ruhe senkte sich wieder über das Viertel.

Er hatte die Beerdigung gut gemeistert. Hatte den Angehörigen sein Beileid ausgesprochen, war dann schnell unter dem Vorwand weiterer Termine verschwunden, die er absichtlich so gelegt hatte. Christine vergessen konnte er hingegen nicht. Er arbeitete mehr als zuvor und befreite sich von dem Verlangen, sie wiederzusehen, doch nach einer Woche stand sie abermals vor seiner Tür. Sie kam, um sich zu bedanken, und brachte ihm eine Flasche Wein. Er hatte sie hereingebeten und Frau Schneider, die Pfarrsekretärin, hatte ihnen Kaffee gekocht. Die Unterhaltung hatte sich vordergründig um die Trauerarbeit und Christines Mutter gedreht, während er die Gelegenheit nutzte, ihren Anblick, ihr Lächeln und ihre Stimme zu trinken.

Zwei Tage später hatte es ihn an den Rhein gezogen. Er war passionierter Radfahrer und spulte wöchentlich seine einhundertzwanzig Kilometer ab, oft auch im Keller, wenn die Arbeit ihm erst nach Einbruch der Dunkelheit Zeit ließ. Hier hatten sie sich getroffen. Zufällig. Seine Sportkleidung hatte seine, aber auch ihre Befangenheit weggewischt, gerade so, als ob er sein Priesteramt an der Garderobe abgegeben hätte. Sie lud ihn zu sich nach Hause ein, und er ging einfach mit. Sie tranken ein Glas Wein, aßen etwas und lachten viel. Beim Abschied legte sie ihm einfach ihre Arme um den Hals und küsste ihn sanft. Seine Lust war explodiert. Der unbewusst aufgestaute Druck jahrelanger Enthaltsamkeit war aus ihm hervorgebrochen wie ein längst erloschen geglaubter Vulkan. Er hatte sich nicht seiner Erektion geschämt, noch auch nur einen Augenblick gezögert, ihr ins Schlafzimmer zu folgen, was ihn später zutiefst verstört hatte. Die Wärme ihres Körpers und ihr zärtliches Verlangen waren berauschend gewesen, und als er in sie eindrang, wusste er, dass Gott dies nicht hatte werden lassen, um darauf zu verzichten.

Bis in den frühen Morgen war er geblieben, und erst als er zurück im Pfarrhaus war, schlug sein schlechtes Gewissen zu. Er war in die Kirche gelaufen und hatte sich vor den Altar niedergeworfen, hatte den Hauch des Weihrauchs wahrgenommen und zu Gott gefleht. Nicht um Verzeihung, sondern um den rechten Weg, um ein Zeichen, doch Gott war stumm geblieben. Also hatte er einfach weitergemacht mit der Pfarrei und mit Christine, auf die er nicht mehr verzichten konnte und auch nicht wollte. Sie trafen sich seitdem regelmäßig. Oft bei ihr und nur ganz selten, so wie heute, hier im Pfarrhaus.

Unten an der Haustür wurde geläutet. Ungeduldig, keine Verzögerung akzeptierend. Christine war augenblicklich wach, doch er bedeutete ihr nur, liegen zu bleiben. Es kamen öfter Menschen in der Nacht. Häufig Angehörige, die um die letzte Ölung eines Sterbenden baten, aber auch Verzweifelte, deren Ehe zerbrach, deren Körper sie im Stich ließ, und all die Einsamen, die es in der Stille um sie herum nicht mehr aushielten. Er hörte ihnen zu. Stundenlang und spendete Trost, organisierte Hilfe. War Seelsorger. Mit oder ohne Frau an seiner Seite, wo war der Unterschied?

Er schlüpfte im dunklen Zimmer in eine schwarze Jeans und zog sich ein T-Shirt über, dann ging er hinaus. Das Pfarrhaus war alt und die Treppe knarzte leicht, als er hinabging. Durch den Glaseinsatz der Tür erkannte er eine Person, die davor stand, ein Mann. Groß und massiv wirkte sein schattenhafter Umriss.

Matthias Lautwein spürte den kalten Plattenboden unter seinen nackten Füßen, als er den Riegel zurückzog und das Schloss öffnete. Was dann folgte, hätte er sich niemals vorstellen können und überwältigte ihn später auch in der Erinnerung immer wieder. Die Haustür wurde mit großer Gewalt aufgedrückt und zwei Gestalten, schwarz gekleidet und mit einer Art Strumpfmaske über dem Kopf, stürzten herein. Er schrie nicht einmal. Die beiden packten ihn rüde, verdrehten seine Arme und zwangen ihn mit dem Gesicht nach vorne auf den Boden. Einer stemmte ihm das Knie in den Rücken, als wollte er alle Luft aus seinen Lungen pressen.

»Was ...«, brüllte er los, kam aber nicht weiter, denn eine behandschuhte Hand verschloss ihm den Mund.

»Objekt gesichert«, ließ sich eine gedämpfte Stimme hören.

Es kamen noch mehr Personen herein, dann wurde die Haustür geschlossen und Lautwein auf die Beine gezerrt und in die Küche geschleppt. Jemand machte Licht.

»Was ...« begann er wieder, als ihn eine harte, metallene Stimme unterbrach.

»Matthias Lautwein?«

»Wer sind Sie?«

»Die Fragen stelle ich. Mein Name ist Müller. Wir sind von der Polizei. Sind Sie Matthias Lautwein?«

In ihm rangen Wut und Angst miteinander. Er entschied sich zur Vorsicht. »Ja. Was wollen Sie in meinem Haus? Können Sie nicht an die Tür eines Pfarrhauses kommen und höflich um ein Gespräch bitten, das ich Ihnen niemals verwehrt hätte?«

Seine Augen hatten sich an das Licht gewöhnt, und er schaute sich um. Die beiden Kerle mit Strumpfmaske standen hinter ihm. Vor ihm hatte sich ein großer Mann in Anzug und Krawatte aufgebaut. Einen freundlichen Herrn hätte er ihn genannt, wenn da nicht diese arktisch kalten Augen gewesen wären. In der Küche lehnten zwei weitere Beamte an der Arbeitsplatte. Eine junge, gut aussehende Frau, die ihn neugierig musterte, und ein kleiner Kerl, etwas dicklich. Er schaute sich verlegen um, fühlte sich nicht wohl in seiner Haut. Ein Katholik alter Prägung. Er wäre jede Wette eingegangen.

»Wo waren Sie in der Nacht vom 16. auf den 17. August?« Müller starrte ihn an.

Lautwein war verwirrt. »Woher soll ich das wissen? Hier in meinem Bett denke ich. Wie üblich.«

»Und das kann natürlich keiner bezeugen.«

»Nein, das wird Ihnen niemand bezeugen.« Er hatte seine Antwort absichtlich so formuliert. Sollte Christine hier gewesen sein, hätte er nicht einmal gelogen. Müller schien den kleinen Unterschied nicht zu bemerken, doch die junge Frau schaute kritisch.

»Sie sollten sich aber erinnern.«

»Worum geht es eigentlich?« Langsam fing er sich.

»Um ein Kapitalverbrechen. Wo waren Sie in der Nacht vom 27. auf den 28. August?«

»Ich weiß es nicht.« Seine Verwirrung schwoll an. Neue Daten, neue Fragen und kein Warum. Er war es nicht gewohnt, unter Druck gesetzt zu werden, und spürte, wie die Angst in ihm hochkam. »Sagen Sie mir doch bitte, was Sie wollen.«

Seine Stimme wurde flehentlich, doch der Mann gegenüber ging nicht auf ihn ein. Ein Lächeln huschte über sein Gesicht. Triumph.

»Sie geben mir keine Antworten.« Er beugte sich nun vor und schrie. »Sie stehen unter Tatverdacht. Wo waren Sie also am 16. August?«

»In meinem Bett.«

Alle wirbelten herum. Christine stand in der Tür. Sie hatte nur die Jeans und das T-Shirt an, und jeder konnte sehen, dass sie keinen BH trug. Müller war aus dem Takt und suchte einen Augenblick nach Fassung. »Und wenn Sie es ganz genau wissen wollen, er hat mit mir geschlafen.« Ihre Augen waren voller Wut. Lautwein hatte sie noch nie so erlebt. Er war erleichtert, trotz der Brisanz ihrer Aussagen. Er würde sich hinter ihr verstecken. Feigling, schrie es in ihm. Es war egal.

»Äh. Und wer sind Sie, wenn ich fragen darf?« Der Kopf der Truppe wähnte sich zurück im Spiel. Eine Beziehung im Pfarrhaus. Eine ganz neue Perspektive.

»Dürfen Sie nicht.« Sie kam in die Küche und stellte sich neben Lautwein. Die vermummten Beamten traten zur Seite. »Wer sind Sie überhaupt, und was berechtigt Sie, hier einzudringen?«

»Wir ...«

»Sie haben sich weder ausgewiesen, noch Herrn Lautwein über den Grund Ihres Eindringens in Kenntnis gesetzt. Nun, wo ist Ihr Ausweis?«

Die Gruppe sah sich betreten an. Schließlich zog Müller seinen Ausweis hervor und hielt ihn Christine hin, die ihn aufmerksam studierte.

»Also Herr Müller, was geht hier vor?« Der Raum war wie ein Boxring. Müller und Christine. Die anderen waren die Zuschauer.

»Wer sind Sie?« Seine Stimme war eisig.

»Christine Koppelmann. Für Sie Dr. Koppelmann.«

»Nun Frau Doktor ...«

»Sie haben meine Frage immer noch nicht beantwortet.« Sie unterbrach ihn wieder. Das zeigte Wirkung.

Müller verlor langsam die Fassung. »Was fällt Ihnen ein, so mit mir zu reden?«

»Ich rede mit Ihnen, wie es mir passt. Und erst beantworten Sie meine Frage, bevor sich hier etwas tut.«

»Ich nehme Sie mit aufs Präsidium. Alle beide.« Müller schrie jetzt.

»Da bin ich aber gespannt auf Ihre Begründung.« Süffisant war sie, jedes ihrer Worte ein Peitschenschlag. »Sie unterlaufen hier eine Vorschrift nach der anderen. Der Staatsanwalt wird sich freuen. Nur zu Ihrer Information: Ich bin Staatssekretärin im Justizministerium und ärgere mich jeden Tag über aufgeblasene Beamte, die im Dienst die Grenzen überschreiten. Und wenn Sie jetzt nicht nach Vorschrift vorgehen, lernen Sie mich kennen.«

Lautwein starrte sie an. Die Härte, mit der sie vorging, erfüllte ihn mit Bewunderung, war ihm an ihr aber fremd. Doch dann erkannte er, was sie tat. Druck aufbauen, um sich, aber vor allem auch ihn zu schützen, unabhängig von allen Vorwürfen, die im Raum standen.

Müller gab sich geschlagen. Er schluckte zweimal kräftig, bevor er sie ins Bild setzte. Sie hatten das alte Video einer Überwachungskamera aus Wiesbaden ausgewertet und das Kennzeichen eines verdächtigen PKWs feststellen können. Der Wagen war auf seinen Namen gemeldet. Lautwein war anfangs verwirrt, doch letztendlich klärte sich alles auf. Er hatte den Wagen vor seinem Auslandsjahr in Rom verkauft, hatte – naiv, wie er nun einmal war – dem Käufer vertraut, nicht einmal einen Vertrag gemacht und sich darauf verlassen, dass der neue Besitzer den Wagen ummelden würde. Das hatte er aber wohl nicht gemacht, oder vielleicht nicht sofort.

Lautwein ging, begleitet von der jungen Beamtin, in sein Büro und fand, was er suchte. Sein altes Flugticket nach Rom, das er sich aus nostalgischen Gründen aufgehoben hatte. Er war zwei Tage vor der Videoaufnahme geflogen.

Müller starrte auf das Ticket und schaute dann seine Leute zerknirscht an. Er nickte kurz und stand auf.

»Herr Lautwein, wir prüfen das. Bis dahin nehmen wir Sie mit ...«

»Nein. Hier geht niemand mit. Ihre Punkte sind alle abgearbeitet.« Christine hatte sich vor ihn gestellt, doch er sah, wie Müller beidrehte. »Morgen erhalten Sie eine Aussage von mir, die der Minister unterschrieben hat. Er ist über meine Liaison mit Herrn Lautwein informiert. Sollte hiervon etwas nach außen dringen, komme ich auf Sie zurück. Ganz nach Vorschrift via Dienstaufsicht. Das gilt auch für Sie.« Sie schaute die Beamten an, die schwach nickten. »Und jetzt gehen Sie bitte. Aber schnell.«

Sie verließen wortlos das Haus. Nur der Ältere, der die ganze Zeit schweigend dagestanden hatte, drehte sich noch einmal um. »Es tut mir leid. Das war beschämend«, dann ging auch er. Als die Tür zuschlug, nahm Lautwein Christine in den Arm und drückte sie an sich. Gott hatte ihm ein Zeichen gegeben.

»Danke.«

*

Von Falkbergs Haus lag oben in Tarforst, kaum fünf Gehminuten von der Uni entfernt. Er lächelte breit, als er Lichthaus die Tür öffnete.

»Schön, dass Sie da sind. Sie sollten nicht die Flucht vor sich selbst ergreifen.«

Er führte ihn durch das geschmackvoll eingerichtete Reihenhaus, das die untrüglichen Spuren einer Frau trug.

»Wollen Sie einen Kaffee? Den mache ich mit der Maschine meiner Frau. Vollautomatisch ohne Risiko.«

Lichthaus lachte spontan auf und nickte. Seine Stimmung hellte sich mehr und mehr auf. Am Morgen hatte ihn Sophie Erdmann über den Flop in Mainz informiert, und er freute sich über Müllers Misserfolg, wenngleich er natürlich traurig war, dass die Spur nun kalt war.

Mit zwei Bechern voll dampfenden Kaffees setzten sie sich ins Wohnzimmer, und Lichthaus berichtete alles Wissenswerte der letzten beiden Tage. Von Falkberg hörte mit professioneller Aufmerksamkeit zu und begann dann mit seiner Analyse.

»Er fordert Sie heraus. Die Haare im Mund sollen die Polizei verhöhnen. Er signalisiert, dass er keine Angst vor Ihnen hat, dass er nur gekommen ist, weil er wollte. Trotz der Falle.«

»Wie konnte er wissen, dass wir da sein werden?«

»Er ist äußerst vorsichtig und überlässt nichts dem Zufall. Eventuell hat er das Gelände beobachtet, als Sie die Vorbereitungen getroffen haben. Jedenfalls ist er sehr gerissen. Aber auch arrogant. Das gibt Ihnen wieder Chancen. Wie hat Ihnen die Lektüre der Parzivalgeschichte gefallen?«

Lichthaus zuckte die Achseln. »Na ja, interessant schon, aber ich sehe nicht, wie mir das weiterhelfen könnte.«

»Doch, doch. Lassen Sie mal den ganzen Ritterklimbim weg. Was bleibt übrig?« Er schaute Lichthaus kurz an, ohne eine Antwort abzuwarten, und fuhr in typischer Dozentenmanier fort. »Parzival macht sich auf den Weg und sucht die Bestimmung seines Lebens, seine Berufung. Den Gral. Für Parzival ist der Weg zu sich selbst schwer. Seine Entwicklung vom Knaben zum Mann wird stark von seinem ritterlichen Vater dominiert. Gewalt und Kampf prägen diese Zeit, was in seltsamem Gegensatz zur Erziehung durch die Mutter steht. Die Kämpfe stehen stellvertretend für seine inneren Konflikte. Erst als er diese überwunden hat, tauscht er die rote gegen die silberne Rüstung ein. Sein Findungsprozess geht von da ab den richtigen Weg.«

Von Falkberg trank an seiner Tasse und fuhr fort. »Unser Mann trägt noch die rote Rüstung. Ich will gar nicht behaupten, dass er bewusst die gleiche Rolle spielt wie Parzival, aber Sie sagten ja, er habe Gral, Gral geschrien. Er ist auf der Suche nach seinem Selbst und arbeitet auch die Geschichte seiner Familie auf. Nur wird er nie die Rüstung wechseln. Ich denke, die Parzivalsage hat bereits in seiner Vergangenheit, wahrscheinlich in seiner Kindheit, eine große Bedeutung für ihn gehabt haben. Er scheint sich an ihr zu orientieren.«

»Und wo sehen Sie nun einen Ansatzpunkt für unsere Ermittlungen?«

»Einerseits sollten Sie nach Gruppen suchen, die die Parzivalsage zu einem Kult erhoben haben. Ich bezweifle allerdings, dass es öffentliche Vereinigungen sind. Suchen Sie auch weiter bei diesen Rittergruppen. Zum anderen sollten Sie Altfälle sichten, in denen ähnliche Riten stattgefunden haben. Das kann schon lange zurückliegen.«

»Nun, ich bin aber nicht mehr im Dienst.«

»Dann fragen Sie Ihre Mitarbeiter.« Von Falkberg schaute ihn offen an. »Oder machen Sie sich selbst auf die Suche. Ins Archiv werden Sie doch wohl noch kommen?«

*

Das Handy klingelte gegen sechs Uhr am Abend, als sich Lichthaus im Archiv mehr und mehr der Verzweiflung näherte. Er saß seit dem Mittag hier unten und suchte einen Fall, der Parallelen zum Roten Ritter aufwies. Von Falkbergs Theorie erwies sich als das, was sie war. Eine Theorie, die im Praxistest an den Gegebenheiten scheiterte. Er hatte sich anfangs von zu Hause aus in den Zentralcomputer eingeloggt, aber schnell aufgegeben, da die alten Daten noch nicht digitalisiert waren. Seitdem durchforstete er die Microfichekataloge und Karteien. Der Archivar hatte offensichtlich keine Kenntnis von seiner Suspendierung und ließ ihn frei gewähren, doch mit jeder Stunde, mit jeder Akte, die er durchblätterte, wuchs sein Zweifel. Stundenlang hatte er Gewaltverbrechen durchleuchtet, die auch nur im Entferntesten mit dem Mittelalter oder Jahrmärkten zu tun hatten. Er hatte von ausgetretenen Zähnen oder Messerstichen in den Bauchraum gelesen, doch nirgends tat sich eine Parallele auf, die einer Nachforschung wert gewesen wäre. Eine Sackgasse. Er würde anders ansetzen müssen.

Er nahm das Gespräch an. Es war Sophie Erdmann.

»Wir haben eine Tote.«

»Karla Springer?«

»Könnte passen. Ist noch nicht lange tot. Ein Spaziergänger hat die Leiche gefunden. Mitten auf dem Feldweg. Gestern lag sie noch nicht da, denn der Mann geht mit seinem Hund immer denselben Weg. Die Spurensicherung ist unterwegs. Ich fahre gleich mit Müller und Schweiger raus. Der ist jetzt im Team. Ich habe mich deswegen mit Müller gestritten.«

»Wieso?«

»Der passt irgendwie nicht. Ich wollte ihn nicht im engsten Team haben. Außerdem ist er zu mir total unfreundlich. Redet nichts, und als ich ihn gestern nach den Ergebnissen der Pajero-Fahndung gefragt habe, meinte er nur, seit wann er an mich berichten müsse, und ist gegangen.«

»Was hat Müller gesagt?«

»Der Idiot hat ihn hereingerufen und direkt auf den Vorfall angesprochen. Schweiger hat sich ganz entspannt rausgeredet. Er habe mich wohl missverstanden und ich ihn sicher auch. Müller war zufrieden, aber Schweiger ist stinksauer. Seinen Blick hättest du mal sehen sollen.«

Lichthaus dachte einen Augenblick an Schweigers Anruf. Sollte der Kollege jetzt schon für Unfrieden im Team sorgen, würde er ihn nicht aufnehmen. Er hatte nicht vor, das Problem Marx gegen das Problem Schweiger zu tauschen. Komischerweise war für ihn Sophie Erdmann nach all dem gemeinsam Erlebten bereits fester Bestandteil seiner Kommission, obwohl sie erst eine knappe Woche bei ihnen war.

»Ignorier ihn, bis der Fall abgeschlossen ist, dann werden wir eine Lösung finden. Wo ist die Tote? Ich komme hin.«

»Na gut.« Sie atmete schwer, um ihren Unwillen zu zeigen. »Zwischen Osburg und Thomm. Ganz in der Nähe des letzten Fundorts. Aber diesmal gleich neben der Straße. Du kannst es nicht verfehlen. Müller wird nicht begeistert sein, wenn du da auftauchst. Er ist mies drauf. Erst der Frust von gestern Nacht und jetzt die nächste Leiche.«

»Er ist ein intrigantes Arschloch. Geschieht ihm recht, wenn er von dieser Frau in Mainz Druck bekommt.«

»Na, du musst es ja wissen. Ich bin aber ganz froh, wenn du dir auch ein Bild machst.«

Lichthaus packte die nutzlosen Akten zusammen, um sich auf den Weg zu machen. Noch eine Tote und keine Ahnung, wie er dem Täter näher kommen konnte. Am vergangenen Samstag hätte alles gepasst. Jetzt aber drehten sie sich wieder im Kreis. Die Zeitungen waren schon jetzt voll von den Verbrechen. Wenn der erneute Leichenfund bekannt würde, ging es erst richtig los. Auch überregional. Wenn er von Falkberg richtig verstanden hatte, würde das den Täter weiter anstacheln. Wie könnten sie ihn schnell schnappen, um einen weiteren Mord zu verhindern? Der zündende Gedanke, sein Strohhalm, kam ihm auf der Autobahn, als er das Krankenhaus in Ehrang sah. Heike Andries, die Krankenschwester. Sie kannte die Szene und vielleicht auch jemanden, der bereits vor dreißig Jahren dabei war. Sie war sofort am Telefon und hörte ihm konzentriert zu.

»Timbor, also Wolfgang Federer, erzählt immer, dass er auf Ritterevents war, als wir anderen alle noch in die Hosen geschissen haben. Entschuldigung, aber so sagt er es nun mal. Den rufe ich mal an.«

Vor Osburg bog er auf die K 82 in Richtung Thomm ab. Die Sonne hatte die Wolken vertrieben und strahlte in der klaren Luft. Sophie Erdmann hatte Recht gehabt. Der Fundort war kaum zu übersehen. Rechts von der Straße, inmitten der Felder, hatte sich der übliche Korso aufgebaut. Streifenwagen, der Bus der Spurensicherung und die Zivilfahrzeuge der Kripo. Der Weg trennte eine abgemähte Wiese von einem Maisfeld, dessen Pflanzen schon gut mannshoch waren. Rundherum nur landwirtschaftliche Flächen, Häuser konnte man von hier aus nur in weiter Entfernung erkennen. Lichthaus parkte neben der Fahrbahn und ging quer über die Wiese zu den Kollegen, die in weißen Overalls hinter den Flatterbändern arbeiteten.

Winkelmann kommandierte seine Leute herum, und Güttler beugte sich gerade zur Toten hinab, die mitten auf dem lose befestigten Feldweg lag. Sophie Erdmann und Steinrausch standen daneben, während Schweiger etwas abseits einen Mann befragte, der seinen Mischlingshund an der Leine hielt.

Als Lichthaus an ihm vorbeiging, sah er erstaunt auf und lächelte. Von Müller war nichts zu sehen. Er begrüßte kurz die Kollegen und schaute dann dem Pathologen über die Schulter, der die Tote untersuchte. Sie war vollständig bekleidet, doch unter dem T-Shirt, das Güttler nach oben geschoben hatte, ließen sich Foltermale erkennen. Wieder eine Karte des Leidens. Die Augen der Frau waren geschlossen, das Gesicht blau angelaufen und mit Erde verklebt. Die Spuren am Hals ließen darauf schließen, dass auch sie erwürgt worden war. Zwischen den blutverkrusteten und aufgeschwollenen Lippen sah man, dass die oberen Schneidezähne fehlten. Der Täter hatte ihr die Haare abrasiert, so dass sie an eine KZ-Gefangene erinnerte.

»Was hast du?«

»Bei euch bald einen Ganztagesjob.« Güttler grinste matt. »Machst du einen Ausflug?« Das Grinsen wurde breiter, doch Lichthaus ignorierte die Bemerkung. »Die Frau ist definitiv schon länger tot. Ich schätze zwei bis drei Tage. An der Kleidung kann man Larven sehen, die etwa so lange zum Schlüpfen brauchen. Was mich erstaunt, ist die Erde, die an ihr klebt. Selbst in den Mund ist ein wenig hineingerieselt, nachdem sich die Totenstarre gelöst hat. Ich denke, er hat sie irgendwo vergraben und jetzt erst hierher gebracht. Sie lag mit gefalteten Händen da, wie die andere da oben bei Farschweiler. Und auch sie ist brutal misshandelt worden. Hämatome überall. Verbrennungen, also die ganze Palette wie bei Eva Schneider. Sie wurde ebenfalls von hinten erwürgt. Die gute Nachricht: Wir haben wieder Bissspuren. Ich kann dir einen Zahnvergleich machen, dann wissen wir schnell, ob es derselbe Mann war. DNA kommt dann auch rasch, wenn die im Labor spuren.«

»Wegen der Autopsieergebnisse rufe ich dich an.« Er sprach leise, und Güttler verstand. Kaum merklich nickte er und drehte die Tote auf die Seite, um sie weiter zu untersuchen.

Lichthaus schaute Sophie Erdmann an, die sofort zu berichten begann, obwohl er sie gar nicht gefragt hatte. »Winkelmann hat

Reifenspuren gefunden, die er vergleichen wird. Die Stelle, wo er sie vergraben hatte, wird schwer zu finden sein.« Sie machte eine Pause. »Was glaubst du, wieso er sie uns präsentiert? Provokation?«

»Ja. Von Falkberg hält ihn für einen Egozentriker, der total von sich überzeugt ist. Wahrscheinlich hat ihn die Aktion am Samstag geärgert, und er will uns zeigen, dass wir ihm gar nichts können. Er verhöhnt uns. Wenn wir nur die Automarke weiter einengen könnten. Ich denke ...«

»Herr Lichthaus, ich wüsste nicht, was Sie hier zu suchen haben.« Müller war unbemerkt herangetreten.

Er stand, völlig fehl am Platz, im Anzug auf dem Stoppelfeld und starrte ihn aus seinem blassen Gesicht wuterfüllt an. »Verlassen Sie auf der Stelle den Tatort. Sie sind suspendiert, wenn ich Sie daran erinnern darf.« In seinem Blick glomm unverhohlene Abneigung.

Lichthaus zuckte die Schultern und ging, ohne seine Wut zu zeigen. Erst als er fast außer Hörweite war, verließ ihn die Beherrschung. »Ich bin ja schon weg, aber vielleicht finden Sie ja einen Bischof, der als Täter infrage kommt.« Er hatte nur halblaut gesprochen, doch konnte er hören, wie Müller scharf die Luft einsog. Er hatte ohnehin genug gesehen und würde den Rest später erfahren.

Als er auf die B 52 auffuhr, kam ihm die Presse entgegen. Trierischer Volksfreund und kurz darauf der Südwestfunk. Müller bekam seine Presse, ob er wollte oder nicht.

*

Sie kam spät nach Hause. Er grinste. Schließlich hatte er ihr viel Arbeit gemacht. Müde stieg sie aus dem Auto und ging langsam auf den Eingang zu, die Frau Kommissarin, die andere auf ihn schießen ließ. Sie würde sein Schlüssel zum Gral werden. Er wusste es genau. Schön und stolz war das Weib. Sie war das Zentrum, auf das seine Aufgabe zulief. Er spürte es. Sie war das Ziel. Ihre Demütigungen und Schmerzen sollten alles übersteigen, was bisher war. Ein neues Niveau. Die Krone. Verstecken würde er sie nicht. Präsentieren musste er sie. Genauso wie das Weib davor, so wie früher die Hingerichteten. Und alle, die sie sahen, würde eine schreckliche Angst lähmen.

*

Wolfgang Federer schrie auf einen jungen Mann ein, der gelangweilt zur rohen Betondecke hinaufschaute, als Lichthaus auf die Baustelle kam. Die beiden standen knöcheltief in einer grauen Brühe, die den Boden des Rohbaus bedeckte. »Du Idiot, da läuft uns doch die ganze Soße hinter die Isolierung.« Er bemerkte ihn im Eingang. »Ich habe jetzt keine Zeit, warten Sie draußen. Und du machst die Folie dicht.« Er wandte sich dem jungen Mann zu und schien ihn bereits vergessen zu haben.

Lichthaus verließ achselzuckend den Rohbau, setzte sich auf einen Stapel Paletten und wartete. Das Wetter war spätsommerlich schön, und er genoss einen Augenblick die warmen Strahlen auf der Haut. Er hatte in Erfahrung gebracht, dass Federer Estrichleger war und gemeinsam mit einem weiteren Meister einen Betrieb führte, der zehn Angestellte hatte. Zurzeit gossen sie Fließestrich auf einer Großbaustelle in Feyen, am südlichen Ende von Trier. Alle schienen in Hektik zu sein und liefen aufgeregt umher.

Am vergangenen Abend war er früh zu Bett gegangen und hatte endlich mal wieder gut geschlafen. Er war entspannt aufgestanden und eine halbe Stunde Joggen gegangen. Die Bewegung hatte ihm gut getan, doch die innere Unruhe war zurückgekommen. Seine Stellung hing am seidenen Faden. Müller würde alles daransetzen, um ihn loszuwerden. Umso mehr, wenn er sich nicht aus den Ermittlungen heraushielt. Nur genau das konnte er nicht.

Das Gefühl, versagt und Scherers Leben verspielt zu haben, nagte ununterbrochen an ihm. Claudias Versuche, ihm das auszureden, hatten nichts gefruchtet. Sie würde am kommenden Wochenende nach Hause kommen, und er freute sich schon auf sie und vor allem die Kleine.

Die Zeitungen waren voll von dem vermeintlichen Serientäter, der in Trier und Umgebung sein Unwesen trieb. Im Regionalsender hatte er ein Interview mit Müller gesehen, der sich sichtlich unwohl fühlte und die Sackgasse, in der er steckte, mit dem Verweis auf fahndungstaktische Notwendigkeiten kaschierte.

»Sie sind der Polizist, nicht wahr?« Federer war unbemerkt von hinten herangetreten und ließ sich mit einem Seufzer auf den Palettenstapel sinken. Lichthaus nickte und schaute ihn forschend an. Der Mann war mittelgroß, untersetzt und neigte zu einer Glatze. Die Augen waren von unzähligen kleinen Falten umgeben, die zeigten, dass er gerne und oft lachte. Jetzt aber zeigte sich kein Lächeln auf seinem Gesicht, sondern verhaltene Neugier. Er hatte eine Thermoskanne mitgebracht, aus der er sich nun Kaffee in den Becherdeckel goss.

»Haben Sie schon mal mit Idioten zusammengearbeitet?« Schlürfend nahm er einen Schluck.

»Täglich.« Lichthaus grinste, und Federer lachte auf.

»Dann wissen Sie ja, was ich hier durchmache. Termindruck ohne Ende, und die Kerle machen nur Mist. Kleben die Folie nicht richtig ab, und uns läuft der Fließestrich direkt auf die Isolierung. Na, Gott sei dank war keine Fußbodenheizung drunter. Nur Idioten!« Er straffte sich. »Was kann ich für Sie tun, Herr Kommissar? Ragnhild, also Andrea, hat etwas von alten Rittergeschichten erzählt, doch so ganz schlau bin daraus nicht geworden.«

»Es geht um Rittergruppierungen aus den siebziger Jahren. Sie wissen ja, dass am vergangenen Wochenende ein Mann oben in Manderscheid getötet wurde. Unser Analytiker geht davon aus, dass es sich bei dem Mörder um einen Psychopathen handelt, der seit seiner Kindheit in der Szene unterwegs ist. Frau Andries meinte, Sie wären schon lange dabei.«

»Verdächtigen Sie mich?« Federer schaute etwas unsicher drein.

Lichthaus schüttelte lächelnd den Kopf. »Nein, Ihr Profil passt nicht. Sie sind verheiratet und haben Kinder. Ansonsten wären Sie schon auf dem Präsidium. Wir brauchen Namen und Adressen von Personen, die Sie damals kennengelernt haben.«

»Das wird schwer. Mein Alter hat mich damals mit hingeschleppt. Ich komme aus Rapperath, das liegt bei Morbach. Dort oben haben sich Anfang der Siebziger ein paar Kerle zusammengetan und eine der ersten Gruppen gegründet. Eigentlich ein Junggesellenverein. Mein Vater blieb eher am Rande. Er hatte keine Ausrüstung, fuhr aber mit mir zum Zuschauen hin und trank ein Bier. Wir haben den Schwertkämpfen zugesehen und ich war total begeistert, mit vierzehn bin ich selbst eingetreten, andere Kinder gab es aber nicht. Seitdem Ritterspiele und so weiter mehr in Mode sind, nehmen immer mehr Familien teil, doch in den Siebzigern?«, er zuckte mit den Achseln, »nein. Es sei denn ...«, er zögerte einen Augenblick. »Da war mal ein Wettkampf mit einer anderen Gruppe. Die waren auch aus der näheren Umgebung, vielleicht sogar aus der Ecke um Trier. Ich war noch nicht dabei, das war also vor 1980. Die hatten wesentlich mehr Mitglieder, und ich erinnere mich an zwei Jungs so um die zehn Jahre alt. Mit dem einen habe ich mich unterhalten, der andere war eher verschlossen.«

»Erinnern Sie sich noch an die Namen?«

Federer lachte auf. »Nach der langen Zeit?« Er trank an seinem Kaffee.

»Wer könnte mehr wissen?«

»Hm, hm, Attila war Chef unserer Gruppe damals. Der wird den Kontakt wohl hergestellt haben. Der ist aber tot. Autounfall vor drei Jahren.«

»Mist!« Lichthaus war enttäuscht.

»Warten Sie mal. Attila war nicht verheiratet, wohnte bei seiner Mutter. Vielleicht hat die noch irgendwelchen Kram.«

»Wie heißt die Frau denn?«

»Ottilie ... Sekunde, ja, Borsig aus Hoxel. Der Sohn hieß Holger.«

»Wer könnte sonst ...« Er wurde unterbrochen.

»Wolfgang, komm rein, wir brauchen dich.« Ein Mann winkte aus dem Rohbau.

Federer schüttete den Rest Kaffee in den Staub und stand auf.

»Mehr kann ich im Moment nicht sagen. Ich denke aber über alles nach und melde mich bei Ihnen, wenn mir noch etwas einfällt.«

»Danke.« Lichthaus stand auf und reichte ihm die Hand, dann ging er zum Auto. Besser als nichts.

Während des Gesprächs hatte er eine SMS erhalten, in der Steinrausch um Rückruf bat. Er war sofort am Apparat.

»Ich wusste gar nicht, dass Sie, äh, du die Technik beherrschst«, begrüßte Lichthaus ihn lachend.

»Ich habe einen Sohn im Teenie-Alter, da lernt man so was gezwungenermaßen.«

»Was gibt es Neues?«

»Die Zeugenaussagen und die Spurensuche vom Sonntag sind ohne neue Ergebnisse geblieben. Sie haben auch keine Projektile gefunden. Die Autopsie des Mädchens ist da, und wir haben es wie vermutet mit demselben Täter zu tun. Das Zahnschema passt. Vier Morde in drei Wochen. Der läuft Amok.«

»Was sagt Müller?«

»Ich bin ja noch nicht fertig. Spleeth hat Lackspuren an der Gürtelschnalle der Toten sichergestellt. Und alles deutet darauf hin, dass sie unmittelbar vorm Ablegen der Leiche darangekommen sein müssen.«

»Gut. Dann kennen wir jetzt die Farbe?«

»Grün metallic. Nur«, Steinrausch zögerte kurz, »es ist kein Pajero.«

»Verdammt! Konnte er das Fabrikat schon herausfinden?«

»Er arbeitet dran. Müller hängt durch. Er lässt die Rasterfahndung anpassen, ist sonst aber ratlos. Ich hoffe nur, dass wir das Modell finden. Die Presse steht uns auf den Füßen. Laufend Anfragen. Für heute Mittag ist eine weitere Pressekonferenz angesetzt. Die aus dem Ministerium werden auch langsam nervös. Wahrscheinlich kriegen wir noch Leute.«

»Gut, die braucht ihr. Ermittelt ihr weiter in Richtung Mittelalter?«

»Ja, der Vorschlag kam von Sophie. Sie will Aussteller, Schausteller und Darsteller befragen, die auf den Veranstaltungen der letzten Zeit waren. Wir besorgen aktuell die Anmeldelisten. Die werden wegen der Haftpflicht erfasst und verwahrt. Vielleicht hat einer etwas gesehen.«

»Unser Täter wird die Märkte vorerst wohl meiden, aber weitere Zeugen wären nicht schlecht.« Er erzählte auch kurz sein Vorhaben, Ottilie Borsig zu befragen und vereinbarte, sich am Abend mit Sophie Erdmann in Eitelsbach zu treffen.

Nach diesem Gespräch rief er Ottilie Borsig an. Sie war zu Hause, und er könne vorbeikommen, wann immer er wolle. Er brach sofort auf.

*

Hoxel lag unweit von Morbach im Hunsrück. Ein gepflegtes Dorf auf einem Höhenzug mit Blick auf den Erbeskopf. Ein großes Neubaugebiet zog sich weiter oben den Bergrücken entlang, doch die Straßen schienen wie ausgestorben, sah man einmal von einer alten Frau ab, die an einer fahrenden Bäckerei Brot kaufte.

Das Haus von Ottilie Borsig war typisch für die Gegend. Klein, mit Satteldach, gepflegt und gegen die Wettereinflüsse mit jetzt verwaschenen Eternitplatten verkleidet, lag es in einem Bauerngarten mit Stockrosen, kleiner Wiese, Hollywoodschaukel und – in einem abgetrennten Teil – einem Nutzgarten mit allerlei Gemüse.

Er öffnete das Tor des Jägerzauns. Die Frau, die auf sein Klingeln in der Tür erschien, passte in das Haus. Sie trug eine ärmellose Kittelschürze, ihre Füße steckten in groben Schuhen. Das graue Haar hatte sie zu einem Knoten geflochten. Sie mochte so zwischen siebzig und achtzig Jahren alt sein, doch die blauen Augen schauten ihn wach und freundlich an, als er sich vorstellte. Das Lächeln war echt, und sie bat ihn einzutreten. Auf dem Tisch in der Küche standen zwei Kartons. Die Deckel waren zerfleddert und staubig. Durch die seitlichen Eingriffe konnte man Papiere erkennen.

»Das sind Unterlagen meines Sohns, die auf dem Dachboden standen. Ich habe noch nichts weggeworfen.« Sie schaute entschuldigend. »Ich konnte einfach nicht. Er wäre jetzt siebenundfünfzig.«

»Es tut mir leid.«

Sie nickte, und er setzte sich, um die Unterlagen zu sichten. Die alte Frau kochte Kaffee und erzählte von ihrem Sohn, dem ebenfalls früh verstorbenen Mann und der Einsamkeit des Alters. Dann ließ sie ihn allein. Kurz darauf sah er sie im Garten arbeiten.

Der Inhalt der Kartons war schlichtweg ein Horror. Steuerunterlagen, Kataloge mit verschiedensten Angeboten, Rechnungsbelege und vieles mehr lagen ohne jegliche Ordnung wild durcheinander. Es dauerte annähernd eine Stunde, bis er auf einen schmalen Hefter stieß, der mit der Rittergruppe zu tun hatte. Borsig hatte die Mitglieder aufgelistet. Er hatte notiert, wann jeder einzelne zur Gruppe gestoßen und dann wieder ausgetreten war. Insgesamt waren vierundzwanzig Personen in einer Zeitspanne von 1975 bis 1983 dabei gewesen. Auf dem Höhepunkt hatte die Gruppe sechzehn Kämpfer umfasst. Er schrieb sich die Namen und damaligen Wohnorte heraus.

Im zweiten Karton, natürlich ganz unten, fand er einen Brief, in dem sich ein Walter Hermann und seine Kämpfer für das schöne Turnier bedankten, das Borsig organisiert hatte. Offensichtlich hatte man gemeinsam einen Tag bei Bier, Gegrilltem und eben Wettkämpfen verbracht. Ob es das Fest war, von dem Federer gesprochen hatte? Borsig hatte oben in der rechten Ecke einen Absender vermerkt: Walter Hermann, Franzenheim. Lichthaus konsultierte sein Smartphone. Ein Walter Hermann lebte zwar nicht mehr in Franzenheim, wohl aber in Pluwig, dem Nachbardorf. Er wählte die Nummer, doch niemand hob ab. Unwillig durchforstete er die restlichen Unterlagen, leider ohne Erfolg. Einige Zeit später verabschiedete er sich und machte sich in Richtung Pluwig auf den Weg.

Von unterwegs erreichte er Steinrausch, der die Namen im Zentralcomputer durchlaufen ließ, doch nichts finden konnte. Auch Walter Hermann, unverheiratet, kinderlos, einundsechzig

Jahre alt, war bislang noch nicht aktenkundig geworden. Kaum hatte er aufgelegt, klingelte das Handy erneut, doch es war nicht wie erhofft Claudia, sondern die Sekretärin des Präsidenten, die ihn zu einer offiziellen Anhörung für den kommenden Morgen einlud.

*

Der Kontrast zu Ottilie Borsigs Haus hätte nicht größer sein können. Hermanns Behausung war eine Bruchbude von undefinierbarer Farbe, die am Ortsrand lag. Das Fertighaus, Lichthaus tippte auf die sechziger Jahre, war nur einstöckig. Die herabgelassenen Rollläden waren scheckig und überall platzte der Lack ab. Eine Regenrinne schien zu lecken. Von dieser Stelle aus hatte sich ein moosig-schimmeliger Streifen vom Dach bis zum Fundament gebildet. Der Garten selbst war eine einzige Wildnis, die jeden neugierigen Blick im Grün erstickte. Ungemäht der Rasen, Büsche und Bäume völlig verwildert. Zögernd ging er auf das Haus zu und fragte sich, ob er nicht die falsche Adresse hatte, doch die verrostete Hausnummer stimmte. Unter dem Klingelknopf hing dann auch ein kaum lesbares Plättchen mit dem Namen Hermann.

Als er den Knopf betätigte, verhallte das grelle Schrillen der Klingel im Nirgendwo. Er wartete und klopfte leise fluchend gegen die Tür. Nichts passierte, und er wiederholte sein Klopfen. Wieder nichts. Noch einmal. Absolute Ruhe. Wo konnte der Mann sein? Er überlegte gerade, ob er die Nachbarn fragen sollte, als Hermann sich meldete.

»Was willst du?« Die Frage wurde geschrien. Laut und unfreundlich, so dicht neben Lichthaus' Kopf, dass er heftig zusammenzuckte und einen Schritt zurücktrat. Rechts vom Eingang befand sich ein kleines Fenster, das wahrscheinlich zum Gäste-WC gehörte. Hier heraus hatte der Mann gebrüllt.

»Herr Hermann? Polizei, mein Name ist Lichthaus. Ich habe ein paar Fragen an Sie.«

»Ist mir scheißegal. Hau ab.«

»Soll ich Sie abholen lassen?«

»Zeig deinen Ausweis.«

Lichthaus zögerte einen kurzen Moment und warf dem Mann dann seine Visitenkarte durchs Fenster. Er hoffte, er würde sich damit zufriedengeben.

Drinnen rumorte es leise, schließlich wurde wirklich die Tür geöffnet. »Komm rein, Kommissar.«

Das Haus war abgedunkelt. Nur gelegentlich drangen hier und dort schmale Lichtstrahlen herein, wo die Rollläden nicht mehr ganz schlossen. Es stank ekelerregend und er versuchte, durch flaches Atmen möglichst wenig davon abzubekommen. Der Mann schien starker Raucher zu sein und wenig vom Putzen zu halten. Allmählich gewöhnte sich Lichthaus an das Dämmerlicht. Die Diele war leer. Er konnte gerade noch eine Gestalt sehen, die langsam einen kurzen Flur entlangschlurfte und ihn hinter sich her winkte. Zögerlich folgte er ihm. Lichthaus und Claudia achteten peinlich auf Sauberkeit, jetzt umso mehr, wo Henriette da war, und obwohl er im Laufe der Zeit viele Behausungen gesehen hatte, die unsauber, ärmlich oder heruntergekommen waren, schien nichts mit dem Zustand dieses Hauses mithalten zu können. Unrat, wohin er schaute. Leere Flaschen, dreckige Kleider und sonstiger Müll lagen überall auf dem Boden und verteilt im gesamten Wohnzimmer, das er nun betrat. Das Sofa und die Sessel hatte man achtlos an eine Wand geschoben. Das Bücherregal war über und über mit Staub bedeckt.

Walter Hermann hatte sich hinter einen Schreibtisch gesetzt und eine kleine Lampe angeknipst, deren Schein sein Gesicht im Dunkeln ließ. Lichthaus setzte sich auf den einzigen Stuhl und würgte. Ihm wurde schlecht.

»Hier sieht's aus wie im letzten Drecksstall, nicht wahr? Aber ich habe nicht mit Besuch gerechnet.« Der Schatten kicherte gurgelnd und zündete sich eine Zigarette an.

»Kann ich das Fenster öffnen?«

»Ja, aber die Läden bleiben unten.« Lichthaus stand auf und öffnete beide Fensterflügel. Ein wenig Luft drang herein und der

Druck, in diesem Loch gefangen zu sein, ließ nach, sein Magen beruhigte sich.

»Herr Hermann, ich habe einige Fragen, die im Zusammenhang mit vier Tötungsdelikten aufgetreten sind.«

»Was soll der Kack? Was wollen Sie da von mir?« Er erklärte kurz den Fall, vermied aber Einzelheiten. »Und ich soll Ihnen helfen, dieses perverse Schwein zu finden?«

»Wir werden natürlich Ihre Angaben vertraulich behandeln. Sie müssen sich also keine Sorgen machen.« Sein Gegenüber lachte laut auf und beugte sich vor.

Lichthaus prallte zurück. Das Gesicht des Mannes war wie in einem billigen Horrorfilm entstellt. Der linke Nasenflügel war praktisch verschwunden, wie weggefault, und auch die Oberlippe hatte sich zurückgezogen, wodurch die gelben Zähne und zum Teil die Zahnhälse sichtbar wurden. Die restliche Gesichtshälfte war von Wucherungen in den unterschiedlichsten Farben überzogen.

»Angst? So ein Scheiß. Wovor soll ich noch Angst haben? Der Krebs hier«, er deutete auf sein Gesicht, »bringt mich nicht um, er macht mich nur zu einem Zombie. Zerfrisst mir die Fresse. Ich sitze herum und warte. Manchmal will ich alldem ein Ende machen, bin aber zu feige, mir die Birne wegzublasen. Zurzeit versuche ich es mit Totrauchen. Ich habe keine Angst mehr, nee.« Er rauchte wieder und lehnte sich zurück.

»Nun gut«, fing Lichthaus sich wieder, »ich bin bei Holger Borsig auf Ihren Namen gestoßen.«

»Kenn ich nicht.«

»Sie kennen ihn wohl eher unter Attila.«

»Attila? Na klar. Der Schwertkämpfer aus Morbach. Netter Kerl. Wir waren zweimal, glaube ich, bei denen oben. War schön lustig.« Er machte eine Pause und hing seinen Gedanken nach. »Damals hatte ich noch Spaß. Keiner hat gegen mich gewonnen. Da hatte ich auch Freunde. Ursus, der Bär, war ich. Das Arschloch, den jeder vor seinen Wagen spannen konnte. Walter hier, Walter da. Ich hab ihnen geholfen, im Feld, im Stall, beim Häuserbauen, immer war ich da. Meinten wohl, der hat ja keine Frau, der hat ja

Zeit. Und jetzt kennen sie mich nicht mehr. Den mit der Hackfleischfresse wollen sie nicht um sich haben.«

»Ich wollte ...« unterbrach Lichthaus, doch Hermann hörte nicht mehr zu.

»Wissen Sie was? Ich habe keine Verwandten außer meiner Schwester. Die hat so 'nen Ami geheiratet. Einen Neger; hat ihr sofort mit seiner langen Lunte ein Baby verpasst, und ab ging es nach Alabama. An den Arsch der Welt. Ich war mal da vor so zehn Jahren. Hausen im letzten Loch. Die haben noch nicht mal das Geld, um hierher zu fliegen. Früher habe ich ihr heimlich Geld geschickt. Für die Kinder. Da war ich unten auf der Romika und habe Schuhe geklebt. An Weihnachten ruft sie noch an. Fünf Minuten im Jahr. Spricht mittlerweile Deutsch wie ich nach einer Zahnbehandlung. Sonst ist da kein Schwanz in meinem Leben. Ich bin so allein, als würde ich mitten in der beschissenen Sahara hausen. Kein Mensch, der mal was sagt oder auch nur anruft. Anfangs schon. Heute bin ich vergessen. Abgelegt.«

Im Dämmerlicht sah Lichthaus plötzlich Tränen glitzern.

»Die Kinder im Dorf schreien mir Quasimodo oder Zombie hinterher, wenn ihre Eltern nicht dabei sind. Würgewalter lach doch mal!, ist auch beliebt bei diesen kleinen Kröten. Ich gehe nur noch morgens aus dem Haus, um unten im Laden ein paar Sachen zu kaufen. Dann sind die meisten von der Brut in der Schule oder auf der Arbeit. Alle anderen schauen weg. Voller Ekel. Sind froh, wenn ich wieder raus bin. Bin mal draußen stehen geblieben und habe zurückgeschaut. Die Kassiererin hat sich sofort die Flossen gewaschen. Die blöde Sau«, er brütete vor sich hin. »Ich war doch mal ihr Freund!« Den letzten Satz schrie er.

Die Demütigungen und seine hilflose Wut quollen wie bittere Galle hervor. Und Lichthaus war sein Ventil. Einer, der sich nicht wegdrehte. Früher hätte man ihm ein Glöckchen aufgezwungen, damit die Leute rechtzeitig weglaufen konnten.

»Es tut mir leid«, sagte er nun schon zum zweiten Mal an diesem Tag.

Hermann zündete sich die nächste Zigarette an. »Letzten Karneval habe ich eine Maske angezogen und bin an Rosenmontag durch ganz Trier gelaufen. Ne Zombiemaske«, er lachte gequält. »Alles war wie früher. Keine Blicke, kein Ekel in den Visagen. Das mache ich wieder, das war schön.« Er schwieg und auch Lichthaus sagte lange nichts.

»Also, zu meinen Fragen. Ich suche einen Mann, der damals noch ein Junge und in der Mittelalterszene dabei war.«

»Ich kenne keine Jungen von damals.« Hermann schien abwesend.

»Mann, helfen Sie mir! Der rennt rum und bringt Frauen um.«

»Ist mir egal! Soll er doch. Auf mich nimmt das ganze Scheißgesocks ja auch keine Rücksicht.«

»Ach, jetzt hören Sie doch auf, Sie sind doch gar nicht so, sonst würden Sie sich nicht einsperren.«

Hermann schwieg und wischte sich die Augen.

»Sie haben Recht. Früher war ich nicht so. Einsamkeit macht hart. – Wieso soll der ausgerechnet bei uns mitgemacht haben?«

»Muss nicht, aber unser Psychologe vermutet, dass der Mann aus dem Raum Trier stammt.«

»Okay, Sie lassen ja doch keine Ruhe. Wir hatten zwei Jungs, die immer mit rumgezogen sind. Warten Sie mal.« Er erhob sich und schlurfte zum Regal. »Ziehen Sie mal den Rollladen hoch!«

Dem kam Lichthaus nur zu gerne nach. Am offenen Fenster atmete er tief ein. Er fühlte sich wie ein verschütteter Bergarbeiter, den man ausgegraben hatte. Hermann schien sich zu konzentrieren und vergaß seinen Groll. Aus einer Schublade kramte er ein Fotoalbum hervor und legte es vor sich auf den Tisch. Lichthaus trat hinzu und betrachtete die Bilder. Er hatte sich auf die Seite der gesunden Gesichtshälfte gestellt. Den Gestank, der aus den Kleidern des Mannes strömte, nahm er hin.

Die Fotos waren typisch für private Alben. Laienhafte Knipsereien, die keiner fotografischen Kunst dienten, sondern Erinnerungen einfingen. Die Farben hatten sich über die Jahre verändert und gaben allem einen vergilbten Pastellton, der aber gut zu den mittelalterlichen Motiven passte.

Hermann erzählte viel zu den Kampfszenen und den abgebildeten Personen, doch Lichthaus hörte nur mit halbem Ohr zu. Er suchte nach Jungen oder Jugendlichen, doch zeigten die Aufnahmen seitenlang nur Erwachsene.

»Hier«, Hermann deutete plötzlich auf ein Foto. »Das ist einer von ihnen. Thomas, nein Michael, hieß der. War ziemlich in Mode der Name. Der ist aber fort von hier.«

»Der Nachname?«

»Helmut Heinen war sein Vater. Der wohnt noch unten in Irsch.«

Er blätterte weiter und deutete auf ein anderes Bild.

»Hier, das ist Andreas Diel. Die beiden waren unzertrennlich. Andreas war eher verschlossen. Michael hat immer das große Wort geführt. Wo Andreas ist, kann ich nicht sagen.«

Lichthaus war alarmiert. Eine Chance. »Wer waren seine Eltern?«

»Der Mann hieß Heinrich oder Friedrich, war bei der Post oder der Bahn. Auf alle Fälle Beamter. Der Alte war ganz in Ordnung. Nach ein oder zwei Jahren wurden aber seiner Frau unsere Treffen und Aktivitäten zu viel. Ich glaube, wegen ihr sind er und Andreas dann auch irgendwann weggeblieben. Die wohnten in Pellingen oben.« Hermann wirkte entspannt, auch wenn sein Blick oft traurig an seinem früheren Ich kleben blieb. Ein junger Mann, der auf den Bildern breit lachte und froh nach vorne schaute.

Lichthaus musste weg. Raus hier. Dieser Andreas Diel passte gut ins Profil, und er wollte wenn möglich noch etwas über ihn herausfinden, bevor Sophie Erdmann und Steinrausch bei ihm auftauchen würden. Doch Hermann blätterte weiter, ließ ihn nicht los, zeigte auf eine Gruppenaufnahme: »Hier sind die Mütter drauf, neben den beiden Jungs.«

»Wer ist das?« Lichthaus' Blick war auf einen großen Mann gefallen, der nicht zur Gruppe passte. Er stand einen halben Schritt von den anderen entfernt, so als ob er sich absichtlich distanzieren wollte.

»Ein blöder Arsch, entschuldigen Sie bitte meine Sprache, eine dumme Angewohnheit. Wir haben ihn nur Adolf genannt.«

»Wieso?«

»Er war irgendwie rechts. Kloppte immer nur Sprüche gegen Emanzipation, die Linken, die faulen Studenten und so weiter. Im

Sommer siebenundsiebzig, als die ganze RAF-Schei … äh Sache ablief, wollte er uns politisieren. Wir sollten eine Demonstration für die Inhaftierten in Stammheim aufmischen. Ich weiß noch genau, was er sagte: Diesen emanzipierten Weibern und ihren degenerierten Weicheiern muss man mal sagen, wo's langgeht. Wir haben gelacht, und da ist er kolossal wütend geworden. Hat herumgebrüllt und uns als Sandkastenkacker beschimpft, die albern herumspielten, während die Linken und die ganzen Weiber und die Juden und wer sonst noch den aufrechten Bürgern die Freiheit nähmen. Irgendwann hat einer von uns ihn am Kragen gepackt und mit einem emanzipierten Tritt in den Hintern rausgeworfen.« Er zögerte. »Warten Sie, jetzt fällt's mir ein, anfangs hatte er oft einen kleinen Knirps dabei. Der Junge war ein paar Jahre jünger als wir. Ich erinnere mich noch gut an ihn, da er schon eine kleine Rüstung hatte. Plastik nur, sah aber klasse aus. Ich war echt neidisch. Der war richtig ernsthaft bei der Sache. Damit war's vorbei, als seine Eltern sich trennten.«

»Was ist aus ihm geworden?«

»Keine Ahnung. Wir haben ihn nicht mehr wiedergesehen.«

Lichthaus rang kurz mit sich, ob er der schwachen Spur überhaupt nachgehen sollte, entschied sich dann aber dafür. »Wer könnte seinen Namen kennen?«

»Lothar hat ihn mitgebracht. Das weiß ich genau. Ich kann Ihnen den Namen besorgen.«

»Das wäre gut. Haben Sie noch meine Karte? Da steht meine Handynummer drauf. Unter der erreichen Sie mich immer.«

Hermann erzählte eine Weile weiter, sie lachten hier und da, dann brach Lichthaus auf. An der Tür schaute er Hermann offen an und gab ihm lächelnd die Hand. »Vielleicht haben Sie uns weitergeholfen.«

»War ganz nett, mit Ihnen zu reden«, mühsam überwand Hermann sich. »Wenn Sie wollen, können Sie gerne wiederkommen. Dann räume ich sogar auf.« Hoffnung glomm in seinem Blick. Raus aus der Isolation.

»Sobald der Fall abgeschlossen ist. Gerne.« Claudia wäre stolz auf ihn gewesen.

*

Sie saßen auf der Terrasse und aßen. Sophie Erdmann und Steinrausch waren erst um neun Uhr am Abend losgekommen und hatten sich auf dem Weg nach Eitelsbach bei einem thailändischen Imbiss versorgt. Die beiden waren vom Stress der vergangenen Tage gezeichnet und kauten langsam, während sie das erste Glas Wein hinunterschütteten wie ein Therapeutikum. Im Präsidium war einiges passiert. Spleeth hatte den Lack identifiziert und konnte ihn einem japanischen Hersteller zuordnen, der Toyota und Nissan belieferte. Die Rasterfahndung war entsprechend angepasst worden. Da viele Autos dieser beiden Marken zugelassen waren, lag die Zahl der potenziellen Täter recht hoch.

Von Falkberg hatte am Vormittag mit Müller gesprochen, der ihn auflaufen lassen hatte. Steinrausch, dessen Fenster an das zu Müllers Büro anschloss, hatte das Gespräch teilweise belauschen können. Die Diskussion hatte sich an der Frage hochgeschaukelt, inwiefern eine weitere Analyse des Täters noch sinnvoll wäre. Während von Falkberg glaubte, mit den Erkenntnissen vom Ritterfest könne er das Profil deutlich aufwerten und Ansatzpunkte zur Fahndung geben, ging Müller davon aus, in fahndungstechnischer Hinsicht ausreichend Fakten zu haben, um den Mörder dingfest machen zu können. Allenfalls den Befragungen der Jahrmarktteilnehmer räumte er noch eine Chance ein, um etwas Neues zu erfahren. Die Vergangenheit des roten Ritters weiter aufzurollen, hielt er für Zeitverschwendung. Von Falkberg hatte daraufhin ungehalten seine Mitarbeit aufgekündigt und war nach der ein oder anderen Spitze gegen Müller gegangen.

Schweiger leitete weiterhin die Rasterfahndung und berichtete an Müller. Sophie Erdmann und ein Team klapperten die Jahrmarktteilnehmer ab. Marx war wiederaufgetaucht – nüchtern und beherrscht – und hatte die Koordinationsaufgaben der SOKO übernommen. Steinrausch hatte selbst mit ihm gesprochen und war über den ausgeglichenen Eindruck erstaunt, den Marx jetzt machte. Zu den Geschehnissen des Samstags war kein Wort gefallen. Insgesamt lief der Apparat wieder, es schien sich aber eine zermürbende und zeitraubende Kleinarbeit abzuzeichnen.

Lichthaus war besorgt, denn er dachte an von Falkbergs Warnung, der Täter könnte in kürzester Zeit erneut zuschlagen und sie würden vor der nächsten Leiche stehen. In einem gab er Müller Recht: Irrwitzigerweise lagen alle Fakten vor, die den Mörder überführen würden, sobald man ihn erst einmal verhaftet hätte, aber dazu mussten sie ihn erst einmal aufspüren.

Dann berichtete er den beiden von seinen Ergebnissen, ohne sie wirklich überzeugen zu können. Sophie Erdmann versprach lahm, die Adressen von Andreas Diel und Michael Heinen zu recherchieren und diese zu befragen. Sie und Steinrausch wirkten wie Mitglieder einer Fußballmannschaft, die gerade zehn zu null verloren hatte. In die nun eintretende Leere hinein klingelte Sophie Erdmanns Handy.

»Ja? Einen Augenblick, bitte.« Sie reichte es an Lichthaus weiter, der es mit fragendem Blick entgegennahm. »Ein Holländer oder Belgier, will irgendetwas gesehen haben.«

Wieso gab sie ihm das Gespräch? Nun, er würde es gleich erfahren. Mit eingeschaltetem Lautsprecher legte er das Handy auf den Tisch. »Mein Name ist Lichthaus, die Kollegen hören mit.«

»Hallo, ich bin Mark Verschooten. Ein Herr Marx hat mir gesagt, dass ich Sie über diese Nummer erreichen kann.« Er sprach mit starkem Akzent. »Ich habe hier bei uns in den Nachrichten von den Morden gehört und dann im Internet die Zeitungen nachgelesen. Wissen Sie, wir waren nämlich zu der Zeit bei Ihnen in Urlaub. Es war sehr schön. Zwei lange Wochen Ruhe, und jetzt wieder der Alltag.« Verschooten geriet ins Schwärmen, doch Lichthaus wurde ungeduldig und unterbrach ihn.

»Was wollten Sie mir erzählen, Herr Verschooten?«

»Ja gut. Nun, als ich gelesen habe, wo die Tote gefunden wurde, bin ich gleich aufmerksam geworden. Ich habe es noch einmal auf der Karte nachgeprüft, und es stimmt wirklich: Es ist genau die Stelle, an der wir einen Tag vorher einen Toyota gesehen haben. Die Zeitung sagt, man solle sich melden, wenn …«

»Sind Sie sich sicher, dass Sie dort waren?«

»Ja. Die Straße von Reinsfeld zur Mosel, nicht die Autobahn.«

»Okay. Was für ein Wagen?«

»Ein Toyota.«

»Welche Farbe?«

»Dunkelgrün metallic.«

»Sie sind sich ganz sicher?«

»Ja. Dunkelgrüner Pick-up. Ich täusche mich bestimmt nicht, denn er stand quer auf der Straße, um in den Wald abzubiegen. Wir sind fast hineingerast. Die Nummer konnte ich nicht sehen. Leider.«

Lichthaus verlor den Mut. Sie waren tagelang hinter einer ähnlichen Aussage hergelaufen, nur um festzustellen, dass es sich nicht um das Auto des Täters handelte. Nun mit Toyota Pick-ups weiterzumachen, schien wenig verlockend. »Nun, das könnte natürlich jeder gewesen sein.«

»Schon, nur hatte er einen Hänger hinten dran.«

Die Nachricht brachte Lichthaus wieder auf Touren. »Wie sah der aus?«

»Hoch mit festem Aufbau ohne Aufschrift. Auffallend war, dass eine der Seitenklappen abstand und die Spitze einer Baggerschaufel herausschaute. Eigentlich nur die Zähne, aber es war eine Baggerschaufel, ganz sicher. Ich bin Bauingenieur und kenne mich da aus.«

Die drei schauten sich über den Tisch hinweg wie vom Donner gerührt an. Es dauerte einige Sekunden bis Lichthaus wieder sprach. »Herr Verschooten, Sie haben uns sehr geholfen, diese Informationen sind von äußerster Wichtigkeit. Geben Sie uns bitte Ihre Adresse. Ein Kollege Ihrer Polizei wird Sie aufsuchen, um ein Protokoll aufzunehmen.«

»Ein dunkelgrüner Toyota ist jetzt also Favorit. Ein Pick-up. Schweiger kann Gas geben.«

Lichthaus brannte vor Eifer und hoffte auf einen guten Ausgang der Anhörung.

*

Der Präsident, Cornelia Otten und Alexander Rech, der Kollege, der die interne Untersuchung leitete, schauten Lichthaus betroffen an. Sie hörten gerade die Audioprotokolle ab und erlebten Scherers Sterben. Wieder zog die Nacht an ihm vorbei, und die Erinnerung lastete schwer auf ihm, doch er hatte eine harte, unbewegliche Miene aufgesetzt, denn er wurde beobachtet. Auf der kurzen Seite des langen Tischs saß Müller. Er hatte ihn nur frostig begrüßt und kaum eines Blickes gewürdigt. Der Präsident hingegen war freundlich auf ihn zugekommen und hatte gefragt, wie er sich fühle. Aber Lichthaus blieb misstrauisch. Der Präsident stand nicht gerade im Ruf, besonders besorgt um die Belange seiner Mitarbeiter zu sein. Es sei denn, er profitierte persönlich davon. Irgendetwas war hier im Busch.

Als das Abspielgerät vernehmlich knackend stoppte, herrschte betretenes Schweigen im Raum, doch es war klar geworden, dass er den Einsatz lehrbuchmäßig geleitet hatte und Scherer angewiesen hatte, auf die Kollegen zu warten. Dass der dies nicht getan hatte, war nicht seinem Vorgesetzten anzukreiden.

»Wo war der zweite Mann?« Rech blätterte in den Unterlagen. »Marx?«

»Seiner Auskunft nach auf der Toilette.«

»Und die anderen Kollegen?«

»Wir hatten ein – wenn Sie so wollen – Rotationsprinzip. Die Teams deckten beim Observieren rasterartig den Festplatz ab. In dem Augenblick, als der Mörder auftauchte, befanden sie sich exakt an den entgegengesetzten Enden des beobachteten Bereichs. Die Mitte war vakant.«

»Wieso?«

»Hierzu wäre ein zusätzliches Team vonnöten gewesen. Aber in dieser Situation hätte auch das nicht geholfen, der Wohnwagen stand ja genau im Zentrum, und ich bin sofort los.«

»Das Einsatzteam war damit führungslos.«

»Es gab nichts mehr zu führen. Der Einsatz war geplatzt und Scherer verletzt. Sie haben ja gerade gehört, dass ich die Kollegen zusammengezogen habe. Und ich war ja weiter über Funk mit ihnen verbunden.«

»Hmh.« Rech war wenig überzeugt. »Wieso haben Sie geschossen?«

Sophie Erdmann hielt er aus der Sache heraus. »Er war zu sehen. Das Schwert in den Himmel gehoben stand er da und brüllte: Gral Gral.«

»Und das hat Ihnen gereicht um zu schießen? Sie konnten ihn nicht eindeutig identifizieren. Sie hätten ebenso gut einen Unbeteiligten treffen können. Das war nicht sauber.«

»Ich habe mich auch nicht sauber gefühlt. Ich hatte gerade einen Kollegen verloren, ihn aus einem Fluss gezogen und sinnloserweise beatmet. Als der Kerl da oben seinen Triumph herausgeschrien hat, wollte ich die Gelegenheit nutzen.«

»Es sieht eher so aus, als ob Sie Ihre Niederlage nicht akzeptieren wollten.«

Lichthaus beobachtete Rech. Er stellte nur fest, wirkte sonst aber neutral. Das Schlimmste aber war Müllers Gesicht. Als er das Lächeln darin sah, kochte Wut in ihm hoch.

»Nun«, griff Cornelia Otten schnell ein. Hatte sie gemerkt, dass er kurz davor stand zu explodieren? »Da niemand zu Schaden gekommen ist, außer vielleicht einige Bäume«, sie grinste und entkrampfte die Situation, »sehe ich aus Perspektive der Staatsanwaltschaft im Augenblick keinen Tatbestand, der zu weiteren Ermittlungen Anlass geben könnte.«

»Ich schließe mich Ihnen da an«, stimmte Rech zu.

»Dann können wir also die Suspendierung aufheben.« Der Präsident meldete sich zu Wort. »Die Presse sitzt uns im Nacken. Die suchen nach Fehlern.« Daher wehte also der Wind. Eine Wende um 180 Grad. Er wollte nach außen glänzen. Lichthaus entspannte sich langsam. Er hatte wohl nichts mehr zu befürchten.

»Wir werden sehen. Wie dachten Sie über den Einsatz?« Rech wandte sich an Müller.

»Ich war nicht vollständig überzeugt, dass hier der richtige Weg beschritten wurde, doch ich habe den Vorgang natürlich unterstützt.«

»Wieso waren so wenige Einsatzkräfte dabei? Um das Terrain zu überwachen und den eventuell Flüchtenden abzufangen, war die Gruppe definitiv zu klein.«

»Ich bin da Ihrer Meinung«, schaltete sich Lichthaus ein und merkte, wie alle außer Rech erstarrten. »Es waren zu wenige Leute für eine großflächige Überwachung.« Lichthaus schaute Müller an und sah Nervosität in seinen Augen. Die Luft knisterte, und er hatte große Lust, das Schwein zu grillen. »Wir haben aber nach anfänglicher Diskussion eine andere Strategie beschlossen, die mit einem geringeren Aufwand realisiert werden konnte. Der Rote Ritter kam immer zu den Schwertkämpfern. Die Zweiergruppen sollten sein Eintreffen beobachten und sich um den Kampfplatz postieren. Wenn er dann zum Duell angetreten wäre, hätten wir ihn mit zehn Beamten sicher stellen können.« Er blickte angewidert zu Müller hinüber.

Der entspannte sich und nickte bestätigend. Cornelia Otten schwieg dazu, obwohl sie es besser wusste, aber die Fronten aufzuweichen, schien jetzt wichtiger, als Recht zu behalten.

Rech begann nun, die Einsatzpläne zu diskutieren, während Lichthaus und Müller sich über den Tisch hinweg anfunkelten. Gegen fünf Uhr am Nachmittag kamen ihre Beratungen zu einem Ende. Lichthaus' Suspendierung sollte auf Empfehlung Rechs aufgehoben werden. Rech würde die zuständigen Gremien informieren und einen entsprechenden Beschluss herbeiführen. Er rechnete damit, dass Lichthaus in ein bis zwei Tagen wieder im Dienst sein könne. Der Präsident war erleichtert.

Als sie den Konferenzraum verließen, drehte Lichthaus Müller demonstrativ den Rücken zu und vermied es, ihn zu verabschieden. Er war mit dem Kerl fertig. Sein Magen brannte vor unterdrückter Wut, denn kaum etwas in seinem Leben war ihm schwerer gefallen, als Müller den Hals zu retten, nur um einen ernsthaften Konflikt mit dem Präsidenten zu vermeiden. Sein einziges Ziel war es, schnell wieder in den Dienst zu kommen, um den Mörder zu jagen. Doch, dass Müller versucht hatte, ihn zum Sündenbock zu machen, blieb eine offene Rechnung. Er würde diesem Schwein die letzten Jahre so schwer wie möglich machen.

*

Im Kommissariat bat er die Kollegen zu einem kurzen Gespräch. Nur Schweiger nicht. Er hatte dessen Nummer schon halb gewählt, als ihm plötzlich wieder in den Sinn gekommen war, dass Sophie Erdmann und Müller sich seinetwegen gestritten hatten. Also legte er wieder auf, er wollte zunächst die anderen um ihre Meinung fragen. Kurz darauf trafen sie sich in seinem Büro, und er fasste die Ergebnisse der Unterredung für sie zusammen. Die Kollegen waren erleichtert. Auch Marx schien der Gedanke an Lichthaus' Rückkehr nicht zu stören.

»Wir haben den einen der beiden Jungs gesprochen. Michael Heinen. Lebt in Nürnberg, ist verheiratet und hat zwei Kinder. In den letzten Wochen war er nachweislich nicht in Trier. Andreas Diel konnten wir noch nicht finden«, begann Steinrausch. »Er lebte zuletzt in einem Kaff, Abentheuer heißt es, liegt zwischen Birkenfeld und Hermeskeil. Er ist unverheiratet. Da ist er immer noch gemeldet, seine Wohnung war jedoch leer. Wo er sich aktuell aufhält, ist nicht bekannt. Er hat einen Bruder oben in Norddeutschland, den machen wir zurzeit ausfindig.«

»Okay, hoffen wir, dass dabei etwas herauskommt.« Er wandte sich an Marx. »Und wie sieht es bei Ihnen aus?«

»Die angepasste Rasterfahndung kommt gut voran. Schweiger rechnet morgen mit den ersten Adressen. Die Einschränkung auf einen Toyota beschleunigt die Suche erheblich.«

»Wie macht er sich denn?«

»Gut.« Marx' Ton war sachlich. Ein ganz anderer Mensch. Er zeigte keinerlei Aggressionen und suchte nicht die Konfrontation. »Er hat die Gruppe im Griff und selektiert sehr konzentriert vor.«

»Ja«, pflichtete ihm Steinrausch bei. »Die Kandidaten, die er bisher geliefert hat, passen exakt ins Bild. Das läuft einwandfrei.«

»Ich kann ihn nicht leiden. Er ist kalt.«

Lichthaus lächelte Sophie Erdmann an. »Dennoch macht er seinen Job. Bei dir hat er verschissen, was? Hast du noch was Neues?«

»Nein. Wir haben den Hersteller der Knöpfe unter Druck gesetzt, doch der hat keine Adressen mehr. Bekommt aber eine Anzeige wegen Steuerhinterziehung.« Sie grinste breit.

»Versucht mal, etwas über die Waffen herauszubekommen. Wir haben ja das Foto. Auf dem ist das Schwert ganz gut drauf. Ich gebe dir die Nummer von Heike Andries. Die kennt einen Schmied. Aber es gibt sicher noch andere, hängt euch an alle dran. Wenn er sein Schwert machen lassen hat, sollte sich der Schmied an ihn erinnern. Ich glaube nicht, dass er auch da ohne persönlichen Kontakt geblieben ist.« Er zögerte. »Was mich noch umtreibt, ist die Frage, wieso er die Überwachung erkannt hat.«

»Er hat uns beobachtet.«

»Bei all den Menschen?«

Steinrausch zuckte die Schultern, doch Lichthaus fuhr fort. »Scherers Mikrofon war kaum zu sehen. Woran sollte er den Polizisten in ihm erkannt haben?«

»Haben die Schwertkämpfer geredet?«, folgte Sophie Erdmann seinen Gedanken.

»Glaube ich nicht. Die wussten doch nur von der Aktion unmittelbar am Kampfplatz, kannten unsere Leute nicht einmal.«

»Aber irgendwie muss er doch Wind von der Sache bekommen haben.«

»Und wenn er im Bilde war, wieso hat er sich dann trotzdem offen gezeigt?«

Marx war skeptisch. »Ich glaube, er hat es erst kapiert, als Scherer direkt an ihm dran war.«

»Ja, das ist natürlich möglich, aber ich weiß nicht. Findet ihr es nicht auch merkwürdig, dass er genau in dem Moment erscheint, als Scherer allein ist?«

»Zufall.«

»Könnte sein. Es ist jedoch auch möglich, dass er Scherer absichtlich abgepasst hat. Hört euch noch mal den Mitschnitt an. Er ist am Rande des Festes aufgetaucht und hat sich Richtung Steg, also weg vom Kampfplatz bewegt, noch bevor Thomas ihn angesprochen hat.«

»Du denkst an eine undichte Stelle?«

»Das kann ich mir nicht vorstellen, aber wir sollten vorsichtig sein.«

Er schaute in die Runde, und alle nickten nachdenklich.

*

Als sie gegangen waren, sichtete er noch die Post. Reine Bürokratie. Arbeitsanweisungen, Neueinstellungen. Lehrgangsangebote und dergleichen mehr. Er fühlte sich ausgelaugt nach der langen Sitzung und der anschließenden Besprechung.

Der Himmel war den Tag über meist bewölkt gewesen, doch nun schien die Sonne und erwärmte den Abend angenehm. Zu Hause zog er sich um und inspizierte gemächlich ihren Weinberg. Er war über den Verlauf der Sitzung erleichtert und fühlte sich erstmals seit dem vergangenen Samstag wieder wohl in seiner Haut. In den nächsten Tagen würde er wieder zur Arbeit können und brannte schon darauf, die Jagd aufzunehmen.

Ausnahmsweise dröhnte mal kein Traktor oder Rasenmäher durch den Ort, und Lichthaus entschied sich für einen ruhigen Abend. Er machte sich Brote und wanderte mit einem Glas Wein auf die Terrasse, als das Handy klingelte.

»Hallo.«

»Ja, hier Hermann. Ich hab den Namen. Hab Glück gehabt, dass Lothar überhaupt mit mir gesprochen hat. Der fühlt sich so toll, der glaubt, ihm scheint auch noch nachts die Sonne in den Arsch.«

Lichthaus dachte mit Abscheu an den Gestank in Hermanns Haus und an sein entstelltes Gesicht, dann konzentrierte er sich.

»Wie heißt der Mann?«

»Der Alte, da war sich Lothar sicher, hieß Ernst und der kleine Scheißer Uli.«

»Und wie weiter?«

»Lothar meint Bäumler, die Eltern haben sich irgendwann getrennt. Bei dem Drachen wäre ich auch gerannt. Die könnten Sie mir auf den Bauch binden, und nichts würde passieren. Ich habe mal nachgesehen, einen Ulrich Bäumler habe ich nicht finden können.«

»Wir werden dem nachgehen. Eventuell hat er den Namen seiner Mutter angenommen.«

»Kann sein. Also die kamen aus so einem Kuhkaff. Richtung Saarland rauf.«

»Wo genau?«

»Daran konnte Lothar sich nicht mehr erinnern. Hat etwas von einem Aussiedlerhof bei Steinbachweier, Paschel oder Zerf gefaselt. Der Kerl ist schon so verkalkt wie mein Wasserkocher.« Hermann lachte widerlich. »Fahren Sie doch mal nach Steinbachweier. In der Kneipe da stehen immer ein paar versoffene Wracks, die sich über jeden freuen, der sich volllallen lässt. Du spendierst ihnen ein Bier, und die beschreiben dir aufs Haar genau, wie sie zuletzt geschissen haben.«

Lichthaus schloss die Augen und schüttelte den Kopf. Hermanns Sprache begann, ihn zu nerven. Er bedankte sich und würgte ihn freundlich ab. Morgen würde er sich auf den Weg nach Steinbachweier machen.

An diesem Abend ging er früh zu Bett und schlief augenblicklich ein. Traumlos dämmerte er hinweg. Er lernte mit seiner Schuld zu leben. Genau, wie Otto es vorhergesagt hatte.

*

Der Mann bog an der Kirche rechts ab und fuhr zügig die steile Straße hinauf, raus aus Hermeskeil. Links tauchte der Sportplatz auf und oben auf der Kuppe die Gebäude der Felke-Werke. Hier hatte er einmal Schreiner gelernt, damals als im Hochwald noch Möbel gebaut wurden, die mit Gewinn verkauft werden konnten. Die alten Hallen waren lange Jahre als Globalisierungsruine vergammelt und zum Teil durch zwei Brände vernichtet worden, doch vor Kurzem war irgendein Investor aufgetaucht und hatte die verbleibenden Gebäude saniert und erweitert. Ihm war es egal. Er schnitt unten im Baumarkt Bretter zurecht und war froh, einen Job zu haben, für den er nicht bis nach Trier hinunterfahren musste.

Groß und massig klemmte er hinter dem Lenkrad, der Motor schnurrte. Hinter der Kuppe ging es steil hinab in einen hohen, dunklen Tannenwald, der weitgehend die schroffen Hänge bedeckte. Nur am Rand hielten sich ein paar Buchen und reckten die Äste wie Arme über die Fahrbahn. Doch das alles nahm er nicht mehr wahr. Kannte alles. Jeden Abend die gleiche Fahrt, mal früher mal später. Nur die Jahreszeit änderte sich. Seine Mutter hatte gesagt, er finde hier den Weg wie ein Säugling die Brust. Damals war die Straße noch in steilen Kurven verlaufen, mittlerweile führte sie gerade hinunter zur Prims, die unter einer schmalen Brücke dahinplätscherte.

Er gab Gas, und sein Geländewagen kam in Schwung. Die aufgeblendeten Scheinwerfer durchschnitten die Dunkelheit und beleuchteten die Straße weithin. Es war warm, das Fenster hatte er runtergedreht.

Er grinste. Bis hundert Stundenkilometer trieb er die Geschwindigkeit hoch. So wie jeden Abend, wenn es trocken war. Er bremste dann bis auf etwa fünfundsiebzig herunter, nahm die Kurve an der Brücke und schoss auf der anderen Seite die Straße wieder hinauf. Der Motor röhrte jetzt, und die Tannen flogen an ihm vorbei wie Fahnenstangen. So kräftig wie immer trat er das Bremspedal, doch nichts tat sich. Wie ein elektrischer Schlag durchzuckte ihn der Schreck. Fuß hoch und wieder auf die Bremse. Nichts. Der Schweiß brach ihm aus. Noch fünfzig Meter bis zur Brücke. Panisch versuchte er den dritten Gang reinzudreschen, um mit der Motorbremse langsamer zu werden, doch die Schaltung klemmte. Die Kurve raste auf ihn zu, er stellte das Denken ein.

Mit hundertzwanzig flog der Wagen hinein in die Kurve – und schaffte sie. Die Karosserie neigte sich in aberwitzigem Winkel, doch die Reifen schienen auf der Straße zu kleben. Seine Muskeln bebten. Er schrie die Anspannung hinaus, Hoffnung keimte auf, dann endete seine Glückssträhne auf der Brücke. Der Wagen brach aus, streifte das Geländer und schoss über die Böschung hinweg auf die Bäume zu. Grotesk wie in einem billigen Action-Film hob er ab.

Während seine Hände sinnlos weiter das Lenkrad umkrallten, nahm er das widerstandslose Drehen der Räder wahr. Nun sah er im Scheinwerferlicht die Tannen, ihre borkige Rinde und das Moos auf der dem Wind abgewandten Seite auf sich zufliegen. Das Fahrwerk krachte auf den Boden, während der Druck des einschnappenden Gurts ihm die Luft aus der Lunge presste. Er verlor die Orientierung, als der Aufprall ihn herumwarf und sein Kopf an den Rahmen schlug. Jeden Augenblick rechnete er mit dem Aufprall. Doch der kam noch nicht. Erst als sich die Geschwindigkeit stark verlangsamt hatte, fuhr er gegen einen Stamm. Die Motorhaube sprang hoch und er flog ihr förmlich entgegen, hinein in den Airbag. Glas bröckelte aus der geborstenen Windschutzscheibe herein. Einen Augenblick lang verlor er das Bewusstsein.

Beim Quietschen einer Bremse kam er wieder zu sich. Sein Kopf dröhnte, Blut floss ihm in die Augen. Er versuchte, sich zu bewegen, doch sein Fuß war eingeklemmt. Er schrie, um auf sich aufmerksam zu machen, brachte aber nur ein schwaches Krächzen hervor. Es schien zu reichen. Schritte näherten sich.

»Hallo, können Sie mich hören.« Die Stimme eines Mannes. Sie klang besorgt. Wieder krächzte er.

Der Mann trat neben die Fahrertür.

»Ich hatte einen Unfall. Bin von der Straße ab«, erklärte er stöhnend, als ob man es nicht sehen könnte.

»Warten Sie, ich helfe Ihnen heraus.«

»Danke.« Er lächelte dankbar. Wieder wurde ihm schwindelig.

Zwei kräftige Hände zogen die Tür auf und griffen hinein, packten seine Schulter und drehten ihn mit dem Rücken zur Tür. Vorsichtig stützte der Mann ihn ab, und er lehnte sich dankbar gegen die kräftige Gestalt. Als sein Kinn und Hinterkopf umfasst wurden, flimmerte noch ein kurzes Erstaunen durch sein benebeltes Bewusstsein, dann wurde ihm das Genick mit einer ruckartigen Bewegung gebrochen. Es knackte wie ein trockener Ast, auf den man trat, doch das hörte er schon nicht mehr.

*

»Ich glaube, wir haben ihn!« Sophie Erdmanns Stimme klang aufgeregt. »Diel besitzt tatsächlich einen grünen Toyota Pick-up und auch sonst passt er genau ins Profil. Schweiger war gerade hier und hat uns den Namen gebracht.«

»Der macht doch einen guten Job, oder?« Lichthaus hatte lange geschlafen und war gerade erst mit dem Frühstück fertig.

»Ja, vielleicht habe ich mich getäuscht. Ich fahre mit Steinrausch in dieses Dorf«, sie raschelte mit Papier, »Abentheuer. Wir wollen die Nachbarn befragen. Vielleicht weiß jemand, wo er arbeitet oder gearbeitet hat, dann können wir an seine Adresse kommen. Müller ist übrigens schon wieder stinkig, wahrscheinlich weil du uns den Hinweis gegeben hast.«

»Der blöde Hund. Wie wird er vorgehen?«

»Keine Ahnung. Ich denke, wenn wir wissen, wo Diel wohnt, nimmt er sofort ein SEK mit.«

»Soll ich kommen?«

»Ich denke, nein. Das wird Müllers Show. Er wird dich nicht hier haben wollen.«

»Du hast Recht. Rufst du mich an, wenn es etwas Neues gibt? Auf dem Handy. Ich bin gleich unterwegs.«

Er legte auf und war zufrieden. Müller würde zwar die Verhaftung vornehmen, musste aber den Fahndungserfolg Lichthaus überlassen. Zumindest intern.

Die Nachricht hatte seine Pläne umgeworfen. Eigentlich hatte er diesen Uli suchen wollen. Aber das schien sich ja nun erledigt zu haben. Auf der anderen Seite war Diel noch nicht überführt. Er zögerte kurz und machte sich doch auf den Weg. Was sollte er auch sonst tun? Der Altweibersommer pausierte. Es war bedeckt, aber schwülwarm. Eine dicke Hummel taumelte wie betrunken an ihm vorbei. Es roch nach Regen. Eine halbe Stunde später war er in Steinbachweier.

Ein kleiner Tümpel lag hübsch anzusehen in einer sanften Senke an der Bundesstraße nach Losheim. Gleich daneben gab es einen Gasthof, der auf seinem Aushang gutbürgerliche Küche versprach, dessen ungepflegtes äußeres Erscheinungsbild aber eher das Gegenteil erwarten ließ. Die Tische im Gastraum waren leer. Bis zum Mittag würde allerdings noch einige Zeit vergehen. Nur an der langen Theke saßen weit voneinander entfernt zwei Gestalten. Offensichtlich Alkoholiker mit schlechter Haut und wässrigem Blick. Zusammengesunken hingen sie auf den Barhockern und glotzten in ihr Bier, wohl in der Hoffnung, in den Gläsern ein bisschen Sinn für ihr Leben zu finden.

Der Wirt war nirgends zu sehen, und nur das Gedudel des Spielautomaten durchbrach die teigige Stille.

Lichthaus stellte sich zwischen die beiden an die Theke und erschrak, als der Wirt wie von Zauberhand völlig geräuschlos auftauchte. Er war fett, sein Leib wölbte sich weit über den Hosenbund, doch zeigten sein klarer Blick und die gepflegte Kleidung, dass er nicht allabendlich als sein bester Kunde ins Bett schwankte. Die Theke und der Gastraum waren wider Erwarten auffallend sauber, und der Kaffee, der dampfend vor ihm auf die Theke gestellt wurde, roch und schmeckte ausgezeichnet.

Er wandte sich an den Wirt, bevor er wieder verschwinden konnte. »Ich suche einen Mann, der hier in der Nähe wohnt oder gewohnt hat. Er wird so um die vierzig Jahre alt sein, ist groß und kräftig. Sein Name ist Uli. Seinen Nachnamen kenne ich nicht.«

»Wieso wollen Sie das wissen?« Die Augen waren misstrauisch.

»Ich bin von der Kripo in Trier. Es geht um Ermittlungen im Zusammenhang mit einer Unfallflucht«, log er.

Der Wirt schaute mürrisch. »Ich bin erst vor vier Jahren hierher gekommen. Unter meinen Gästen gibt es niemanden, der Uli heißt. Tut mir leid.«

»Wenn Sie mir ein Bier ausgeben, fällt mir vielleicht etwas ein«, der Gast links von ihm versuchte, ihn anzuschauen, aber sein Blick schweifte immer wieder ab.

»Glauben Sie dem kein Wort«, grunzte der andere dazwischen. »Für ein Bier erzählt der Ihnen, seine Mutter hätte es mit dem Bischof getrieben und er wäre das heilige Produkt dieses Besprungs.«

»Halt du dein Maul.« Spucketropfen flogen über den Tresen, als Links losschrie. »Du bist doch eh nur eine Verhütungspanne.«

»Ruhe!« Lichthaus ging dazwischen, und die beiden zogen sofort die Köpfe ein. »Machen Sie den Herren bitte ein Bier, und Sie«, er wandte sich an den Mann zu seiner Linken, »kommen mal mit.«

Er setzte sich an einen Tisch am anderen Ende des Gastraums und wies dem Mann einen Platz ihm gegenüber zu. Er stank ungewaschen.

»Was können Sie mir denn sagen?« Lichthaus kehrte den strengen Wachtmeister heraus. »Oder hat Ihr Kumpel da Recht? Ich warne Sie. Falschaussagen sind strafbar.«

»Der ist nicht mein Kumpel.«

»Wie ist Ihr Name?«

»Hubert Singer. Aus Paschel. War Bauarbeiter. Kann aber nicht mehr arbeiten. Wegen dem Scheißrücken. Frührentner, nicht so ein Faulenzer wie der da. Der hat doch noch nie was gearbeitet.« Er ruckte abfällig mit dem Kopf in Richtung des anderen.

»Das ist jetzt egal. Was wollten Sie mir erzählen?«

Der Wirt brachte wortlos das Bier und zog sich wieder hinter seine Theke zurück. Singer trank einen großen Schluck.

»Eigentlich stamme ich aus Vierherrenborn. Gleich hier den Berg rauf. Meine Familie ist 1953 hierher gekommen. Vertriebene waren sie. Hatten, bis die Russen kamen, einen Hof bei Danzig. Mein Vater hat oben gerodet und einen neuen Hof gegründet. War so ein Projekt von den Nazis, das man fortgeführt hat. Den hat jetzt mein älterer Bruder.«

»Wie alt sind Sie?«

»Neunundvierzig. Bin schon in dieser Gegend geboren.« Singer starrte einen Augenblick ins Leere, als suchte er nach dem Faden, um das Gespräch wieder aufzunehmen.

»Ich kenne da einen Uli in Vierherrenborn. Die Mutter hatte oben auch einen Hof.« Er trank wieder. »Die waren auch seit Anfang der fünfziger Jahre hier. Muss ein Klasseweib gewesen sein.

Hat dann aber so einen Idioten geheiratet und den ein paar Jahre drauf weggejagt.«

»Kennen Sie seinen Name?«

»Nee, der Kerl war nur selten hier. Ich kann mich kaum erinnern.«

»Was ist mit diesem Uli?«

»Mein jüngster Bruder war mit dem in einer Klasse. Der müsste jetzt so um die vierzig sein. Die Jungs haben den dauernd verarscht, weil der so komisch war. Irgendetwas mit den Haaren. Frosch-Häns haben sie den gerufen. Hat die Viecher immer mit einem Strohhalm aufgeblasen, bis sie geplatzt sind. Merkwürdiger Typ.«

Lichthaus wurde aufmerksam. »Was macht er heute?«

»Wohnt immer noch da. Die Alte ist tot. Er zeigt sich eigentlich nie. Der arbeitet wohl unten in Trier. So genau weiß das keiner. Sein Hof liegt außerhalb. War einer der Ersten, die man errichtet hat.« Er rülpste leicht. »Fahren Sie hier neben dem Haus rauf. Nach ein oder zwei Kilometern kommt ein Hof, dann links ab und nach ein paar hundert Metern steht mitten in den Feldern ein Haus, mit Scheune und Stall. Das ist es.«

»Ist er verheiratet?«

»Keine Ahnung. Glaub aber kaum. So einen will keine haben.«

»Gut, danke.«

»War's das schon?« Lichthaus nickte und stand auf. An der Theke bezahlte er die Biere und fuhr nach Vierherrenborn.

*

Das Haus lag am Rande von Neuhütten. Eigentlich am oberen Ende, denn der Ort war ein klassisches Straßendorf. Es war sehr ruhig hier. Ein paar Alte lehnten im Türrahmen und unterhielten sich über die Straße hinweg. Der Rest schien zur Arbeit zu sein. Woanders, denn Arbeit gab es allenfalls noch im Wald. Oberhalb der Hauptstraße lagen einige Neubauten. Groß und klotzig im Vergleich zu den geduckten Gebäuden, die die alte Straße säumten.

Das Haus war unauffällig. Eineinhalb Stockwerke hoch, mit Satteldach, zeigte es grob verputzt mit schmutzigem Anstrich ins Tal rüber nach Züsch, dem großen Zwillingsdorf auf der andern Talseite. Hinten, fast am Waldrand hatten die Besitzer einen kleinen Stall angebaut, aus dem aber schon lange kein Blöken mehr zu hören war. Alles lag völlig ruhig da, wie im Dornröschenschlaf.

Das SEK kam von der gegenüberliegenden Straßenseite. Sie hatten sich den abfallenden Hang zunutze gemacht, um unbemerkt heranzukommen. Schwarze Gestalten mit Strumpfmasken und Maschinenpistolen, grotesk und völlig fehlplatziert, schlichen über die friedliche Weide. Sie sammelten sich und stürmten los. Zwei mit einem Rammbock vorne weg, dem die klapprige Haustür so wenig Widerstand bot, dass sie unter dem Ansturm regelrecht in den schmalen Flur flog. Wie eine Traube Ameisen drängten sie hinein. Von der Rückseite des Hauses war splitterndes Glas zu hören. Laut gebrüllte Befehle, dann war Ruhe.

*

Lichthaus stellte das Fernglas ein und schaute hinüber zum Hof. Er hatte das Auto auf einem Feldweg hinter ein paar Haselnussbüschen abgestellt und war hier hoch auf die Kuppe geschlichen. Jetzt lag er neben einem kleinen Gehölz und beobachtete die Szenerie. Nichts rührte sich, doch er hatte gelernt zu warten.

Der Hof bestand aus drei Teilen. Das Wohnhaus war ein langweiliger Einheitsbau der fünfziger Jahre ohne jede Verzierung. Braune Holzfenster in glatter Häuserfront, nur rechte Winkel. Der Besitzer hatte seitdem wenig verändert.

Dem Haus gegenüber standen die Wirtschaftsgebäude. Ein Stall, offensichtlich unbenutzt. Das Wellblechdach war voll mit braunen Rostflecken, und die geschlossenen Türen hingen schief in den Angeln. Daneben eine vergammelte Egge und ein Pflug, von Brombeerranken überwuchert.

Der Betonpferch für den Misthaufen lag leer und trocken. Die Scheune hatte eine neue Eindeckung und wirkte benutzt. Sie war fensterlos, der Sockel aus Stein, die Wände aus Holz. Zwischen den Gebäuden war graues Betonpflaster verlegt. Die Felder ringsum waren bestellt, teilweise stand der Mais noch. Der Besitzer hatte wohl einen Pächter gefunden.

Lange tastete Lichthaus alles mit den Augen ab und prägte sich Einzelheiten ein. Keine Bewegung war zu sehen. Wenn er unbemerkt näher heran wollte, musste er einen Bogen hinter der Kuppe schlagen und im Sichtschutz eines Maisfeldes zur Scheune hinüber. Doch er entschied sich dagegen. Er würde eine Panne vortäuschen und klingeln. Wäre der Mann zu Hause, wollte er nach Wasser für den Kühler fragen. Wenn nicht, konnte er sich umschauen. Er rutschte geduckt außer Sichtweite. Auf der Straße stellte er den Berlingo in eine kleine Einbuchtung, die vom Hof aus gerade so einzusehen war, und lief den geteerten Weg hinüber zum Wohnhaus. Er hatte sich die Maglite eingesteckt. Licht und gegebenenfalls ein geeigneter Schlagstock.

Die Stille auf dem Hof war unnatürlich. Kein Vogel zwitscherte, keine Bewegung in der windstillen Luft. Die grauen Wolken waren der ideale Hintergrund für die öde Szenerie. Sein ganzer Körper war jetzt angespannt. Er drückte den abgewetzten Klingelknopf und hörte dem Schrillen hinterher, bis das Haus es verschluckte. Dann wieder Stille. Er versuchte es erneut. Ohne Erfolg. Zur Sicherheit noch einmal, aber auch diesmal blieb alles ruhig, er konnte die Scheune inspizieren. Das Tor war mit einem neuen Vorhängeschloss gesichert, doch die Flügel standen so weit auseinander, dass man ins Innere spähen konnte. Er presste sein Gesicht gegen das faserige Holz der Tür und lugte hinein.

Modrige Luft schlug ihm entgegen und er brauchte einen Augenblick, um seine Augen an die Dunkelheit zu gewöhnen. Von seinem Standpunkt aus konnte er einen Anhänger mit grauer Plane sehen. Der Aufbau war unnatürlich hoch. Lichthaus schätzte ihn auf wenigsten eineinhalb Meter, wenn nicht sogar noch höher. Davor stand ein PKW, den er nicht genau erkennen konnte, so sehr er sich auch bemühte. Eventuell ein Pick-up. Etwas kribbelte in seinem Bauch, und er ging in der Hoffnung um die Ecke herum, von einer anderen Seite einen besseren Einblick zu haben.

Er fand, was er suchte. Im Scheunengiebel gab es noch immer einen Flaschenzug, mit dem man früher Heuballen hochgezogen hatte, bis hin zu einer Luke, groß genug, um hindurchzukriechen. Lichthaus sah sich um. Hier war er ziemlich sichtgeschützt. Hinter ihm erstreckte sich das Maisfeld und weiter oben lag die Kuppe, auf der er vorhin gewartet hatte. Allerdings lag die Öffnung etwa drei Meter über dem Boden. Zu hoch. Er zögerte. Außer den vagen Aussagen eines brabbelnden Alkoholikers gab es keinen vernünftigen Grund, da hinaufzusteigen. Er war immer noch suspendiert, quasi privat unterwegs. Wenn er erwischt würde, brächte ihm das mindestens eine Anzeige wegen Hausfriedensbruchs ein.

Diese Bedenken schob er schnell beiseite, dachte stattdessen an den Hänger in der Scheune und machte sich auf die Suche nach einer Leiter, konnte aber nur ein verrostetes Blechfass finden. Notgedrungen rollte er es unter die Luke und stieg hinauf. Das Fass gab sofort nach und knickte leicht ein. Bevor es umfiel, sprang er. Gerade hoch genug, um mit den Fingerkuppen den Rand der Öffnung greifen zu können, während das Fass ächzend umkippte und wie betrunken davonkugelte. Er zog sich hoch und strampelte mit den Füßen nach Halt. Die Jeans riss über dem Knie ein, doch irgendwie bekam er die Ellenbogen auf das Holz und zog den Rest nach. Schwer atmend hockte er sich hin und sondierte die Lage.

Die Scheune hatte fürs Heu einen Boden, der etwa den halben Raum überspannte. Die andere Hälfte war bis zum Gebälk hin offen. Gebeugt ging er zum Rand des leeren Heubodens. Der Besitzer hatte nur einige Dinge, abgedeckt mit alten Decken, hier oben abgestellt. Wolken von feinem Staub stiegen auf. Das Licht war diffus, es gab nur zwei kleine, verdreckte Dachfenster. Unmittelbar unter ihm standen der Anhänger und der PKW. Daneben erstreckte sich an der Wand entlang eine hervorragend ausgestattete Werkstatt, zu der auch ein Flaschenzug gehörte, der von einem der Deckenbalken herunterbaumelte. In einer Ecke türmte sich allerlei Gerümpel. Ein Kotflügel, Ketten wie von einer Raupe, ein alter Automotor. Auch ein Schrank duckte sich zwischen den Wrackteilen. Windschief, die Fenster der Vitrine zerschlagen, wartete er auf den Holzwurm.

Was sich sonst noch unter dem Heuboden befand, war von seinem Standpunkt aus nicht auszumachen. Er schaute sich um, konnte aber keine Möglichkeit finden, um hinunterzusteigen. Früher mochte eine Leiter da gewesen sein, aber wahrscheinlich hatte der Besitzer diese aus dem Weg geräumt, um mit den Fahrzeugen besser rangieren zu können. Hinunterzuspringen war keine gute Idee.

Er fluchte und stapfte unschlüssig am Rand der Empore entlang, als sein Blick auf die eisernen Krampen fiel. Sie waren gleich neben dem Eingangstor an die Wand geschraubt und erinnerten ihn an die Hühnerleitern, auf denen sich Industrieschlote besteigen ließen. Einige Sekunden später war er unten. Das Auto war mit einer Plane fest wie für die Ewigkeit verzurrt, doch Lichthaus hatte schon von oben erkannt, dass es kein Geländewagen sein konnte, es war zu klein. Er hob die Plane an einer Ecke kurz an, um zu sehen, was genau sich darunter befand. Ein alter Golf, der einmal bordeauxrot gewesen sein mochte, sich jetzt aber glanzlos, stumpf und verdreckt über die Jahre langweilte.

Anders der Hänger, er wurde benutzt. Staubfrei. Die Zwillingsbereifung des Zweiachsers war prall aufgepumpt, die Deichsel ordentlich gefettet. Dem TÜV-Stempel zufolge war er erst im vergangenen Mai überprüft und als verkehrstauglich befunden worden. Wie er schon durch den Türspalt hatte erkennen können, war er ungewöhnlich hoch, wodurch er trotz seiner Länge von deutlich zwei Metern irgendwie instabil wirkte. Der Aufbau des Hängers erinnerte an einen Kühl- oder Getränkewagen, denn er hatte feste Wände, an der Seite eine Klappe mit einem silbernen Griff. Er drehte daran und zu seiner Erleichterung hörte er, wie sich das Schloss knackend öffnete. Und im nächsten Augenblick schnellte die Klappe nach oben, er konnte sie nicht festhalten. Lichthaus sprang zurück und hielt den Atem an. Er war am Ziel.

Der Bagger, eigentlich war es nur sein Oberteil, war fest auf einen Zahnkranz montiert, auf dem er offenbar gedreht werden konnte.

Ein Führerhaus fehlte, auf dem Motorblock saß lediglich ein Sitz, wie er für Traktoren verwendet wird. Der gelb gestrichene Grabarm, jetzt auf das Minimum zusammengeklappt, konnte weit ausgefahren werden. Das ideale Fahrzeug für jemanden, der schnell und unauffällig etwas vergraben will und ebenso schnell wieder verschwinden möchte.

Lichthaus ballte die Faust. Alles wie Verschooten es ihnen beschrieben hatte.

Er stieg auf die Maschine und begutachtete den Baggerlöffel, der von Form und Größe her passen könnte. Lehm klebte an den Grabzähnen. Er kratzte ein wenig davon ab und füllte es in eine Plastiktüte, die er vorsichtig verschloss. Den Rest würde er den Kollegen der Spurensicherung überlassen, sofern er ausreichende Beweise finden würde.

Auf beiden Seiten des Baggers entdeckte Lichthaus jeweils eine etwa 40 Zentimeter breite Klappe, die sich über die ganze Länge hinzog. Er zog an einer Schlaufe, an der man den Deckel nach oben ziehen konnte. Darunter lagen in einem Hohlraum ordentlich sortiert nebeneinander Schaufeln, Hacken und alles, was ein Gartenbauer so brauchte.

Der zweite Kasten, auf der anderen Seite des Baggers, war leer. Er wollte schon den Deckel schließen, als ihm auffiel, wie unnatürlich sauber das Innere war. Mit der Taschenlampe leuchtete er hinein und sah gescheuertes Holz. Neu wie am ersten Tag. Er ließ den Strahl bis zu den ebenfalls schmutzfreien Ecken weiterwandern, und plötzlich reflektierte etwas das Licht. Etwas Glänzendes steckte in einer Ritze, die sich dort gebildet hatte, wo die Bretter am Rand zerfaserten. Metall. Er beugte sich tief hinunter und versuchte mit seinem Taschenmesser den Gegenstand herauszuhebeln, doch der schien verklemmt zu sein. Er drückte fester und gerade als er befürchtete, die Klinge könnte abbrechen, gab das Holz nach und das Metallstück flog ihm entgegen, landete auf seinem Schoß. Er griff danach und hielt es in den Strahl der Lampe.

*

Spleeth kam aus dem Haus und wirkte, den dünnen Hals krumm gebeugt, in seinem weißen Overall wie ein Geier, der das Aas umkreist. Sein Adamsapfel hüfte aufgeregt, als er eilig auf sie zukam. Sophie Erdmann stand mit Steinrausch und Müller in dem ungepflegten Garten und wartete auf das Okay der Spurensicherung, um das Haus zu betreten.

»Das müssen Sie sich ansehen«, stieß er triumphierend hervor und verteilte Überschuhe. Das Haus war innen sogar noch kleiner, als es von außen wirkte. Die Decken duckten sich so tief, dass Spleeth unwillkürlich den Kopf einzog. Es war die Bude eines Junggesellen. Nüchtern eingerichtet, ohne Wärme, das Funktionieren stand im Vordergrund. Die Küche mit der unvermeidlichen Eckbank, aber ohne Bild und Gardine wirkte sauber und aufgeräumt. Allein ein Stapel zerfledderter Autozeitschriften störte die museumsgleiche Ruhe. Das Wohnzimmer schien kaum benutzt zu werden. Leichter Staub hatte sich auf Lehnen und Sitzflächen des Ledersofas abgesetzt, die Luft roch abgestanden. Der Flur mit einem roten Teppich, der aus der Jungsteinzeit stammen konnte, war genauso eng wie die Treppe, die hinauf in den ersten Stock führte. Zwei Zimmer gab es nur – und ein Bad. Funktional und sauber. Links vom Treppenaufgang lag das Schlafzimmer. Ein einfaches Bett, ein Schrank und ein Fernseher drängten sich unter die Dachschräge. Das Bad mit Dusche und WC war direkt gegenüber.

Das Haus und seine Einrichtung passten zu dem Bild, das die Nachbarn von seinem Bewohner gezeichnet hatten. Einsam und verschlossen lebte Diel ganz für sich, seitdem er vor etwa drei Jahren hierher in das Haus seiner verstorbenen Tante gezogen war. Der Dorfgemeinschaft blieb er fern. Nie erschien er bei Festen oder der Kirmes, war aber auch nicht auffällig, nie ein Ärgernis. Spleeth ging der Gruppe voran in das zweite Zimmer, in dem zwei Techniker arbeiteten. Die kleine Kammer schien alle Innereien zu beinhalten, die den übrigen Räumen fehlten. Stapel von Kisten füllten die Giebelwand wie Ziegel. Auf der gegenüberliegenden Seite bog sich ein Regal mit Büchern unter seiner Last. Auch Fahrradteile, eine alte Fahne und Winterkleider an einer

Stange gaben dem Bewohner des Hauses das Gesicht, wonach Sophie Erdmanns Verstand die ganze Zeit gesucht hatte. In diesen Kisten steckte Andreas Diel.

Spleeth gestikulierte und zog ihre Aufmerksamkeit auf sich. Aus einer Nische zog er eine Schutzhülle heraus und öffnete sie. Ein Kettenhemd, Helm und der Überwurf des roten Ritters kamen zum Vorschein. In der Ecke lag das Schwert.

»Ja!« Müller jubelte.

»Es sind die gleichen Knöpfe.« Spleeth lächelte glücklich. »Wir lassen das alles noch untersuchen, aber ich glaube, es besteht kein Zweifel daran, dass wir den Täter gefunden haben.«

Eine Welle der Erleichterung brandete auf. Sie schauten sich gegenseitig an, als könnten sie ihr Glück kaum fassen. »Gott sei Dank.« Steinrausch atmete auf.

Doch Sophie Erdmann beschlich ein leiser Zweifel. »Wo hat er die Frauen denn festgehalten?«

»Nicht hier oben«, ließ Spleeth sich vernehmen. »Es gibt keinerlei Spuren, aber die Kollegen sind noch nicht überall durch.«

Müller wählte eine Nummer, doch er bekam keine Verbindung.

»Funkloch. Steinrausch, gehen Sie bitte nach unten und versuchen Sie von einem Streifenwagen aus, Schweiger zu erreichen. Er soll die Fahndung nach Diel intensivieren.« Als Steinrausch gegangen war, wandte er sich an Spleeth. »Was haben Sie sonst noch gefunden?«

»Wenig. Einzig die Ausrüstung des ...«

»Entschuldigung.« Ein Beamter in Uniform war eingetreten. Doch Müller reagierte nicht. »Äh, verzeihen Sie die Störung«, setzte er erneut an.

»Was ist denn?« Müller wirbelte herum und schrie: »Sehen Sie nicht, dass ich mich unterhalte?«

»Wir haben Diel. Er ist gestern tödlich verunglückt. Mit dem Wagen hinter Hermeskeil.«

»Scheiße«, sprach Steinrausch aus, was alle dachten.

Ein Kollege der Spurensicherung kam herein. »Das sollten Sie sich mal anschauen. Ich glaube, wir liegen richtig.«

*

Lichthaus stand auf dem Hof und wählte Sophie Erdmanns Nummer, doch niemand war erreichbar. Er hatte den Hänger geschlossen und war zurück auf den Heuboden geklettert und durch die Luke ins Freie gesprungen. Das Licht tat ihm gut nach der Dunkelheit. Er wählte wieder, hielt wartend das Handy ans Ohr, während er seinen Blick auf seine Innenhandfläche heftete.

»Mordkommission, Schweiger.«

»Gott sei Dank erreiche ich Sie. Ich muss die anderen sprechen.«

»Die sind auf der Suche nach Andreas Diel. Im Augenblick haben die ein Funkloch.«

»Mist. Hören Sie, ich habe den Täter oder ein weiteres Versteck von Diel gefunden. Sagen Sie per Funk Bescheid. Die sollen die Spusi mitbringen.«

»Wo sind Sie denn?«

»In Vierherrenborn. Der Hof hat die Hausnummer 47. Ich habe in der Scheune einen Hänger gefunden, in dem die Toten transportiert wurden.«

»Sind Sie sicher?« Schweiger klang verunsichert und aufgeregt.

»Ja. Ich habe den fehlenden Ohrring von Eva Schneider gefunden.« Er machte eine Pause und schaute wieder in seine Hand. »Und einen Zahn.«

»In Ordnung. Ich werde alles veranlassen.«

»Danke. Ich geh da jetzt rein.«

»Ohne Durchsuchungsbefehl?«

»Darauf pfeif ich. Stellen Sie den Besitzer fest.«

Er unterbrach die Verbindung und ging zum Haus. Auf der linken Seite führte eine Treppe hinunter zum Keller. Die Tür hier unten war aus Metall, also schwer zu öffnen, doch er hatte sich aus der Scheune ein Brecheisen mitgebracht. Es dauerte ein wenig, doch dann hatte er die schmale Spitze zwischen Tür und Rahmen gezwängt. Er drückte mit den Armen ganz am Ende des Eisens um die Hebelwirkung zu verstärken, doch die Tür hielt stand. Schließlich stemmte er sich mit beiden Füßen auf das

Werkzeug, den Rücken gegen die Wand gepresst, und hatte Erfolg.

Die Stahltür sprang ächzend auf und ließ durch einen Spalt kühle, muffig riechende Kellerluft in die Schwüle des Tages entweichen. Lichthaus zog sie ganz auf und spähte hinein. Fünf Türen zählte er in dem Kellergang ab, zwei auf jeder Seite und eine vor Kopf, neben der Treppe, die hinauf ins Erdgeschoss führte. Der Keller wirkte gepflegt, der Anstrich noch recht frisch. An wenigen Stellen waren Flecken, nur unmittelbar neben dem Ausgang beulte sich der Putz von eingedrungener Feuchtigkeit. Lichthaus zögerte wieder, doch diesmal nicht aus Angst vor Konsequenzen, sondern wegen eines diffusen Grauens vor dem, was ihn nun erwartete. Nicht, dass er unsicher geworden wäre, doch wünschte er sich Sophie Erdmann oder einen der anderen herbei. Er wollte nicht allein sein, im Vorhof der Hölle.

Er überwand sich, atmete tief ein und trat bewusst, wie ein Schauspieler, der auf die Bühne hinausgeht, über die Schwelle, die Maglite mehr als Keule denn als Lampe umklammernd. Zuerst öffnete er die Tür zu seiner Linken, fand innen den Schalter, sah aber im Licht einer trüben Funzel nur die veraltete Heizung und dahinter, eingemauert in eine Sicherheitswanne, den stinkenden Öltank. Dem Heizungskeller gegenüber lag ein kleiner Vorratsraum, in dem ein fast leeres Regal auf neue Lasten wartete. Nur eine Handvoll staubblinder Einmachgläser hatte sich auf den unteren Regalboden verirrt. Im nächsten Raum fand er die ehemalige Waschküche. Sie war leer bis auf eine moderne Waschmaschine und einige Leinen zum Trocknen der Wäsche. Der Raum verfügte über ein Fenster und war bis auf Brusthöhe gekachelt. In der hinteren Ecke sah er ein gemauertes Becken, etwa so groß wie eine komfortable Badewanne, nur deutlich höher. Aus dem Wasserzulauf schloss er, dass hier ehedem größere Mengen Wäsche eingeweicht worden waren. Seine Spannung ließ nach und machte einer Enttäuschung Platz, doch die vierte Tür barg eine Überraschung.

Eine zerschlagene Holzpuppe baumelte im grellen Schein einer Neonröhre anklagend wie ein Hingerichteter von der Decke herab. Kopf und Brust, obwohl allem Anschein nach aus massivem Eichenholz gefertigt, waren von Hieben mit einer scharfen Klinge tief eingefurcht. Kleider hingen in Fetzen an ihr. Gleich daneben stand eine weitere Puppe, ähnlich zugerichtet.

Lichthaus drehte sich weiter und wich mit erhobener Taschenlampe zurück, bevor er diese wieder sinken ließ, zitternd vor Anspannung und schrill auflachend. Er war sich nun sicher: Das hier war die Waffenkammer des Roten Ritters.

Drapiert wie ein Hochzeitskleid hing die Rüstung vor ihm. Ein knielanges, dichtes Kettenhemd, darüber der lange Mantel in rot, fast schon Purpur. Die Knöpfe, ähnlich dem aus Eva Schneiders Grab, waren vollzählig. Der Stoff war aufwendig mit Szenen der Parzivalsage bestickt: Der Narr, der Kämpfer, der Liebhaber und derjenige, der den heiligen Gral empfängt. Unter der Puppe standen die Stiefel aus grobem Leder. Auf einem Tisch gegenüber lag der Helm mit Visier. Er war makellos und auf Hochglanz poliert. Die schmalen Sehschlitze boten sicherlich nur wenig Sicht. Gleich daneben und wie die Reichsinsignien auf einem Kissen lag das Schwert, befestigt an einem Gürtel. Es war kunstvoll geschmiedet. Er stieß das Schwert wieder in die Scheide. Die Rüstung eines Mannes, der sich für auserwählt hielt. Ein Irrer, der sich einem König gleich selbst erhöhte, voller morbider Arroganz. Lichthaus schüttelte den Kopf und zog seufzend den Dolch hervor, der neben dem Schwert lag. Zweischneidig mit scharfer Spitze. Die Waffe, die Scherers Leben ein Ende gesetzt hatte.

Er löste sich von seinen Gedanken und fotografierte wie schon zuvor in der Scheune den gesamten Raum mit dem Handy. Die Uhr zeigte Sechzehn Uhr. Bereits zwanzig Minuten waren vergangen und immer noch keine Kollegen.

Hinter der Tür dem Ausgang gegenüber fand er, was er gesucht hatte. Die Folterkammer. Der fensterlose Raum maß vielleicht fünfundzwanzig Quadratmeter. Decke und Wände waren mit dickem Schaumstoff beklebt. Nur die Tür hatte keinen Schallschutz, durch die schmalen Ritzen rundherum konnten also Geräusche nach draußen gelangen, aber wohl auch von dort hier hereindringen. In der Mitte ein Bett, ein Metallgestell mit einer Matratze, dahinter in die Mauer eingelassen zwei stählerne Ringe. Dem Bett gegenüber stand ein Schrank. Direkt daneben ein Stativ ohne Kamera. Der Boden war säuberlich gefliest, der Geruch von Desinfektionsmitteln hing in der Luft und gab allem einen reinen Anschein, doch die Wände schwitzten aus, was sie gesehen und gehört hatten. Er glaubte, die Schmerzensschreie hören zu können. Angst und Verzweiflung, verbranntes Fleisch, kehliges Stöhnen, flehende Bitten und die Ruhe nach dem Tod überwältigten ihn.

Schweiß rann ihm den Rücken hinab und bildete einen feuchten Fleck oberhalb des Gürtels. Er fotografierte, um sich abzulenken und öffnete den Schrank. Das Werkzeug der Schmerzen breitete sich vor ihm aus. Messer, Schlingen, Zigaretten, ein Bunsenbrenner, der Rasierapparat zum Schneiden der Haare und vieles andere, dessen Funktion er nicht verstand oder verstehen wollte. Übelkeit stieg in ihm hoch, er rang nach Luft und floh schließlich. Rannte den Gang entlang, die Treppe hinauf ins Freie und atmete tief durch. Es dauerte eine Weile, bis er endlich wieder klar denken konnte. Er telefonierte, rief Sophie Erdmann an, auch Schweiger, doch nach wie vor meldete sich niemand. Die Kollegen waren gewiss unterwegs. Gott sei Dank. Sein Atem ging wieder ruhiger.

*

Simone Simons schrie auf. Kurz und hektisch und so laut, dass sich die Menschen im Reisebüro nach ihr umdrehten. Sie sprang von der Eingangstür zurück, trat Dennis auf den Fuß, stolperte gegen einen Ständer und riss Prospekte von Spanien und Portugal herunter, trampelte auf lachende Gesichter.

Sie hatten ihren Urlaub gebucht und würden in den Herbstferien in die Sonne fliegen. In die Türkei, all-inclusive, Tauchkurs und Bootsfahrten noch dazu. Voller Freude hatten sie die Einzelheiten geplant, nachdem Mama ihr Einverständnis gegeben hatte.

Doch das interessierte sie jetzt nicht mehr. Nicht Dennis' Fluch, nicht die heranlaufende Verkäuferin, die irgendetwas vor sich hin maulte. Ihr Blick klebte an dem Pick-up mit Campingaufsatz. Hinten, gleich neben der Tür, sah sie den Ritter und wusste, wer dort vorbeifuhr. Sie hatte von seinen Augen geträumt. Immer wieder war sie mit laut pochendem Herzen aufgeschreckt und konnte dann nicht mehr einschlafen. Täglich durchforstete sie akribisch die Zeitung, um endlich zu lesen, dass der Kerl geschnappt wäre, aber zu ihrer Verwunderung geschah nichts. Sie war in die Dienststelle gegangen, und der nette Polizist hatte ihr versichert, dass der Bericht der Mordkommission zugegangen sei. Dennis wusste von ihrer Angst und versuchte, sie damit zu beruhigen, dass die Polizei ja bereits ermittle. Jetzt blickte er aus dem Fenster, sah und erkannte, was sie geschockt hatte. Unschlüssig stand er mit halb offenem Mund neben ihr und starrte sie ratlos an.

»Komm.« Simone Simons griff seine Hand und zog ihn auf die Straße.

*

Lichthaus zog die Kommode auf und durchsuchte den Inhalt. Er wischte sich den Schweiß von der Stirn und fluchte leise über die Latexhandschuhe. Er war zurückgegangen. Vorbei an der Folterkammer – er würde sie nicht mehr allein betreten – hinauf in die Wohnung, in das Universum eines kranken, perversen Mörders.

Ob in der Küche oder im großzügigen Wohnzimmer, das durch eine Schiebetür mit dem Esszimmer verbunden war, überall herrschte Ordnung und oberflächliche Sauberkeit, aber nirgends eine persönliche Note – keine Fotos oder Zeitschriften, einfach nichts – einer Möbelausstellung gleich. Allein der abgestandene Zigarettenmief zeugte davon, dass hier ein Mensch lebte. Er hatte weitergesucht, wollte den Täter kennenlernen, Bilder schauen oder Gewohnheiten erahnen, doch weder die Schubladen, noch die Schränke gaben etwas preis.

Auch das Schlafzimmer erinnerte an ein Hotel. Ein Bett, eine Kommode und ein einzelner Kleiderschrank. An der Wand ein

Druck mit Ritterbildern. Die Kommode gefüllt mit Wäsche, der Schrank voll mit Hosen, Mänteln und Sakkos, alles ordentlich aufgereiht. Er wollte gerade die Tür schließen, als er den Kasten sah. Zurückgeschoben bis an die Rückwand stand er im untersten Fach, halb verdeckt von einer Wolldecke, die über den Rand des Bretts darüber hing. Eine solide Kiste aus klar lackierten Brettern. Schön anzufassen. Er zog sie heraus und hob sie aufs Bett, wunderte sich auch über ihr Gewicht. Der Deckel der Kiste ließ sich abheben. Darunter standen elf unverklebte Umschläge nebeneinander, angetreten wie eine Kompanie zum Morgenappell.

Lichthaus setzte sich, griff sich wahllos einen heraus, schüttete den Inhalt auf die glatte Bettdecke – und sprang auf, wollte damit nicht in Berührung kommen. Tief sog er die Luft ein. Abgetrennte Haupt- und Schamhaare, ein Ohrring, ausgerissene Fingernägel, ein Slip, alles fein säuberlich in Tütchen verpackt, breiteten sich vor ihm aus. Fotos, auch eine Filmkassette guckten aus dem Umschlag heraus. Mit spitzen Fingern angelte er ihn zu sich heran und zog nervös die Bilder heraus. Eine Dokumentation des Leidens. Die Frau – eigentlich noch ein Mädchen – war ihm unbekannt. Sie lag auf dem Bett und war angekettet. Striemen, rot und blau unterlaufen, bedeckten ihren Körper wie ein Spinnennetz. Er war froh, dass die Augen verklebt waren, die Angst und der unbeschreibliche Schmerz ihn nicht anstarrten. Die Fotos waren offensichtlich chronologisch geordnet, denn der körperliche Zustand wurde zusehends schlimmer. Er zwang sich, die Serie zu Ende zu schauen. Die letzte Aufnahme zeigte die Leiche. Der Mörder hatte sie unten im Flur fotografiert.

Lichthaus stand auf und trat mit dem Bild ans Fenster. Jetzt sah er den Garderobenspiegel und darin den Täter. Er schaute genauer hin und erstarrte. Dann lief er los, riss die Schlafzimmertür auf und rannte weiter in Richtung Treppe. Er musste hier raus, so schnell wie möglich, doch er begriff, dass es bereits zu spät war. Er nahm eine Bewegung wahr, wollte sich umdrehen, dann bekam er einen Schlag gegen den Kopf und versank in Dunkelheit.

*

Das Gehör war das Erste, was wieder funktionierte. Ein merkwürdiger Zustand. Er konnte seinen Körper nicht fühlen, sich nicht bewegen, doch er hörte ein Klatschen, das laut in seinem Kopf dröhnte. Ruhe, dann wieder das Klatschen. Es unterdrückte die aufkeimenden Bilder von Claudia und Henriette und machte Platz in seinem Schädel. Zuerst für den Schmerz, schließlich für die Erinnerung. Er klimperte mit den Lidern und sah die Quelle des Geräuschs. Tropfen, die direkt vor seinen Augen in winzige Gischt zersprangen.

Er lag bäuchlings auf alten Kacheln, die Fugen waren voller Schimmel, und woher auch immer tropfte es. Langsam drehte er den Kopf, wollte die Beine strecken, doch sofort schnürte ihm etwas die Luft ab. Er spürte einen Strick um den Hals, röchelte, strampelte hin und her, nur, je mehr er sich anstrengte, umso größer wurde der Druck auf seine Kehle.

»Aber, aber Herr Lichthaus, Sie wollen sich doch nicht umbringen.« Ein glucksendes Lachen folgte der Stimme aus dem Off. Kräftige Hände packten zu und lockerten das Seil. Er atmete tief ein, dann wurde er auf die Seite gedreht.

Er lag in dem alten Becken der Waschküche und war gefesselt. An Händen und Füßen. Um seinen Hals hatte er eine Schlinge. Und alles war miteinander über eine Schnur verbunden, die über seinen Rücken lief. Streckte er die Füße, erwürgte er sich selbst. Jetzt war sie so weit gelockert, dass er sich aufsetzen konnte.

Schweiger – der geschätzte Kollege, der Mann, den er auf dem Foto erkannt hatte, vor dem er versucht hatte wegzulaufen – starrte ihn an. Er trug keine Brille, und sein kahler Kopf wirkte mit seinen emotionslosen Augen, wie der geschorene Schädel eines KZ-Kapos. Sinnlos, Gnade zu erwarten. Er trug ein einfaches T-Shirt und schwarze Jeans. Unauffällig ging er durch die Welt, ja völlig neutral, bis auf diese kalten blauen Augen. Lichthaus wandte den Blick ab. Er würde hier sterben und zwar heute noch. Nur diese toten Augen würden zusehen und hätten Spaß dabei.

Warum war er nicht hinausgegangen, um auf die anderen zu warten, mit ihnen gemeinsam an diesen grauenvollen Ort zurückzukommen? Triumphierend und in Sicherheit. So wie er es gelernt hatte. Er hatte Claudia versprochen, vorsichtig zu sein. Er würde sie nie mehr sehen. Henriette würde ohne ihren Vater aufwachsen.

Er schaute wieder in dieses maskenhafte Gesicht. Was hatte Ley noch gesagt? Etwas war mit dem Gesicht. Es war haarlos. Als er Eva Schneider fing. Haarlos, nicht glatt rasiert. Als er Stefanie Cordes vergewaltigt hatte. Damals in Wiesbaden. Alles fügte sich zu einem Bild zusammen. Jedes Puzzlesteinchen an seinem Platz. Die Klarheit, die er gesucht hatte.

»Du mieses Schwein.« Seine Stimme war nur ein Krächzen. »Die anderen werden dich kriegen.«

»Also Lichthaus, von Ihnen hätte ich etwas Geistreicheres erwartet.« Schweiger lächelte jovial. Der Sieger.

»Vielleicht dröhnt ja mein Kopf von Ihrer freundlichen Begrüßung.« Er lächelte bitter.

»Sie haben hier ja auch nichts verloren.« Schweigers Gesicht blieb unbewegt. »Ich habe Sie bewundert, Lichthaus. Immer auf der richtigen Fährte. Ich musste in Ihre Gruppe, musste nahe ran, denn als dieser Idiot da oben das Weib ausgegraben hatte und Sie an die Arbeit gingen, wurde es eng für mich.«

»Ich hätte auf Sophies Gefühl hören sollen. Und auf Ihre Bewunderung kann ich verzichten, wie auf Hundescheiße vor meiner Haustür.« Sein Kopf klarte auf. Schweiger schaute ihn unverwandt mit ausdruckslosem Gesicht an. Lichthaus riss sich zusammen. Er hatte nur eine Chance, er musste aus diesem Becken heraus. Musste versuchen, die Knoten auf seinem Rücken zu lösen. Dazu brauchte er Zeit. Er musste reden, wollte auch die Wahrheit wissen. Er zwängte seine Fingernägel zwischen die Seile. Es schien nicht unmöglich, die Knoten zu lockern. Lenk ihn ab, befahl er sich streng.

»Die anderen werden Sie trotzdem kriegen.«

Die eiskalte Maske fiel. Schweiger lachte schallend. »Wer denn? Müller? Der Idiot steht oben in Neuhütten und tönt in die Welt, er habe den Serienmörder gefunden. Der ist so verblendet von seinem Erfolg, dieser Sesselfurzer. Der ist keine Gefahr. Hat mich selbst zum Leiter des Fahndungsteams gemacht.« Er lachte erneut. »Den Bock zum Gärtner. Ich hätte bis ins neue Jahr nach Pajeros gesucht.«

»Sophie Erdmann.«

»Ja, das Miststück ist gut. Doch machen Sie sich mal keine Hoffnung. Noch ehe der Hahn dreimal kräht.« Er kicherte verschwörerisch.

»Wieso?« Lichthaus verstand nicht, spürte aber die Bedrohung.

Selbstverliebt lächelnd fuhr Schweiger fort, ging nicht auf seine Frage ein. »Dem Diel habe ich ein altes Schwert untergeschoben und einen Mantel. Im Keller steht sogar ein Bett. Das Bettlaken ist von meiner letzten Mitbewohnerin.« Zynismus quoll aus seiner Stimme. »Da sind genug verwertbare Spuren drauf.«

»Diel wird …«

»Bald begraben. Tot ist er schon.«

Lichthaus wurde kalt. »Sie …«

Schweiger beugte sich vor. Seine Augen glühten vor Genugtuung. »Ja, ich. Diel war ein Bekannter von früher. Doch das wissen Sie ja bereits. Auch so ein Einzelgänger wie ich. Aber sehr mitteilsam. Wir haben uns ab und zu getroffen. Manchmal hat er mir auch geholfen, zum Beispiel mit meinem Hänger da draußen. Er hat immerzu gequatscht, wenn er hier war. Wie ein offenes Buch konnte ich jede Zeile seines langweiligen Gefühlslebens lesen, jede seiner eintönigen Gewohnheiten habe ich gekannt. Als Sie dann mit dem Namen kamen, war es einfach. Eine kleine Sprengkapsel am Bremsschlauch und ein bisschen an der Handbremse gefummelt, schon hat es gekracht. Mit stupidem Gesichtsausdruck ist er an mir vorbeigejagt, als ich die Sprengung ausgelöst habe. Einfach herrlich. Er hat sich auf sein allabendliches Rennen gefreut. Ab in den Tod.« Wieder dieses Siegerlächeln. »Der Kerl hat sogar überlebt, ich musste noch nachhelfen. Hat sich sogar bedankt, bevor ich ihm das Genick gebrochen habe. Die Dummheit der Leute ist mein bester Freund.« Schweiger schüttelte verständnislos den Kopf. »Minderwertiger Knecht. War nicht schade drum.«

»Da hat er was von Ihnen.« Lichthaus konnte sich nicht beherrschen. So viel Arroganz. So viel Selbstherrlichkeit. Doch irgendwo war der Schwachpunkt. »Sie werden am Genvergleich feststellen, dass Diel nicht der Täter ist.«

»Ja, ich weiß. Morgen werde ich die Proben austauschen. Ich habe Müller angeboten, sie in die Pathologie zu bringen.« Er beobachtete Lichthaus, der seine Resignation nicht verbergen konnte. »Sie sehen, ich habe an alles gedacht. Nur Ihr Anruf vorhin war ein richtiger Schock. Ohne dieses dämliche Funkloch da oben hätten Sie mich gehabt. Ich habe Sie unterschätzt. Das war eng, doch jetzt beenden wir das Ganze.«

»Sie werden Sie hetzen. Ein weiterer Mord an einem Kollegen.«

»Nein, nein. Sie begehen heute Selbstmord. Entweder erhängen Sie sich oder Sie ertränken sich in der Riveris-Talsperre. Wie soll es aussehen? Ich überlasse es Ihnen.« Erneut sein wölfisches Grinsen. »Der Tod Scherers hat Sie scheinbar zu sehr mitgenommen.«

»Das glaubt niemand.«

»Da wäre ich nicht so sicher.« Schweiger beugte sich vor, packte ihn und legte ihn seitlich ins Becken. Lichthaus geriet in Panik.

»Was ist mit den Haaren in Scherers Mund?«

»Das war gut, nicht wahr? Bevor ich die Haare verlor, hatte ich schöne braune Locken. Meine Mutter hat vor meinem allerersten Friseurbesuch eine Strähne abgeschnitten und aufgehoben. Wer glaubt jetzt noch, dass ein Glatzkopf wie ich der Täter sein kann?«

»Ein Zeuge nannte Sie Bäumler.«

»Meine Mutter hat nach der Scheidung wieder ihren alten Namen angenommen. Wollte nichts mehr mit meinem Vater zu tun haben. Nannte ihn nur noch deinen Erzeuger.«

»Wieso Scherer? Wieso die Morde an den Frauen?«, keuchte Lichthaus.

»Die Morde an den Frauen?« Schweiger sah ihn verständnislos an und hielt mitten in der Bewegung inne. »Das sind keine Morde. Das sind Strafen.« Schweiger richtete sich auf.

»Strafen?«

»Ja, sehen Sie denn nicht, was los ist? Diese Weiber beherrschen uns.« Seine Stimme schwoll an. »Sie machen mit uns, was sie wollen. Ziehen uns an den Eiern hierhin und dorthin, und wir folgen ihnen wie die Idioten.«

»Wieso gerade diese Frauen.«

»Ich habe die schlimmsten ausgesucht.« Flecken zeigten sich auf seinem Gesicht. »Das sehe ich an ihrem Blick. Die muss man vernichten, damit sie nicht noch mehr Unheil anrichten.«

»Ich verstehe nicht.« Schweiger sollte weiter erzählen, das lenkte ihn ab, und Lichthaus konnte Zeit gewinnen. Er begann von Neuem die Knoten zu bearbeiten. Sie lockerten sich nach und nach.

»Sie haben diesen bösen Blick. Schauen mich an, wie sie es immer getan hat. Angeekelt, mitleidlos. Der widerliche kleine Uli, hat sie dann gedacht.«

»Wer ist sie?« Er war der Lösung nahe.

»Mutter.« Die Stimme flüsterte auf einmal. Schweiger schaute durch ihn hindurch in seine Hölle. »Können Sie sich eine Mutter vorstellen, die ihr Kind vergewaltigen lässt, ohne etwas dagegen zu tun.«

»Nun, ich weiß, dass Mütter wegschauen, wenn der Vater ...«

»Nein, nicht mein Vater.« Schweiger schrie auf, wie nach einer Beleidigung. »Den hat diese Hure weggejagt. Den einzigen Menschen, den ich je geliebt habe, ausgerechnet den hat sie weggejagt. Es ging nicht mehr, hat sie mir gesagt. Ich war neun, konnte es nicht verstehen. Er war mit mir bei den Rittern, hat mit mir gespielt, hatte Zeit für mich. Alles war verloren.«

»Wo hat Ihr Vater gearbeitet?«

»Auf dem Hof. Doch er hat sich Zeit für mich genommen. Mutter hat als Sekretärin Geld verdient. Im Kurzentrum in Weiskirchen. Ich habe sie gehasst. Damals schon. Immer kalt. Nie ein gutes Wort. Keine Berührung. Nur Befehle und Verbote. Tu dies, lass das.« Er schwieg eine Weile und stand gedankenverloren mitten in der Waschküche, achtete nicht auf sein Opfer. Lichthaus richtete sich auf und zog mit aller Kraft an dem Seil. Einer der Knoten löste sich. Endlich ein wenig mehr Bewegungsfreiheit. »Dann kam sie mit Dieter nach Hause. Der schlimmste Mensch, dem ich jemals begegnet bin. Gleich und gleich gesellt sich gern. Anfangs war er nett, brachte mir Geschenke mit. Ich habe ihn trotzdem gehasst.«

»Er hat sie vergewaltigt.«

»Eines Mittags, Mutter war bei der Arbeit, kam er zu mir ins Zimmer. Ich saß da und las. Er kniete sich neben mich und zwang mich seine Erektion anzufassen. Ich erschrak, schrie ihn an, er solle rausgehen. Da hat er mich geschlagen. In den Magen, in die Nieren überall hin, wo man die Spuren nicht sieht. Dann musste ich ihn masturbieren.« Schweiger wand sich unter der Erinnerung. »Als er fertig war, drohte er mir mit neuen Schlägen. Ich habe es aber nicht ausgehalten und bin zu Mutter. Sie war entsetzt und stellte ihn zur Rede. Im Wohnzimmer. Ich musste rausgehen. Sie würde es ihm geben, sie war doch so stark. Sie würde ihren Sohn verteidigen. Mein Herz war voller Stolz. Und zum ersten Mal liebte ich sie. Ich hörte Gemurmel, dann wurde es ruhig. Plötzlich stöhnte sie auf. Ich wollte hineinlaufen, doch dann begriff ich. Er vögelte sie. Sie kreischte vor Freude und Lust. Dann war es wieder still. Später kam sie in mein Zimmer und war ein einziger lebender Vorwurf. Ich würde ihr Glück zerstören und aus Eifersucht lügen. Hinten in ihren kalten Augen glomm jedoch der Zweifel, ob ich nicht doch die Wahrheit sagte, aber sie drückte ihn weg. Sie hat mich für einen verdammten Fick verkauft. So sind die Frauen! Und dafür strafe ich sie.« Schweiger kehrte in die Gegenwart zurück.

»Wie ging es weiter?«

»Was wollen Sie wissen?« Wut gesellte sich in die Stimme. »Wie oft er ihn mir in den Mund gesteckt hat oder in den Arsch? Zu oft, sag ich Ihnen. Zu oft. Ich verlor die Haare und begann zu stottern. Die Lehrer fragten, was los sei. Doch diese Hure, die mich auf die Welt gebracht hat, log sich durch.«

»Wie sind Sie da rausgekommen?«

»Ich fand das Buch auf dem Speicher. Eine alte Kiste von Vater. Die Geschichte von Parzival. Ich habe es gelesen und sofort begriffen. Was mit mir passierte, war wie sein Schicksal. Von seiner Mutter für dumm gehalten und mit einem Narrenkostüm versehen, zieht er in die Welt und findet seinen Weg, seine Bestimmung. Gegen alle setzt er sich durch. Ich verstand, ich musste mich wehren. Nicht mehr stillhalten. Erst dann würde ich meinen heiligen Gral finden. Monatelang habe ich gelauert und geschaut, wo ich zuschlagen konnte. Habe auch trainiert. Kraft aufgebaut. Schließlich war es so weit. Dieter ging im Winter, wenn er frei hatte, meistens nach unten in den Keller und arbeitete in seiner Werkstatt. Die von Vater in der Scheune war ihm zu kalt.« Er schnaubte verächtlich.

»Als er unten war, habe ich am Fuß der Treppe Flaschen mit angebrochenen Hälsen hingestellt. Angefeilt hatte ich sie. Dann rief ich ihn ans Telefon. Er kam und drückte sich verwundert an den Flaschen vorbei. Ich sehe ihn noch vor mir. Jeans und Sweatshirt, dunkelblau mit einem University-of-Columbia-Aufdruck. Er hat mich erst bemerkt, als er fast oben war. Dumm war er nicht, hat sofort begriffen, was abging. Du kleine Sau, willst mir was antun. Na warte!, hat er geschrien. Ich trat ihm ins Gesicht und er schwankte, noch einen Tritt, mitten rein in die Fresse, und endlich fiel er, wie ich es gehofft hatte. Drehte sich in der Luft und landete mitten in den Scherben. Er schrie furchtbar. Der Schmerz muss irrsinnig gewesen sein, als die Flaschen ihn durchbohrten. Welch eine Musik. Kraftvoll wie Wagner, nur tausendmal schöner.« Auf Schweigers Stirn glänzten Schweißperlen. Die Augen geschlossen lauschte er der Symphonie aus der Vergangenheit.

»Und dann?« Erzähl, du irres Schwein. Lichthaus hatte den zweiten Knoten gelöst.

»Er schrie und schrie.« Die Augen geschlossen genoss er die Bilder, die in seinem Hirn flimmerten. Er schien stolz zu sein, erstmals seine Taten verkünden zu können. »Sein Bauch war aufgeschlitzt, und er blutete stark. Anfangs brüllte er mich an, drohte, dann flehte er darum, dass ich den Notarzt rufe. Aber nicht lange und er lag da, schaute mich an, während sein Herz jedes Leben aus ihm herauspumpte. Ich bekam meine erste Erektion und starrte nur auf den Toten. Es dauerte lange, bis ich diese Augenweide abgegrast hatte. Die Erektion blieb. Das war so geil. Dann bin ich weg. Musste mich befriedigen. Im Wald. Spielen behauptete ich, als sie mich befragten. Betroffene Mienen über das furchtbare Unglück. Eine Sau geschlachtet, dachte ich mir. Mutter hat das nie verwunden. Sie hat mich auf ein Internat gesteckt. In den Sommerferien, als ich sechzehn war, habe ich sie dann vergiftet. Wir hatten in Biologie gelernt, wie Rattengift wirkt. Es zerfrisst dich von innen heraus. Löst die Organe auf. Ich hatte es in eine Dose gefüllt, in der sie ein schlecht schmeckendes Vitaminpulver aufbewahrte. Das rührte sie immer in den Tee. Eine schreckliche Verwechselung.« Er lachte erneut, doch klang es wie ein Klagen. »Nur schade, dass ich nicht dabei war.«

»Wieso haben Sie später weitergemacht? Sie hatten doch ihre Rache.«

»Es ging ja auch gut. Jahrelang. Ich habe Abi gemacht, bin zur Polizei und hatte auch eine Freundin. Doch das klappte nicht lange. Auf einem Lehrgang bin ich Mutter wieder begegnet. Die Frau war natürlich jünger, doch sie hatte ihre Augen, die einen durchbohrten. Ekel lag darin. Ich musste sie immerzu anschauen, doch herrisch zwangen sie mich zum Wegschauen. Ich verkroch mich vor ihr, floh in mein Zimmer. Ich habe die Nacht nicht geschlafen, bis mir klar wurde, dass ich meinen Gral gefunden hatte. Die göttliche Ordnung sieht vor, dass das Weib dem Mann untertan sei. Meine Aufgabe war es, die Frauen zu bestrafen, die gegen dieses Gesetz verstoßen. Ich musste ihnen zeigen, dass sie nicht Männer und Kinder gängeln können. Sie sollten wissen, wer Herr und wer Weib ist. Zuerst habe ich ihnen nur eine Lektion erteilt. Aber das schien mir nicht genug. Ich habe damit aufgehört. Das Schicksal ließ mich dann auf ein besonders perfides Weib in Luxemburg stoßen. Das habe ich erst bestraft und dann ausgelöscht. Ihr folgten noch einige andere.« Schweiger richtete sich abrupt auf und schaute abwesend herum. »Noch heute Abend werde ich einen neuen Schritt tun. Ich muss Sie daher nun verlassen.«

Er packte Lichthaus und drehte ihn rüde auf den Bauch. Lichthaus spannte die Hände, damit nicht auffiel, wie weit sich der Knoten schon gelöst hatte, und startete einen letzten Versuch.

»Was ist mit Scherer?«

»Der kam mir gerade recht. Jedermanns Liebling. Die Frauen küssten dem die Füße. Er war mir im Weg. Also musste er weg, dieser armselige Wicht.« Offensichtlich war es nun vorbei, Schweiger wollte nicht mehr reden. Er öffnete den Wasserhahn ein wenig und zog eine Digitalkamera aus der Tasche hervor, die er auf das Fensterbrett stellte.

»Das schaue ich mir heute Abend an. Seien Sie froh. Ursprünglich wollte ich Ihre Tochter töten, vielleicht auch Ihre Frau, damit Sie mich in Ruhe lassen. Sie opfern sich also für einen guten Zweck.«

Lachend ging Schweiger hinaus.

»Du mieses Schwein«, brüllte Lichthaus ihm hinterher, doch dann konzentrierte er sich und beobachtete, wie das Wasser auf dem Boden des Beckens zusammenlief. Es war so kalt, als ob es aus einem Brunnen gepumpt wurde. Relativ schnell wurde sein Körper umspült. Es würde nicht allzu lange dauern. Zehn Minuten vielleicht. Mehr nicht. Selbst wenn er den Kopf noch so sehr nach oben reckte. Irgendwann würde er ertrinken.

Wie besessen knotete er mit klammen Fingern und würgte sich mehrfach bis fast zur Besinnungslosigkeit, während das Wasser unbarmherzig stieg. Er schaute nicht zur Kamera hinüber, zeigte nicht die Angst, die sich in ihm so ausbreitete wie die Kälte des Wassers. Die Schnüre wurden nass und glitschig. Immer wieder rutschten sie ihm weg, und es bereitete größte Mühe, sie wieder zu greifen. Den dritten Knoten hatte er nun auch geschafft, doch es blieben noch zwei weitere.

Er arbeitete fieberhaft, doch als er den vierten Knoten gelockert hatte, stand ihm das Wasser bis unter das Kinn. Es war vorbei mit seiner Beherrschung, ihm kamen die Tränen, denn er würde es nicht schaffen. Er dachte an Claudia und Henriette. Nie würde er seine Tochter laufen sehen. Nie mehr ihre kleinen Quietscher oder Claudias warme Stimme hören, ihren zarten Körper anfassen. Er hatte sie im Stich gelassen und sein Versprechen gebrochen. War aus purem Eigensinn seiner eigenen Spur gefolgt, ohne auf die anderen zu warten, und saß jetzt in der Falle. In wenigen Augenblicken würde er ersoffen wie eine räudige Ratte in der Brühe treiben. Schweiger würde ihm die Fesseln abnehmen und ihn zur Talsperre fahren. Er würde es so einrichten, dass er lange im Wasser blieb, die Fische würden an ihm nagen, die Spuren an Hand- und Fußgelenken würden nicht mehr zu sehen sein. Sie würden an den Selbstmord glauben, ja glauben wollen, um sich zu beruhigen. Er hatte verloren. Das war es, ging ihm durch den Kopf. Das Wasser erreichte seine Lippen. Er verfluchte laut Schweiger, sog ein letztes Mal tief Luft in seine Lungen und tauchte unter. Hinein in die Kälte, die den Tod bedeutete.

*

Simone Simons und Dennis betraten das Polizeipräsidium und fragten sich so lange nach der Mordkommission durch, bis sie an Marie Guillaumes Tür klopften und sofort eintraten. Sophie Erdmann holte gerade Post aus ihrem Fach, als die beiden vor ihr standen.

»Frau Guillaume?«

»Nein, die Kollegin ist zur Vorbereitung einer Pressekonferenz unterwegs.« Sie lächelte. Eigentlich war sie hundemüde und erleichtert über den Fahndungserfolg. Ihre anfänglichen Zweifel, nicht den Richtigen gefunden zu haben, hatten sich zerstreut. Im Keller waren die Kollegen auf ein Bett und Folterinstrumente gestoßen, die zu den Verletzungen der Frauen passten. Spleeth würde einen DNA-Abgleich vornehmen, doch alle gingen davon aus, dass die neuen Tests nur die Ergebnisse bestätigen würden, die bereits vorlagen.

Die beiden schienen verschüchtert zu sein, sie mochte sie nicht abwimmeln. »Kann ich Ihnen weiterhelfen?«

»Nun, wir möchten einen Hinweis geben, der vielleicht zu dem Frauenmörder passt, der in der Zeitung gesucht wird.« Das Mädchen schaute unsicher.

»Den haben wir heute gefunden.«

»Was?« Simone Simons schaute verwirrt. »Ich habe ihn doch vorhin wiedererkannt, als er an mir vorbeigefahren ist. Und dann haben wir ihn verfolgt. Wieso läuft der noch immer frei herum?«

»Sie müssen sich getäuscht haben.«

»Nein, ich bin ganz sicher. Er war es, in seinem Toyota.«

»Was war das für ein Auto?«

»Ein Toyota mit Campingaufsatz. Der hat mich vor einiger Zeit belauert, und nur weil Dennis aufgetaucht ist, bin ich davongekommen. Ich habe schon vor Wochen in Saarburg eine Aussage gemacht.«

Die Alarmglocken in Sophie Erdmanns Kopf begannen leise zu schrillen. »In der Polizeiwache dort? Haben Sie das Kennzeichen?«

»Ja, und jetzt auch Fotos von seinem Haus. Wir sind ihm eben hinterhergefahren.« Der Junge reichte ihr sein Handy, und sie konnte die Bilder einzeln betrachten.

Das erste Foto war verwackelt und zeigte einen Toyota mit Campingaufsatz. Auf dem zweiten Bild war in der Ferne ein Haus zu sehen. Es lag zwischen Feldern und wirkte bis auf den parkenden Geländewagen irgendwie verlassen.

»Das war oben in Vierherrenborn. Wir haben uns nicht näher rangetraut. Er hätte uns bemerken können.« Der Junge schaute ihr aufgeregt über die Schulter. »War ohnehin gefährlich genug. Aber irgendjemand muss doch etwas gegen ihn unternehmen. Ich will, dass Sie ihn festnehmen. Meine Freundin fühlt sich nicht mehr sicher, seit er ihr aufgelauert hat.« Ein wenig Stolz schwang in seiner Stimme mit.

Dann kam das dritte Foto und Sophie sprang auf. Mit zwei Schritten war sie am Telefon und wählte Lichthaus' Nummer, doch niemand meldete sich. Sie wählte erneut und sagte hastig: »Alarm! Wir müssen ganz schnell einen Einsatz organisieren. Ich glaube Johannes, also Herr Lichthaus, schwebt in Gefahr. Ja, ich komme runter.«

Sie schaute wieder auf das Handy. Am Rand des Bildes stand Lichthaus' Berlingo mit offener Motorhaube. Und sein Handy war tot, das war es sonst nie.

*

Sie kamen gegen fünf Uhr. Wie schon am Morgen flog eine Tür in einen Hausgang, und schwarze Männer stürmten hinein. Wieder bellende Befehle und splitterndes Glas auf der Rückseite, Rufe aus dem Haus. Routine.

Oberkommissar Ludger Grislar war als Erster in der Waschküche. Er hatte die Tür aufgetreten und den Raum mit vorgehaltener Maschinenpistole gesichert. Ein fast leerer Raum, nur die Waschmaschine war unübersehbar.

Dann hörte er Wasser rauschen, sah das Becken, den laufenden Hahn darüber. Vorsichtig schlich er dorthin und im nächsten Augenblick riss er Lichthaus' Kopf hoch und schrie die Kollegen herbei. Sie hoben ihn heraus. Schwer wog der Körper mit der nassen Kleidung, doch die trainierten Männer ächzten kaum. Sie trugen ihn durch die Tür hinaus ins Freie, durch die Lichthaus vor so vielen Stunden aufrecht hereingekommen war.

Oben liefen Steinrausch und Sophie Erdmann sofort zu der Trage. Kalt und nass mit verklebten Haaren lag er vor ihnen, den jetzt aufgeschnittenen Strick noch um den Hals. In ihren Gesichtern lag pures Entsetzen. Sophie Erdmann begann zu zittern, dann telefonierte sie. Auch Müller trat mit betretener Miene hinzu, hatte er doch noch vor einer Stunde diesen Einsatz zu verhindern gesucht und sich nur durch die massiven Drohungen von Sophie Erdmann zu einem Ja bewegen lassen. Er nahm kaum wahr, wie diese die Fahndung nach dem Flüchtigen in den Hörer schrie und jeden, der ihr in die Quere kam, abbügelte. Das Leben von Lichthaus lag nun in den Händen des Notarztes.

*

Für Hauptkommissar Rüdiger Hansen endete der Urlaub eine Stunde später. Und seine Karriere auch. Er hatte den Grill angeworfen und sich am Ende dieses sonnigen Tages ein Bier genehmigt, als das Handy klingelte. Einen Augenblick zögerte er, dann schlenderte er in den Wohnwagen und setzte sich auf das Bett, in dem er gestern Abend seit langem wieder einmal mit Sabine geschlafen hatte. Sie hatten die Spannungen, die ihnen vor dem

Urlaub zu schaffen gemacht hatten, endlich hinter sich gelassen, und Sabine hatte sogar von Kindern gesprochen. Er lächelte der Erinnerung hinterher und nahm das Gespräch an.

»Ja, hier Hansen.«

Für einige Minuten waren das seine letzten Worte. Er hatte Funk schon häufiger wütend erlebt, aber gegen das, was nun auf ihn herabprasselte, war das alles nur ein freundlicher Anpfiff gewesen. Der Chef brüllte nicht einmal, sondern setzte ihn so schneidend kalt in Kenntnis über die Vorkommnisse und sein Versagen, dass ihm übel wurde. Als er endlich fertig war, taumelte er hinaus. Blass wie der Tod. Sabine kam ihm entgegen. Sie trug ihren knappen Bikini, der ihre tadellose Figur mehr als unterstrich. Noch vor zehn Minuten hätte ihn das auf Gedanken gebracht, doch nun ging er glasig blickend an ihr vorbei.

»Rüdiger, was ist los?«

»Pack zusammen, wir müssen sofort heim. Funk hat mich gerade angerufen.« Er schaute sie nicht an, ging einfach weiter in Richtung Strand.

»Funk? Der kann mich mal, ich …« Da war sie wieder, die alte Sabine. Giftig und egoistisch. Er wirbelte herum.

»Mach, was ich dir sage. Tu nur einmal das, was ich dir sage.« Er brüllte aus vollem Hals. Die Nachbarn starrten herüber, doch Hansen hatte sich bereits abgewendet und schlurfte an den Strand. Es waren kaum Leute hier, nur ein Mann warf seinem Hund einen Stock zum Apportieren in die hohen Wellen. Weiter hinten versuchten zwei Jungen einen Lenkdrachen zu starten.

Er ging vor bis zu dem Punkt, an dem sich das Wasser schäumend auf das Land ergoss und ließ sich in den Sand fallen. Drei Menschen waren gestorben, weil er den Bericht ungelesen weggeschlossen hatte. Er schaute zwei Surfern zu, ohne sie wahrzunehmen. Dann wieder das endlose Anbranden der Wellen. Immerfort traten sie die Attacke auf das Land an. Chancenlos, doch unverzagt. Warum ging er nicht hinein? Vereinte sich mit ihrer Unendlichkeit? Er wusste es nicht.

Plötzlich saß seine Frau neben ihm und legte ihren Arm um seine Schultern. Zuflucht. Er lehnte sich an sie und erzählte ihr alles.

Sprudelte seine Verzweiflung heraus, weinte mit ihr zusammen und überwand die erste Krise.

Eine Stunde später spannten sie den Wohnwagen an und fuhren zurück in eine ungewisse Zukunft.

*

Alles war Kälte. Neben ihm, über ihm und unter ihm. In ihm. Er fühlte das Wasser des Hades. Wo bloß der Fährmann blieb, der ihn übersetzen würde, hinüber zur Unterwelt? Er trieb weg, hinein in die Dunkelheit.

Dann ein lautes Knallen und ein heftiger Schmerz auf seiner Wange. Eine Ohrfeige? Und noch einmal.

»Lichthaus. Heh. Aufwachen.« Die Stimme kam von weit her. Wieder eine Ohrfeige. Er wollte sich wegdrehen, doch es gelang nicht. Er konnte sich nicht rühren. Überall diese Kälte. Sie ließ ihn erstarren.

»Lichthaus!«, bohrte sich die Stimme in sein Bewusstsein. »Er kommt zu sich.«

Die Augen auf, befahl er sich. Doch es wurde nur ein Schlitz, durch den ein starkes, aber sehr kurzes Flimmern drang. Er versuchte es noch einmal. Jetzt ging es. Licht fiel ihm wie tausend Nadeln auf die Netzhaut. Endlich sah er das Gesicht. Eine junge Frau mit braunem struppigem Haar und einem netten Lächeln beugte sich über ihn. Ein Stethoskop baumelte von ihrem Hals und durchkreuzte sein Gesichtsfeld.

»Was ist los?« Er krächzte.

»Sie waren ohnmächtig.«

»Aha.« Er hörte die Worte, konnte ihnen aber keinen Sinn geben. Genauso wenig, wie er das einordnen konnte, was seine Augen sahen.

»Sie sind in Vierherrenborn. Ihre Kollegen haben Sie aus dem Keller geholt.« Langsam kam alles wieder.

»Mit den Zähnen«, murmelte er.

»Bitte?«

Plötzlich erschien Sophie Erdmann im Bild.

»Hallo Johannes. Gott sei Dank. Wir dachten schon, du seist tot.«

»Mit den Zähnen.«

Sie schaute verständnislos. Lichthaus schloss die Augen und zwang die Erinnerung herbei. Die Angst kam zurück und auch die Kälte. Er begann zu zittern und irgendjemand legte ihm eine weitere Decke über. »Ich habe den Stopfen mit den Zähnen herausgezogen. Das Wasser stand mir bis an die Lippe. Ich habe die Knoten soweit gelockert, dass ich mich ein wenig bewegen konnte. Ich habe mich zurückgeschoben, so dass ich mit dem Kopf am Rand vorbei bis zum Boden konnte. Das Wasser ging schnell zurück, und ich konnte wieder atmen. Und dann weiß ich nichts mehr.«

»Sie haben durch Ihre Bewegungen die Schlinge um den Hals sehr fest zugezogen.« Jetzt sprach wieder die Ärztin. »Dadurch war die Sauerstoffzufuhr verknappt. Ihr Körper hat auf Sparflamme umgeschaltet. Wir haben Sie jetzt mal ordentlich durchmassiert und Ihren Kreislauf auf Touren gebracht. Ich denke, Sie sind schnell wieder einigermaßen fit.« Sie verschwand, und Sophie Erdmann tauchte wieder auf. Er griff ihren Arm.

»Ihr müsst ihn finden, er will sich heute noch eine weitere Frau greifen.«

»Woher weißt du das?«

»Er hat lange mit mir gesprochen. Das Schwein. Bevor er das Wasser aufgedreht hat, sagte er, nun habe er aber keine Zeit mehr, er werde einen weiteren Schritt in Richtung seines Grals gehen.« Das Reden hatte ihn angestrengt, die Augen fielen ihm zu.

»Gut, ich sage Bescheid. Und du ruhst dich aus, dann geht es dir bald besser.«

Sie sollte Recht behalten. Schon eine halbe Stunde später konnte er aufstehen. Sie hatten ihm trockene Sachen besorgt. Pulli, Hose, Stiefel, alles schwarz. Von der Soko ausgeliehen, wie Sophie Erdmann belustigt anmerkte. Das Haus wurde durchsucht und man fand weitere Beweise. Schweiger hatte seine bestialischen Untaten fotografiert und gefilmt, auch persönliche Dinge der Getöteten aufbewahrt. Lichthaus ging nicht wieder hinein, konnte sich nicht überwinden. Stattdessen drückte er sich auf dem Hof herum und beobachtete die Kollegen, die in der Scheune den Hänger auseinandernahmen. Die Ärztin hatte ihm ein Kreislaufmittel gespritzt, und es ging ihm recht gut, doch fühlte er tief drinnen eine Beklemmung, mit der er noch zu kämpfen haben würde, da war er sich sicher.

Er ließ sich Kaffee aus einer großen Warmhaltekanne geben – Frau Guillaume hatte selbst auf diesem eiligen Einsatz noch für ihr Wohlergehen sorgen können – und setzte sich auf die Deichsel des verrosteten Pflugs, als das LKA mit einem ganzen Tross auf den Hof jagte. Aus seinen langen Dienstjahren beim Landeskriminalamt kannte er die Vorgehensweise nur zu gut. Er wusste, was jetzt passieren würde. Als Erstes entmachtete man die lokalen Dienststellen, damit sie nicht dazwischenfunken konnten, und sammelte anschließend alle relevanten Informationen. Hierauf baute man eine eigene Ermittlungsstrategie auf und nutzte die Wucht der ganzen Technik, die das LKA bot, um den Fall erfolgreich zu lösen.

Die Beamten sprangen aus den Wagen, riefen Müller und sein Team herbei.

Lichthaus hörte nicht, was gesagt wurde, doch nach längeren Gesprächen kamen Steinrausch, Sophie Erdmann und Marx mit so frustrierten Gesichtern auf ihn zu, dass sich jedes weitere Wort erübrigte.

»Wir sind raus«, murmelte Steinrausch. »Jetzt wo alles klar ist, kommen die her und spielen den großen Zampano.«

»Einer von denen will Sie sprechen, Raabe heißt er.« Marx sah übel aus. Der Entzug schien ihn zu zermürben, doch seine Augen schauten klar und konzentriert. »Ich fahre schon mal ins Präsidium und stelle die Unterlagen für die zusammen.«

»Machen Sie aber bitte Kopien von allen wichtigen Schriftstücken«, forderte Lichthaus ihn auf. »Der Fall wird sicherlich einen Pressesturm auslösen. Da werden schnell Schuldzuweisungen gemacht.«

Während Marx schon davonfuhr, diskutierte Müller immer noch heftig mit einem der LKA-Männer. Sein Kopf war knallrot angelaufen. Offensichtlich ein unangenehmes Gespräch. Lichthaus schaute zu Sophie Erdmann.

»Er wurde gefragt, warum er bereits heute Morgen den Täter als identifiziert und tot gemeldet hat und jetzt eine Fahndung läuft.« Sie grinste hämisch.

»Da lassen wir ihn mal strampeln.« Lichthaus wartete noch ein wenig und ging dann hinüber. Müller hatte sein Sakko durchgeschwitzt und gestikulierte mit den Armen. Er hatte bisher jeden Blickkontakt mit ihm vermieden und zeigte auch jetzt, als Lichthaus hinzutrat, keine Regung.

»Herr Raabe, Sie wollten mich sprechen?«

»Warten Sie, bis ich Zeit habe.« Nur ein kurzer Blick streifte Lichthaus. Der Ton war arrogant.

»Die Ärztin hat mich soeben krankgeschrieben. Entweder befragen Sie mich jetzt oder Sie können mich zu Hause besuchen.« Er drehte sich ruhig um und ging weg. Raabe kam hinter ihm her.

»Sie werden doch wohl ...«

»Der Täter hat versucht, mich zu töten«, schnitt Lichthaus ihm das Wort ab. »Ich bin völlig fertig und will heim.«

Raabe lenkte ein. Er beendete das Gespräch mit Müller auf der Stelle und befragte ihn nun ganz professionell. Lichthaus schilderte den gesamten Fahndungsablauf und auch den Verlauf des heutigen Tages. Niemand diskutierte seine Eigenmächtigkeiten, der Erfolg gab ihm Recht.

Gegen sieben brachten ihn zwei Streifenbeamte nach Hause. Sie setzten ihn und den Berlingo in Eitelsbach ab und waren erst nach langen Diskussionen bereit, ihn allein zu lassen.

Kaum war er allein in dem stummen Haus, kam das Grauen zurück. Unzusammenhängende Bilder blitzten durch sein Gehirn. Das Becken, die Schamhaare auf der Bettdecke und dann die Fratze von Schweiger. Sophie Erdmann hatte sich nicht getäuscht. Mit ihren weiblichen Antipathien hatte sie intuitiv richtig gelegen.

Er rief Claudia an, zitternd und voller Vorfreude. Ihre Stimme war wie aus einer anderen Welt. Warm und voller Leben. Sie fragte, wie es ihm gehe, und als er nur kurz meinte, jetzt gut, erzählte sie von den Banalitäten eines Urlaubstages, die Erholung bedeuten. Plauder auf mich ein, sang Grönemeyer, und genau das tat sie. Lichthaus ließ es geschehen, wischte nur hier und da die Tränen weg, die ihm übers Gesicht liefen. Dann berichtete er von der Klärung des Falles und wie es dazu gekommen war, verschwieg aber seinen Beinahetod. Er würde es ihr erzählen, doch nicht am Telefon. Sie war begeistert über den Fahndungserfolg und erst recht, als Lichthaus sie bat, am Wochenende noch nicht heimzufahren. Er wollte stattdessen am folgenden Tag nach Holland fahren um dort ein paar Tage Urlaub mit ihnen zu machen.

Er hatte sich spontan entschieden. Wollte einfach zu seiner Familie. Er hatte heute Schlimmstes erlebt und brauchte eine Auszeit. Fühlte sich vollkommen ausgelaugt und kraftlos. Die anderen würden nach Schweiger fahnden müssen, zumal er ja eigentlich noch gar nicht im Dienst war. Wenn er nur wüsste, was Schweiger vorhatte.

Er grübelte noch eine Zeit lang, dann übermannte ihn die Erschöpfung, und er schlief auf dem Sofa ein. So wie er war.

*

Kurz nach Mitternacht wachte Lichthaus auf. Im Haus war es dunkel, nur von der Straße her drang der schwache Schein einer Straßenlaterne bis zu ihm vor. Er hatte sich ein wenig erholt, doch ein Traum, der ihn wieder in die eisige Wanne gebracht hatte, ließ ihn aufschrecken. Herzrasen. Sein Atem ging rasselnd, und er war verschwitzt. Mühsam wälzte er sich auf den Rücken und stöhnte. Wenn das so weiterging, würde er zum Polizeipsychologen müssen. Nur wegen dieses Schweins von Schweiger. Er döste weg, doch zwischen Schlafen und Wachen huschte ein Gedanke durch sein Unterbewusstsein, den er nicht festhalten konnte, der aber wichtig war. Er setzte sich auf und stierte in die Dunkelheit, hoffend, dass dieser noch einmal zurückkäme. Vergebens. Beunruhigt stand er auf und machte Licht. Noch während sich seine Augen an die Helligkeit gewöhnten, rief er im Präsidium an, um sich nach dem Stand der Dinge zu erkundigen.

Marx war tatsächlich noch da. Als Einziger, schließlich war jetzt das LKA am Drücker, und sie waren alle müde. Warum er noch da war, darüber sprach er nicht. Stattdessen hatte er noch eine Frage: »Sie haben doch dem LKA gesagt, Schweiger plane eine neue Entführung. Glauben Sie, dass er das jetzt noch umsetzt? Raabe hat einen internationalen Haftbefehl rausgeschickt, glaubt aber nicht an neue Opfer.«

Lichthaus rieb sich die Augen. »Nun, Schweiger ist mit dem Camper weg. Er kann versuchen, einfach nur auf einem Campingplatz in Frankreich, Spanien oder was weiß ich wo unterzukriechen und sich ruhig zu verhalten. Aber«, er zögerte einen Moment, »er war so besessen von seinem Vorhaben, ich denke, der wird das auf alle Fälle durchziehen.«

Eine Pause trat ein, aber sie war nicht von Spannung erfüllt. Zwischen ihnen herrschte Waffenstillstand. Marx raschelte mit Papier. »Sie sagten, er sei schlecht auf Sophie Erdmann zu sprechen gewesen. Soll sie gewarnt werden?«

»Ja, ist das denn nicht geschehen?«

»Nein. Ich werde sie noch anrufen.«

»Ja, ich bitte darum. Und dann gehen Sie auch nach Hause. Es ist spät genug.«

»Das macht nichts. Nach mir kräht ohnehin kein Hahn.« Lichthaus sah sein schiefes Grinsen vor sich, während er den Hörer auflegte.

Langsam ging er hinauf ins Schlafzimmer. Nach mir kräht kein Hahn. Müde zog er sich den Pullover über den Kopf, als er mitten in der Bewegung innehielt. Noch ehe der Hahn dreimal kräht, hatte Schweiger gesagt und Sophie Erdmann gemeint.

Er rannte zurück ans Telefon und versuchte, Marx zu erreichen, doch der Apparat war bereits auf Abwesenheitsmodus umgestellt. Dann probierte er es bei Sophie Erdmann. Es läutete lange, bis ihre Stimme vertraut in sein Ohr drang. »Ich bin aktuell nicht zu sprechen, aber ...«

Er schnitt dem Anrufbeantworter das Wort ab und lief los. Unten im Keller kramte er aus dem Waffenschrank einen Colt Magnum hervor, den er sich vor vielen Jahren in seiner Zeit als aktiver Sportschütze zugelegt hatte.

Er gab Gas, doch es dauerte eine gefühlte Unendlichkeit, bis er hinter Kürenz am ehemaligen Güterbahnhof vorbeifuhr und in die Bergstraße abbog. Er parkte den Wagen in einiger Entfernung zum Deimelberg, wo Sophie Erdmann wohnte, und schaltete den Motor ab. Von unterwegs hatte er wieder versucht, Marx zu erreichen, wieder ohne Erfolg. Nur der Mailbox hatte er seinen Verdacht mitteilen können. Die Bereitschaft hatte ihm versprochen, eine Streife vorbeizuschicken, aber auch das beruhigte ihn nicht. Er hatte die Fotos der Toten vor Augen, und die Vorstellung, Sophie Erdmann könnte dieser Gewalt ausgesetzt sein, schnürte ihm den Atem ab.

Er wollte die Tür öffnen – und war plötzlich wie gelähmt. Angst wallte durch seinen Körper wie ein Sturm aus heiterem Himmel. Er begann zu zittern. Schweiß brach ihm aus und alles war wieder da. Die Fratze Schweigers, die Panik angesichts des Todes, die Trauer wegen Claudia und der Kleinen. Ein Déjà-vu wie aus einem Horrorfilm. Nicht noch mal, schrie es in ihm. Fahr nach Hause. Los fahr.

»Nein!!!«, brüllte er aus vollem Hals, beugte sich vor und umklammerte das Lenkrad, versuchte, sich in den Griff zu bekommen, den rasenden Puls zu beruhigen. Und wirklich ließ das Zittern nach, die Atmung wurde langsamer, er sah wieder klar. Die Panikattacke war vorbei.

Lichthaus stieg aus und hielt den Revolver schussbereit an der Seite, atmete tief die kühle Nachtluft ein und schaute sich um. Niemand war zu sehen. Er überquerte die Fahrbahn und schlich im Schatten der Häuser die wenigen Meter hinauf zur Kreuzung, wo der Deimelberg begann. In einem Fenster sah er das unstete Flackern eines Fernsehers. Sonst war alles dunkel und ruhig. Sehr ruhig.

Oben an der Ecke duckte er sich hinter eine Gartenmauer und spähte in die Straße hinein. Ab hier bot sich ihm kein Schutz mehr, die Häuser verfügten durchweg über einen Vorgarten, der Straßenzug lag gut ausgeleuchtet vor ihm. Schweigers Camper war nirgends zu sehen.

Das Haus, in dem Sophie Erdmann wohnte, befand sich auf der linken Seite, vielleicht fünfzig Meter entfernt. Die Angst kam wieder und krampfte seinen Magen zusammen. Nach kurzem Zögern überwand er sich und ging möglichst unbeteiligt wirkend weiter. Etwas raschelte und er sah sich erschrocken um, konnte jedoch nichts entdecken. Dann wieder glaubte er, leise Schritte zu hören, aber ein Lufthauch zerrieb das Geräusch. Mit zum Zerreißen angespannten Nerven erreichte er den Hauseingang. Sie wohnte unter dem Dach. Kein Lichtschein war hinter den Fenstern zu sehen. Er suchte die Namensschilder ab und las, undeutlich mit einem Kugelschreiber auf ein Klebeetikett geschrieben: Erdmann. Er drückte den Knopf und wartete, doch nichts tat sich.

»Verdammt«, murrte er leise und rief die Bereitschaft an. Die Beamten waren vor etwa einer Viertelstunde patrouilliert und hatten nichts Auffälliges bemerkt. Entweder lag er völlig falsch, oder Schweiger hatte Sophie Erdmann bereits geschnappt. Sein Atem beschleunigte sich. Er rief ihr Handy an, aber auch dort meldete sich nur die Mailbox. Dann fiel ihm ein, vielleicht war sie ja mit Güttler unterwegs. Sofort ließ die Spannung ein wenig nach. Bestimmt war er überreizt nach diesem schrecklichen Tag und hatte Schweigers Bemerkung überinterpretiert, beruhigte er sich selbst. Missmutig kehrte er um und trottete hundemüde los.

Schweiger sprang ihn von rechts an. Wie ein Geist, so schien es Lichthaus, kam er aus einer dunklen Einfahrt herausgeflogen, der schwarze Mantel flatternd wie die Flügel von Batman und auch die vorgestreckten Hände erinnerten an den Comic-Helden. Lichthaus riss die Arme vor, um ihn abzuwehren, doch es war wieder zu spät. Sein Angreifer packte ihn am Hals und riss ihn um. Er ging zu Boden, der Revolver rutschte weg und kam nach wenigen Metern, für ihn jedoch so unerreichbar wie der Mars, zum Liegen. Die Hände an seinem Hals waren wie Schraubstöcke, und schnell wurde die Luft knapp.

»Du Sau, ich hätte dich heute Mittag wie einen räudigen Köter ersäufen sollen.« Speichel rann aus Schweigers verzerrtem Mund und tropfte Lichthaus ins Gesicht. Die Erkenntnis, dass Lichthaus überlebt hatte und nun hier war, wo er sein nächstes Opfer entführen wollte, und schlimmer, dass seine Tarnung aufgeflogen war, er von nun an auf der Flucht sein würde, schien ihn außer sich zu bringen. Alle Überheblichkeit war weg und hatte einer schäumenden Wut Platz gemacht.

Lichthaus wehrte sich. Er ließ seine Faust in Schweigers Nieren krachen und konnte kurz Luft holen, als dieser sich vom Schmerz getrieben aufbäumte. Aber noch war er dem Würgegriff nicht entkommen. Seine Hand suchte Schweigers Gesicht, er drückte ihm seine Finger in die Augen. Der eiserne Griff löste sich erneut, und er atmete tief durch, doch auch jetzt gelang es ihm nicht, sich endgültig von Schweiger zu befreien. Er packte seine Wangen und zerquetschte die Haut, spürte Blut zwischen den Fingern, hörte Schweiger aufstöhnen, doch dann ließen seine Kräfte nach. Verzweifelt rang er nach Luft. Das Rauschen in seinem Kopf wuchs zu einem Sturm an. Er glitt weg, der Ohnmacht entgegen, als plötzlich die Hände von seinem Hals gerissen wurden. Luft strömte in seine Lungen und er kam wieder zur Besinnung, verfolgte das Geschehen. Schweiger war aufgesprungen und taumelte, sich die Schulter haltend, zurück in die Lücke zwischen den Häusern, aus der er herausgesprungen war.

»Bist du in Ordnung?« Marx kniete sich neben ihn. Die Magnum in der Hand, sicherte er die Einfahrt.

Lichthaus konnte nicht antworten, sein Hals war wie Sandpapier.

Plötzlich flammten Scheinwerfer auf und rasten aus der Dunkelheit auf sie zu. Marx riss ihn hoch, und beide landeten in einem Blumenbeet, als der Camper dicht an ihnen vorbeizischte.

»Auf!«, brüllte Marx und zog ihn in den Dienstwagen, der mit laufendem Motor die Straße in die eine Richtung versperrte.

Irgendwie kam Lichthaus auf den Beifahrersitz, und schon jagte Marx los. Aus seinen Augen sprühte eine Energie, die Lichthaus noch nie an ihm beobachtet hatte. Schweiger war links abgebogen, sie hatten gesehen, wie er nach wenigen Metern nach rechts die

Kurfürstenstraße entlanggefahren war. Sie folgten ihm mit Blaulicht und Martinshorn und sichteten den Camper, als er links den Berg hinauffuhr. Lichthaus fing sich und schrie eine Fahndung ins Funkgerät.

»Danke.« Lichthaus schaute hinüber.

»Da haben Sie ...«

»Bleib beim Du.«

»Da hast du Glück gehabt. Ich bin nur vorbeigekommen, weil ich Frau Erdmann nicht erreicht habe.«

»Fast hätte er mich doch noch gekriegt. Ich hatte keine Chance.«

»Ich habe ihn an der Schulter erwischt, wollte ihm eigentlich in den Kopf schießen, aber das Ding verreißt ja wie verrückt.« Er nahm sich die Zeit zu grinsen.

Oben am Amphitheater, Triers römischer Arena, ging es steil den Berg hinab. Der BMW setzte krachend auf, als sie um die Kurve flogen, doch sie hatten aufgeholt. Schweiger war fast an der Einmündung einer Querstraße angekommen, als der schwere Campingaufsatz ins Schlingern geriet, und der Toyota statt abzubiegen auf der anderen Straßenseite in ein Gehölz schoss und hinter schwankenden Ästen aus ihrem Blickfeld verschwand. Marx brachte den BMW mit quietschenden Reifen zum Stehen.

Dort wo der Camper abgetaucht war, führte ein Fußweg über Holzstufen in eine Kleingartenkolonie. Das Geräusch des Motors war erstorben, und sie schlichen, sobald sich ihre Augen an die Dunkelheit gewöhnt hatten, mit vorgehaltenen Waffen vorsichtig los. Der Wagen hatte die Stufen herausgerissen und den roh gezimmerten Handlauf zerstört, war aber durchgekommen. Die zerrissenen Büsche wippten noch leicht. Dann entdeckten sie ihn.

Der Camper lag schwer beschädigt schräg auf der Seite und wurde nur durch zwei dünne Weiden daran gehindert, in einen Bach zu kippen, den man von Lichthaus' Standpunkt nicht sehen, aber hören konnte. Offensichtlich war Schweiger hier unten gegen die steinerne Brücke gekracht und der Wagen dann in die Böschung geschleudert. Eine einzelne Birne baumelte von einem Draht, der quer über den Fußweg hing, und beleuchtete die Szene. Ein Fluchen drang zu ihnen herüber. Schweiger saß hinter dem Lenkrad und hantierte im Fußraum. Schweiß glänzte auf seiner Stirn und ein dunkler Fleck zeigte, wo die Kugel ihn verletzt hatte. Plötzlich bemerkte er sie und schoss blindlings in ihre Richtung.

»Ihr miesen Kröten. Ihr kriegt mich nicht, ich liefere mich doch nicht solch niederen Knechten aus.«

Wieder schoss er, aber die beiden waren längst hinter der geborstenen Mauer in Deckung gegangen. Anschließend beugte er sich wieder in den Fußraum hinunter. Lichthaus wusste nicht, was dort vor sich ging, und auch Marx zuckte nur verständnislos die Schultern. Er wollte auf Verstärkung warten. Schweiger schien völlig durchzudrehen, und sie sollten nichts mehr riskieren.

»Wo bleibt ihr denn? Feiglinge. Seid ihr nicht Manns genug, es mit einem verletzten Ritter aufzunehmen? Wie die Weiber versteckt ihr euch. Ihr wisst wohl, dass mich niemand besiegt.«

Plötzlich gab es unter dem Wagen eine kleine Verpuffung und eine Flamme flackerte hervor, die sich schnell ausbreitete. Auch Schweiger sah den Lichtschein und spähte aus dem Fenster. Dann wurde er hektisch. Er drosch auf das Lenkrad ein, dann hielt er sich daran fest und zerrte mit aller Kraft daran. Die Flammen fraßen sich unterdessen weiter. Rauch drang in die Fahrgastzelle.

Schweiger schrie auf. »Holt mich hier raus!« Er warf die Pistole aus dem Fenster. »Ich habe keine Waffe mehr und bin eingeklemmt. Hört ihr! Ihr müsst mich hier rausholen, ich krepiere sonst.«

Die Flammen züngelten weiter. Qualm stieg auf, und es war nur noch eine Frage der Zeit, bis der Tank erreicht sein und der Wagen lichterloh brennen würde. Lichthaus verließ schwer atmend seine Deckung und ging hinüber. Marx folgte ihm. Sie blieben einige Meter entfernt stehen und schauten wortlos hinüber.

»Na endlich. Kommt her und helft mir. Ich ergebe mich.«

Lichthaus tat einen Schritt, doch dann hielt etwas ihn zurück. Marx schien es ähnlich zu gehen. Er rührte sich nicht. Schweiger starrte sie an. Lange Sekunden, dann begriff er. Seine blutunterlaufenen Augen weiteten sich.

»Es ist eure Pflicht. Das wisst ihr doch. Los!«

Lichthaus wusste, es war an ihm zu helfen, doch jeder neue Impuls, eine Bewegung zu tun, wurde von einem Bild überblendet.

Stefanie Cordes, die tote Eva, die gebrochene Marianne Schneider, der Rest, den das Schicksal von Evas Vater übrig gelassen hatte, ein verbrannter Penner, dieser arme Teufel, Karla Springer im Straßengraben, kahl rasiert und geschändet, ihre verzweifelte Freundin, die Fotos und Trophäen auf dem Bett und dann die Wanne und das Wasser, das kalte Wasser, die Hände an seinem Hals, der immer noch schmerzte. Er schüttelte den Kopf, und Schweiger fing an zu schreien. Er beschimpfte sie mit allem, was die deutsche Sprache hergab, schließlich schrie er um Hilfe. Aber es war niemand sonst da. Er starrte sie an, erst wütend, dann voller Angst, am Ende mit Todesgewissheit in den Augen. Panik.

Und schließlich umtanzten ihn die Flammen. Er schrie vor Angst, dann Entsetzen und rasenden Schmerzen. Schrill und grausam, eigentlich unerträglich für menschliche Ohren. Töne, die du kennst, du Schwein, brüllte es in Lichthaus. Er würde es niemals zugeben, doch er genoss es. Tief in seinem Inneren verspürte er nur Gerechtigkeit in ihrer reinsten Form. Es schien ihm, als tanzten flammende Frauengestalten um ihren Peiniger herum. Lachende und jubelnde Opfer.

Schweiger durchlebte seine Vorhölle. Irgendwann hörten seine Schreie auf. Waren die Stimmbänder verkohlt? Marx ging zum Wagen, um den Feuerlöscher zu suchen, doch Lichthaus blieb. Er sah, wie die in der Hitze schrumpfenden Sehnen Schweigers Gelenke ein letztes Mal in Bewegung setzten, dann war da nur noch ein Schatten.

Tot. Der letzte Punkt in der Geschichte war gesetzt.

*

Das Handy riss ihn unsanft aus dem Schlaf. Er fuhr zusammen und stieß sich das Knie am Lenkrad, um irritiert in die Sonne zu blinzeln. »Ja«, stöhnte er.

»Hauptkommissar Lichthaus?«

»Ja?« Er war vorsichtig, denn er wollte nicht der Presse auf den Leim gehen, die angesichts des Falls verrücktspielte. »Mit wem spreche ich?«

»Mein Name ist Eisele. Ich bin bei der Sitte in Düsseldorf und würde mich gerne bei Ihnen bedanken.«

»Aha. Und wofür?«

»Na, für den Tipp mit diesem Rosner.«

»Ich weiß nicht, was Sie meinen.« Nur langsam kam er auf Touren, ließ die Schlaftrunkenheit hinter sich.

»Sie haben uns doch diesen Rosner weitergegeben, den Sie in einer anderen Sache vernommen hatten.« Plötzlich klingelte es.

»Ja, jetzt weiß ich. Viktor Rosner. Auf Bewährung in Düsseldorf unterwegs gewesen. Was ist mit ihm?«

»Wir haben ihn durch den Wolf gedreht. Dreimal, auf feinster Stufe. Er hat gestanden, als wir ihm ein Zeugenprogramm in Aussicht gestellt haben.«

»Ihr lasst den doch nicht laufen?«

»Nee, nee. Für diese Typen gibt es kein Pardon. Wissen Sie, was die gemacht haben? Die haben ein Rodeo im Internet versteigert. Nur Eingeweihte haben das verstanden. Die am meisten geboten haben, durften neue illegale Prostituierte *zureiten*, die man zum Anschaffen zwingen wollte. Das hieß, vergewaltigen und verprügeln, bis die spuren. Rosner war mit von der Partie. Zwei Thailänderinnen haben ihn identifiziert.«

»Sehr gut.«

»Das wollte ich Ihnen nur noch sagen. Also vielen Dank. Wenn Sie mal in Düsseldorf zu tun haben, klingeln Sie kurz durch.«

Noch eine Weile nach Ende des Gesprächs schaute Lichthaus gedankenverloren auf den Parkplatz und schüttelte den Kopf über so viel Perfidie. Die Szene vor ihm passte jedoch so gar nicht zu dem, was er soeben gehört hatte. Familien mit kleinen Kindern, ältere Ehepaare mit Wohnmobil oder Limousinen und mittendrin er im Berlingo machten Pause auf diesem schmucken Rastplatz hinter Antwerpen, schon in Holland, wo sich die Autobahn gabelte. Rechts nach Rotterdam, links nach Walcheren. Nur noch eine Stunde bis Domburg und zu Claudia und der Kleinen, wenn er die Abkürzung direkt durch Middelburg nehmen würde. Heute Nacht hatte er es nicht mehr geschafft. War im Sekundenschlaf beinahe in den Graben gefahren und hatte angehalten.

Jetzt freute er sich auf seine kleine Familie. Doch beim Fahren kam die Erinnerung an den Vorabend zurück. Die Kollegen vom LKA waren schnell an der Unfallstelle gewesen und hatten sie vernommen. Marx und er sagten übereinstimmend aus, es sei zu riskant gewesen, sich dem brennenden Auto zu nähern. Man hatte die Aussagen kommentarlos aufgenommen, froh, den Täter zu haben. Noch dazu tot, den Verwandten der Opfer würde einiges erspart bleiben.

Sophie Erdmann war tatsächlich bei Güttler gewesen. Die beiden kamen, verlegen lächelnd, ins Präsidium, doch Lichthaus hatte ihnen schnell klargemacht, dass sie keinen besseren Moment hätten finden können, um sich zu treffen. Am nächsten Morgen dann die Pressekonferenz, eine kurze Feier mit den Kollegen. Und endlich, endlich hatte er aufbrechen können in einen kleinen Urlaub. Er hatte Müller nicht einmal um Erlaubnis gebeten, hatte ihn nur in Kenntnis gesetzt, kein weiteres Wort mit ihm gesprochen und würde auch in Zukunft so verfahren. Nur das Nötigste.

In Oostkapelle hielt er an und stieg auf die Dünen. Vor ihm breitete sich das Meer aus. Eine blaue Unendlichkeit, die den Menschen so klein machte. Unten spielten Kinder im Sand, Surfer fielen von ihren Brettern, und weiter hinten kamen zwei Reiter. Er setzte sich und genoss den Frieden und die Ruhe. Erst eine Stunde später fuhr er weiter nach Domburg. Ruhig und voller Freude auf seine kleine, aber heile Welt.

ENDE

Inselkrimis im Prolibris Verlag

Antje Friedrichs
Letzte Lesung Langeoog
8. Auflage 2008, Paperback, 184 Seiten, ISBN: 978-3-935263-00-9

Antje Friedrichs
Die Langeoog Lektion
3. Auflage 2011, Paperback, 232 Seiten, 978-3-935263-48-1

Antje Friedrichs
Letztes Bad auf Norderney
5. Auflage 2011, Paperback, 204 Seiten, ISBN 978-3-935263-17-7

Klara G. Mini
Badezeiten
Langeoog Krimi
2. Auflage 2011, Paperback, 222 Seiten, ISBN 978-3-935263-64-1

Birgit C. Wolgarten
Und es wurde Nacht
Rügen Krimi
7. Auflage 2012, Paperback, 251 Seiten, ISBN 978-3-935263-24-5

Birgit C. Wolgarten
Der Tod der Königskinder
Rügen Krimi
2. Auflage 2009, Paperback, 190 Seiten, ISBN 978-3-935263-32-0